Cornelia Pichler

Wenn der Wind sich dreht

Roman

Für meine Großmutter und meine Mutter,
zwei außergewöhnliche Frauen.

Und für alle Frauen, die sich selbst noch nicht gefunden haben. Ihnen steht eine aufregende Reise bevor.

1. Kapitel

Ich sitze vor dem riesigen Fenster und frage mich, warum ich mich immer von meinem Umfeld manipulieren lasse. Weshalb bin ich immer diejenige, die lächelnd in den sauren Apfel beißt? Ist das eine genetische Veranlagung oder einfach nur Resignation?

Da es plötzlich in meiner Handtasche läutet, schaffe ich es nicht, mich weiter in das Thema zu vertiefen. Ich versuche, mein Mobiltelefon zu finden – wieder einmal. Jedes Mal stehe ich dabei vor einer logistischen Herausforderung, da ich ungefähr zwanzig größere und kleinere Dinge von rechts nach links befördern, alles umdrehen und jede kleine Innentasche durchwühlen muss, bis ich schlussendlich schweißgebadet mein blinkendes Handy in der Hand halte. Abermals schwöre ich, dass ich einen definierten Platz in meiner Tasche finden werde, um dieses Suchchaos in Zukunft zu vermeiden. Ich blicke aufs Display und sehe »Ellie« aufleuchten. Das ist meine älteste Freundin und mitfühlende Komplizin, wenn es um ungewünschte Namensgebung geht. Sie heißt »Elfriede« und hasst ihren Namen fast so sehr wie ich den meinen, »Josephine«. Folglich sind wir Verbündete und beharren beide auf die Verwendung unserer Kurzformen.

»Hallo, Jo. Toll, dass ich dich erreiche, ich muss dir unbedingt erzählen, was gestern vorgefallen ist.«

Ellie kenne ich, seit ich zehn bin, wir haben schon zusammen die Schulbank gedrückt. Da ich keine Schwester habe, mir aber immer eine gewünscht hatte, erkor ich die kleine dünne Blondine, die sich am ersten Schultag schüchtern neben mich setzte, zu meinem weiblichen Geschwisterteil.

Wir wuchsen zusammen wie Pech und Schwefel und ergänzten uns in vieler Hinsicht. Sie war die Tochter einer Bäckerfamilie und wurde jeden Tag mit Nusskipferln und Marmeladenstangerln ausgestattet, während meine Pausenmahlzeiten meist aus mit Schinken und Käse belegten Broten bestanden. Sie konnte keinen Zucker mehr sehen und nahm freudestrahlend meine Jause in Empfang, während ich mit einem Lächeln im Gesicht ihre Süßigkeiten vernaschte. Wir hatten das Gefühl, dass unsere Symbiose ein Wink des Schicksals war und beschlossen, für immer gemeinsam durchs Leben zu gehen. Als wir das Gymnasium beendeten, trennten sich allerdings unsere Wege, ich ging nach Graz und sie nach Wien, wo sie noch immer wohnt. Obwohl sie ein völlig anderes Leben führt als ich, haben wir uns nicht entfremdet und pflegen unseren Kontakt auf eine liebevolle Weise, wie es bei Seelenschwestern eben der Fall ist.

Ellie ist inzwischen eine Geschäftsfrau, die sich alles erkämpft und ihre einstige Schüchternheit und Vorsicht in Entschlossenheit und schlaues Kalkül verwandelt hat. Sie meistert souverän einen Männerjob und fürchtet sich von keiner Herausforderung. Allerdings konzentrierte sich Ellie in den letzten Jahren so sehr auf ihren Job, dass ihr Privatleben zu kurz kam und sie keine Beziehung aufrechterhalten konnte. Manche Männer, die sie nicht verstanden, flüchteten, andere, in denen sie das Falsche gesucht hatte, nutzten sie aus. Am Ende blieben Tränen und Verzweiflung und sehr wenig Hoffnung. Das machte sie einerseits sehr verletzlich, aber auch hart und manchmal oberflächlich, weil sie mir erklärte, dass sie nicht vorhabe, sich wirklich auf einen Mann einzulassen. Dies würde nur zu einer weiteren Enttäuschung führen und deshalb ziehe sie es vor, sich künftig eher auf lockere Geschichten einzulassen. Anscheinend erwartet mich nun die Schilderung einer solchen.

»Ellie, ehrlich gesagt bin ich …«

»Du musst dir das anhören. Also ich war mit Steffen, du weißt ja, meinem schwulen Freund, auf dieser Party. Völlig sinnlos, dachte ich vorher, denn wie immer, wenn Steffen mir das Blaue vom Himmel verspricht, lande ich in einer Wohnung voller Männer, die an mir so viel Interesse haben wie an einer Zahnextraktion. Früher oder später würde ich auf einem Sofa sitzen und mir die traurige Geschichte eines wunderschönen Tänzers anhören, der von seinem Choreografen betrogen wurde. Ich fahre meinen Radar aus und erkenne sofort, dass es sich um lauter Schwule handelt, die gegenseitig ihr Ego aufbauen, indem sie sich schildern, wer eine Menge abgenommen hat und wer eine makellose Haut präsentiert. Mein Gott, kann es etwas Schlimmeres als eitle Männer geben? Ja, schwule eitle Männer! Jedenfalls suche ich gleich die Bar auf und beschließe, mich zu betrinken. Steffen ist inzwischen auch abgehauen und streichelt wahrscheinlich irgendeinen Bodybuilder, denn er steht auf diese hirnlosen, braun gebrannten und auf ihren Körper fixierten Überbleibsel aus den Achtzigern. Also bestelle ich ein Wodka-Tonic, und als mir der Barkeeper das Glas in die Hand drückt und mich mit seinen katzengrünen Augen fixiert, werden meine Knie plötzlich weich. Eindeutig ein Exemplar der heterosexuellen Fraktion.«

»Ein Barkeeper, Ellie? Sehr interessant. Du weißt aber schon, dass du Managerin in einem internationalen Unternehmen bist?«

»Ich weiß, aber blöderweise gibt es keine Manager in meinem Alter, die erstens noch zu haben sind und zweitens gut aussehen.«

»Wie tiefsinnig.«

»Das ist ja noch nicht alles. Er war wahnsinnig sexy und sehr charmant, und nach einigen Floskeln kamen wir richtig ins Gespräch. Ich war gar nicht mehr sauer auf Steffen, dass er mich auf diese Party geschleppt hatte. Jason, so heißt er, studiert Betriebswirtschaft und hat enormes Interesse an meiner Arbeit.«

»Er studiert? Wie alt ist dieses Prachtexemplar denn?«, frage ich vorsichtig nach.

»Alter wird doch sowieso überschätzt, meine Liebe. Er ist jung, das gebe ich zu, aber er küsst bereits wie ein Weltmeister«, flötet Ellie am anderen Ende der Leitung.

»Wie jung, Ellie? Und ihr habt euch geküsst?«

»Na ja, er ist im zweiten Semester, also …«

»Bist du von allen guten Geistern verlassen? Neunzehn?«

»Ja, das könnte hinkommen. Das erklärt auch seinen Waschbrettbauch. Männer über dreißig haben selten einen Waschbrettbauch … da spreche ich aus Erfahrung.«

Mein Mann Robert hatte nie einen Sixpack, und doch fand ich ihn körperlich immer sehr anziehend, aber dieses Argument will ich gar nicht vorbringen, da ich weiß, dass Ellie Robert nicht mag. Seit Jahren versucht Elli vergeblich, seine von mir gepriesenen Stärken zu erkennen, und manchmal kann ich es ihr nicht übel nehmen. Vor allem in den letzten Jahren. Irgendwie kann ich selbst nicht mehr in euphorische Lobreden ausbrechen, wenn es um meinen Mann und den Vater meiner Tochter geht. Ich weiß nicht, was sich genau geändert hat – vielleicht hat sich nicht wirklich etwas geändert und genau das ist das Problem –, es fühlt sich nur irgendwie anders an. Wie eine Idee, die mal gut war und an der man festhält, obwohl man die Gründe dafür nicht mehr nachvollziehen kann.

»Jo? Bist du noch da?«

»Sicher, entschuldige. Wo waren wir? Er ist neunzehn und du bist … lass mich überlegen … achtunddreißig!«

»Danke, zählen kann ich selber. Aber ich sage dir, der Mann wirkt viel reifer und er kann Dinge mit seiner Zunge machen, die ich bisher nicht für möglich gehalten habe.«

»Danke für die Details über den Zungenakrobaten. Kann man den buchen?«

»Ich werde ihn fragen, du Scherzkeks. Aber ich bin schließlich erwachsen und sollte regelmäßig Sex haben, um einigermaßen ausgeglichen zu wirken.«

»Du hattest mit dem Typen Sex? Auf der Party?«

»Nein, im Grunde haben wir uns nur wild geküsst, schließlich waren wir die einzigen Heteros auf dem Event. Er wollte, dass ich in seine Wohnung mitkomme, aber das habe ich dann doch abgelehnt. Wer weiß, wahrscheinlich handelt es sich um eine heruntergekommene Wohngemeinschaft, in der es nur ein Badezimmer und eine Toilette gibt. Das muss ich dann doch nicht haben.«

»Ich bin beeindruckt, auf solche Nebensächlichkeiten achtest du nicht immer, wenn ich mich recht erinnere.«

»Wärm doch nicht schon wieder die alte Geschichte auf! Ich war sechzehn und hatte keine Ahnung, dass der Typ in einer Garage wohnte.«

»Haben wir nicht noch irgendwo ein Foto dieses Herzensbrechers? Ich müsste wieder mal meine Erinnerungskiste hervorholen.«

»Wage es ja nicht und fang endlich an, dich von dem alten Zeug zu trennen, das ohnehin kein Mensch mehr sehen will.«

»Wer weiß, wenn du mal alt und grau bist und ich dich im betreuten Wohnheim besuche, wirst du dich über alte

Erinnerungsfotos, auf denen junge knackige Burschen zu sehen sind, freuen.«

»Du bist schließlich älter als ich – also wer wird hier wohl wen besuchen?«

»Zwei Monate Altersunterschied würde ich jetzt nicht unbedingt als Argument ins Rennen schicken.«

»Jeder Tag zählt, Süße, im Kampf um den Thron. Aber kommen wir nicht vom Thema ab. Wenn du ihn gesehen hättest, Jo! Du hättest auch nicht widerstehen können. Diese Grübchen und das Lachen, einfach umwerfend.«

»Er ist ein neunzehnjähriger Barkeeper, Ellie. Er tut den ganzen Tag, beziehungsweise die ganze Nacht, nichts anderes, als zu lächeln und irgendwelche Frauen zu küssen. Wenn der nicht süß wäre – wer dann?«

»Sehr witzig. Jedenfalls hat er mir seine Telefonnummer auf meinen Bauch geschrieben und mich gebeten, mich bald bei ihm zu melden. Um dort weiterzumachen, wo wir aufgehört haben.«

»Noch einmal zum Mitschreiben: Er ist neunzehn, du achtunddreißig!«

»Ich überlege mir die ganze Zeit, ob ich ihn anrufen soll.«

»Spreche ich Chinesisch?«

»Was habe ich zu verlieren? Ich will keine feste Beziehung und seine Küsse versprechen einiges, im schlimmsten Fall erlebe ich eine traumhafte Nacht und sehe ihn nie wieder.«

»Ellie, möchtest du dir nicht jemanden suchen, mit dem es sich lohnt, eine Beziehung aufzubauen, etwas Festes, etwas für …«

»… den Rest meines Lebens, meinst du? Jo, du bist doch diejenige, die das Glückslos gezogen hat, so oft gibt es das nicht. Sei dankbar, dass du dich nicht im Dschungel der einsamen Herzen über fünfunddreißig befindest. Da ist wenig Platz für Romantik, das ist beinhart und jeder versucht, das Beste für sich rauszuholen. Wenn es sich in Form eines neunzehnjährigen Barkeepers offenbart, dann sollte man zugreifen. Es könnte der Jackpot des Monats sein.«

Ich muss lächeln, denn meine weise Freundin hat recht und ich frage mich, ob ich jetzt gerade gerne mit ihr tauschen würde. Ein Abenteuer, das keine Zukunft verspricht und sich trotzdem so wahnsinnig gut anfühlt. Wann habe ich so etwas das letzte Mal erlebt?

»Wenn das so ist, Schätzchen, dann hol ihn dir. Falls du nächste Woche das Gefühl hast, es war ein Fehler, ruf mich an und lass dich trösten.«

»Schade, dass immer nur ich Fehler begehe. Ich würde auch gerne einmal für dich da sein.«

»Jedes Mal, wenn ich mit High Heels durch die Stadt laufe, mache ich einen Fehler. Wo bist du dann?«, scherze ich.

Mein Flug wird aufgerufen und ich erkläre Ellie, dass ich aufhören muss.

»Was ist los? Wo bist du?«

»Ich fliege gleich nach Rhodos. Mein Flug wurde gerade aufgerufen.«

»Wirklich? Warum fliegst du plötzlich zu Lisa?«

»Sie ist gestorben.«

Stille am anderen Ende der Leitung. Dann ist Ellie wieder da: »Wie bitte? Was ist passiert?«

»Krebs. Es war Krebs.«

»Ich wusste ja nicht, dass Lisa krank war.«

»Wir wussten es alle nicht, Ellie. Ich muss jetzt los, wir reden später. Ich habe vor, einige Zeit bei meinen Verwandten in Griechenland zu bleiben, da werden wir sicher das eine oder andere Mal telefonieren.«

»Hey, nicht so schnell! Wo sind Robert und Sam?«

»Robert musste ungeplant nach Island, um dort die Revitalisierung eines Unternehmens zu koordinieren, und Sam wird einige Wochen in Stemmling bei meinen Eltern verbringen. Tante Lisas Tod hat uns alle überrascht und wir mussten kurzfristig nach einer Lösung suchen.«

»Deine Eltern und Verwandten haben also entschieden, dass du nach Griechenland fliegst.«

»Du kennst sie.«

»Keiner von ihnen wollte also fliegen …«

»Niemand außer mir hat je ein Flugzeug bestiegen.«

»Und damit gab es auch keine Diskussionen.«

»Nicht wirklich, und deshalb, Ellie, muss ich das Gespräch nun beenden, denn die schon etwas ungeduldige Flugbegleiterin möchte meinen Boarding Pass sehen.«

»Wie lange bleibst du weg?«

»Mal sehen. Eigentlich könnte ich fast den ganzen Sommer bleiben, aber ich möchte das im Moment noch offenlassen.«

»Ich werde dich vermissen. Bitte ruf mich an, wenn du auf Rhodos gelandet bist. Bestell allen liebe Grüße, vor allem Yannis. Es tut mir leid wegen Lisa.«

»Das mache ich und melde mich, sobald ich mich etwas akklimatisiert habe.«

»Oder wenn der erste attraktive Grieche auftaucht. Nimm dich in Acht vor ihnen, besonders vor Barkeepern, die haben es in sich.«

»Okay. Ich werde mich hüten, und wenn ich einen Rat benötige, weiß ich ja, wen ich fragen kann. Mach's gut, Ellie.«

Schnell drücke ich den Off-Knopf meines Handys und reiche der Dame in der blauen Uniform mein Ticket.

2. Kapitel

Ich atme tief ein und schließe meine Augen. Die letzten Tage sind wie im Schnelldurchlauf an mir vorübergezogen. Der nächtliche Anruf von Manús, dem ältesten Sohn meiner Taufpatin Lisa, die ich immer als eine Art Lieblingstante angesehen hatte. Eigentlich war sie eine Cousine meiner Mutter, sie hat als junges Mädchen ihre Heimat verlassen und ist ihrer großen Liebe nach Griechenland gefolgt. Obwohl in den Sechzigern viele Mädchen davon träumten, die Kleinstadtidylle hinter sich zu lassen, war sie eine der wenigen, die es auch verwirklichten – an der Seite des jungen griechischen Gastarbeiters Yannis Deloudis, den sie in nur wenigen Wochen so verzaubert hatte, dass er bei ihren Eltern um ihre Hand anhielt. Und so zog die siebzehnjährige Lisa ohne ein Wort Griechisch zu sprechen aus dem Bergdorf Stemmling fort. Sie hinterließ ein paar traurige Freundinnen, einen gekränkten Verehrer und viele verständnislose Verwandte. Eine davon war ihre Cousine, meine Mutter Emmi.

»Hätten Sie gerne etwas zu trinken?«, werde ich von der Flugbegleiterin gefragt. – »Nein, danke.«

Das liegt nun schon mehr als vierzig Jahre zurück und Tante Lisas Rechnung war aufgegangen. Nach einem nicht so einfachen Start hatte sie es schließlich auf eine ansehnliche griechische Familie, bestehend aus einem gut verdienenden Ehemann und drei entzückenden Kindern, Manús, Sophía und Xénia, gebracht, die bei ihrem jährlichen Sommerurlaub in Österreich von diversen Verwandten und Bekannten bestaunt und geherzt wurden. Trotz all des Glücks und des Erfolges in der neuen Welt konnte Tante Lisa die Heimat aber nie vergessen, besuchte sie regelmäßig und pflegte einen regen Brief- und Telefonkontakt, vor allem mit Emmi, meiner Mutter.

Als Mama zum zweiten Mal schwanger wurde und noch einen Nachzügler erwartete, nämlich mich, rief Tante Lisa an, um ihr überschwenglich zu gratulieren und von den Fortschritten ihrer eigenen Wonneproppen zu berichten. Meine Mutter, wahrscheinlich gerade von einem Hormonschub überwältigt, war so aufgedreht und fröhlich, dass sie Tante Lisa bat, meine Taufpatin zu werden.

Und nun ist meine Patentante verstorben, viel zu früh, wie mir ihr Sohn Manús Freitag Nacht mitgeteilt hatte. Obwohl Onkel Yannis und ihre Kinder alle wussten, dass der Krebs ihren Leib auffraß, wurden wir, die Verwandten in der alten Heimat, nicht informiert. Tante Lisa wollte es so, es war für sie schlimm genug, ihr Schicksal zu akzeptieren, ihre Verwandten in Österreich wollte sie aus dem »Dilemma«, wie sie es nannte, raushalten. Wenn es vorüber wäre, würde sie es erzählen und mit Emmi darüber lachen, dass sie dem Schicksal ein Schnippchen geschlagen hatte. Aber unglücklicherweise ließ sich das Schicksal nicht übers Ohr hauen und Lisa musste ihre österreichische Familie ohne Abschied zurücklassen.

Ich beobachte die anderen Fluggäste, die sich in den angrenzenden Sitzreihen befinden. Es handelt sich vorwiegend um Familien mit kleinen Kindern, junge Pärchen und einige Männer- beziehungsweise Frauengruppen, die sich alle auf den anstehenden Mittelmeerurlaub einstimmen. Dementsprechend laut ist es im Flugzeug. Ich scheine die Einzige zu sein, die alleine fliegt. Es fühlt sich ungewohnt an, denn normalerweise verreise ich mit Robert und Sam. Ich fange den Gesichtsausdruck einer verzweifelten Mutter vor mir auf, die ihr brüllendes Kleinkind nicht bändigen kann und kurz davor ist, aus dem Flugzeug zu springen, und muss lächeln. Nach einem weiteren Blick auf meine Sitznachbarn, ein älteres Ehepaar, das sich anscheinend nichts mehr zu sagen hat, fühle ich mich gar nicht mehr so schlecht.

Ich schließe meine Augen und stelle mir Tante Lisas Insel vor, das unbeschwerte Leben in einer Urlaubswelt und die fremden Menschen, von denen ich schon so manche Geschichte gehört hatte. Wie wohl der Fischer Iásos aussehen würde, der meine Tante immer mit Lebensmitteln versorgt und ihr den Dorfklatsch ins Haus gebracht hatte? Obwohl ich ihre Heimat noch nie gesehen habe, fühle ich mich ihr ganz nahe.

Ich liebte meine Tante seit unserem ersten Zusammentreffen, an das ich mich gar nicht mehr erinnern kann, denn es handelte sich um meine Taufe. Stolz, ihre rote Mähne unter einem riesigen weißen Hut gezähmt, trug mich Tante Lisa in die kleine Kirche am Hügel, wo schon meine Eltern geheiratet hatten. Ich kenne diese Szene nur aus Erzählungen beziehungsweise von einem Foto, das sich in einem der Fotoalben meiner Mutter befindet. Angeblich lächelte ich meine Patentante während der ganzen Zeremonie an, und sogar als der Priester das kalte Weihwasser über meinen Kopf fließen ließ, strahlte ich noch immer wie ein Honigkuchenpferd.

Jeden folgenden Sommer, wenn Lisa mit ihrer Familie anreiste, saß ich bereits Stunden vor der Ankunft auf der

Treppe vor unserem Haus und erwartete »meine« Gäste. Da die Deloudis' jedes Mal mit einem anderen Mietwagen den Hügel herunterrollten, wartete ich stets auf den Moment, wo sie endgültig im Hof waren, um meinem Herzen das Signal zu geben, dass es nun zerspringen dürfe, denn endlich waren sie alle da und damit die nächsten zwei bis drei Wochen meiner Sommerferien gerettet. Das änderte sich auch nicht, als ich nach Graz zum Studieren ging. Wann immer meine griechischen Verwandten ihren Urlaub im heimatlichen Dorf ankündigten, war ich selbst vor Ort, um sie in Empfang zu nehmen und mit ihnen die folgenden Wochen zu verbringen. Wir wohnten zwar in unterschiedlichen Ländern, aber waren uns näher als manche Nachbarn.

Erst durch meine Hochzeit mit Robert, den ich auf einer Uniparty in Graz kennengelernt hatte, lockerte sich unser Kontakt, denn Robert konnte mit meinem unspektakulären Heimatdorf, meiner Familie sowie der Verwandtschaft nicht so viel anfangen, wie ich es mir gewünscht hätte. Folglich verbrachten wir nicht mehr sehr viel Zeit in Stemmling und unsere sporadischen Besuche beschränkten sich eher auf Kurzurlaube zwei- bis dreimal im Jahr. Vor allem meine redselige griechische Tante war ihm suspekt und er freute sich, wenn er es schaffte, sich aus dem Mittelpunkt ihres Interesses zu befreien.

»Wärst du lieber ein Fisch oder ein Vogel?«, hörte ich Tante Lisa fragen, als sie Robert bei einem ihrer Besuche in die Mangel genommen hatte.

»Na ja, darüber habe ich mir noch nie Gedanken gemacht, aber wahrscheinlich ein Fisch. *Munter wie ein Fisch im Wasser*, so sagt man doch? Fische müssen nicht sprechen und führen ein stressfreies Leben.«

»Interessant«, antwortete meine kleine rothaarige Tante mit einem vielsagenden Lächeln im Gesicht.

Robert wusste ihre Mimik nicht zu deuten und grinste verlegen, nicht ahnend, ob er den Test bestanden hatte, beziehungsweise ob es überhaupt eine Prüfung gewesen war.

Für Tante Lisa wäre »Vogel« die richtige Antwort gewesen, denn für sie waren Vögel der Inbegriff von Freiheit und Erotik. Sie hatte mir einmal, an einem langen und kalten Winterabend in der Weihnachtszeit, ausführlich geschildert, dass Vögel immer schon die Verbindung zwischen Himmel und Erde, zwischen den Göttern und den Menschen symbolisierten. Sie legen weite Strecken zurück, stehen also auch für Unabhängigkeit und Mut. Eigenschaften, die meine Tante nicht nur immer schätzte, sondern auch lebte. Fische hingegen waren für sie kalt und glitschig, sehr gut geeignet, um sie zu essen, aber nicht, um mit ihnen zu leben. So sah es jedenfalls Tante Lisa, und Robert hatte auf voller Länge verloren, ohne dass ihm dies bewusst gewesen wäre.

Irgendwie gab es immer etwas, was die zwei aneinandergeraten ließ und meist in langen Diskussionen endete. Sehr oft ging niemand als Sieger hervor, denn keiner wollte seinen Standpunkt aufgeben. Was jedoch offensichtlich blieb, war der Umstand, dass sie sich niemals füreinander erwärmen würden. So sehr mich das schmerzte, ich konnte nichts dagegen tun. Mit war klar, dass ich beide lieben und Zeit mit ihnen verbringen konnte, aber nur unter der Voraussetzung, dass ich die zwei voneinander fernhielt. So reiste ich im Sommer sehr oft nur mit Sam und ohne Robert nach Stemmling, um ein paar Tage griechisches Flair zu erleben. Robert akzeptierte das mit Erleichterung und die Deloudis' stellten es nie in Frage. Robert wurde zwar erwähnt, sie fragten auch nach ihm, aber eher auf eine oberflächlich-höfliche Weise, die für alle einen guten Kompromiss darstellte. Aus diesem Grund wurde auch nie ein gemeinsamer Urlaub auf Rhodos angedacht, denn Robert beharrte auf seinem Wunsch, meinen familiären Background zwar anzunehmen, aber bloß nicht überzustrapazieren.

Seine Familie ist so gut wie nicht vorhanden. Abgesehen von einer Schwester, der wir immer eine Weihnachtskarte schicken und die wir ein Mal im Jahr in Wien zu einem Mittagessen treffen, ist Robert eine Insel ohne Verbindung zum Festland. Seine Eltern sind früh gestorben und beide waren Einzelkinder, von Großeltern habe ich nie etwas gehört. »Ihr seid meine Familie«, verkündet er immer gerührt und ich fühlte mich deshalb sogar geschmeichelt. In den letzten Jahren frage ich mich allerdings, ob Robert, wäre er in einer intakten Familie aufgewachsen, nicht anders auf meine Familie reagieren würde. So anstrengend die Familie auch sein kann, so sehr gibt sie mir Rückhalt, ich wäre ohne sie und die gemeinsamen Erinnerungen, die wir teilen, nur ein halber Mensch.

Das Bordpersonal beginnt, die trostlosen Snacks auszuteilen, ich entscheide mich für ein Käsesandwich. Dazu bestelle ich ein Glas Wein, denn Tante Lisa war davon überzeugt gewesen, dass ein tägliches Gläschen einem guttun würde. In Gedanken proste ich Tante Lisa zu.

Plötzlich muss ich an das Gespräch mit meiner Mutter denken und werde leicht sentimental. Ich war extra nach Stemmling gefahren, um ihr die Nachricht von Tante Lisas Tod zu überbringen.

»Mama, ich wurde heute Nacht durch einen Anruf aus Griechenland geweckt.«

»Hat Lisa wieder einmal vergessen, dass wir hier früher zu Bett gehen?«, fragte meine Mutter lächelnd.

Als ich langsam den Kopf schüttelte und zu Boden schaute, folgte mir ihr Blick. Sie hob meinen Kopf, und während mein Kinn in ihrer vom Alter gezeichneten Hand ruhte, sprach ich das Furchtbare aus: »Tante Lisa ist gestorben.«

Stille. Sehr lange sprachen wir beide kein Wort – der Satz hing in der Luft.

Dann, ganz langsam, kullerten die Tränen. Während Mama lautlos weinte, manifestierte sich in ihrem Gesicht das Begreifen. Kein Kind kann mit der Trauer der Eltern wirklich umgehen, und ich fühlte mich hilflos. Ich nahm meine Mutter in den Arm und streichelte ihr über den Rücken. Langsam und leise begann ich zu erzählen, was Manús mir in der Nacht zuvor mitgeteilt hatte.

Ich hielt meine Mutter fest, während sie weinte, genauso wie sie mich unzählige Male gehalten hatte, wenn ich wieder einmal unter Liebekummer litt. Damals hatte ich mir nicht vorstellen können, dass auch Mütter manchmal Trost brauchten.

»Mama, leg dich kurz hin. Ich hole dir etwas Wasser. Du bist ja völlig bleich.«

Ich blickte in ihre braunen Augen, die noch immer mit Tränen gefüllt waren. Sie stand auf, ich stützte sie, aber sie lehnte plötzlich meine Hilfe ab.

»Es ist gut. Ich brauche nur etwas Zeit, ich werde mich frisch machen.«

»Mama? Wozu? Setz dich doch und lass uns darüber reden«, versuchte ich sie zu beruhigen.

»Das ist lieb von dir. Aber Lisa ist tot. Ich kann damit gerade nicht umgehen und es tut verdammt weh.«

Ich war überrascht und schockiert zugleich. Ich sah meine Mutter vor mir wie nie zuvor, verletzbar – und das war etwas, womit *ich* nicht umgehen konnte.

Ich wische ein paar Tränen aus meinem Gesicht, welche die Erinnerung an unser Gespräch verursacht hat. Dann vernehme ich über Lautsprecher, dass wir uns auf dem Sinkflug über Rhodos befinden. Ich blicke aus dem Fenster und das Erste, was ich von Rhodos sehe, sind hunderte kleine weiße Häuser, welche chaosartig das weiße Ufer und den ockerfarbenen Boden der Insel besiedeln. Natürlich habe ich aufgrund der Tatsache, dass meine Patentante auf Rhodos lebte, schon einige Bücher darüber gelesen und kenne mich also, sofern man oberflächliches Schmökern in Reiseführern oder Geschichtsbüchern als Wissensaneignung anerkennen kann, einigermaßen gut aus, was die griechische Geschichte und Mythologie betrifft. Ich weiß jedenfalls, dass Rhodos – laut Homer – sogar am Trojanischen Krieg beteiligt gewesen ist. Es handelt sich dementsprechend um ein Volk, das sich gerne in die Angelegenheiten anderer einmischt – perfekt für Getratsche, Verleumdungen und interessante Theorien, würde Ellie sagen.

In diesem Moment setzt die Maschine auf der Landebahn auf und nähert sich der Parkposition. Die Menschenmenge belohnt die Leistung des Kapitäns mit einem lauten Klatschkonzert, ich scheine die Einzige zu sein, die nicht versteht, warum man jemandem applaudieren soll, der einfach nur seinen Job macht. Man klatscht ja auch nicht, wenn man aus dem Autobus aussteigt, ich jedenfalls nicht.

Sobald die Maschine ihre Endposition eingenommen hat, hüpfen alle wie panisch hoch, als bestünde die Gefahr, eingesperrt zu werden, sollte man nicht innerhalb von Sekunden die Sitze verlassen haben. Ich bleibe demonstrativ auf meinem Fensterplatz sitzen, packe langsam die Zeitschriften in meine Handtasche und beobachte aus dem Fenster das Bodenpersonal, welches schon die Ladeluken geöffnet hat und unser Gepäck in Empfang nimmt. Es sind lauter Männer, sie tragen lustige orange Ohrenschützer und kurzärmelige weiße Hemden, einige haben Schweißränder unter ihren Armen, es muss wohl sehr heiß sein. Dennoch wirken sie gut gelaunt und ihre schwarzen Locken tänzeln im Wind. Ob ich will oder nicht, die gute Laune wirkt ansteckend und ich beginne, mich auf meinen Aufenthalt zu freuen. Als sich meine Sitznachbarn schon am Ausgang des Flugzeuges befinden, erhebe ich mich und mache mich ebenfalls auf den Weg nach draußen.

Der erste Eindruck ist im wahrsten Sinne des Wortes umwerfend, ich werde von einer heißen Windböe fast umgefegt, in dieser tropischen Hölle müssen so um die vierzig Grad vorherrschen, und in Sekundenschnelle spüre ich, wie kleine Bäche aus Schweiß meine Oberschenkel hinunterlaufen. Schnell steige ich die Treppenstufen hinab, um in den Bus zu gelangen, und erst als der Bus uns endlich beim Flughafengebäude absetzt und ich mich in der großen klimatisierten Gepäckhalle befinde, kann ich wieder frei durchatmen. Ich folge der Menschenmenge, die sich zielstrebig in eine Richtung bewegt und ein Förderband anpeilt.

Nach einigen Minuten verlasse ich den Bereich mit einem Wagen voller Koffer und Taschen in Richtung Ankunftshalle, welche nicht wirklich internationalem Standard entspricht. Es handelt sich um einen etwas breiteren Gang, in dem gelangweilte Menschen herumstehen, um Touristen oder Verwandte abzuholen. Ich lächle und mein Blick schweift umher, um meine griechische Familie auszumachen. Schnell überfliege ich die Schilder, welche in die Höhe gestreckt wurden, ob dort vielleicht irgendwo mein Name auftaucht – doch ich sehe weder Jo noch Josephine, schon gar nicht Schneider. Noch einmal sehe ich mir alle Wartenden genau an, um sicherzugehen, dass ich niemanden übersehe. Ich hole mein Handy aus der Tasche, schalte es ein und versuche, Manús anzurufen. Es klingelt, aber niemand nimmt ab. Hervorragend, das Griechenlandabenteuer fängt ja gut an!

Ich rolle meinen Wagen mit den vielen Gepäckstücken in Richtung Ausgang, welcher nur ein paar Meter vor mir liegt. Abermals schlägt mir ungewohnt heiße Luft entgegen und ich bemerke, dass ich schon wieder zu schwitzen beginne. Schnell streife ich die dünne Strickweste ab, die ich wegen der Flugzeuglüftung angezogen hatte. Schon besser, jetzt ist es nur noch mittelheiß, außerdem fühle ich einen leichten Luftzug, als ich die Ankunftshalle verlasse, was das Atmen erleichtert. Ich parke meinen Gepäckwagen vor einer blauen Sitzbank aus Holz, auf der ich mich niederlasse und warte. Irgendwann würde mich sicher jemand abholen. Eilig habe ich es ja nicht, also befehle ich meinem Geist und meinem Körper, sich zu entspannen.

Einer der Taxifahrer zeigt mir ein breites Grinsen, geradeso, als wolle er mir mitteilen, dass das Leben auf den griechischen Inseln einem eigenen Rhythmus folgt, dem sich jeder, ob Einheimischer oder Tourist, unterzuordnen hat.

Langsam breiten sich Sympathie für und Neugier auf dieses Inselvolk in mir aus und ich bin trotz des traurigen Anlasses voller Vorfreude auf das Wiedersehen mit meiner griechischen Verwandtschaft. Plötzlich sehe ich, wie ein dunkelblauer schmutziger Kombi um die Kurve quietscht. Schon aus der Ferne erkenne ich den Fahrer, denn diese blauen Augen, gepaart mit wuscheligen, längeren schwarzen Locken, hätte ich überall aus der Menge erkannt. Es mögen Jahre vergangen sein, seit ich in meinen Cousin verliebt war, aber sein Anblick verursacht bei mir offenbar noch immer Herzklopfen. Ein verwandtschaftliches, platonisches Gefühl war das allerdings – heute jedenfalls. Das Auto bremst schließlich genau vor mir ab und vier Türen werden gleichzeitig aufgerissen.

»Manús, du Besserwisser, ich habe dir doch gesagt, dass wir zu spät sind. Schau sie dir an! Jo, meine Süße, du musst hier alleine sitzen und auf uns warten!«

Onkel Yannis stürmt auf mich zu, und obwohl er nicht mehr der Jüngste ist, hebt er mich auf und wirbelt mich im Kreis herum. Dann küsst er mich dreimal auf die Wange und drückt mich so fest an sich, als würde er die Umarmung nie wieder lösen wollen. Ich lasse es geschehen und weiß, dass ich im Moment für alles stehe, was ihn an Lisa erinnert, vor allem auch an die Zeit, die er mit ihr in Österreich verbracht hat.

»Es tut mir so leid, Onkel Yannis«, flüstere ich ihm ins Ohr. Er drückt mich noch fester an sich und ich spüre, dass er weint. Wir bleiben einige Minuten schweigend stehen und jeder genießt die Wärme und den Halt des anderen Körpers.

»Papa, lass uns doch auch einmal hallo sagen«, höre ich Manús schließlich sagen.

»Natürlich, mein Sohn, du hast recht.«

Und schon blicke ich in die Augen meiner ersten große Liebe, Manús, die mich an damals erinnern, auch wenn sich mittlerweile natürlich einige Fältchen in seinem Gesicht eingenistet haben und das schwarze Haar, das zwar noch immer wild sein Gesicht umschließt, nun von einigen silbrigen Streifen durchzogen wird. Trotz allem muss ich mir eingestehen, dass mein Großcousin noch immer umwerfend gut aussieht und die Jahre ihm zusätzlich einen Hauch Reife und Erfahrung verliehen haben.

»Jo, mein Gott, du bist ja eine richtige Frau geworden – wenn Papa dich nicht erkannt hätte, wäre ich glatt vorbeigefahren und hätte dir nur hinterhergepfiffen!«

Damit küsst auch er mich herzlich auf die Wangen und wuschelt durch mein langes Haar.

»Ja klar, du Charmeur. Irgendwie hast du dich gar nicht verändert. Noch immer der alte Herzensbrecher, der seine Hände nicht von Blondinen lassen kann.«

»Das wollen wir mal nicht Mama verraten«, lässt uns Vassily wissen, eindeutig Manús' Sohn, obwohl ich auch einige Züge von seiner Mama Mélina erkennen kann. Ich begrüße den Jungen, der mich nur von Fotos kennt, freundlich. Tante Lisas Kinder waren früher jeden Sommer bei uns in Stemmling gewesen, als sie allerdings ihre eigenen Familien gründeten, gaben sie die Urlaube in Österreich auf.

Dann sehe ich noch zwei schüchterne, riesengroße grüne Augen hinter Onkel Yannis' Rücken hervorblitzen, und als ich das kleine Mädchen erkenne, das ganz offensichtlich Tante Lisas rotes Haar geerbt hat, welches umwerfend mit den Augen harmoniert, wird mir schwer ums Herz. »Dann bist du wohl Foteini, deine Oma hat mir ganz oft von dir erzählt, ich freu mich so, dich endlich kennenzulernen!« Manús' Jüngste war meiner Tante wie aus dem Gesicht geschnitten, und Lisa hatte den roten Wirbelwind, wie sie die Kleine nannte, sehr in ihr Herz geschlossen. Natürlich hatte sie sich auch beschwert, wie anstrengend Foteini sein konnte, und dass ihre Nerven nicht mehr stark genug waren, um auf so ein Kind aufzupassen. Im Grunde aber war sie unendlich stolz auf die kleine Enkeltochter.

»Bekomme ich einen Kuss?«, frage ich Foteini, die sich noch immer hinter ihrem Großvater versteckt. Zuerst überlegt sie, dann sieht sie Onkel Yannis fragend an, welcher ihr zulächelt und nickt. Sie kommt langsam auf mich zu und schlingt dann, überraschenderweise sehr heftig, ihre Arme um meinen Hals. Mit zwei herzlichen Schmatzern auf meine Wangen wird unsere Freundschaft besiegelt.

»Lasst uns fahren, Jo hat sicher Hunger!«, stellt Onkel Yannis fest und ich befürchte, dass sich das Familien-Gen, was das kulinarische Wohl der Gäste betrifft, bis zu den griechischen Verwandten durchgesetzt hat. Höchstwahrscheinlich werde ich in Kürze wie bei Mama gemästet, nur nicht mit Schweinsbraten und Kartoffeln, sondern mit Moussaka und gefüllten Weinblättern. Wir zwängen uns also alle in Manús' alten Kombi, welcher mit einem Aufheulen gestartet wird und dann mit quietschenden Reifen das Flughafengelände verlässt.

»Haben wir es eilig oder willst du mich beeindrucken?«, versuche ich herauszufinden, während ich fast die arme Foteini erdrücke.

»Beides, Cousinchen«, lässt Manús mich grinsend wissen.

Ich werde im Auto alles Mögliche gefragt und antworte pflichtbewusst so ausführlich wie möglich. Mich selbst interessiert momentan so gut wie nichts, denn ich habe das Gefühl, dass ich noch nicht ganz angekommen bin, und ich fühle mich in der fremden Umgebung etwas fehl am Platz. Ich sehe, wie kleine Dörfer an mir vorbeiziehen und entdecke Unmengen an bunten Büschen und Blumen – vorwiegend Bougainvilleas und Oleander –, welche die sonst eher karge Landschaft malerisch aufpeppen. Natürlich gibt es auch Olivenbäume, die teilnahmslos ihre knorrigen Äste in die Höhe strecken, die rissige Borke als Schutz, um der Hitze auf der Insel standzuhalten. Die Menschen auf den Straßen sind entweder Touristen, die sich optisch von der Inselbevölkerung abheben, welche viel dunkler und rassiger aussieht als die Mittel- und Nordeuropäer. Die älteren Frauen, die wie auf kitschigen Postkarten ihr Haar mit einem dunklen Tuch bedeckt haben, schleppen sich durch die glühende Hitze zum Gemüsehändler oder zum Fischmarkt. Sie sehen würdevoll aus, nicht gestresst, und auch wenn sie nicht mehr jung sind, haben sie ihre Aufgaben und tragen ihren Teil zum Zusammenleben bei. Die Frage nach dem Sinn des Lebens stellen sie sich wahrscheinlich nie, sie leben so, wie man es ihnen vorgelebt hat, und irgendwann verabschieden sie sich – vermutlich mit einem zufriedenen Lächeln im Gesicht.

»Wann findet das Begräbnis statt?«, frage ich schließlich leise. Alle verstummen, denn plötzlich steht die Tatsache im Raum, dass ich gekommen bin, weil Tante Lisa nicht mehr unter uns weilt. Manchmal ist es so einfach, eine herzzerreißende Gewissheit zu ignorieren, sie einfach auszublenden. Das funktioniert so lange, bis irgendetwas oder irgendjemand einem bewusst macht, dass man der Realität nicht entfliehen kann. Schweigend legen wir die letzten Kilometer zurück.

3. Kapitel

Einige Minuten später sind wir an unserem Ziel angekommen. Nachdem wir das Ortsschild passiert haben, links abgebogen und eine schmale Gasse entlanggefahren sind, stoppt Manús das Auto vor einem großen weißen Haus.

Ich steige aus dem Wagen und sehe mich um. Natürlich erkenne ich das Gebäude, das ich auf diversen Fotografien schon gesehen habe, jedoch ist es etwas anderes, selbst davor zu stehen. Mächtig erhebt es sich vor mir, und obwohl es eindeutig im griechischen Baustil errichtet ist, erkenne ich doch den liebevollen Einfluss meiner Tante, die nach österreichischer Tradition alles mit Blumenbeeten und saftigem Grün umrandet hat, was in diesem Klima mit Sicherheit eine Unmenge an Bewässerung erfordert. Das Haus ist in Weiß gehalten, die Fensterrahmen erstrahlen in leuchtendem Blau, wie bei den meisten griechischen Bauwerken.

Mir fällt ein viereckiges, schwarzes Tuch über der Haustür auf, das offensichtlich kein Teil der Fassade ist. Ich nehme an, dass es mit dem anstehenden Begräbnis zu tun hat, und als ich Manús darauf anspreche, erklärt er mir, dass dies ein Zeichen dafür sei, dass in ihrem Haus getrauert wird. Onkel Yannis hat inzwischen mein Gepäck aus dem Wagen geholt, und erste Schweißperlen zeichnen sich auf seiner Stirn ab. Ich will ihm zur Hilfe eilen, werde aber sofort gemaßregelt, dass er das auf keinen Fall zulassen würde. Willkommen im Land der Machos, denke ich liebevoll, auch wenn sie schon etwas betagt sind und ihr Rücken ihnen diese Einstellung am Abend nicht danken wird.

Langsam begibt sich unsere Karawane ins Haus, aus welchem laute Stimmen an mein Ohr dringen. Ich folge meinem Cousin und verhalte mich ruhig, da ich mir unsicher bin, was mich in Tante Lisas Heim erwartet. Als wir den Vorraum verlassen, erkenne ich eine Art Wohnzimmer mit angrenzender Küche. Alle Räume sind hell gestrichen und mit dunklen schweren Holzmöbeln ausgestattet. Die Böden, ebenfalls in dunklem Holz, vermitteln Wärme und einen vertrauten Charme. Leichte Vorhänge flattern vor den gekippten Fenstern im Wind und an den Wänden erblicke ich unzählige Bilder und eingerahmte Fotos, die meisten zeigen Abbildungen von Menschen, und viele davon kenne ich aus meiner Heimat. Obwohl ich es liebe, Fotos anzusehen, verkneife ich es mir in diesem Moment, es würde noch genug Zeit dafür bleiben.

Wir durchqueren das ganze Haus und peilen den Innenhof an, aus dem die ganzen Stimmen zu hören sind. Als ich von dem kühlen Innenbereich ins Freie trete, wird mir bewusst, dass es noch immer sehr heiß ist. Ich beginne, mir mit meiner Hand etwas frische Luft zuzufächeln, halte dann aber den Atem an. Der Garten lässt mich innehalten und staunen: Umgeben von altem Baumbestand, prachtvollen bunten Blumen, Büschen und Töpfen sowie beeindruckenden Steindekorationen scheine ich mich plötzlich im Paradies wiederzufinden.

Allerdings stehe ich in diesem Paradies ungefähr dreißig Fremden gegenüber, die mich alle neugierig anstarren. Nach einem Moment der Verwirrtheit setzt meine Atmung reflexartig wieder ein und ein verlegenes Lächeln huscht über mein Gesicht.

»Kalimera«, bringe ich gerade noch heraus, damit sind meine Griechischkenntnisse auch schon erschöpft.

Mélina, Manús' wunderschöne Frau, kommt mir entgegen und nimmt mich herzlich in die Arme. Ihre großen dunklen Augen strahlen.

»*Kalimera,* Jo. Wir freuen uns so, dass du hier bist. Lisa hätte sich nichts mehr gewünscht.« Ihre Augen werden wässrig und ich vernehme ein leises Seufzen.

»Entschuldige mein Englisch, aber ich bin etwas verrostet.«

»Eingerostet. Ich bitte dich, das kann ich nicht bestätigen. Mein Griechisch hingegen ist nicht existent, also bin ich es, die um Verzeihung bitten muss.«

Dann bin ich plötzlich von fremden Menschen umringt: Nachbarn, Freunde und Bekannte, die mir alle die Hand schütteln und mich willkommen heißen möchten. Anscheinend wissen sie, wer ich bin, und sie wurden über meine Ankunft informiert. Yannis und Manús erklären den Anwesenden auf Griechisch etwas, was ich natürlich nicht verstehe. Es könnte durchaus sein, dass sie ihnen Details aus meinem Liebesleben offenbaren – wer weiß das schon?

Foteini bringt mir selbst gemachten Eistee und einige Kekse, sie strahlt mich an und belegt herrschsüchtig den Stuhl neben mir, geradeso als wäre sie meine persönliche Begleiterin. Ich nehme es lächelnd hin und streichle über ihr rotes Haar, als ob es Tante Lisas wäre.

»Hallo Jo, ich bin Maria, Sophías Tochter. Es freut mich, dass wir uns endlich kennenlernen. Großmutter hat mir so viel von dir erzählt.«

»*Kalimera,* Maria! Freut mich auch!« Ich bekräftige meine Worte mit einer festen Umarmung.

Das war also die abenteuerlustige Tochter von Sophía, Manús' älterer Schwester. Sie muss so zirka siebzehn Jahre alt sein, natürlich ist auch sie eine griechische Schönheit, oder auf dem besten Weg dahin. Unbefangen – wie die meisten Leute, die mir hier bisher begegnet sind – fängt sie zu erzählen an und ich erfahre so einiges über diverse Zeitgenossen, die sich um uns herum versammelt haben. Es ist auch Maria, die mir erklärt, dass der soziale Zusammenhalt in Griechenland noch immer sehr ausgeprägt ist, vor allem auf den Inseln und ganz besonders in den kleinen Ortschaften. Ein Todesfall in der Familie ist überall ein schreckliches Ereignis, aber hier muss man es nicht allein durchstehen, denn alle aus dem Dorf kommen, um zu helfen und zu trösten. Die Betroffenen werden dadurch abgelenkt und man zeigt ihnen, dass sie nicht alleine sind. Meistens bringen die Leute sogar noch Unmengen an Speisen und Getränken mit, sodass man letztendlich gemütlich zusammensitzt und seine Erinnerungen an den verstorbenen Menschen teilt. Früher, berichtet Maria, wurde der Sarg offen im Wohnzimmer aufgebahrt, wo die Frauen der Familie wachten, während die Männer im Hof saßen und Metaxa und Mokka zu sich nahmen und über das Leben und Sterben sinnierten. Am Abend wurde dann die Totenwache gehalten.

Ich frage, wo Lisa eigentlich aufgebahrt ist. Maria erklärt mir, dass es ein Beerdigungsinstitut gibt, neben der Kapelle, wo am nächsten Tag um 16 Uhr die Verabschiedung stattfinden würde. Mich fröstelt es bei dem Gedanken, und ich bin froh, dass es den Brauch mit der Aufbahrung im Wohnzimmer nicht mehr gibt und ich sie nicht hier liegen sehen muss, aufgebahrt, bereit für ihre letzte Reise. Ich habe mich mit dem Bild der toten Tante Lisa noch nicht auseinandergesetzt, denn ich sehe sie noch immer lebendig mit wallender roter Mähne vor mir.

Ich blicke auf und sehe in die klaren Augen eines älteren Mannes, der mich interessiert von oben bis unten mustert und dann entschlossen in gebrochenem Englisch anspricht: »Du bist also Jo, Lisas Nichte. Sie hatte recht, du hast Hexenaugen.« Ein Lächeln umspielt seine Lippen. »Wunderschön, unvergesslich, aber auch gefährlich.«

»Jo, darf ich dir Iásos vorstellen. Er ist unser Nachbar und fährt jeden Tag mit seinem Fischerboot aufs Meer, daher versorgt er uns immer mit dem Besten, was sich in seinen Netzen verfängt. Außerdem war er so etwas wie Omas Hausfreund.«

Maria lächelt den alten Mann komplizenhaft an.

»Das wäre schön gewesen, aber leider hatte deine Oma nur Augen für den alten Jäger«, schmunzelt Iásos – mit ›alter Jäger‹ ist wohl Onkel Yannis gemeint.

»Trotz allem habt ihr euch ständig auf dem Markt getroffen und ewig getratscht, und du hast es nie aufgegeben, mit ihr zu flirten!«, neckt Maria ihn.

»Sie war etwas Besonderes, aber das muss ich euch ja nicht sagen«, murmelt Iásos und sein schwermütiger Blick trifft den meinen.

»Was meinst du mit ›Hexenaugen‹?«, will ich wissen. Keiner hat je so etwas über mich gesagt, auch Tante Lisa nicht – zu mir jedenfalls nicht –, und ich selbst, obwohl ich mich mehrmals am Tag im Spiegel sehe, erkenne keinerlei Gemeinsamkeiten mit einem Geschöpf, das man in meiner Kultur vor einigen hundert Jahren noch am Scheiterhaufen verbrannt hatte.

Iásos sieht mich lange an, etwas verdutzt, geradeso, als wundere er sich, dass ich selbst keine Ahnung davon habe und verfällt schließlich in einen langen Monolog. Er sieht dabei Maria an und ihr ist klar, dass sie als Übersetzerin zu fungieren hat. Nach einiger Zeit ist die Erklärung wohl beendet, Maria schmunzelt und wiederholt, was Iásos gesagt hat: »Die Farbe deiner Augen ist eine Mischung aus Blau und Grün, abhängig davon, in welcher Umgebung du dich aufhältst oder in welcher Gemütsstimmung du dich befindest. Manchmal vermischen sich die zwei Farben so, dass man sie nicht mehr unterscheiden kann und man nicht weiß, ob sie nun Grün oder Blau sind. Sie verzaubern und verwirren zugleich und wer einmal darin versinkt, kommt nie mehr davon los. Das war jedenfalls Lisas Beschreibung, und ich kann ihr nur zustimmen – du hast magische Hexenaugen, vor denen ich mich lieber in Acht nehme, da es in meinem Alter sehr gefährlich wäre, sich in so etwas zu verlieren.«

Ich stehe mit offenem Mund da, was wahrscheinlich nicht sehr magisch, sondern eher dämlich aussieht. Hätte Robert das gehört, er würde in schallendes Gelächter ausbrechen!

Mein Gott, Robert. Ich habe ihn noch gar nicht angerufen. Ich entschuldige mich kurz, hole mein Telefon aus der Tasche und drücke die Kurzwahltaste.

»Jo?«

»Hallo, Robert. Ich wollte mich nur schnell melden und dir sagen, dass ich gut gelandet bin.«

»Wie war der Flug?«

»Gut. Onkel Yannis und Manús haben mich abgeholt und nun bin ich schon in ihrem Haus und werde allen möglichen Leuten vorgestellt.«

»Das klingt gut. Hier ist auch alles okay und du musst dir keine Sorgen machen.«

»Worüber sollte ich mir Sorgen machen?«

»Dass ich auch ohne dich klarkomme?«

»Warum solltest du nicht, du bist doch erwachsen!«

»Aber es ist dir lieber, wenn du alles um mich herum organisieren kannst.«

»Ich weiß nicht, wie du das meinst.«

»Vergiss es, Jo, genieß es, dass du dich mal um nichts kümmern brauchst.«

»Ich bin hier, um Tante Lisa zu begraben und nicht, um einen Wellness-Urlaub zu machen, Robert!«

»Ich weiß. Ich möchte nur, dass du dich endlich mal entspannst.«

Ich nehme ein Glas Rotwein vom Tisch, trinke einen Schluck und antworte: »Ich bin völlig entspannt, Robert, so entspannt wie schon lange nicht mehr.«

Dann verabschiede ich mich und lege auf. Ich versuche nicht, das Gespräch zu analysieren oder mich darüber zu ärgern. Das hätte Tante Lisa nicht verdient. Ich bin ihretwegen hier und ich möchte mich auf sie und ihre Familie konzentrieren. Soll mein anstrengender Ehemann doch machen, was er will.

Meine Gedanken werden von Mélina unterbrochen, die mich bittet, am gedeckten Tisch Platz zu nehmen, man wolle mit dem Essen beginnen. Erst jetzt bemerke ich, dass ich tatsächlich Hunger verspüre, wenn man es genau nimmt, einen Riesenhunger. Ich bewege mich in Richtung überdachter Veranda, wo eine lange Tafel voller Teller, Platten und Schüsseln steht, darauf türmen sich Unmengen an gegrillten Hähnchenteilen, Souflaki und faschierten Fleischbällchen – alles eingerahmt von ansprechenden Gemüsebeilagen, Salaten und diversen Soßen. Langsam beginnt mir das Wasser im Mund zusammenzulaufen. Onkel

Yannis bittet mich, neben ihm Platz zu nehmen, und sofort beginnt er, für mich einen Teller mit Speisen zu beladen.

»Josephine, *omorfia mou*[1], du musst ganz viel Feta nehmen, das ist das Beste am Salat.«

Die anderen Gäste unterhalten sich lautstark und genießen das Essen und Zusammensein. Anscheinend hat hier niemand das Gefühl, dass – nur weil wir einen lieben Menschen verloren haben – er sich beim Essen zurückhalten müsste, und auch der Wein fließt in großen Mengen. Man lacht und gestikuliert wild durch die Gegend, während ich mich durch die Vorspeisen koste. Die meisten sind eine Kombination aus gegrillten oder frittierten Gemüsesorten und Feta. Meinen Geschmacksnerven eröffnet sich eine neue Erfahrungswelt, und ich esse mich begeistert durch das umfangreiche Angebot. Nebenbei lausche ich dem Klang der fremden Stimmen um mich herum und ich fühle mich in eine andere Welt versetzt. Ab und zu werde ich angesprochen, man will wissen, wie es mir schmeckt und ob es mir hier gefällt. Ich lächle und nicke – meistens kann ich nicht sprechen, weil ich den Mund voll habe – und bekunde meine Freude, endlich einmal Tante Lisas zweite Heimat kennenlernen zu dürfen. Die Griechen blicken sich gegenseitig stolz an, und jeder scheint mit Wohlwollen zu registrieren, dass »die Österreicherin« sich in ihrem Land wohlfühlt.

Mein griechischer Onkel, den ich bisher nur auf österreichischem Boden erlebt habe, ist in seinem Element. In Österreich ist er stets der griechische Mann von Lisa, der nur Urlaub macht und das süße Nichtstun genießt. Man hat keine Ahnung, ob die gute Laune und die Langsamkeit seiner Kultur entspricht oder eher der Tatsache, dass er während seines Aufenthalts bei uns nicht arbeiten muss. Niemand denkt je darüber nach, wie sein Leben in Griechenland aussieht. Hier aber sitzt ein stolzer Mann vor mir, der niemandem zu beweisen braucht, was er kann und was er täglich leistet. Alle im Dorf wissen, wer er ist und was er macht, und der nötige Respekt ergibt sich von selbst. Zusätzlich hat er seinem Umfeld eine bemerkenswerte Frau geschenkt, anfangs noch fremd, aber bald ein nicht wegzudenkendes Teil des dörflichen Lebens. Eine Frau mit Charme und Charakter, mit einem schönen kurvigen Körper, genau das, was man hier zu schätzen wusste. Sie kokettierte mit roten Locken und grünen Augen und ihre Lippen waren stets rot umrandet. Man muss nicht allzu viel Phantasie besitzen, um zu erahnen, dass alle Männer des Dorfes ein wenig in die Ausländerin verliebt gewesen sind und Onkel Yannis wie ein Schießhund aufpassen musste, um seine Frau vor unangenehmen Avancen seiner Nachbarn zu schützen. Aber Tante Lisa konnte damit umgehen, sie war ja auch in ihrer Heimat diversen Herzensbrechern begegnet, und so stellte mein Onkel bald fest, dass es diplomatischer war, wenn er seiner schönen Frau selbst die Abwehr überließ, denn so erhielt er sich seine Männerfreundschaften und Lisa sah es als Vertrauensbeweis an. Sie war sich ihrer Entscheidung in jedem Fall sicher und umsorgte ihren Mann liebevoll und opulent – genauso wie sie es zu Hause gelernt hatte.

Mélina erhebt sich und flüstert mir ins Ohr, dass sie mir gerne mein Zimmer zeigen würde, damit ich mich endlich etwas ausruhen könne. Ich schenke ihr einen dankbaren Blick und schließe sie gleich noch mehr ins Herz. Nach einem freundlichen Nicken in die Runde folge ich meiner Gastherrin – schließlich hat Mélina aufgrund von Lisas Tod die höchste weibliche Stellung im Heim eingenommen –

ins Haus. Wir begeben uns in den ersten Stock und Mélina führt mich in den Raum, der am Ende des Flures liegt.

Als sie die Tür öffnet, erblicke ich ein von Sonnenstrahlen durchflutetes Zimmer mit blassgelben Wänden und einem schlichten Doppelbett in der Mitte. Die aufgezogene weiße Bettwäsche verfügt über zartrosa Ornamente. An der rechten Seite des Raumes befindet sich eine große Kommode mit vielen Laden und versilberten Beschlägen und gegenüber links ein riesiger Schrank im gleichen Design. Außerdem viele Bilder und Fotos und auf dem Nachttisch ein wunderschöner Blumenstrauß, in Lila gehalten.

»Das ist ja umwerfend schön«, flüstere ich und bedanke mich bei Manús' Frau für ihre Gastfreundschaft. Mélina schüttelt nur den Kopf und erklärt mir, dass ich ihnen herzlich willkommen sei und sie sich freuten, endlich einmal jemanden aus Österreich hier zu haben.

»Wozu haben wir ein Gästezimmer, wenn es die meiste Zeit des Jahres leer steht? Es war der Wille meiner Schwiegermutter, es einzurichten, geradeso als warte sie nur darauf, dass einmal unerwartet jemand vor der Tür stehen würde.«

Mélina sieht mich ein wenig wehmütig an und ich verstehe, was sie sagen will. Tante Lisa hatte immer auf einen Besuch aus der Heimat gehofft. Sie wollte ihren Verwandten ihr neues Zuhause zeigen und ihr Glück mit ihnen teilen. Mir wird schlagartig bewusst, dass wir sie mit unserem Nichterscheinen sicherlich gekränkt hatten, dass es so ausgesehen haben musste, als würden wir uns nicht für ihr neues Leben interessieren.

»Leg dich doch etwas hin, du musst völlig erschöpft sein. Ich werde dich am Abend wecken, da wollen wir uns zu einem Gebet zusammensetzen.«

Ich umarme Mélina und schließe dann die Tür. Das Zimmer ist voller Fotos aus Tante Lisas Vergangenheit – von ihrem Leben in Österreich. Ich sehe sie dort als junges Mädchen beim Arbeiten am Feld und zusammen mit ihren Brüdern und Schwestern beim Tanz im benachbarten Dorf. Natürlich gibt es auch Fotos vom elterlichen Hof und von den Bergen in unserer Heimat. Im Grunde stehe ich vor einem Familienalbum, das ich noch nie gesehen habe. Nach einigen Minuten des Betrachtens setze ich mich aufs Bett und merke, wie mich die Müdigkeit übermannt, und in dem Moment, wo ich mich auf der Decke ausstrecke, fallen auch schon meine Augen zu und ich sinke in einen tiefen Schlaf.

4. Kapitel

Als ich aufwache, ist mein Zimmer bereits in dunkles Grau gehüllt, anscheinend hat die Dämmerung eingesetzt. Ich strecke mich kurz und wische mir einige verschwitzte Haarsträhnen aus dem Gesicht. Es ist auch jetzt noch wahnsinnig heiß und ich frage mich, wie spät es wohl sein mag. Ich trage keine Armbanduhr und mein Handy befindet sich in meiner Tasche am anderen Ende des Zimmers. Aufstehen scheint mir keine sehr reizvolle Option zu sein und ich schließe wieder die Augen.

Ich fühle mich seltsam, erschöpft und doch irgendwie leicht. Meine Gedanken kreisen in meinem Kopf und ich schaffe es nicht, sie in irgendeiner Weise zu ordnen, fast als wäre ich narkotisiert. Ich versuche, mir Sam ins Gedächtnis zu rufen – ich muss sie noch anrufen und ihr mitteilen, dass ich gut gelandet bin –, aber sie scheint Millionen von Kilometern entfernt zu sein, und mit Robert geht es mir genauso.

Ich erhebe mich schließlich vom Bett und beginne, meine von der abgestandenen Hitze befeuchtete Kleidung abzustreifen. Ich nehme einen Haargummi und binde meine blonden Locken zusammen. Nun ist mein Hals von der Wärme der Haare befreit und es fühlt sich wenigstens ein bisschen kühler an. Ich blicke mich suchend um und öffne die kleine Tür an der linken Wand, die zu einem kleinen Badezimmer führt, alles ist in Blau und Weiß gehalten, liebevoll kitschig dekoriert, und die hellen Handtücher duften nach Rosen. Mélina hat sich wirklich Mühe gegeben, alles perfekt vorzubereiten.

Nachdem ich mich etwas frisch gemacht habe, tänzle ich leise die dunkle Holztreppe hinab. Die Tür zum Wohnzimmer steht offen und ich sehe mich plötzlich wieder etlichen Griechen gegenüber, einige davon kenne ich schon vom Nachmittag. Als ich im Türrahmen stehe und etwas schüchtern lächle, verstummen die Gespräche und alle sehen mich an. Da tritt Onkel Yannis aus der Küche in den Raum und schreitet forschen Schrittes auf mich zu. Er umarmt mich und küsst mich auf die Wange.

»Darf ich denjenigen, die sie noch nicht kennen, Jo vorstellen, Lisas Nichte? Sie ist extra aus Österreich gekommen – mit dem Flugzeug.«

Daraufhin macht sich ein Grinsen auf seinem Gesicht breit. Alle beginnen zu lachen – anscheinend hat man die legendäre Unlust meiner Familie, mit dem Flugzeug zu reisen, bereits hinlänglich diskutiert –, und nach und nach werden wieder Hände geschüttelt, Küsse verteilt und man konfrontiert mich mit einer Unzahl an griechischen Sätzen, von denen ich nicht einen verstehe, die sich aber nett anhören. Ich setze mein Standardlächeln auf, nicke in regelmäßigen Abständen und suche mit meinem Blick verzweifelt nach Hilfe, was endlich wirkt, denn Manús kommt schließlich an meine Seite und beginnt zu übersetzen. Nach einigen Minuten prustet er dann laut los und will gar nicht mehr aufhören zu lachen, nämlich genau dann, als ein Mann seines Alters ihn anscheinend auf mich anspricht.

»Warum lachst du so?«, will ich wissen.

»Jo, das ist mein bester Freund Stavos, wir sind zusammen aufgewachsen. Er wollte wissen, ob du der heiße Feger bist, der mir damals in den Ferien in Österreich den Kopf verdreht hat.«

»Du hast ihm wohl geantwortet, dass ich eindeutig zu wenig Oberweite besaß, um in dein Beuteschema zu passen. Außerdem hatte man meine Haare damals so kurz geschnitten, dass ich beinahe wie ein Junge aussah und Margit, unsere Nachbarin, dagegen wie Anita Eckberg.«

Manús scheint kurzzeitig in der Erinnerung an seine Teenagerzeit versunken und das Lächeln auf seinem Gesicht lässt ihn gleich um zehn Jahre jünger wirken.

»Margit … mein Gott. Das erste Mädchen, das ich geküsst habe, irgendwo im Wald hinter eurem Haus. Ich war jahrelang in sie verknallt, aber sie wollte dann nichts mehr von mir wissen. Wahrscheinlich war ihr ein Wiedersehen einmal im Jahr dann doch zu anstrengend. Wie geht es ihr? Was macht sie?«

»Sie hat früh den Muskelprotz des Dorfes geheiratet, der ihr vier Kinder angehängt hat, bevor er dann mit einer deutschen Touristin durchgebrannt ist. Sie hat circa dreißig Kilo zugenommen, ihr Haar trägt sie ganz kurz und modetechnisch würde ich sie als ›experimentell‹ bezeichnen. Du siehst, du hast nichts versäumt«, schließe ich meine Ausführungen.

Manús lächelt wieder und erklärt mir: »Natürlich, sie kam nie über mich hinweg. Es war klar, dass das im Elend enden würde.«

Wieder einmal beneide ich die Männer um ihr tief ausgeprägtes Selbstbewusstsein und die Naivität zu glauben, dass alle Frauen, die ihr Schicksal nicht meistern, im Grunde irgendeiner verflossenen Liebe nachtrauern. Als gäbe es sonst keine Probleme auf dieser Welt.

»Aber Stavos hat recht, du bist wirklich eine wunderschöne Frau geworden, wenn ich das damals geahnt hätte! Dich hätte ich küssen sollen und nicht Margit.«

Sein Augenzwinkern lässt mich nun auch lächeln und etwas erröten.

»Träum weiter, du Angeber! Für mich wäre es nie in Frage gekommen, dich zu küssen – du hast doch immer nach Knoblauch gerochen.«

Manús muss noch mehr grinsen, vor allem, weil er weiß, dass ich damals alles gegeben hätte, um von ihm geküsst zu werden – Knoblauch hin oder her. Aber man kann die Zeit nicht zurückdrehen und uns allen ist bewusst, wie erbarmungslos und subjektiv Jugendliche andere ihres Alters wahrnehmen. Sobald eine Kleinigkeit im äußeren Erscheinungsbild nicht passt, wird das Gegenüber sofort als Kandidat aussortiert. Bei mir sind es wohl mehrere Komponenten gewesen, die mich für meinen Cousin zu einem »nicht küssenswerten Objekt« machten, am meisten die Tatsache, dass ich viel jünger und mit ihm verwandt war. Wer sehnt sich auch schon nach einem Mädchen, das einem ohnehin ständig am Rockzipfel hängt und einen anhimmelt? So wurde also unsere »Liebelei« unter unerfüllten Sehnsüchten meinerseits und Ignoranz seinerseits begraben und wir wurden einfach nur gute Freunde.

Abermals schleicht Stavos sich an und redet auf Manús ein, was diesen sofort wieder in schallendes Gelächter ausbrechen lässt. Stavos muss ja wirklich witzig sein.

Mein fragender Blick wird von meinem Cousin aufgefangen, der mir nun erläutert, dass Stavos wissen wollte, ob er sich an mich ranschmeißen könne, da ja nun geklärt sei, dass ich nie in Manús Revier gehört hatte.

»Was hast du ihm geantwortet?«, will ich wissen.

»Ich sagte ihm, dass du – trotz eines weit entfernten Ehemannes – einem Flirt nicht abgeneigt seist.«

Manús grinst frech.

»Du bist tatsächlich ein gemeiner griechischer Macho, mein Lieber, und ich denke nicht daran, mich den plumpen Annäherungsversuchen deines Freundes auch nur im Geringsten zu ergeben!«

Damit mache ich eine Drehung nach links und verschwinde in Richtung Küche.

»Jo, ich sage ihm, dass du etwas schüchtern bist und dich erst ans Klima gewöhnen musst«, ruft er mir laut hinterher.

»Tu was du willst, aber wundere dich nicht, wenn ich dich eines Tages in eurem schönen Ozean ertränke!«

In diesem Moment wird mir bewusst, wie sehr ich Manús vermisst habe.

In der Küche herrscht reges Treiben, anscheinend wird schon wieder eine volle Mahlzeit zubereitet.

»Mélina, kann ich hier helfen?«, wende ich mich an Manús' Frau. Irgendwie habe ich ein schlechtes Gewissen, dass ich so lange geschlafen habe.

»Nein, Jo, du bist doch unser Gast. Gesell dich zu den anderen und such dir einen Platz am Esstisch. Es ist gleich alles fertig und dann können wir zu essen beginnen.«

Ich begebe mich ins Esszimmer, wo die anwesenden Personen angeregt und wild durcheinander sprechen. Ich sehe viele ältere Menschen, allerdings auch viele Kinder und Jugendliche – alle scheinen sich zu kennen und wirken trotz des traurigen Anlasses eigentlich vergnügt und heiter. Auf einer Anrichte sind viele Fotos liebevoll platziert. Die Gesichter von Lisas Familie lachen mir entgegen – Familienportraits aus diversen Epochen sind ebenso vorhanden wie alte Schnappschüsse aus den Jugendjahren von Tante Lisa und Onkel Yannis. Hie und da erkenne ich unsere Verwandten als Jungen und Mädchen wieder, meistens an den ausgeprägten Gesichtszügen, die unseren Familienstammbaum ausmachen. Ein Foto gefällt mir besonders gut, es zeigt Tante Lisa als etwa Zehnjährige in einem Blumenfeld. Sie strahlt und ihre Mundwinkel sind weit nach oben gezogen. Obwohl das Foto in Schwarzweiß gehalten ist, weiß ich, dass das Blumenmeer in einem grellen Gelb erstrahlt haben musste, denn es ist eindeutig ein Sonnenblumenfeld, in dem die kleine Lisa steht. Tränen rinnen über meine Wangen, und ich muss an den Kranz denken, den ich im Auftrag der österreichischen Verwandten bestellen soll – ein Sonnenblumenkranz soll Tante Lisas Sarg schmücken, denn das waren ihre Lieblingsblumen.

Ich mache mich auf die Suche nach Onkel Yannis, den ich schließlich im Garten bei einem angeregten Gespräch mit Iásos vorfinde.

»*Agapi mou*[2], da bist du ja. Wir haben gerade über dich gesprochen.« Onkel Yannis lächelt mir entgegen.

Verlegen blicke ich zu Boden, denn seit Iásos mich »Hexenauge« genannt hat, weiß ich nicht, wie ich mich ihm gegenüber verhalten soll. Einerseits finde ich ihn sympathisch, anderseits flößt er mir Unbehagen ein, ein Gefühl, dass ich nicht wirklich definieren kann.

»Onkel Yannis, ich möchte dich um einen Gefallen bitten. Ich würde gerne einen Kranz für Tante Lisa besorgen, den ich dann im Namen der österreichischen Familie niederlegen kann – wo genau bekomme ich so etwas? Gibt es eine Art Blumenhändler im Dorf?«

»Blumenhändler! Ha! Da haben wir etwas viel Besseres – komm mit!«

Er schleppt mich von Iásos weg in Richtung Terrasse, wo wir schließlich vor einer kleinen hübschen Mittdreißigerin stehen bleiben, deren elfengleicher Körper in einem bunten

Hippiekleid steckt und deren Arme mit zahlreichen Bändern geschmückt sind.

»Das ist Ioanna – eine Künstlerin sondergleichen, sie arbeitet mit Blumen und Pflanzen und bindet nicht nur einzigartige Blumensträuße, sondern macht auch die schönsten Gestecke und Kränze in ganz Griechenland«, erklärt mir mein Onkel euphorisch.

Ioanna lächelt übers ganze Gesicht und meint knapp: »Wo du recht hast, hast du recht, Yannis!«

Nachdem wir uns kurz vorgestellt haben, erkläre ich Ioanna mein Anliegen und entschuldige mich gleichzeitig, weil ich weiß, dass die Zeit knapp ist und sie eine Nachtschicht einlegen wird müssen, um meinen Kranz rechtzeitig fertigzustellen.

Sie winkt lachend ab: »Ich mache meinen Beruf nicht nur, weil ich damit Geld verdienen muss, sondern weil er mir Spaß macht. Ich kann gut leben und mir die kleinen Annehmlichkeiten des Lebens leisten – was brauche ich mehr? Deine Tante hat mir geholfen, das Leben zu lieben und die Freude an der Arbeit anzunehmen, sie ist in Zeiten für mich da gewesen, in denen ich nicht so eine klare Sicht auf die Dinge hatte. Ich war abgelenkt und auf dem falschen Weg, ohne sie wäre ich nicht die, die ich heute bin. Dafür konnte ich ihr nie genug danken, obwohl sie jede Verantwortung dafür abstritt. Sie wurde nie müde zu betonen, dass ich es alleine geschafft hätte, doch ich weiß, dass dies nicht wahr ist. Sie besaß eine Art, Dinge in Menschen zu sehen, die für andere verborgen blieben. Dann gab sie solange keine Ruhe, bis die Person sich aufmachte und nach diesen versteckten Schätzen suchte. Ich freue mich, dass ich diesen Kranz für sie machen darf, und wenn es den Rest der Nacht einnimmt, dann ist es eben so.«

Sie umarmt mich herzlich und verabschiedet sich gleichzeitig, denn sie hat nun ja noch einiges zu erledigen. Ioanna ist mir auf Anhieb sympathisch. Ihre Worte über Tante Lisa klingen noch nach. Ist es nicht das, was ein sinnerfülltes Leben ausmacht? Tante Lisa mag nicht mehr sein, aber sie ist definitiv noch ein Teil ihrer Umgebung, und jeder kleine Akzent, den sie im Laufe ihrer Zeit gesetzt hat, vervielfacht sich durch diejenigen, die weiterleben. Ich sehe Onkel Yannis, der sich mit einer alten Frau unterhält, die sich mit einem übergroßen Stofftaschentuch die Tränen aus dem Gesicht wischt. Auch er schluchzt und als ich sehe, wie die Frau ihm ihr Taschentuch reicht, fühle ich eine vertraute Wärme im Inneren aufsteigen.

Die Beobachtung wird jäh vom Klingeln meines Handys unterbrochen. Es ist Ellies Nummer, die ich am Display aufscheinen sehe. Scheiße! Ich habe sie nicht angerufen.

»Sorry, meine Liebe. Ich lebe noch.«

»Schön zu hören. Wie läuft es?«

»Abgesehen von den traurigen Umständen gefällt es mir sehr gut. Alle scheinen glücklich zu sein, dass ich hier bin.«

»Was hast du erwartet? Du warst schon immer ihre liebste Verwandte. Wie geht es ihnen?«

»Sie sind unsagbar traurig und doch ist die Stimmung nicht bedrückend. Ich weiß, das widerspricht sich, aber irgendwie wirken sie nicht verhärmt oder hadern mit dem Schicksal, das ihnen Tante Lisa entrissen hat.«

»Vielleicht haben sie diese Phase schon hinter sich. Vergiss nicht, dass sie sich schon viel länger mit dem Thema beschäftigen und dass sie wahrscheinlich auch viel mitgemacht haben. Außerdem hatten sie die Chance, sich von Lisa zu verabschieden.«

»Das mag sein.«

»Sehr oft bleiben auch keine Tränen übrig, wenn man schon zu viele vergossen hat.«

»Ich wünschte, ich hätte sie noch einmal sehen können. Ich hätte ihr so gerne noch gesagt, wie wichtig sie für mich war.«

»Das musstest du ihr nicht sagen. Sie wusste es. Jedes Mal, wenn ich euch gemeinsam sah, strahlte sie. Sie wusste, dass ihr eine ganz besondere Bindung hattet. Sie sah in dir so viel von sich selbst.«

»Woher willst du das wissen?«

»Sie hat es mir gesagt.«

»Wann?«

»Bei deiner Hochzeit. Sie war zwar kein Fan von dieser Verbindung, aber sie gestand dir zu, einen Fehler zu machen. Sie sagte, dass jeder Fehler machen müsse, um herauszufinden, was er vom Leben *nicht* haben wollte.«

»Ich denke nicht, dass Robert ein Fehler ist.«

»Vielleicht eine Verwirrung an einer Abzweigung in deinem Leben.«

»Das hast du aber hübsch gesagt.«

»Ich habe mich bemüht.« Ich weiß, dass sie nun grinst.

»Ellie, denkst du, dass ich etwas aus meinem Leben gemacht habe?«

»Wie meinst du das?«

»Was macht mein Leben aus? Was wird bleiben, wenn ich einmal nicht mehr bin?«

»Jo, du wirst weder morgen sterben, noch musst du dir den Kopf darüber zerbrechen, ob du ein erfülltes Leben führst. Sei stolz auf dich. Deine Ehe und deine Tochter sind doch tolle Beispiele dafür, was du geleistet hast. Auch wenn ich nicht weiß, wie du deinen Ehemann aushältst, beweisen die gemeinsamen achtzehn Jahre, dass du durchaus Durchhaltevermögen besitzt. Das würde ich gleich mal als Pluspunkt auf deine Liste setzen.«

»Robert ist nicht so schlimm, wie du immer behauptest.«

»Ein leidenschaftliches Argument, Jo, wow! Aber apropos Männer, bist du schon einigen gutaussehenden Griechen begegnet, die zufällig nicht mit dir verwandt sind?«

»Nur einem, Stavos, ein Freund von Manús, aber bei ihm trifft als Beschreibung nur ›Grieche‹ zu. Als gutaussehend würde ich ihn nicht bezeichnen.«

»Nur nicht aufgeben, du bist ja erst einen Tag dort.«

»Ellie, erstens bin ich wegen einem Begräbnis hier, und zweitens bin ich nicht auf Männersuche. Außerdem bin ich verheiratet, wie du vielleicht vergessen hast.«

»Das sind viele, Schätzchen und trotzdem riskieren sie ab und zu mal einen Blick aufs andere Geschlecht. Man muss schließlich die Optionen abwägen. Du kaufst dir ja auch nicht nur *eine* Gucci-Tasche fürs Leben.«

»Erstens kaufe ich mir gar keine Gucci, sondern eher du, und zweitens würde ich meinen Mann oder meine Ehe auch nicht mit einer sauteuren Markentasche vergleichen.«

»Ich wusste, dass Robert nur Liebeskind-Klasse hat!«

»Mir wird gerade wieder klar, warum du nicht verheiratet bist!« Ich muss laut lachen.

»Neidisch?«, kontert Elli.

Mein Gespräch wird jäh unterbrochen, als mich Stavos von hinten anspricht. In Sekundenschnelle überfliege ich den Raum nach Fluchtmöglichkeiten oder einer Person, die mich retten könnte, erkenne aber sofort, dass ich in der Falle sitze. Meine gute Erziehung bringt mich in die Bredouille, mich mit jemandem unterhalten zu müssen, der den Hinweis, dass ich verheiratet bin, so ernst zu nehmen scheint, als würde ich ihm von meinen Ambitionen, einmal den Mond zu bereisen, erzählen. Als ich zwischendurch Manús' Blick einfange und er mir seinen hochgehaltenen Daumen entgegenstreckt, setze ich zum ersten Mal meine angeblichen Hexenaugen ein und schicke ihm einen Blick, der normalerweise eine Gruppe Terroristen töten könnte. Mein Cousin greift sich ans Herz und simuliert einen Infarkt – bis zu dem Moment, wo er sich wieder aufrichtet und in ein schallendes Gelächter ausbricht.

»Wahnsinnig neidisch, genau in diesem Moment«, lasse ich Elli wissen, schicke ihr eine Umarmung und lege auf. Dann setze ich meinen verständnisvollen Blick auf, um Stavos' klobigem Englisch zu folgen: »Would you like wine with me?«

»Why not?«, antworte ich ihm. Vielleicht ist es an der Zeit, sich dem Alkohol hinzugeben und alles über sich ergehen zu lassen. Willkommen in Griechenland!

5. Kapitel

Ich wache mit Kopfschmerzen auf. Ich weiß nicht, ob es die Angst vor dem bevorstehenden Tag ist, der mir dieses Unwohlsein beschert, oder ob es sich nicht doch um die Nachwehen von meinem Gespräch mit Stavos handelt. Auf alle Fälle beginne ich den Morgen mit einem Aspirin-Frühstück, bevor ich mich hinunter ins Erdgeschoss begebe, welches mir noch sehr ruhig erscheint. Im Vergleich zum Tag zuvor ist es sogar unheimlich still. Ich nehme mir ein Glas Wasser und setze mich in den Garten, der auch noch still daliegt, als ob jede Pflanze noch schlummern würde. Helles Kinderlachen reißt mich plötzlich aus meinen Gedanken. Anscheinend ist Foteini auch schon wach.

»Jo! Du bist ja auch schon da. Schön!«

Ihr folgt Mélina mit noch kleinen Augen und einem Gähnen im Gesicht.

»Guten Morgen, Jo. Warum bist du schon aufgestanden? Es ist doch noch so früh. Wenn mich dieser kleine Plagegeist nicht geweckt hätte, wäre ich auch noch in meinem Bett.«

»Ich dachte, dass wir heute viel zu erledigen hätten und ihr vielleicht meine Hilfe benötigt«, kläre ich Manús' Frau auf.

»*Siga, siga!* [3] Das Begräbnis findet erst um vier Uhr statt und bis dahin haben wir noch viel Zeit. Es ist eigentlich alles organisiert, ich denke also nicht, dass dein Einsatz notwendig ist. Aber danke, dass du fragst. Komm, lass uns erst einmal einen Kaffee trinken, damit wir halbwegs aufwachen. Ich jedenfalls. Foteini, du kannst dich ja schon einmal anziehen, wenn du möchtest, danach gibt es Frühstück. Aber sei leise und weck nicht gleich das ganze Haus auf. Es reicht, wenn ich schon auf den Beinen sein muss.«

Ich setze mich an den Küchentisch und Mélina bereitet Kaffee zu – griechischen Kaffee. Hier wird er *kafe elliniko* genannt und ich habe gestern Abend schon eine Kostprobe von dem Gebräu erhalten, das meiner Meinung nach nicht genießbar ist. Wenn man italienischen Kaffee gewohnt ist, gibt es leider wenige Alternativen, die diesem standhalten. Aber höflichkeitshalber werde ich ihn natürlich trinken.

»Erzähl mir von Tante Lisa. Wie ist das alles gekommen und wie ist sie damit umgegangen?«, will ich von Mélina wissen.

»Sie bekam eines Tages Schmerzen im Unterleib, dachte sich nichts dabei und hat diese ›Unpässlichkeit‹ mit einem Kräutertee behandelt. Die Schmerzen gingen wieder weg und sie machte sich keine weiteren Sorgen. Natürlich haben wir das alles erst viel später von ihr erfahren, da Lisa nicht der Typ war, der über seine eigenen körperlichen Probleme sprach. Doch die Schmerzen kamen wieder, in unregelmäßigen Abständen und zu unterschiedlichen Zeiten. Sie analysierte ihr Essverhalten und versuchte, eine Art ›Allergie‹ auszumachen, setzte schließlich unterschiedliche Speisen ab, um zu sehen, ob ihr das guttat. Manchmal hat es geholfen, dann wieder nicht. Als sie mit uns über die Schmerzen zu reden begann, waren schon Monate vergangen und die Möglichkeit, etwas zu unternehmen, verpasst. Ich brachte sie zu diversen Ärzten, und als ein Gynäkologe schließlich eine Ultraschalluntersuchung ansetzte, konnte er nur noch einen Tumor im Unterleib diagnostizieren, welcher groß und bösartig war.«

»Hat sie sich denn nicht regelmäßig untersuchen lassen?«

»Die Wahrheit ist, dass deine Tante schon einige Jahre nicht mehr bei einer frauenärztlichen Untersuchung gewesen war. Sie hatte es nicht als notwendig angesehen. Du weißt ja, dass sie manchmal furchtbar eigenwillig sein konnte. Jedenfalls wurde sie sofort ins Krankenhaus überwiesen und der Tumor am nächsten Tag entfernt. Nach dem ersten Schock waren wir alle wieder guter Hoffnung und davon überzeugt, dass damit das Problem gelöst wäre, doch wir hatten die Tragweite der Krankheit nicht erfasst. Schon bei der ersten Kontrolluntersuchung einige Wochen später klärte man uns auf, dass eine Chemotherapie unumgänglich sei, da der Krebs bereits gestreut hätte und es weitere Metastasen gäbe. Auch das ließ uns nicht verzweifeln und Lisa war bereit, alles zu tun, um ihr Leben zu retten. Die erste Infusion war ein körperlicher und seelischer Schock, sie übergab sich tagelang und konnte keine feste Nahrung zu sich nehmen. Lisa verlor viel an Gewicht und wir begannen, uns mit dem Gedanken auseinanderzusetzen, dass es vielleicht kein gutes Ende nehmen könnte. Yannis, Manús, Sophia und Xénia waren am Boden zerstört. Dann ging es wieder ein wenig bergauf und ihr Körper gewöhnte sich an das Medikament, das man ihm verabreichte. Lisa begann, leichte Nahrung zu sich zu nehmen und konnte das Bett verlassen. Bei der zweiten Therapie war ihr zwar abermals übel und sie übergab sich wieder, aber das legte sich bald. Wir freuten uns wahnsinnig und Lisas Gemütszustand erholte sich. Dann kam wieder ein Rückschlag vor der dritten Infusion, Lisa fing sich eine schwere Grippe ein und man konnte ihr keine Medikamente spritzen. Die Chemotherapie wurde verschoben und es schien, als ob sie sich ewig nicht erholen würde. Als man die Therapie fortsetzen konnte, hatte Lisa bereits ihre Haare verloren, die ihr ganzer Stolz gewesen sind. Das war wohl das Schlimmste für sie. Das nächste Testergebnis, welches zeigen sollte, ob die Therapie anschlug, offenbarte uns die fatale Wahrheit: Die Metastasen hatten sich weiter vermehrt.«

Ich nippe an meiner Kaffeetasse und meine Augen sind wie gebannt auf Mélina gerichtet. Einige Tränen haben auf meinen Wangen salzige Spuren hinterlassen, und obwohl es schon wohlig warm ist, fröstelt es mich ein wenig.

»Sehr bald darauf begannen ihre Beine anzuschwellen. Man diagnostizierte Wasser, das sich im ganzen Körper auszubreiten begann. Die Ärzte bereiteten uns auf das Schlimmste vor und erklärten uns, dass, sobald die Flüssigkeit in die Lunge gelangte, ein Lungeninfarkt drohte.«

»Das muss ein Schock für euch gewesen sein. Kann man so eine Nachricht überhaupt verarbeiten?«

»Man kann, Jo. Man kann. Wenn es soweit ist, dann entwickelt man eine enorme Stärke, vor allem auch deshalb, weil man für denjenigen, der auf einmal mit seinem eigenen Tod konfrontiert ist, stark sein muss. Die Ärzte waren uns gegenüber ehrlich und korrekt, sie gingen ab diesem Moment von einer Zeitspanne zwischen drei und vier Wochen aus, bis ihre Organe völlig versagen würden.«

»Warum habt ihr uns nicht informiert?«, frage ich zögernd.

»Es war ihr absoluter Wunsch, nein, ihr Befehl, keinem aus Österreich von ihrer Krankheit zu berichten. Sie meinte, dass ihr nichts ändern könntet, und sie wollte nicht als Häufchen Elend in Erinnerung behalten werden. Du weißt doch, in dieser Hinsicht konnte sie wahnsinnig stur sein. Wir mussten ihr schwören, nicht mal daran zu denken, jemanden aus Stemmling anzurufen.«

Oh ja, das klang ganz nach Tante Lisa. Sie wusste Zeit ihres Lebens, was sie wollte, und ich konnte mir lebhaft vorstellen, dass der Umstand, plötzlich einer Macht gegenüberzustehen, welche ihr alles raubte – sogar ihr Leben –, für sie die Hölle gewesen sein musste. Sie glaubte zwar an Bestimmung, aber sicher war sie bis zum letzten Atemzug davon überzeugt, dass hier etwas schief lief und dies nicht ihre Bestimmung sein konnte. Leider musste sie sich ergeben – wahrscheinlich das erste Mal in ihrem Leben –, und diese Tatsache wollte sie ihren Brüdern und Schwestern ersparen.

»Wir haben ihren letzten Wunsch also akzeptiert und deshalb hat Manús dich erst nach ihrem Tod informiert.«

»Diese letzten Wochen mit ihr …, waren sie sehr schlimm?«, will ich wissen.

»Nein, im Gegenteil. Wir wussten, was auf uns zukommt, und wir hatten die Möglichkeit, diese verbleibende Zeit mit ihr so zu gestalten, wie sie es wollte. Wir ließen sie nach Hause verlegen und haben uns täglich rund um die Uhr um sie gekümmert. Wir sind ja eine große Familie und so war immer jemand bei ihr. Zusätzlich alle Nachbarn und Freunde, die täglich unser Haus okkupierten. Alle kamen und wollten die Chance nützen, noch ein paar Stunden mit ihr zu verbringen und ihr Dinge zu sagen, die vorher vielleicht noch nicht ausgesprochen worden waren. Es wurde gelacht, geweint und gesungen, und ich kann dir sagen, Jo, die Atmosphäre war mit solch einer positiven Energie geladen, dass jeder, der das Haus betrat, sofort ein Lächeln im Gesicht hatte. Lisa war wundervoll und stark bis zum letzten Atemzug, sie hielt die Besucher und uns mit Geschichten und Anekdoten bei Laune, peinlichst genau darauf bedacht, dass niemand das Haus hungrig oder durstig verließ. In diesen Wochen kam es mir vor, als hätten wir eine Gastronomie-Lizenz erworben. Das Haus war voller Blumen, Karten und alter Fotos, die unsere Besucher aus ihren Laden gekramt hatten, weil sie darauf mit Lisa zu sehen waren, und Bücher mit tröstenden Worten lagen herum. Ihr Zimmer sah nicht aus wie ein Krankenzimmer, obwohl wir uns natürlich ein Spezialbett kommen hatten lassen und es einen Medikamentenvorrat im Ausmaß einer kleinen Apotheke gab. Man hatte eher das Gefühl, sich in einer Hotelsuite zu befinden, die jeden Tag mit kleinen Aufmerksamkeiten geschmückt wurde. Aber das Wichtigste war, dass Lisa sich darin wohlfühlte.«

»Das klingt sehr schön und ich danke dir dafür, dass du so viel auf dich genommen hast, um ihre letzten Tage so angenehm wie möglich zu gestalten.«

»Es war nicht anstrengend, Jo, jede Minute mit ihr war eine Bereicherung. Wir sprachen in den Tagen vor ihrem Tod so viel über das Leben und auch den Tod und sie hat mir vorgelebt, wie man sein Dasein auf Erden beenden sollte: Mit einem Lächeln im Gesicht und dem Wort ›Danke‹ auf den Lippen. Es gab nichts Unangenehmes oder Furchteinflößendes in diesen Tagen, alles schien völlig natürlich, wie ein Teil eines großen Planes. Sie hat zwar immer wieder gemeint, dass sie sich ein anderes Ende gewünscht hätte, aber letztlich ist sie mit dieser unabänderlichen Tatsache mit einer Größe umgegangen, die ihresgleichen sucht.«

Wieder rinnen Tränen über meine Wangen und Mélina nimmt mich in den Arm. So verharren wir eine Weile, bis sie wieder zu sprechen beginnt.

»Gott nahm sie uns zu früh, aber er gab uns auch die Gelegenheit, uns ausgiebig zu verabschieden. Das war sehr wichtig für uns, denn dadurch konnten wir das alles viel besser verstehen und verarbeiten. Wir sahen, wie schnell und unerbittlich ihr Körper zerstört wurde und es war offensichtlich, dass jede weitere Woche den Verfall beschleunigen würde. Das wollte Lisa nicht und auch wir nicht. Wir konnten Lisa die letzten Stunden erleichtern, indem wir bei ihr waren und ihr zeigten, wie viel sie uns bedeutete. Sie wusste, dass ihr Tod einen Krater in unseren Herzen hinterlassen würde, aber sie verstand auch, dass wir sie nicht leiden sehen wollten. Wir beteten schließlich, dass sie die Augen für immer schließen konnte, egal wie schmerzvoll es für uns wäre. Sie hatte es nicht verdient, monatelang auf den Tod zu warten.«

»Wie schnell ging es dann zu Ende?«

»Eines Morgens wachte sie auf und bekam schon fast keine Luft mehr. Wir schlossen sie an das Atemgerät an, das man uns gegeben hatte. Sie musste sich an diesem Tag mehrmals übergeben und wir verständigten sofort das Palliativteam, welches regelmäßig zu Kontrolluntersuchungen vorbeikam. Man bestätigte uns, dass nun der Zeitpunkt gekommen wäre, sich auf das Schlimmste vorzubereiten, und das taten wir dann auch. Geschlossen saßen wir sieben Stunden an ihrem Bett und hielten ihre Hände. Sie erwiderte immer wieder den Druck und ihre Augen sprachen zu uns, wenn sie wach war. Sie wusste, dass es keine Hoffnung mehr gab und kein Wunder geschehen würde. Mein Schwiegervater flüsterte ihr immer wieder Dinge ins Ohr und streichelte ihren kahlen Kopf. Ich weiß, dass sie es gespürt hat, auch wenn sie zuletzt keine Anzeichen von Bewusstsein mehr von sich gab. Um acht Uhr abends schien sie aber plötzlich wieder hellwach zu sein, sie versuchte sogar, die Sauerstoffmaske vom Gesicht zu nehmen. Wir halfen ihr und hoben ihren Kopf ein wenig, sodass sie uns alle ansehen konnte. Da lächelte sie und flüsterte: ›Ich habe mit Gott gewürfelt und verloren. Nicht, weil er es wünschte, sondern weil der Zufall es so wollte. Ich hätte auch hundert

Jahre alt werden können, mit ein wenig mehr Glück. Allerdings habe ich schon Zeit meines Lebens Glück gehabt – weil es euch gab. Also ist es nur fair, dass ich verlor. Ich gehe mit einem erfüllten Herzen und dem Wissen, dass ich etwas wirklich Wunderbares zurücklasse.‹«

Mein Schluchzen zerstört die friedvolle Atmosphäre und wieder tröstet mich Mélina.

»Als sie dann lächelnd die Augen schloss, wussten wir, dass sie nicht mehr aufwachen würde und sie endlich ihren Frieden gefunden hatte. Es war ein schöner, magischer Moment und wir waren dankbar dafür. Wir waren nicht verzweifelt, sondern von ihrer Energie und ihrer Stärke erfüllt. Du hast das leider nicht miterlebt und deshalb verbindest du mit ihrem Tod nur Schmerz und Verlust, aber glaube mir, Lisa würde das nicht wollen. Sie war davon überzeugt, dass ihr Leben erfüllt war, mehr als das von vielen Hundertjährigen. Sie hat sich selbst nie eingeschränkt und für ihre Überzeugungen und ihre Familie gelebt – jeden Tag, jede Stunde und jede Minute. Das zählte für sie und sonst nichts.«

Als Onkel Yannis den Raum betritt und bemerkt, dass wir uns in einem sehr emotionalen Gespräch befinden, weiß er die Situation zu retten.

»Habt ihr modernen Frauen nichts anderes zu tun, als über Sex zu sprechen? Wo ist mein Kaffee?«

Wir müssen beide – ich sogar mit Tränen im Gesicht – laut loslachen und Mélina erhebt sich sofort, um ihren Schwiegervater zu bewirten.

»Na, geht doch. Man muss euch nur zeigen, wer der Mann im Haus ist.« Augenzwinkernd lässt er sich neben mir am Küchentisch nieder, küsst meine Stirn und drückt mich ganz fest an sich.

»Lisa wäre so stolz auf dich, weil du gekommen bist. Du warst für sie etwas Besonderes und sie wollte dir so gerne die Schönheiten unseres Landes zeigen.«

»Die kannte sie doch schon in meiner Person. Was gibt es Schöneres als einen griechischen Adonis?«, prahlt Manús, der nun auch verschlafen die Küche betritt und auf Mélina zugeht.

»Weib, knie nieder und ehre deinen Herrn und Meister!«

Mélina funkelt ihren Ehemann an und schlägt ihm mit der Morgenzeitung auf den Kopf.

»Au, du Amazone! Irgendetwas ist bei deiner Erziehung falsch gelaufen«, lässt uns Manús lächelnd wissen.

»Und du scheinst wieder mal zu bereuen, dass du ins falsche Jahrhundert geboren wurdest, mein Lieber.«

Nach und nach trudeln alle Familienmitglieder in der Küche ein und wir frühstücken gemeinsam. Alle reden wild durcheinander und man schiebt am Küchentisch Marmeladegläser und die Zuckerdose hin und her. Mélina schenkt mir Kaffee nach, den ich mit Verachtung, aber in Eintracht mit den anderen trinke. Onkel Yannis hat Foteini am Schoß, die ihm ihren gestrigen Traum erzählt, welcher von Prinzessinnen und Hexen handelt. Er hebt seine Augenbrauen und kommentiert die Schilderung mit eindrucksvoller Mimik. Manús' Söhne unterhalten sich über Fußball und Manús klärt mit Mélina noch ein paar Einzelheiten das Begräbnis betreffend. Obwohl ich erst einen Tag hier bin, fühle ich mich so, als wäre ich schon jahrelang Teil dieser Gemeinschaft, als wäre dies der Ort, an den ich gehöre.

6. Kapitel

Als der Moment, vor dem wir uns alle gefürchtet hatten, dann endlich da ist und wir um Tante Lisas Grab versammelt stehen, warte ich auf eine Katastrophe, auf einen Zwischenfall, der die Ereignisse der letzten Woche in ein skurriles Licht rückt – etwas, das alles ungeschehen machen würde. Doch nichts passiert, im Gegenteil, alles läuft friedlich und ohne Störungen ab. Mein herbeigesehnter Gottesblitz, der die Zeit anhält, schlägt nicht ein und Tante Lisa wird langsam ihrer letzten Ruhestätte übergeben.

Um das Grab haben sich Unmengen von Leuten versammelt, die meine Tante alle auf ihrem letzten Weg begleiten wollen. Ich stehe gleich neben Manús, der Mélina und seine Schwester Xénia, die eigentlich am Festland lebt, stützt. Onkel Yannis hält Foteinis Hand und David und Vassily befinden sich zwischen Sophía, Manús' älterer Schwester, und ihrer Tochter Maria. Dann stehen noch Sophías Mann, Sotos, und Xénias Mann, Dámis, in unserer Reihe und dahinter ihre Kinder Emilía, Sía und Tímos – welche ich auch gestern das erste Mal gesehen habe.

Der orthodoxe Pope, der das Begräbnis gestaltet, wirkt mit seinem dunklen, von silbrigen Fäden durchzogenen Dutt und dem langen Bart schon etwas älter, doch seine Stimme belehrt mich eines Besseren. Er spricht nicht nur, er singt, und das in einer Tonlage und mit einer Leidenschaft, welche eindeutig zu einem jungen Menschen gehören. Ich verstehe natürlich kein Wort, allerdings zeigt mir die Intonation seiner Worte, welch positives Lied er auf Tante Lisa anstimmt. Er schwärmt, er verneigt sich in Hochachtung und er gibt liebevoll wieder, was für einen wertvollen Menschen wir verloren haben. Seine Rede berührt mich zutiefst, nicht durch die Worte, sondern durch die Emotion, welche kein Vokabular benötigt, um mitfühlende Menschen anzusprechen. Der Priester schreitet das Grab ab und seine schwarze Kutte bewegt sich im Wind, er hebt seine Arme und streckt sie zum Himmel, als wolle er der Seele meiner Tante den Weg weisen.

Meine Verwandten, die mir bisher so stark und gefasst erschienen sind, haben nun Tränen im Gesicht – der endgültige Moment des Loslassens fällt niemandem leicht, und so sehr man sich vornimmt, nicht seinen eigenen Schmerz in den Vordergrund zu stellen, so unbarmherzig trifft einen die Realität, dass man am Ende doch nur hilflos zusehen kann, wie einem das Liebste genommen wird. Ohne es kontrollieren zu können, schluchze ich vor mich hin, bis Onkel Yannis seinen Arm tröstend um mich legt und meine Haare küsst.

»Sie müsste noch leben«, flüstere ich.

»Sie hat gelebt, *agapi mou*. Sie hat gelebt.«

Wir blicken beide auf den Sarg und auf die farbenprächtige Landschaft, die ihr Grab umgibt. Es scheint, als ob jeder Bewohner von Rhodos ihr zum Abschied die schönsten Blumen ans Grab gelegt hat. Es gibt keine Farbe, die nicht vorhanden ist, und ob kunstvoll gebundene Sträuße oder Kränze, Vasen mit Schnittblumen oder Gestecke, eine Unzahl an Kerzen und Heiligenbildern – alles, was man sich vorstellen kann, hat seinen Platz um Tante Lisas Begräbnisstätte gefunden. Mein Blick sucht und findet in der Menschenmenge Ioanna, die mir einen wunderschönen, aus brennenden Sonnenblumenköpfen bestehenden Kranz gebunden hat, welcher in der ersten Reihe liegt. Er leuchtet förmlich und bildet mit Onkel Yannis Kranz aus dunkelroten Rosen eine wunderschöne Einheit.

Als der Priester seine Predigt beendet hat und man sich nach und nach ums Grab versammelt, um der Verstorbenen mit einer Schaufel etwas Erde oder Blumen mit auf den Weg zu geben, stellt sich die Familie am Rande des Friedhofes auf, um dort die Kondolenzwünsche der Begräbnisbesucher entgegenzunehmen. Bevor ich mich zu ihnen geselle, hole ich aus meiner Handtasche die kleine Schatulle, die Mama mir mitgegeben hatte. Ich küsse sie und werfe sie auf den Sarg.

»Das ist für dich, Tante Lisa. Von Emmi, die dich sehr vermissen wird.«

Ich erinnere mich an den Abend bei meinen Eltern, als ich ihnen von Lisas Tod erzählte. Ich befand mich in meinem alten Zimmer, als meine Mutter leise eintrat.

»Könntest du mir einen Gefallen tun, Josephine?«

»Sicher. Worum geht es?«, antwortete ich.

»Ich möchte dich bitten, etwas nach Griechenland mitzunehmen – für Lisa. Ein Andenken an ihre Heimat und an mich, damit sie weiß, dass sie trotz allem nicht alleine ist. Ich weiß nicht, wie es ist, in einem anderen Land zu leben, geschweige denn dort zu sterben, da ich nie von daheim weggegangen bin. Aber ich denke mir, dass es ihr nicht immer leichtgefallen sein kann, in der Fremde zu sein. Gesagt hat sie es nie, aber ich habe es manchmal in ihren Augen gesehen.«

Wieder überkam sie die Trauer und ich merkte, dass ihr das Sprechen schwerfiel. Ich konnte es nicht so genau beurteilen, ob sich Tante Lisa in Griechenland wohl gefühlt hatte oder nicht.

»Ich habe hier ein kleines Kästchen.«

Es war wunderschön, aus altem Holz und bunt verziert. Ich hatte es noch nie gesehen, obwohl es schon sehr alt zu sein schien und vielleicht schon lange im Besitz meiner Mutter war. Offensichtlich hatten auch Mütter ihre Geheimnisse.

»Bitte nimm es mit und lege es ihr ins Grab. Damit möchte ich mich gerne von ihr verabschieden.«

Sie öffnete es langsam und ich erkannte einige Dinge darin. Samen oder so etwas Ähnliches, ein Stein und ein Foto, ziemlich alt und vergilbt.

»Das sind Sonnenblumenkerne. Deine Tante liebte Sonnenblumen über alles, sie hat als Kind jedes Feld geplündert und unser Haus damit geschmückt.«

Die Erinnerung an ihre Kindheit ließ meine Mutter gleich Jahre jünger erscheinen, sie strahlte und ich erkannte, wie viel Feuer noch in ihren rehbraunen Augen loderte.

»Den Stein hat sie einmal auf dem Feld hinter ihrem Elternhaus gefunden. Sie war der Meinung, dass er perfekt sei, sowohl was die Form als auch was die Farbe betraf. Sie nannte ihn den Heimatstein und als sie wegzog, drückte sie ihn mir in die Hand mit der Bitte, ich möge ihn aufbewahren. Ich fragte sie, warum sie ihn nicht mitnähme, als Erinnerung an die Heimat, doch sie lächelte nur und meinte, man dürfe ihn nicht versetzen. Er müsse in der Heimat bleiben, denn so wisse sie, dass sie immer zurückkommen könne. Nun wird sie nie mehr zurückkommen und der Stein sollte bei ihr sein.«

Ich war gerührt ob der Erinnerungsmomente, die ich mit ihr teilen durfte, Dinge, die ich das erste Mal hörte und die mich sehr berührten.

»Schließlich das letzte Foto, das von uns geschossen wurde, bevor sie ging und mich zurückließ. Ich war traurig und unsagbar wütend, denn ich wollte nicht alleingelassen werden. Schau mich an, wie unnahbar ich aussehe, dabei war ich nur verletzt. Sie hingegen lächelt, zwar etwas unsicher, aber dennoch bestimmt. Ich vergebe ihr, dass sie gegangen ist, und ich vergebe mir, dass ich es ihr übel genommen habe.«

Beide Frauen sahen jung aus, obwohl die Aufnahme unscharf war, aber ich blickte nicht in die vertrauten Züge, die ich kannte. Ich hatte keine Ahnung, was die beiden Frauen in diesem Moment gefühlt hatten oder wie ihre Beziehung zueinander gewesen war. Im Grunde waren sie mir auf diesem Bild völlig fremd. Mir wurde klar, dass man, auch wenn man glaubt, einen Menschen zu kennen, in Wirklichkeit nur das kennt, was dieser Mensch einem zeigen möchte.

Meine Mutter schloss die Schatulle wieder und überreichte sie mir. Ich nickte und versprach ihr, das Geschenk zu übergeben. An Tante Lisa. An die Erde, die sie bald umschließen würde. Meine Mutter schien zufrieden und erleichtert. Alles hat seinen Sinn, alles geht seinen Weg.

Sie küsste mich auf die Stirn und verließ den Raum so leise, wie sie eingetreten war – ein Geist, ein Gespenst im geblümten Nachthemd, der zwei Zentimeter über dem Boden schwebt. Oder vielleicht doch nur ein Engel ohne Flügel.

Langsam bewege ich mich vom Grab weg und stelle mich zu Mélina, die mich dankbar anlächelt. Dann steht schon die erste Einheimische vor mir und wieder bin ich mit griechischen Sätzen konfrontiert, die aus mitfühlenden, mit Tränen benetzten Gesichtern an mich gerichtet werden. Ich nicke und nehme zahlreiche Umarmungen und das Händeschütteln dankbar an, egal ob ich die Menschen kenne oder ob sie mir völlig fremd sind. Als Iásos vor mir steht und mich durchdringend ansieht, erkläre ich ihm, dass ich weiß, dass auch er eine Freundin verloren hat.

Er nickt und antwortet: »Allein der Umstand, sie gekannt zu haben und einen Teil ihres Weges mit ihr gegangen zu sein, ist Geschenk genug. Man kann im Leben nicht alles haben, Hexenauge, das wirst du lernen müssen, aber man sollte immer versuchen, es zu bekommen. Denn wenn man nicht nach den Sternen greift, dann ist es einem auch nicht möglich, sie zu fangen. Lisa war eine Sternschnuppe in meinem Leben, intensiv und atemberaubend. Dafür bin ich dankbar, denn die Erinnerung an sie kann mir keiner nehmen.«

Mit diesen Worten lässt mich der alte Fischer zurück und mir wird klar, dass es manchmal etwas zwischen Menschen gibt, das man nicht in Worte fassen kann, das sich dem Anderen nicht offenbart und daher eine eigene Dynamik entwickelt. Es gibt Beziehungen, die im Verborgenen liegen müssen, die nicht ans Tageslicht gezerrt werden sollen, weil die Dunkelheit ihnen einen schützenden Mantel bereitstellt, welcher aus zarten Fäden gewoben ist. Ein falsches Wort, ein ungeplantes Blitzlicht und alles kann zerstört werden, was unschuldig vor sich hin schlummert.

Die Familie verlässt schließlich geschlossen den Friedhof, der sich auf einer Anhöhe hinter Theologos befindet. Man marschiert langsam in Richtung Dorf zurück und alle Nachbarn, Freunde und Bekannte folgen schweigend der Gruppe. Manús hat mir erklärt, dass man in einem Restaurant den Leichenschmaus bestellt habe und alle dazu eingeladen wären, das müssen meiner Schätzung nach so um die zweihundert Leute sein. In Österreich eine unfassbare Zahl für eine solche Bewirtung, in Griechenland anscheinend nichts Außergewöhnliches. Hier zählt der soziale Aspekt, die Gemeinschaft und der Umstand, dass man niemandem verwehren möchte, seine Anteilnahme – oder bei Hochzeiten seine Freude – auszudrücken.

Das Mahl ist für griechische Verhältnisse sehr einfach gehalten, was ich absolut verstehe, da es gilt, ein halbes Dorf zu verköstigen. Doch niemand ist aufgrund der Speisen hier, keiner ist ausgelassen oder übertrieben fröhlich. Man ehrt die Familie, indem man sein Mitgefühl erkennen lässt und Hilfe anbietet, in welcher Art auch immer sie gefragt ist oder benötigt wird.

Ich sitze neben Maria und Sía, sie sind Cousinen und beide noch Teenager. Die beiden Mädchen unterhalten sich über alles Mögliche, von Jungs angefangen bis hin zu den neuesten Musiktrends. Ich muss an Sam denken, die sich hier auch wohlfühlen würde. Vielleicht hätte ich sie mitnehmen sollen, um ihr die griechische Verwandtschaft näherzubringen und ihr diese Insel zu zeigen. Je mehr ich darüber nachdenke, desto mehr wird mir klar, dass ich erst selbst diesen Zweig der Familie auch erst so richtig kennenlerne und dasş ich es ehrlichermaßen auch genieße, einmal alleine zu sein, ohne auf meinen Mann oder meine Tochter Rücksicht nehmen zu müssen. Sofort macht sich schlechtes Gewissen breit, welches ich allerdings in dem Moment gleich wieder über Bord werfe, als Manús sich von hinten an mich heranschleicht und mir ins Ohr flüstert: »Gibt es schon Neuigkeiten, was dich und Stavos betrifft? Er sitzt dort hinten in der Ecke und wirft dir andauernd schmachtende Blicke zu.«

Ohne mich umzudrehen flüstere ich zurück: »Wenn du mich weiter mit diesem Charmebolzen nervst, werde ich mich überwinden und ihn erhören, nur damit ich ihm in einem dunklen Eck zuflüstern kann, dass du den kleinsten Penis der Welt hast. Ich bin schließlich in Österreich mit dir nackt baden gewesen. Wie ich deinen Freund kenne, wird er das nicht für sich behalten und dein Ruf als Casanova ist damit ein für alle Mal geschädigt.«

Ich muss dabei allerdings grinsen, denn ich habe meinen Cousin noch nie splitternackt gesehen, vielleicht als kleines Mädchen, aber daran kann ich mich bei Gott nicht erinnern. Aber das weiß Stavos ja nicht.

»Da habe ich aber Glück, dass mein Kumpel weiß, wie ich ausgestattet bin, schließlich sind wir in derselben Fußballmannschaft und duschen nach jedem Spiel. Er verneigt sich sogar jedes Mal in Ehrfurcht, wenn ich mich ausziehe.«

»Du alter Angeber, träum weiter und lass mich endlich mit deinen abartigen Ideen in Ruhe. Ich bin glücklich verheiratet und könnte mir keinen anderen Mann als Robert vorstellen.«

»Bist du sicher, dass du ihn nicht doch wegen eines Griechen verlassen möchtest? Du weißt nicht, was du versäumst.«

»Und du weißt nicht, was ich wirklich habe, mein Lieber.«

»Wenn du das sagst, Süße, dann muss ich dir wohl glauben.«

Damit ist unsere kleine Plänkelei beendet und ich denke über das, was ich gerade gesagt habe, nach. Ist es tatsächlich so? Ist Robert mein Ein und Alles? Doch ich schaffe es nicht, mich auf diese Frage zu konzentrieren, einerseits weil ich die Hauptspeise, eine köstliche Lammkeule mit gegrillten Auberginen, serviert bekomme, andererseits weil Maria von mir wissen will, ob Sam schon einen Freund hat.

Nach dem Essen flüchte ich mich ins Freie, um etwas frische Luft zu schnappen. In Griechenland hat sich das Anti-Rauchergesetz noch nicht durchgesetzt und so habe ich das Gefühl, einer Rauchküche entkommen zu sein. Am Platz vor dem Restaurant sehe ich die kleine Foteini alleine auf einer Bank sitzen und den Himmel anstarren.

»Hallo, *omorfia mou*«, ich leihe mir diese Anrede von Onkel Yannis, »was machst du denn hier so ganz alleine?«

»Wow, Jo, sieh dir doch mal den Himmel an! Der glänzt in allen Farben«, erklärt Foteini.

Tatsächlich hat sich die Welt über uns orange gefärbt, dieser Hintergrund wird von einigen Wolken unterbrochen, was dem Ganzen ein unwirkliches Aussehen verpasst. Es wirkt, als wäre ein Farbtopf umgeworfen worden und man versuchte nun, das Verschüttete mit Wattebäuschen aufzutunken. Der Anblick ist atemberaubend schön.

»Als ob sie da oben eine Party feiern«, flüstert meine kleine Großcousine.

»Das tun sie auch, Schätzchen. Da steht ein Tisch mit vielen Stühlen und man hört lautes Durcheinanderreden, Lachen und Singen. Es gibt ein Fest, weil jemand neu angekommen ist und die Engel sind fleißig am Keksebacken. Ich sehe sie dort sitzen, Foteini. Deine Großmutter sitzt neben ihrer Tante Grete, meiner Großmutter. Daneben ihre Mutter, Lucia, und gegenüber Onkel Stefan, der allen schon lange vorausgegangen war. Natürlich darf auch Tante Josephine nicht fehlen, nach der ich benannt wurde, wusstest du das?«

Foteini schüttelt beeindruckt den Kopf.

»Wer ist da noch?«, will sie wissen.

Also beginne ich alle unsere verstorbenen Verwandten aufzuzählen, über jeden weiß ich etwas zu berichten, und wenn ich nichts weiß, erfinde ich etwas. Das kleine Mädchen hängt an meinen Lippen und will alles von den vielen Tanten und Onkeln aus einem fremden Land wissen. Sie liebt die exotischen Namen und die alten Geschichten von

Menschen, die sie nicht gekannt hat, die aber mit ihr durch Blutsbande verbunden sind. Wir sitzen auf der einfachen blauen Holzbank und betrachten den brennenden Himmel – beide gefangen von dem Bild eines letzten Abendmahles und von lachenden Gesichtern, die auf uns herunterblicken.

»Schön, dass Oma nicht alleine ist«, erklärt Foteini schließlich.

»Glaub mir, Kleines. Da oben ist niemand alleine.«

Ich nehme sie in den Arm und drücke sie ganz fest an mich, als plötzlich Manús neben mir steht.

»Da seid ihr also, meine Prinzessinnen.« Er blickt zum Himmel und scheint ebenfalls von dem überwältigendem Anblick berührt zu sein.

»Was für ein Spektakel!«

Foteini und ich sehen uns an und lächeln.

7. Kapitel

Die Menschenmenge löst sich allmählich auf, doch eine kleinere Gruppe versammelt sich schließlich noch im Familienanwesen, um Onkel Yannis und seinen Kindern nahe zu sein. Man sitzt im Garten und trinkt gemeinsam Retsina und Souma, einen Traubenschnaps, der genauso wie Ouzo mit Wasser verdünnt wird. Schon der Geruch und der milchige Anblick lassen meinen Magen sich von selbst umdrehen und ich lehne dankend ab.

Lukás setzt sich neben mich und flüstert mir ins Ohr, ob ich noch gerne einen Kaffee hätte. Ich lehne wieder freundlich ab, da ich mich davor fürchte, abermals eine Version des *kafe elliniko* serviert zu bekommen.

»Du kannst auch einen italienischen Kaffee haben, wenn du möchtest«, lässt mich Lukás wissen und sofort werde ich hellhörig.

»Wirklich? Das wäre ja fantastisch! Dann bitte gerne. Mit ein wenig Zucker.«

Lukás steht auf und zieht mich mit sich. Ich denke, dass wir gemeinsam in die Küche gehen, doch stattdessen verschwindet er mit mir durch die Haustür.

»Halt! Wo willst du denn hin?«, will ich wissen, doch er hält noch immer meine Hand und steuert Manús' alten Pickup an.

»Wenn du guten Kaffee willst, dann müssen wir zum Strand. Ich zeige dir die Surfstation, wo ich meistens rumhänge. Die ist echt cool – da kann man wahnsinnig gut chillen.«

»Surfstation? Strand? Aber Lukás, wir können jetzt doch nicht einfach wegfahren, was werden deine Eltern denken?«

Er sieht mich verwirrt an und erklärt mir, dass wir freie Menschen seien und nicht über jede Minute unseres Lebens Rechenschaft ablegen müssen. Wen kümmere es schon, wenn wir kurz auf einen Kaffee zum Strand gingen. Ich bin unsicher, was ich tun soll. Einerseits hat er recht, andererseits bin ich hier auf Besuch und will meine Gastgeber nicht durch unhöfliches Benehmen beleidigen, also suche ich Mélina und frage sie, ob es okay wäre, wenn ich mit Lukás zum Strand führe, um einen Kaffee zu trinken. Sie lächelt mich nur an und sagt: »Sicher, meine Liebe, fahr zur Bar und sieh dir das Meer im Mondlicht an. Das ist einmalig schön. Geh nur. Wir müssen hier die Stellung halten, aber du bist völlig unabhängig und kannst tun, was du willst.« Sie küsst mich auf die Wange und schiebt mich zur Tür.

Lukás steht mit laufendem Motor im Hof und hupt bereits. Ich laufe ihm entgegen und mache es mir auf dem Beifahrersitz bequem.

»Na dann, Lavazza, wir kommen!«

Ich öffne die Fensterscheibe, denn es ist noch immer sehr warm, und lasse mein Gesicht vom Fahrtwind abkühlen. Bereits nach einigen Minuten sind wir am Strand angekommen und nachdem Lukás den Wagen abgestellt hat, dringt schon laute Musik an meine Ohren. Wir befinden uns vor einem einfachen Holzbau, der mit bunten Fahnen geschmückt ist. Anscheinend handelt es sich dabei um unterschiedliche Surfmarken, die in grellen Farben ihr Label bewerben. Lukás ist bereits durchs Tor geschlüpft und trottet einige Meter vor mir in Richtung lauter Musik davon. Ich versuche, mit ihm Schritt zu halten, was bei Gott nicht einfach ist, wenn man bedenkt, dass ich Peeptoes mit Stilettoabsätzen trage und versuche, mich damit auf einem Sandboden vorwärts zu bewegen. Der Sand schmuggelt sich in meine Schuhe und beginnt, an meinen Zehen zu reiben, während ich mit meinen Absätzen immer wieder im Boden versinke. Das muss ja ein umwerfend komischer Anblick sein, und um mich nicht weiter der Lächerlichkeit preiszugeben, ziehe ich meine Schuhe aus und gehe barfuß weiter.

»Jo? Komm schon, hier ist der beste Platz«, lässt mein Neffe – oder so ähnlich – mich lautstark wissen.

»Ja, bin unterwegs, keine Panik!«, schreie ich zurück.

Als ich endlich bei dem kleinen Tisch angelangt bin, an dem Lukás Platz genommen hat, platziere ich meine Schuhe und meinen Schal am Stuhl neben Lukás und setze mich auf den freien rechts von ihm. Um mich herum fliegen griechische Sätze, ich atme fremdartige Gerüche ein und mein Blick ist plötzlich gefangen von braun gebrannten Armen, bunten Gewändern und perlenbestückten Silberkettchen, die an den Hälsen von lachenden jungen Männern und Frauen pendeln. Ich beobachte meine Umgebung, die mir so fremd erscheint, als hätte man mich irgendwo in Indien ausgesetzt, und stelle fasziniert fest, dass dieser Ort etwas Magisches hat. Lukás bestellt zwei Espressi für uns und erzählt mir von Freunden und seinem Hobby, dem Surfen, doch ich höre ihm nur mit halbem Ohr zu. Ganz unbewusst beginne ich loszulassen, meine Gedanken verflüchtigen sich und ich fühle mich das erste Mal seit Wochen schwerelos. Ich vernehme die Lounge-Musik nur peripher, geradeso als wäre sie ein Echo eines weit entfernten Konzertes. Die Gespräche an den umliegenden Tischen entziehen sich meiner Wahrnehmung, da ich sie nicht verstehe, und so ist alles, was bleibt, der Klang von sonoren Stimmen, die sich in die musikalische Untermalung harmonisch einfügen. Als Lukás kurz mit einem Bekannten einige Worte wechselt, schließe ich die Augen und nehme den Duft von Vanille wahr, anscheinend kommt dieses Aroma von den Kerzen auf unserem Tisch, und während der Wind meine Haare verwirbelt, atme ich regelmäßig und langsam ein und aus – so wie ich es im Yoga-Kurs gelernt habe, nur hat es dort nie hundertprozentig funktioniert, weil ich es nie schaffte, meine Gedanken auszublenden. Auf einmal erscheint es furchtbar einfach und selbstverständlich. Eine wohltuende Wärme macht sich in meinem Körper breit und ich bin froh, dass ich mich für diese Reise entschieden habe.

Als ein junger sportlicher Grieche uns den Kaffee serviert, lächle ich ihn dankbar an. Er weiß wahrscheinlich nicht, dass er meinen Tag gerettet hat.

»Wie findest du ihn?«, will Lukás wissen.

»Den Kellner oder den Kaffee?«, scherze ich.

»Beides«, gibt er lächelnd zurück.

»Also der Kellner ist sehr süß, aber eindeutig zu jung für mich, und der Kaffee ist abgöttisch gut!«

Ich bestärke meine Aussage, indem ich die Augen überdrehe, und es mag an dem Umstand liegen, dass ich schon lange keinen schmackhaften Kaffee mehr getrunken habe, dass ich auch wirklich so empfinde.

»Perfekt. Ich wusste, dass ich dir damit eine Freude machen kann. Ich mag den griechischen Kaffee auch nicht besonders, aber ich würde das daheim nicht unbedingt zugeben.«

Wir beginnen, uns über Gott und die Welt zu unterhalten und ich lerne Lukás ein wenig besser kennen. Ich strecke mich in dem gemütlichen Lounge-Chair aus und spiele mit meinen Zehen im Sand. Vor uns liegt das Meer, ruhig plätschern die Wellen an den Strand und die kleinen Lampions, die in den Bäumen hängen, bewegen sich sanft im Wind. Lukás will mehr über mich und meine Familie erfahren und so breite ich im Schnelltempo unsere Familiengeschichte vor ihm aus und bleibe natürlich bei Sam hängen, die er noch nie gesehen hat. Ich schildere ihre Vorzüge, nicht ohne auch zu erwähnen, dass sie mich manchmal in den Wahnsinn treibt – ein Lied, das wohl jede Mutter singen kann.

Nach einiger Zeit kommt eine rundliche kleine Dame auf uns zu, die Lukás überschwenglich begrüßt und von ihm als seine Arbeitskollegin Ana-Maria vorgestellt wird. Sie lauscht Lukás' Ausführungen über unseren Verwandtschaftsgrad und beginnt mit mir ein nettes Gespräch in gebrochenem Englisch. Nach einiger Zeit – ich merke, dass ihr die Vokabeln ausgehen – entschuldige ich mich und frage nach dem Weg zur Toilette. Lukás gibt mir kurze Anweisungen, deutet wage in die Gegend und plappert nun mit Ana-Maria auf Griechisch weiter.

Ich hasse öffentliche Toiletten, doch es bleibt mir nichts anderes übrig, als mich auf den Weg zu machen und im dämmrigen Licht die Hinterseite des Barackenbaus aufzusuchen. Schon auf halbem Weg dringt der unangenehme Geruch, der in mediterranen Ländern unausweichlich mit primitiven Sanitäreinrichtungen gekoppelt ist, in meine empfindliche Nase und ich versuche, ihn mithilfe eines Tuches, das ich mir vors Gesicht halte, zu bekämpfen. Endlich bin ich an der einfachen Tür angelangt, die den Raum dahinter anhand eines schmutzigen Schildes als Toilette ausweist. Ich betrete das unappetitliche Klo, das durch eine Glühbirne nur spärlich beleuchtet wird. In diesem Moment empfinde ich das allerdings als Vorteil, denn so sieht man wenigstens nicht, wie abstoßend diese Einrichtung wirklich ist. Es hilft nichts, da muss ich durch. Ich versuche, die Tür zur Toilette mit einem Finger zu schließen und stelle fest, dass dies nicht wirklich möglich ist, da es zwar einen Haken mit dazugehöriger Öse gibt, die Tür allerdings nicht hundertprozentig die Öffnung abdeckt und somit ein breiter Spalt von circa eineinhalb Zentimetern offen bleibt. Na toll! Unter anderen Umständen hätte ich diese Toilette fluchtartig verlassen, jedoch fordern all die Tassen Kaffee, die ich über den ganzen Tag verteilt zu mir genommen habe, nun ihren Tribut. Außerdem ist es draußen zu dunkel, um mir ein Plätzchen unter freiem Himmel zu suchen. Ich nehme all meinen Mut zusammen, suche den Boden nach Ungeziefer ab, und nachdem ich keine tierische Ansammlung größeren Ausmaßes erkennen kann, bringe ich die Angelegenheit hinter mich. Als ich dann dabei bin, mich wieder anzuziehen und mir die Hände zu waschen, was nicht wirklich gelingt, da der alte Wasserhahn, der aus der unverputzten Wand ragt, so gut wie keine Flüssigkeit abgibt, höre ich plötzlich Stimmen. Ich blicke noch einmal in den verschmutzten Spiegel, der völlig schief an der Wand hängt und dem zwei Ecken fehlen, wische mir die etwas verronnene Wimperntusche von meinen Augenlidern und drehe mich zur Tür. Plötzlich halte ich inne. Durch den Spalt, der mir einen eingeschränkten Blick auf den Vorraum gewährt, mache ich den Umriss zweier Körper aus, die sich genau vor der Tür der Toilette befinden. Sie lehnen an der Wand und beginnen gerade damit, sich zu küssen.

»Oh, nein!«, schießt es mir durch den Kopf. »Nicht jetzt, nicht hier, bitte nicht.«

Mir wird sofort bewusst, dass es sich hier nicht um eine »Man-küsst-sich-nur-mal-schnell-Situation« handelt, sondern dass dies der Beginn eines erotischen Zweikampfes ist. Sobald ich diesen Gedanken in meinem Gehirn ausformuliert habe, kommt das Pärchen in die Gänge. Wie versteinert stehe ich hinter meiner Tür und hasse meine Blase dafür, dass sie mich in diese Lage gebracht hat. Ich schließe die Augen. Ich kann nichts anderes tun, als hier zu warten und schweigend Zeugin dieses Brachialaktes zu werden. Als sich die wackelige Tür des Toilettenverschlags mit einem lauten Ächzen in meine Richtung bewegt, weiß ich, dass die zwei im Vorraum ihre Position verändert haben. Ich schrecke zurück und versuche, nicht mehr zu atmen, da ich befürchte, dass das kleinste Geräusch meine Anwesenheit verraten könnte. Mir wird bewusst, dass den beiden völlig egal ist, ob sich jemand auf der Toilette befindet. Obwohl Licht durch den Spalt scheint, hatten sie nicht mal versucht, die Tür zu öffnen, um zu überprüfen, ob jemand da ist. Es scheint sie nicht zu stören, ob sie belauscht oder gesehen werden. Trotzdem fühle ich mich bei dem Gedanken, ein heimlicher Zuseher beziehungsweise Zuhörer zu sein, unsagbar unwohl.

Ich schließe so leise wie möglich den Deckel der Toilette und setze mich darauf. Während ich den Kopf zwischen meine Hände lege und versuche, gegen den Brechreiz anzukämpfen, der bedingt durch den strengen Geruch der Örtlichkeit überhandnimmt, wird es vor der Tür richtig laut. Die Frau beginnt in gebrochenem Englisch Dinge zu stammeln, die ich nicht wirklich hören möchte. Der Mann verhält sich eher ruhig und scheint sich mehr auf seine Aktivität, die noch immer in regelmäßigen Abständen die Tür erzittern lässt, zu konzentrieren, als dies auch noch in Worte zu fassen. Sein weiblicher Gegenpart versichert ihm ständig, dass er sie in den Wahnsinn treibe. Ich muss ihr zustimmen: Mich treibt er auch in den Wahnsinn! Ich bin in der Hölle. In der Toilettenhölle eines Surfspots in Griechenland. Danke, Tante Lisa, du amüsierst dich sicher köstlich da oben!

Plötzlich macht die klapprige Tür einen Schwung nach hinten und ich bekomme mit, dass das Paar wieder seinen Standort geändert hat. Anscheinend sind sie zur ihrer Anfangsposition im hinteren Teil des Vorraums zurückgekehrt. Ein Hoffnungsschimmer keimt auf, dann wird mir aber bewusst, dass mir dieser Umstand nicht unbedingt hilft, da der Vorraum so klein ist, dass ich mich nie unbemerkt hinausschleichen könnte. Jetzt wäre es sowieso noch viel peinlicher, da ich ja mitten in den Geschlechtsakt hineinplatzen würde. Das Dilemma scheint nicht zu enden und langsam beginnt mein rechtes Bein einzuschlafen, da ich mich, um möglichst wenig Berührungsfläche mit der Toilettenschüssel zu haben, in einer unsagbar unbequemen Stellung befinde. Ich muss aufstehen, ansonsten können die Leute mich später mit einer Bahre hinaustragen.

Im Vorraum höre ich eindeutige Geräusche und ich stelle mir vor, wie diese zwei Menschen wohl aussehen. Sie ein billiges Flittchen und er ein einfältiger schwitzender Südländer, der Frau und Kind zu Hause hat und ab und zu mal eine Urlauberin in der Bar aufgabelt, die unbedingt die Vorzüge des Latin Lovers auskosten möchte. Ich frage mich nun, wie lange das wohl noch dauern würde und blinzle vorsichtig durch den schmalen Spalt, um zu erforschen, ob es schon ein Anzeichen von Endspurt gäbe. Mein Blickfeld ist begrenzt, und doch kann ich die zwei schwitzenden, halbnackten Körper am Ende der gegenüberliegenden Wand ausmachen. Ich sehe einen braun gebrannten, muskulösen Oberkörper, der zur Hälfte von einem ebenso braun gebrannten Frauenkörper verdeckt wird. Dieser bewegt sich nun nach unten und nimmt eine eindeutige Haltung ein. Das will ich definitiv nicht sehen! Ich kann mir nicht einmal Pornofilme ansehen, warum also sollte ich mir diese Szene nun live zu Gemüte führen? Ehe ich mich wieder in meine unbequeme Sitzposition begebe, streift mein Blick das männliche Gesicht und ich stelle erstaunt fest, dass es so gar nichts von dem ausgemalten südländischen Flair hat, sondern eher nord- oder mitteleuropäisch wirkt. Genau in diesem Moment öffnet der Mann seine stahlblauen Augen, die unter den dunkelblonden schweißnassen Locken hervorstechen, und sieht mich an. Er scheint weder erstaunt, noch verschreckt oder gar peinlich berührt zu sein. Er wendet sich nicht ab, und während die vor ihm kniende Frau sich anstrengt, ihn körperlich zu befrieden, sehen wir uns an. Ich bin wie hypnotisiert und habe das Gefühl, in diesen Augen zu versinken. Ich will wegsehen, mich wieder verstecken und so tun, als wäre ich nicht an diesem Ort, doch ich bleibe an meinem Platz und halte seinem Blick stand. Die Farbe seiner Augen erinnert mich an das glasklare Meer, die dichten dunkelbraunen Wimpern, welche diese umrahmen, geben dem Ganzen eine warme Note. Es sind vertrauenswürdige Augen, die mich anblicken, und obwohl ihre Farbe eine gewisse Kälte, oder vielmehr Entschlossenheit vermittelt, heben die zarten Fältchen, die sich darum verteilen, diese Härte wieder auf. Der Rest des Gesichts ist vom Schatten des Ventilators verdeckt und so sehe ich eigentlich nicht viel davon. Plötzlich blinzelt er und ein leises Stöhnen dringt aus seinem Mund. »Na, Halleluja!«, denke ich mir, und noch immer auf mich schauend schließt er endlich seine Augen. Ich drehe mich weg. Der Bann ist gebrochen.

Ich höre, wie sie miteinander sprechen, während sie sich jene Kleidungsstücke, die am Boden gelandet sind, wieder anziehen. Alles klingt sehr sachlich und normal, keinerlei emotionale Schwingungen, fast als handle es sich um einen geschäftlichen Dialog. Mein Puls hingegen rast und ich fühle mich wie kurz vor dem Herzinfarkt, obwohl ich keinen Sex hatte. Was sagt mir das? Ich sollte mir endlich professionelle Hilfe suchen.

Nachdem die beiden den Vorraum verlassen haben, warte ich noch einige Sekunden, bevor ich endlich den Riegel der Tür öffne und aus der Toilette schleiche. An der frischen Luft atme ich tief durch und gehe ein paar Meter in Richtung Strand. Ich setze mich in den Sand und blicke aufs dunkle Meer. Eine Brise weht über mich hinweg und ich lasse die letzte halbe Stunde noch einmal Revue passieren. Wer hätte gedacht, dass ich so etwas einmal erlebe? Ellie wird sich krümmen vor Lachen, wenn ich es ihr erzähle.

Als ich es schaffe, wieder an unseren Tisch zurückzukehren, scheint Lúkas meine lange Abwesenheit gar nicht bemerkt zu haben. Er unterhält sich nun mit einem griechischen Pärchen, das aus dem Nachbarort kommt. Lúkas stellt mich vor und wieder muss ich einige Fragen bezüglich meiner Anwesenheit in diesem Land beantworten, bevor wir zwei uns schließlich auf den Heimweg machen. Ich frage mich, ob ich ihm von meinem Erlebnis auf der Toilette erzählen soll, allerdings entscheide ich mich dann dagegen, da es mir – seltsamerweise – doch peinlich ist. Das Haus liegt in völliger Stille da und wir verabschieden uns mit einer innigen Umarmung, bevor jeder sein Zimmer aufsucht.

8. Kapitel

Am nächsten Morgen werde ich von intensiven Sonnenstrahlen geweckt. Ich strecke mich und bleibe mit geschlossenen Augen noch einige Minuten liegen. Was wird dieser Tag bringen, frage ich mich, und als mir bewusst wird, dass es keinen Plan gibt, fühle ich mich wunderbar befreit. Vielleicht könnte ich mir den Ort ansehen, die Umgebung erkunden oder nach Rhodos Stadt fahren – was auch immer passiert, ich werde es auf mich zukommen lassen und es genießen. Als ich mir den gestrigen Tag in Erinnerung rufe, bleiben meine Gedanken bei dem Erlebnis in der Bar hängen. Ich kichere vor mich hin und beschließe, Ellie am Abend anzurufen. Irgendjemandem muss ich davon erzählen!

Im Parterre höre ich bereits Geschirr klappern und die Stimmen meiner Verwandten. Ich stehe auf, dusche und begebe mich nach unten, wo ich freundlich empfangen werde.

»*Kalimera,* Jo. Was für ein Tag! Was möchtest du heute machen?«, will ein gut gelaunter Onkel Yannis wissen.

»Ach, Papa, lass die Arme doch erst mal in Ruhe frühstücken. Dann kannst du weiter mit ihr Pläne schmieden«, bremst Mélina ihren Schwiegervater.

»Das ist schon okay, Mélina. Ich bin für alle Schandtaten zu haben, Onkel Yannis. Was schlägst du vor?«

»Na, dann werde ich doch gleich mal Stavos anrufen«, gibt Manús von sich, ohne von seiner Zeitung aufzusehen.

»Manús, du Kindskopf, lass Jo doch endlich mit deinem triebgesteuerten Freund in Frieden«, schimpft seine Ehefrau mit ihm. »Wenn Jo einen Verehrer braucht, wird sie sich doch nicht Stavos aussuchen!«

Sie zwinkert mir zu und ich erkläre nochmals, dass ich keinerlei Intentionen in dieser Hinsicht habe.

Onkel Yannis erkundigt sich nach meiner Tochter und Robert.

»Sam geht es prächtig. Sie ist für die Ferien bei meinen Eltern und wird sie vor neue Herausforderungen stellen. Schließlich ist es schon einige Zeit her, dass sie eine Fünfzehnjährige im Haus hatten.«

»Ach, mach dir keine Sorgen. Tante Emmi schafft das mit links. Ich habe noch lebhaft vor Augen, wie sie deinen jugendlichen Verehrern das Blut in den Adern gefrieren ließ. Sie war so cool.«

Manús Augen leuchten und Onkel Yannis nickt zustimmend.

»Na ja, als cool würde ich Mama nicht unbedingt bezeichnen, sie war eher beinhart und hat so manchen Jungen vergrault. Heute weiß ich, dass sie nur mein Bestes wollte, aber damals war ich sehr oft kurz davor, auszurasten.«

»Sie hat über dich gewacht wie ein Sheriff, aber auch nur, weil du ihre Prinzessin warst, ihr Ein und Alles.«

Die milden Augen meines Onkels streicheln meine Seele. Ich weiß, dass er recht hat und dass ich meiner Mutter für so viel dankbar sein muss.

»Ich hab ja Glück, dass ich trotz ihrer Argusaugen heute kein Single oder gar eine alte Jungfer bin«, murmle ich, es soll witzig klingen, aber Onkel Yannis kontert völlig ernst: »Wäre vielleicht besser gewesen, wenn Robert ihr Radar nicht durchbrochen hätte.«

»Wie meinst du das?«, will ich wissen.

»Weißt du, *amorfia mou*, ich bin mir nicht sicher, ob Robert die perfekte Wahl für dich war.«

Betreten – wenn nicht sogar geschockt – vernehme ich die Worte meines Onkels. Ich kenne ihn nur als äußerst höflichen und diplomatischen Mann, von dem ich nie eine solche Äußerung erwartet hätte.

»Ich hoffe, du sprichst jetzt nicht Tante Lisas wahnwitzigen Test an, ob er lieber ein Vogel oder ein Fisch wäre, denn das ist wirklich hirnrissig, wenn ich es so nennen darf. Ich bin sehr glücklich mit meinem Mann.«

»Bitte sei nicht beleidigt, Jo. Ich will dich nicht kränken, aber ich möchte auch, dass du meine Meinung kennst. Ich denke, dass dein Blick in Bezug auf Robert etwas verschleiert war – oder ist. Ich hatte immer das Gefühl, dass er seinen Schatten auf dich geworfen und dir damit das Licht genommen hat.«

Onkel Yannis spricht mit viel Gestik und versucht, seinen Worten mit einem festen Blick Nachdruck zu verleihen.

»Warum war Robert die falsche Entscheidung?«

»Du bist mit ihm irgendwie anders. Vernünftiger und weniger abenteuerlustig. Robert hat dich aus den Wolken geholt und dir das Fliegen abgewöhnt.«

»Weil ich eigentlich ein Vogel bin? Ich kann das jetzt wirklich nicht mehr hören, Onkel Yannis.«

»Könnte sein … was soll ich sagen? Deine Tante Lisa war eine weise Frau.«

Ein versöhnliches Lächeln und ein Schulterzucken entspannen die Situation.

Ich will mir keine Gedanken machen, ob ich den richtigen oder den falschen Weg eingeschlagen habe, es ist nun mal so, wie es ist, und ich kann daran nichts mehr ändern. Besser gesagt, ich will daran nichts ändern.

»Es kann nicht jeder das haben, was ihr hattet. Ihr wart wahrlich das perfekte Paar.«

»Perfekt? Was ist schon perfekt?« Mein Onkel runzelt die Stirn.

»Ihr zwei, ihr wart perfekt für einander. So sehe ich es jedenfalls.«

»Du bist noch so jung, Jo. Du weißt noch gar nicht, was so ein langes Leben, wie ich es bereits führe, alles bringen kann. Als junger Mensch ist man noch zielstrebig und unerbittlich, man strebt ständig nach Perfektion, und doch findet man später heraus, dass diese nicht so erstrebenswert ist, wie man vielleicht denkt. Manchmal sind es die kleinen Fehler, die etwas interessant machen, die Ungereimtheiten, die dich nicht schlafen lassen oder die Sünden, die man verzeihen muss.«

Der weise und friedvolle Blick meines Onkels macht mich neugierig.

»Du hast doch wohl keine Sünden in deinem Leben begangen?«, witzle ich kokett.

»Gott sei Dank habe ich Sünden begangen, ansonsten hätte sich das Leben nicht ausgezahlt«, erwidert er stolz.

»Welche denn?«

»Das würdest du wohl gerne wissen, meine Kleine. Aber die schönsten Sünden sind die, die man für sich behält. Man sollte damit nicht prahlen.«

»Ist Tante Lisa dir bei der einen oder andere Sünde auf die Schliche gekommen?«, bohre ich neugierig weiter.

»Wer weiß. Sie hat nie etwas gesagt.«

»Aber es hatte doch nie mit einer anderen Frau zu tun?«

»Wie gesagt, bist du noch jung …«

»Onkel Yannis, ich bin achtunddreißig – das würde ich nicht unbedingt als jung bezeichnen.«

Er lacht laut auf und küsst wieder mein Haar.

»Viel zu jung … glaub mir … dein Leben hat noch gar nicht begonnen!«

9. Kapitel

Am darauffolgenden Abend werde ich von Vassily ins griechische Nachtleben eingeführt.

»Mama, wir gehen noch zu Nikos. Auf einen Absacker. Wir nehmen Jo mit.«

»Wer ist Nikos?«

»Die örtliche Bar. Die beste, na ja, die einzige, wenn man ehrlich ist«, erklärt Vassily.

»Gute Idee«, unterstützt Mélina ihre Söhne.

»Da sollte ich aber lieber mitgehen. Wer weiß, auf welche Gedanken ihr kommt.« Manús erhebt sich schnell von seinem Stuhl.

»Du, mein Lieber, bleibst bei mir zu Hause. Lass die Jungen alleine losziehen.«

»Aber, Schatz, Jo ist auch nicht mehr die Jüngste«, protestiert Manús.

»Du bist aber mit mir verheiratet und Jo nicht«, entwaffnet Mélina ihren Mann, der sich beleidigt wieder hinsetzt.

So kommt es also, dass ich auch diese Nacht wieder losziehe, zusammen mit den Söhnen meines Cousins, die beinahe meine Kinder sein könnten. Wir erreichen die Bar nach einem zehnminütigen Fußmarsch. Lúkas hält mir die Tür auf und ich betrete einen vollen Raum, in dem zahlreiche Griechen lachen, essen, trinken und rauchen. Schon nach wenigen Sekunden bin ich kurz vor dem Ersticken. Nach und nach öffne ich die oberen Knöpfe meiner Bluse, kremple die Ärmel hoch und fächere mir mit der vergilbten Speisekarte Luft zu. Manús' Söhne kämpfen sich zu Nikos vor, der hinter der Bar seinen gewohnten Platz innehat und ich schnappe mir einen freien Stuhl am Tisch neben der

Jukebox. Aus dieser ertönt laute Musik, irgendetwas Griechisches, das nicht schlecht klingt, dessen Botschaft mir aber völlig verschlossen bleibt. Ich beobachte meine Umgebung und erkenne ein paar Männer, die ich schon irgendwo im Ort gesehen habe und die sich lautstark mit den anderen am Tisch unterhalten, während sie genussvoll ihr Abendessen verspeisen. In dem Lokal sind nur wenige Frauen anwesend, diese sitzen in kleineren Gruppen zusammen und trinken das eine oder andere Glas Wein, während sie sich höchstwahrscheinlich über ihr unspektakuläres Leben auslassen, über ihre Männer herziehen oder ihre Schwiegermütter verfluchen.

Vassily kämpft sich als erster durch den engen Gang zwischen den Tischen und stellt einen Krug Rotwein vor mir ab, David und Lukás folgen mit vergilbten Gläsern. Geübt schenkt er den dunkelroten Wein ein und schiebt ein Glas in meine Richtung. Inzwischen habe ich fast alle oberen Knöpfe meiner weißen Bluse geöffnet, es muss in dem Lokal an die fünfzig Grad haben. Zögernd nehme ich das Glas und stoße mit meinen Verwandten an. Die jungen Männer leeren ihr Glas auf einen Zug. Der schwere Wein schmeckt mir nicht, trotzdem nippe ich daran, um Manús' Söhne nicht zu beleidigen. Sie haben ihn schließlich bezahlt und wollen mir damit eine Freude machen.

Dann beginnen die jungen Männer mich auszufragen, sie wollen alles über die Heimat ihrer Großmutter erfahren, die sie ja nie besucht haben. Ich tue mein Bestes, um ihre Fragen wahrheitsgetreu und ausgiebig zu beantworten und meinem Vaterland einen etwas mystischen Touch zu verleihen, denn so hätte Tante Lisa es gewollt. Natürlich beschreibe ich auch die wichtigsten Charaktere unserer Familie und bringe sie damit immer wieder zum Lachen. Meiner Mutter räume ich dabei besondere Bedeutung ein, da ich sie am besten kenne und als Tochter fast die Pflicht habe, die eine oder andere peinliche Geschichte ans Tageslicht zu bringen. Ihre kleinen Macken, die ich inzwischen sehr liebe, obwohl sie meine Nerven oft auf die Probe stellen, werden ausgeschmückt und leicht ins Komische gezogen, sodass meine Verwandten sich nicht mehr halten können und ihrerseits mit Schwänken aus der griechischen Familiengeschichte loslegen.

Nebenbei bringt Nikos noch einige Krüge Wein, der zunehmend besser schmeckt. Vassily verabsäumt es nicht, mir ständig nachzuschenken, und da Nikos nie Wasser mitbringt, bleibt mir nichts anderes übrig, als die drückende Hitze mit dem Alkohol zu bekämpfen. Natürlich steigt mir dieser schnell zu Kopf und ich bin nach einigen Gläsern des schweren Rotweins völlig beschwipst. Vassily und seinen Brüdern geht es ähnlich, und so enden unsere Geschichten in brüllendem Gelächter und keiner von uns kann sich mehr so wirklich auf den Beinen halten. Als David versucht, auf die Toilette zu gehen, verfehlt er die erste Stufe ins Kellergeschoß und purzelt mit einem lauten Krach die Stiege hinunter. Wir eilen zu ihm und finden in vor der Toilettentür wie ein Käfer am Rücken liegend vor. Er hält sich den Bauch vor Lachen. Zu Tode erschrocken versuche ich herauszufinden, ob er verletzt ist, was sich allerdings als schwierig gestaltet, da er nicht aufhört zu lachen und mir keine Antwort auf die Frage gibt, ob er denn irgendwelche Schmerzen hätte. Vassily beginnt auch zu lachen und erklärt mir, dass ich mich nicht sorgen müsse, denn es sei alles in Ordnung. David wäre zwar betrunken, aber sonst völlig okay – obwohl es wahrscheinlich das Beste sei, seinen kleinen Bruder nach Hause zu bringen. Ich stimme ihm zu und wir schleppen ihn ins Freie. Dort treffen wir auf Mários, den Nachbarssohn der Deloudis', der gerade dabei ist wegzufahren und sich bereit erklärt, als Taxi zu fungieren.

»Ich hole Lúkas, dann können wir alle mitkommen«, erkläre ich schnell.

»Nein, Jo. Lúkas wird sicher noch nicht fahren wollen, er hat vorhin die blonde Schweizerin entdeckt, die er schon seit einigen Tagen anhimmelt. Sei so nett und bleib hier, um ihn etwas im Auge zu behalten.«

»Ich soll noch einmal da rein?«

Meine Begeisterung hält sich in Grenzen, vor allem, weil ich erneut feststelle, dass ich auch schon weitaus mehr getrunken habe, als ich eigentlich vertrage. Doch man lässt mich einfach stehen und ich blicke dem verbeulten Vehikel hinterher. Nun muss ich wohl oder übel doch wieder in die Höhle des Löwen.

Der Alkoholgeruch und die gestaute Hitze schlagen mir entgegen, als ich das Lokal wieder betrete. Meine Augen suchen nach Lúkas, der jedoch nicht mehr an seinem Platz sitzt. Ich gehe zur Bar und frage Nikos nach ihm, doch der Barbesitzer zuckt nur mit den Schultern. Er habe keine Ahnung. Na, toll! Da stehe ich nun und Lúkas ist verschwunden. In diesem Moment kommt Ana-Maria, Lúkas' Arbeitskollegin, die Kellerstiege herauf und lächelt mich an. Ich frage sie, ob sie Lúkas gesehen habe und sie erklärt mir, dass er vor einigen Minuten die Bar durch den Hintereingang verlassen hätte, Hand in Hand mit einer blonden Touristin.

Okay. Das hat sich also erledigt. Ich will gerade wieder zum Ausgang gehen, als mich eine Hand am Oberarm fasst und mich sanft zurück hält. Ich drehe mich um und blicke in Iásos blaue Augen, die mich lustig anfunkeln.

»Hallo, Iásos. Ich war gerade im Begriff zu gehen. Ich denke, es reicht für heute.«

Iásos, der mir auch schon recht fröhlich erscheint und ebenfalls nach Rotwein riecht, lacht mich an und erklärt mir, dass das unmöglich mein Ernst sein könne. Sein weißer Dreitagebart sticht aus seinem dunkelbraunen Gesicht hervor. Er trägt eine rote Schirmkappe, ein beiges ausgebeultes Poloshirt und schmutzige Bermudashorts. Dies scheint seine Paradeuniform zu sein, jedenfalls habe ich ihn noch nie anders gekleidet gesehen. Ich lächle verlegen und nach einer Ausrede suchend fuchtle ich wild mit den Armen, um ihm verständlich zu machen, dass es spät sei und ich wirklich gehen müsse. Der nette Alte drückt mich auf einen wackeligen blitzblauen Stuhl, und plötzlich sitze ich inmitten all seiner Fischerfreunde und flehe Gott im Himmel an, mich so schnell wie möglich aus dieser Situation zu retten. Anscheinend habe ich mir im Laufe meines Lebens allerdings doch einige Sünden zuschulden kommen lassen, denn Gott hat kein Erbarmen mit mir.

Ich verweile also eine Ewigkeit – jedenfalls erscheint es mir so – an Iásos' Tisch und lausche seinen Erzählungen über Tante Lisa. Sein Englisch ist gewöhnungsbedürftig, und ehrlich gesagt verstehe ich nur Bruchteile, was mich aber in diesem Moment nicht stört, da ich geistig schon ziemlich abwesend bin. Ständig wird mein Rotweinglas gefüllt, entweder von Iásos oder einem seiner Freunde. Ich trinke zwar langsam, aber kontinuierlich, und so verschlechtert sich mein Zustand immer mehr. Mir wird klar, dass Iásos in meine rothaarige Tante wirklich verliebt war, denn immer wieder rinnen Tränen über seine zerfurchten Wangen. Mitfühlend wie ich bin zeige ich mich beim Bekämpfen des Schmerzes natürlich solidarisch. Eine weitere

Flasche Rotwein wird an unseren Tisch gebracht. Eine von vielen.

Als wir etliche leere Flaschen vor uns stehen haben, wankt Iásos zur alten Jukebox, die in der Ecke steht, und wirft einige Münzen in den Schlitz. Es ertönt ein griechischer Schlager, bei dem sofort alle Anwesenden in der Bar mitzusingen beginnen. Einer der Fischer an unserem Tisch erklärt mir, dass dies so eine Art Nationalhymne sei und außerdem Tante Lisas Lieblingslied. In diesem Moment rinnen auch mir Tränen übers Gesicht. Iásos ist an seinen Platz zurückgekehrt und nimmt mich in den Arm. Wir beginnen zu tanzen und drängen uns zu zweit durch die Tischreihen. Auf einmal werde ich hochgehoben und sanft auf der Theke abgesetzt. Schnell ziehe ich meinen engen schwarzen Rock über die Knie und richte meine Bluse. Der alte Iásos strahlt und erklimmt mithilfe zweier Kellner auch die Theke und so stehen wir da oben, bejubelt von den Barbesuchern. Nach anfänglichem Schreck beginne ich, mich langsam im Takt der Musik zu bewegen. Iásos singt lauthals den Text des Liedes mit und ich tanze dazu. Ich denke nicht daran, dass ich in meinem Zustand jede Minute vom Tresen fallen und mir alle Knochen brechen könnte, im Gegenteil, ich beginne, die absurde Situation zu genießen. Nach und nach erklimmen noch mehr Menschen die neue Tanzfläche, und langsam wird es hier oben wirklich eng. Keinen scheint das zu stören, je mehr Leute sich ansammeln, umso lustiger wird es. Ich muss nicht erwähnen, dass alle ziemlich betrunken sind und keiner mehr so wirklich weiß, was er tut. Ich denke plötzlich an meine Mutter und stelle mir ihr Gesicht vor, wenn sie mich hier oben sehen könnte. Dieser Gedanke zaubert erneut ein Lächeln auf mein Gesicht und ich drehe mich schnell um den Tanzpartner zu meiner Rechten. Wer weiß, ob ich je wieder die Chance haben werde, auf einer Theke zu tanzen …

Das Lokal bebt und es kommen immer mehr Leute, die von der lauten Musik und vom Gelächter angelockt werden. Mir wird langsam schwindlig, der Alkohol fordert seinen Tribut, die Hitze und die Drehungen tun ihr Übriges. Ich halte kurz inne und versuche, mich an jemandem festzuhalten. Kurz schwanke ich und presse meine Augen fest zusammen. Als ich sie wieder öffne und nach unten blicke, sehe ich zwei blaue Augen, die mich für den Bruchteil einer Sekunde gefangen nehmen. Eine schemenhafte Erinnerung steigt in mir hoch, doch ich kann dieses Gefühl mit keinem Bild verbinden. Mir scheint, dass sich alles um mich dreht und ich in einem Zeitkontinuum feststecke, unfähig mich zu bewegen.

Dann reißt mich Iásos aus meinem Koma und wirbelt mich herum, als wäre ich eine Marionette, deren Drähte gerissen sind. Hilfesuchend blicke ich nach vorne, jedoch da ist niemand, den ich kenne. Ich spiele weiter mit und halte noch immer Iásos' Hände, weil ich Angst habe, ansonsten von der Bar zu fallen. Iásos drückt mich fest an sich und singt mir lautstark ins Ohr. Ich fühle mich etwas unsicher und hoffe, es irgendwie zu schaffen, mich aus der Umarmung des Fischers zu befreien und endlich wieder festen Boden unter die Füße zu bekommen. Als er mich endlich freigibt, atme ich erleichtert auf. Ich freue mich zu früh, denn schon umarmt mich mein linker Nachbar, der mir vollkommen fremd ist. Auch er riecht nach reichlich Alkohol und herbem Männerschweiß und ich wehre ihn tollpatschig ab. Dies scheint ihm umso mehr zu gefallen und er ergreift meine Taille mit beiden Händen. Meine Bluse ist nun so gut wie durchsichtig, getränkt von meinem eigenen Schweiß und der Luftfeuchtigkeit des Lokals.

Plötzlich schreit mir eine männliche Stimme in fließendem Deutsch entgegen.

»Lady, ich glaube, du solltest jetzt den Tabledance beenden!«

Verdutzt blicke ich nach unten und sehe die Augen, die mich vorhin schon gefesselt haben, und als ich auch das dazugehörige Gesicht ausmache, fällt es mir wie Schuppen von den Augen. Meine Toilettenbekanntschaft von gestern, nur diesmal ohne Begleiterin und ohne den Beigeschmack von billigem Sex. Ich bin perplex und unfähig, etwas zu erwidern, vor allem weil mich der fremde Tanzpartner ständig um meine eigene Achse dreht und ich den Mann unter mir nur bruchteilhaft wahrnehme.

»Du solltest auf mich hören, wenn du dich nicht in eine unangenehme Situation bringen möchtest.«

Noch immer erwidere ich nichts. Was will er von mir? Wir kennen uns nicht – abgesehen von einem zufälligen und höchst peinlichen Treffen auf einer Toilette sind wir uns völlig fremd. Andererseits ist mir auch klar, dass er wahrscheinlich recht hat und der griechische Mann, der seine Arme um mich geschlungen hat, meine durchsichtige Bluse als Aufforderung zu mehr als einem gesellschaftlichen Zweikampf im rhythmischen Takt ansehen könnte.

»Glaub mir, du vermittelst gerade ein völlig falsches Bild von dir und es ist nur eine Frage der Zeit, bis er sich nehmen wird wollen, was du ihm gerade anbietest.«

Ein Lächeln erhellt sein Gesicht, das, soweit ich es in meinem Zustand beurteilen kann, eigentlich recht sympathisch aussieht. Es ist kantig und etwas länglich, seine vollen Lippen sind von Bartstoppeln umrahmt und seine Augen sind tiefblau.

Mein Tanzpartner, der natürlich bemerkt hat, dass der Fremde sich meiner annimmt, sieht diesen grimmig an und schreit ihm etwas auf Griechisch zu. Anscheinend markiert er gerade sein Revier und versucht, den ungewollten Gegner aus dem Rennen zu werfen. Dieser lächelt noch immer und schenkt dem wütenden Gegenüber keinerlei Aufmerksamkeit. Er heftet seinen Blick weiterhin auf mich und scheint die Lage abzuchecken. Ich stelle mir noch immer die Frage, ob ich auf ihn reagieren soll – einerseits schäme ich mich ob unseres ersten Zusammentreffens, obwohl ich bezweifle, dass er mich erkannt hat, andererseits könnte es sein, dass er meine Rettung ist.

Gerade als ich die zwei Punkte gegeneinander aufwiege, beugt sich der Mann ruckartig nach vorne, umfasst meine Beine und wirft mich über seine Schulter, als würde ich nicht mehr wiegen als ein Kleinkind oder ein Schaf. Ich bin paralysiert und völlig unfähig zu reagieren. Kopfüber hänge ich über der Schulter eines Mannes, den ich bei einem Sexualakt kennengelernt hatte, dessen Gegenpart nicht ich gewesen war. Gibt es etwas Peinlicheres? Mir fällt gerade nichts Vergleichbares ein. Wir bewegten uns in Richtung Ausgang, mein Magen revoltiert und ich schließe die Augen. Alles dreht sich und ich fühle mich wie in einem Helikopter. Mir wird jetzt erst so richtig bewusst, wie betrunken ich bin. Mein Tanzpartner schimpft uns noch nach, aber ich nehme meine Umgebung bereits nicht mehr richtig wahr. Nur kurz bemerke ich, dass die Lufttemperatur sich ändert und wir anscheinend im Freien sind, dann falle ich in einen tiefen komatösen Zustand.

10. Kapitel

Als ich die Augen öffne, habe ich das Gefühl, dass ein Blitz meinen Körper durchbohrt. Sofort presse ich die Lider wieder zusammen und versuche, den stechenden Schmerz, der meinen Körper durchdringt, zu lokalisieren. Ich habe das Gefühl, gegen eine Wand gerannt zu sein und kann mich fast nicht bewegen.

Wo bin ich und was ist passiert? Ich nehme ein fremdes weißes Zimmer und einen seltsamen Geruch wahr, in Verbindung mit den pochenden Kopfschmerzen nehme ich an, dass es bereits Morgen ist und ich mich nicht mehr in der Bar befinde. Es muss sich um den darauffolgenden Tag handeln und ich liege offensichtlich in einem unbekannten Bett, von dem ich nicht weiß, wem es gehört, geschweige denn, wie ich hineingelangt bin.

Vorsichtig blinzle ich einige Male und gewöhne mich an das grelle Licht und die hellen Farben, die den Raum regelrecht strahlen lassen. Das Doppelbett, das mit einem weißen Leintuch bezogen ist, fühlt sich eigentlich sehr gut an. Ich befinde mich auf der rechten Seite und ein nach links gerichteter Blick verrät mir, dass ich die Nacht nicht alleine in diesem Bett verbracht habe, denn das Laken ist zerknittert und der zweite Polster liegt zerknüllt am linken Bettrand. Benommen bedecke ich meine Augen mit den Handflächen und versuche, die letzten Stunden aus meinem Leben zu löschen. Was habe ich nur getan?

Nach einiger Zeit – die Kopfschmerzen sind inzwischen heftiger geworden – beschließe ich, meine Lethargie aufzugeben und das Problem zu lösen. Ich muss herausfinden, wo und bei wem ich bin. Zögernd erhebe ich mich vom

Bettrand und durchquere das Zimmer. An den Wänden hängen einige Schwarz-Weiß-Fotos von Menschen, die ich nicht kenne, und vor dem großen Fenster rechts von mir bewegt sich ein weißer Vorhang im Wind. Die mediterrane Sonne durchflutet den großen Raum, in dem sich abgesehen von einem Schrank aus dunklem Tropenholz nur noch ein schmales weißes Sofa und eine riesige alte Truhe befinden. Ein seltsamer künstlicher Geruch, der mich irgendwie an Autowerkstätten erinnert, liegt in der Luft. Ich kann ihn nicht gleich zuordnen und jegliche Anstrengung meiner Sinnesorgane führt zu weiteren Schmerzen, also lasse ich es bleiben, Detektiv zu spielen. Ich versuche abermals, mich zu erinnern, jedoch spielt mir mein Verstand einen Streich und ruft kein Bild auf, das mit dem, das ich nun vor mir habe, zusammengepasst hätte. Wie in Trance fahre ich mir mit den Händen durch mein Haar, taste meinen Kopf ab, der sich anfühlt, als wäre er doppelt so groß, und starre geistesabwesend auf den Türgriff.

Während ich etwas verloren vor der Tür stehe und nur langsam Bruchteile von Erinnerungsfetzen durch mein Gedächtnis schießen, vernehme ich ein Geräusch. Eine Tür fällt ins Schloss und ich höre Schritte im Nebenzimmer. Wo, um Gottes willen, befinde ich mich? Langsam wird mir beim Gedanken, an einem unbekannten Ort zu sein, mulmig zumute. Ich halte meinen Atem an und lausche den Vorkommnissen im anderen Raum. Ich höre diverse Türen und Laden, die jemand auf und zu macht, und plötzlich ertönt Musik, anscheinend wurde ein Radio angemacht.

Neben der Tür erkenne ich einen Spiegel. Ein kurzer Blick hinein lässt mich zusammenzucken. Mein Make-up ist verwischt und ich habe Ringe unter den Augen, meine

Frisur kann man nur als »interessant« beschreiben und meine weiße Bluse weist nicht nur dunkle Flecken an diversen Stellen auf, sondern ist unter dem linken Arm auch eingerissen. Fantastisch! Das perfekte Aussehen für ein erstes Treffen – sozusagen. Mein Blick wandert weiter nach unten und ich sehe, dass ich nur noch meinen Slip trage, mein Rock hat sich – oder hat »Mann« – verabschiedet. Ich suche leise den Raum ab, versuche, keinerlei Geräusch von mir zu geben und werde schließlich unter dem Bett fündig. Mein Rock liegt dort, zusammengeknüllt und staubig. Schnell schlüpfe ich hinein und schließe den Reißverschluss. Dann bringe ich mein Äußeres in eine halbwegs normale Form, sofern das ohne jegliche Hilfsmittel möglich ist, fasse all meinen Mut zusammen und öffne die Schlafzimmertür.

Im anderen Raum, anscheinend handelt es sich um die Küche, blickt mir ein fremder Mann entgegen, der gerade das Frühstück vorzubereiten scheint. Ich wirke offensichtlich etwas desorientiert, denn der Mann schenkt mir ein Vertrauen einflößendes Lächeln.

»Guten Morgen! Gut geschlafen?«

»Danke, bestens«, gebe ich flüsternd von mir. Genau genommen kann ich diese Frage nicht wirklich beantworten, da ich mich überhaupt nicht an die Nacht erinnern kann.

»Willst du auch ein Ei zum Frühstück?«

»Nein, danke. Ich esse am Morgen keine Eier«, antworte ich wahrheitsgetreu.

»Schade, ich hätte eines übrig. Na ja, dann werden wir es fürs Mittagsessen verwenden. Was hältst du davon?«

Ich habe keine Ahnung, was ich davon halte, irgendwie bin ich noch ziemlich verwirrt und mein Kopf schmerzt wahnsinnig. Gleichzeitig durchforste ich mein Gehirn, ob mir der Mann nicht doch irgendwie bekannt vorkommt.

»Entschuldigung, hättest du vielleicht eine Kopfschmerztablette?«, ist schließlich der einzige Satz, den ich von mir geben kann. Ich muss den Schmerz beseitigen, um endlich klar denken zu können.

»Sicher. So etwas ist immer im Haus. Badezimmer, rechte Lade unter dem Waschbecken.«

Ich blicke mich suchend um und versuche, das Badezimmer auszumachen. Der Fremde nickt in die rechte Ecke, wo ich eine Tür erkenne. Das Badezimmer ist in Blau gehalten und weist eindeutig eine Männerherrschaft aus – Nassrasierer, Aftershave und Unmengen an nassen Handtüchern und diversen anderen Kleidungsstücken, die in der hinteren Ecke am Boden liegen. Schnell öffne ich die rechte Lade, die alles beinhaltet, was Mann für den täglichen Kampf gegen den Alltag benötigt: diverse Salben, Pflaster, Fettstift, Sonnenöl, Nagelschere, Kondome – gut zu wissen, dass er Verantwortung übernimmt – und die von mir heiß ersehnten Schmerztabletten. Schnell hole ich ein Stück aus der Verpackung und schlucke sie zusammen mit etwas Wasser aus der Leitung runter. Geschafft – nach einigen Minuten sollte es mir besser gehen. Nun gut, auf in den Kampf und feststellen, in wessen Behausung ich da gelandet bin!

»Vielen Dank. Ich denke, die Tabletten werden das Nötige tun, um mich wieder fit zu machen. Nettes Haus. Lebst du schon lange hier?«

Irgendwie muss ich eine Unterhaltung beginnen, ohne wieder beim Ei zu landen.

»Nicht direkt. Bin nur auf der Durchreise hier. Das Haus gehört Marco.« Er wirft mir einen irritierten Seitenblick zu.

Ich zucke kurz zusammen. Marco? Nun bin ich wieder gleich schlau wie vorher, will aber nicht dumm dastehen und zugeben, dass ich keinen Schimmer habe, in wessen Heim ich mich befinde.

»Kennt ihr euch schon länger oder handelt es sich um eine neuere Bekanntschaft?« Der Fremde sitzt kauend am Küchentisch und schaut mich fragend an. Irgendwie hat er etwas Sympathisches an sich, sein wuscheliges schwarzes Haar und die graugrünen Augen erinnern mich an meinen Cousin Stefan, mit dem ich aufgewachsen bin. Noch immer blickt er mich eindringlich an und wartet auf eine Antwort.

»Eher etwas Spontanes, Neues …«, erwidere ich zögernd. Was soll das alles? Bin ich wahnsinnig? Ich verstricke mich soeben in eine Lüge, nur um meinem mir anerzogenen Moralkodex gerecht zu werden. Warum gebe ich nicht einfach zu, dass ich gestern sturzbetrunken war und anscheinend mit irgendeinem Typen mitgegangen bin, von dem ich keine Ahnung habe, wer er ist und was ich mit ihm gemacht habe.

»Verstehe. Ich habe mir schon so etwas gedacht.«

Er senkt den Blick, doch das Lächeln bleibt in seinem Gesicht. Genüsslich streicht er sich ein Brot.

Na super. Soeben hat er mich in die Kategorie »leichte Fälle« eingeordnet und anscheinend malt er sich gerade aus, was ich gestern Nacht hier so »spontan« erlebt habe. Der männlichen Phantasie sind in dieser Hinsicht meist keine Grenzen gesetzt, wahrscheinlich lege ich in seiner Vorstellung gerade mit Lederkostüm bekleidet und eine Peitsche schwingend einen Strip hin.

Langsam setzte ich mich an den Tisch, ich bin zwar nicht hungrig, aber ich fühle ein leichtes Schwindelgefühl, das sich meines Körpers zu bemächtigen versucht. Abermals schließe ich die Augen und konzentriere mich wieder auf

Nikos' Bar. Ich habe getanzt, zuerst mit Iásos und dann mit irgendeinem anderen Griechen. War er der Besitzer dieses Hauses? Ich drücke meine Finger an die Schläfen und versuche, den Schmerz wegzumassieren. Es funktioniert nicht wirklich, trotzdem mache ich weiter und nebenbei kehre ich zum gestrigen Abend zurück. Wie hat der Mann ausgesehen? Mein Erinnerungsvermögen streikt weiterhin beharrlich und hilft mir nicht weiter. Ich könnte schreien vor Wut!

»Der Tag danach ist meistens am schlimmsten«, gibt mein neuer Bekannter locker von sich und gießt sich dabei eine Tasse Kaffee ein.

»Willst du nichts essen? Das hilft wirklich.«

Wie kann er annehmen, dass ich etwas essen kann, wenn ich mich so elend fühle? Hat der Mensch noch nie einen Kater gehabt? Wenn ich ihn so ansehe, erscheint mir das eher unwahrscheinlich.

»Nein, danke. Aber eine Tasse Kaffee wäre super.«

Er erhebt sich und bringt mir eine Tasse, in die er das heiße Getränk gießt. Ich bedanke mich und nehme einen Schluck. Das tut wirklich gut und ich beginne, mich etwas zu entspannen. Trotz allem will ich nun endlich diese unangenehme Situation beenden und presche unbeirrt nach vorne.

»Wo ist eigentlich Marco?«

»Keine Ahnung. War schon weg, als ich aufgewacht bin. Wahrscheinlich unten, wie üblich. Ich bin ja eher ein Langschläfer und kann nicht nachvollziehen, dass man schon bei Sonnenaufgang das Haus verlässt. Aber das ist ja seine Sache.«

Okay, es handelt sich also um einen Frühaufsteher, der nach *unten* geht – wo immer das auch ist –, um etwas zu tun, das sein Freund nicht nachvollziehen kann. Ich bin genauso schlau wie vorher und versuche, von meinem Gegenüber weitere Informationen zu erhalten.

»Und ihr – kennt ihr euch schon lange?«

»Wir kennen uns von früher, haben mal gemeinsam trainiert, das ist aber Jahre her, und als er nach Griechenland ging, sind wir sporadisch in Kontakt geblieben. Ab und zu komme ich im Sommer vorbei und darf bei ihm wohnen.«

Ich bin wenigstens einen Schritt weiter, es handelt sich anscheinend nicht um einen Einheimischen, bei dem ich hier gelandet bin, also kann es sich bei dem Hausherrn nicht um den griechischen Tänzer handeln. Da mein Gesprächspartner ein Landsmann von mir ist, gehe ich einmal davon aus, dass mein »Retter« ebenfalls einer ist. Was auch keine wahnsinnig große Hilfe darstellt, da anscheinend diverse Österreicher auf dieser Insel leben, wie ich bis jetzt feststellen konnte. Ich bin hier schon einigen begegnet und es kommt mir vor, dass dieser Teil des Landes besonders viele Österreicher anzuziehen scheint. Ich blicke mich im Raum um und versuche, irgendetwas zu finden, das mir einen Hinweis auf die Identität des Mannes geben kann, der mich gestern hierher gebracht hat. Plötzlich bleibe ich an der Küchenuhr hängen und schrecke auf. Wenn sie nicht falsch geht, ist es bereits 13 Uhr. Ich springe wie von der Tarantel gestochen auf.

»Ist es wirklich schon so spät? Ich muss los. Man wird sich fragen, wo ich geblieben bin.«

»Muss schon nach Mittag sein, ich habe heute auch verschlafen. Wollte eigentlich in die Stadt fahren, um einige Erledigungen zu machen. Das muss ich wohl auf morgen verschieben«, höre ich von meinem neuen Bekannten.

»Wie auch immer, ich gehe mal. Richte Marco doch liebe Grüße aus. Ich melde mich.« Erstaunlicherweise hat man selbst für die skurrilsten Situationen passende Floskeln auf Lager.

Ich kehre ins Schlafzimmer zurück und suche nach Utensilien, die mir gehören könnten, jedoch ohne Erfolg. Habe ich keine Tasche bei mir gehabt? Anscheinend hat es sich wirklich um eine spontane Entscheidung gehandelt. Nichts wie weg, denke ich mir und verabschiede mich von meinem Frühstückspartner mit einem Lächeln und einer winkenden Handbewegung.

Als ich die Tür öffne, erschlägt mich die gleißende Mittagssonne beinahe, und abermals muss ich die Augen schließen. Ich schirme mein Gesicht mit der linken Handfläche ab und erkenne, dass ich mich auf einem Hügel befinde. Das Haus, vor dem ich stehe, liegt auf einer Anhöhe, neben dem Gebäude wächst ein riesiger uralter Olivenbaum, unter dem ein Holztisch und zwei Bänke stehen. Zwischen Baum und Hausmauer wurde eine Schnur gespannt, auf dem diverse Anzüge, Shorts und Shirts zum Trocknen aufgehängt sind. Als ich mich den Kleidungsstücken nähere, dringt der seltsame Geruch, den ich anfangs im Schlafzimmer wahrgenommen habe, wieder in meine Nase. Nun erkenne ich ihn auch. Neopren. Es handelt sich um unterschiedliche Surfbekleidung, die da auf der Wäscheleine hängt. Daneben schließt das Schlafzimmerfenster an – deshalb dieser Geruch, der vorhin in meine Nase drang.

»Ich heiße übrigens Christian, und wenn du willst, kann ich dich in den Ort bringen. Zu Fuß ist es doch eine ziemliche Strecke und es ist heute wahnsinnig heiß.«

Ich drehe mich um und blicke in die graugrünen Augen meiner neuen Bekanntschaft. Erst jetzt erkenne ich, dass wir uns wirklich jenseits von jeglicher Zivilisation befinden und ich wahrscheinlich stundenlang umherirren würde, bevor ich wieder in einem Dorf wäre.

»Mein Name ist Jo. Freut mich, dich kennenzulernen. Das ist mir irgendwie peinlich, aber es wäre in der Tat sehr nett von dir, wenn du mich im Ort absetzen könntest. Anscheinend habe ich das hier nicht wirklich … ähm … gut organisiert.«

Ich senke meinen Blick und versuche, den peinlichen Moment zu übergehen.

»Kein Problem. Ich muss sowieso Gemüse und Obst holen, denn ich habe ein paar Bekannte zum Abendessen eingeladen. Du kannst auch gerne kommen, wenn du Zeit hast.«

»Lieb von dir. Danke. Aber ich habe heute schon etwas vor.«

Das stimmt zwar nicht, aber ich kann die seltsame Situation noch immer nicht einschätzen und möchte mich nicht in weitere Lügengeschichten verstricken.

»Vielleicht ein anderes Mal«, erwidert er und geht ins Haus, um seine Autoschlüssel zu holen. Ich bleibe allein zurück und sehe mich abermals um. Das Haus scheint alt zu sein, der größte Anteil besteht aus Steinen und abgewittertem Putz. Dem Dach fehlen einige Schindeln und die Fenster scheinen auch bessere Tage gesehen zu haben. Man kann es von außen als einfach bezeichnen, und doch strömt es von der ersten Minute weg einen Charme aus, dem man sich nur schwer entziehen kann. Vielleicht ist mein Bewusstsein auch noch immer vom Einfluss des Alkohols getrübt, aber spontan würde ich sagen: Ich mag dieses Haus. Es passt hierher. Ob es mit seinem Besitzer harmoniert, kann ich nicht sagen, denn noch immer kann ich niemandem diese Behausung zuordnen.

Christian fährt einen blauen Corsa vor und hupt. Ich gehe zum Auto und steige ein. Wir fahren schweigend los, und nach einigen Minuten befinden wir uns auf der Bundesstraße, die entlang des Ozeans in Richtung Theologos führt. Ich erkenne diverse Straßenschilder und kann mich langsam wieder orientieren. Es dauert circa zehn Minuten, bis wir die Ortseinfahrt passieren.

»Du kannst mich vor der Kirche rauslassen. Ich gehe dann einige Meter zu Fuß. Die frische Luft wird mir guttun.«

»Das passt mir. Ich habe es dann nicht weit zum Supermarkt.«

Christian bremst also am Kirchenplatz und lächelt mich an.

»Vielen Dank fürs Mitnehmen, Christian. Ich hoffe, wir sehen uns bald mal wieder, so groß ist der Ort ja nicht.«

Das meine ich wirklich ernst, denn dieser Mann scheint in Ordnung zu sein, und nach dieser Aktion bin ich ihm auch zu großem Dank verpflichtet.

»Sicher. Vielleicht können wir ja das nächste Mal etwas gemeinsam unternehmen, bevor wir zusammen frühstücken.«

Wir müssen beide lachen und das Eis ist endgültig gebrochen.

»Das klingt toll.«

Ich steige aus dem Auto und schließe die Tür. Langsam spaziere ich auf die Kirche zu.

Christian betätigt den Fensterheber und schreit mir nach: »Soll ich Marco noch etwas ausrichten, wenn er vom Surfen zurück ist?«

Ich bleibe wie vom Blitz getroffen stehen und drehe mich langsam zu ihm um. Plötzlich habe ich ein klares Bild vor mir: Nikos' Taverne, ich tanze auf der Theke, stahlblaue Augen und blonde Locken, der Mann holt mich runter und wirft mich über seine Schulter. Ich weiß auf einmal, bei wem ich gestern Nacht gelandet bin.

»Nein danke, Christian, es ist nicht nötig, Marco etwas auszurichten.«

»Okay. Also bis dann.«

Christian fährt los, und als der blaue Corsa um die Ecke biegt, setze ich mich auf die Stufen vor der Kirche und rekapituliere den gestrigen Abend. Ich hatte so viel Alkohol getrunken, dass ich nicht wusste, was ich tat. Ich tanzte in einer engen weißen Bluse und einem kurzen Rock auf einer Theke und heizte die Männer so an, dass mich ein unbekannter Surfer, den ich auf einer Toilette das erste Mal gesehen hatte, retten musste, indem er mich über seine Schulter warf, durchs Lokal trug und anschließend mit nach Hause nahm, wo ich wer weiß was mit ihm getan habe. Großartig! Ich habe mich wirklich wie eine verantwortungsbewusste Ehefrau und Mutter verhalten und würde dies meinen griechischen Verwandten, die sich inzwischen wohl schon fragten, wo ich sein könnte, glaubwürdig erklären müssen. Abermals vergrabe ich das Gesicht in meinen Handflächen und wünsche mir, ich hätte die göttliche Gabe, Dinge ungeschehen machen zu können.

11. Kapitel

Als ich leise durch die Vordertür des Hauses schleiche und versuche, das Gästezimmer zu erreichen, ohne dass mich jemand bemerkt, ertönt hinter mir eine laute Stimme.

»Jo! Da bist du ja.«

Mélina steht mitten im Flur und wischt sich ihre Hände an einem Geschirrtuch ab.

»Das Essen ist gleich fertig, vielleicht willst du dich ein wenig frisch machen.«

»Ja, genau, das ist eine gute Idee. Weißt du, mir ist da etwas Seltsames passiert. Ich …« Weiter komme ich nicht, denn sie hat sich inzwischen wieder in Richtung Küche verzogen und scheint gar nicht daran interessiert zu sein, wo ich die ganze Nacht gewesen bin. Ich renne nach oben und schlüpfe aus meinen desolaten Kleidungsstücken – die Bluse kann wohl entsorgt werden und alles andere muss man waschen, denn es stinkt erbärmlich nach Rauch, Alkohol und Schweiß. Aber das ist zurzeit mein geringstes Problem. Habe ich mit diesem Marco geschlafen? Betrunken genug war ich wohl, und Marco scheint mir kein Mann zu sein, der eine Gelegenheit auslässt. Ich habe wahrscheinlich Robert das erste Mal betrogen und kann mich nicht einmal daran erinnern – das passt zu mir. Kann man für eine Schandtat, von der man nichts mehr weiß, zur Rechenschaft gezogen werden? Ich muss mit Ellie sprechen, denn sie ist die eigentliche Expertin für solche Schlamassel, auch wenn sie eine solche Situation wahrscheinlich nicht als »Schlamassel«, sondern als außergewöhnliche Erfahrung bezeichnen würde. Zum Glück habe ich mein Telefon gestern Abend nicht mitgenommen, sondern es sicher in meinem Nachtkästchen verstaut. Der Akku ist auch noch voll, also gebe ich den Namen meiner besten Freundin ein. Sie hebt gleich ab.

»Na, wie geht es dir, meine Liebe?«

»Wenn du es genau wissen willst: schlecht. Hier läuft alles nicht wirklich so, wie ich es mir vorgestellt habe.«

»Na, komm, du hast dir doch gar nichts vorgestellt und bist einfach Hals über Kopf abgereist.«

»Vielleicht erklärt das alles. Ich sitze in der Scheiße, Ellie.« Mir ist nicht bewusst, dass ich flüstere.

»Wen hast du umgebracht? Den hässlichen Freund von Manús?«, macht Ellie sich über mich lustig.

»Schön wär's! Ich habe letzte Nacht bei einem fremden Mann übernachtet, den ich auf einer Toilette kennengelernt habe. Das Schlimme ist, dass ich nicht einmal weiß, ob wir Sex miteinander hatten, aber so, wie ich ihn kenne, muss ich davon ausgehen.«

»Ich dachte, er ist dir fremd«, reitet Ellie auf meiner Formulierung herum.

»Das stimmt, aber ich sage dir, diese Art Mann kennt man nach zehn Minuten.«

»Du hast dich also auf einer Toilette zehn Minuten mit ihm unterhalten?«

»Nein! Sei doch nicht so begriffsstutzig! Ich habe mich noch gar nicht mit ihm unterhalten.«

»Hattest aber – höchstwahrscheinlich – Sex mit ihm.«

»Gut möglich.«

Ellie beginnt, aus vollem Hals zu lachen und kann sich gar nicht mehr fangen.

»Du bist mir eine schöne Hilfe!«

»Sorry, Jo, aber das alles klingt völlig absurd. Ich kenne dich besser als jeder andere und du hast nie und nimmer mit diesem Typ geschlafen. Falls ja, was soll's? Es ist passiert und du darfst dich jetzt als gefallenen Engel bezeichnen«, sie lacht schon wieder.

»Haha, wirklich sehr witzig«, blaffe ich sie an.

»Aber wer will auch schon ein Engel sein und Flügel haben, Süße, das sieht doch wirklich seltsam aus und passt zu keinem Outfit. Außer man ist ein Victoria-Secret-Engel …«

»Was soll ich jetzt machen, Ellie?«

»Gar nichts. Schau mal, was der restliche Tag bringt. Wer weiß, ob sich nicht alles in Wohlgefallen auflöst.«

»Ich stehe völlig neben mir und weiß nicht, wie ich mit der Situation umgehen soll.«

»Ich würde mir auf alle Fälle keine Vorwürfe machen, solange ich nicht hundertprozentig weiß, dass ich Blödsinn gebaut habe.«

»Du bist auch nicht verheiratet.«

»Das stimmt, aber du bist anscheinend auch nicht unfehlbar – was dich eigentlich doch nur menschlich macht. Versucht uns die Kirche nicht immer einzureden, dass wir alle schuldbeladen sind und es kein Entrinnen gibt? Da hast du es! Du machst nur das, was man dir seit Jahrzehnten nachsagt: am rechten Weg stolpern.«

»Und wie geht es weiter?«

»Steh auf und bete ein Vaterunser. Ich hoffe, dass es nicht deine letzte Sünde war, falls es überhaupt eine war.«

»Ich muss es herausfinden, sonst macht es mich verrückt.«

»Ich finde den Gedanken, dass du mit einem griechischen Adonis einen Seitensprung begangen haben könntest, eigentlich sehr sympathisch.«

»Österreichisch.«

»Wie bitte?«

»Er ist Österreicher, kein Grieche.«

»Mein Gott, Jo, jetzt fährst du einmal nach Griechenland und dann lässt du dich mit einem Österreicher ein, anstatt mit einem rassigen Südländer. Das kann ich nun aber nicht ganz nachvollziehen.«

»Er wirkt irgendwie mediterran«, verteidige ich den Mann, den ich innerlich verfluche.

»Mach ein Foto und schick es mir, wenn du ihn das nächste Mal triffst. Anscheinend ist das Dorf, in dem Lisa lebte, ja nicht gerade groß. Da wird man sich doch ab und an über den Weg laufen.«

Diese Vorstellung lässt mich erschaudern. Was passiert, wenn ich Marco tatsächlich wiedertreffe?

Dann klopft es an die Tür.

»Jo, kommst du? Das Essen steht am Tisch.«

»Ja, sicher. Bin schon unterwegs«, rufe ich in den Flur, und an Ellie gewandt: »Du wirst als Erste informiert. Ich muss aufhören.«

»Ich bin schon gespannt, wie es weitergeht. Was auch immer passiert ist oder noch passiert, ich stehe hinter dir!«

»Das weiß ich, Ellie, und ich danke dir auch dafür. Ohne dich würde ich das alles nicht überstehen.«

»Du würdest, aber es wäre nicht so lustig. Pass auf dich auf, du Herzensbrecherin.«

»Du auch, Süße. Ich vermisse dich.«

Im Esszimmer herrscht reger Betrieb, alle Familienmitglieder sitzen bereits am Tisch und plappern wild durcheinander. Ich nehme auf dem mir zugewiesenen Stuhl Platz und fühle mich unwohl. Ich denke nicht, dass ich irgendetwas hinunterbekomme, denn mir ist noch immer leicht übel vom Alkohol des Vorabends. Keiner der anderen scheint dieses Problem zu haben, denn es wird fleißig zugegriffen.

»Hattest du gestern Abend mit den Jungs Spaß?«

Manús blickt mich direkt an, während er sich aus einer riesigen Schüssel Salat bedient.

Panik macht sich in mir breit und ich habe das Gefühl, dass alle Augen auf mich gerichtet sind.

»Na klar hatten wir Spaß, Papa!«

Vassily gestikuliert mit beiden Händen und berichtet von dem wahnsinnig lustigen Zusammentreffen unserer Runde mit dem griechischen Wein, natürlich schildert er am ausführlichsten Davids Sturz von der Treppe und den Umstand, dass er die Party verlassen musste, weil sein kleiner Bruder nichts verträgt. Alle lachen, und sogar David, der heute auch etwas blass aussieht, stimmt in das Gelächter ein. Ich grinse unsicher und will David gerne zu Hilfe kommen, möchte aber auf keinen Fall die Aufmerksamkeit auf meine Person lenken.

Dann legt Lúkas los und berichtet von der wunderschönen Schweizerin, die sein Herz erobert hat, er meint, er könne ohne diese Frau nicht mehr leben. Alle anderen ziehen ihn damit auf, dass dies einer seiner Standardsätze sei und er sich noch immer bester Gesundheit erfreue, obwohl ihn schon einige Traumfrauen verlassen hätten. Lúkas will das so nicht akzeptieren und schmollt.

Ich frage mich, wie lange es wohl dauern würde, bis man mir die Frage aller Fragen stellen würde: Wo war ich die restliche Nacht gewesen? Doch keiner scheint sich dafür zu interessieren, was am Tag zuvor mit mir geschehen war. Ich bin verwirrt und erstaunt, traue dem Frieden jedoch nicht ganz. Das Essen rühre ich so gut wie nicht an und stochere lustlos auf meinem Teller herum, kaue an jedem Bissen sechzig bis siebzig Mal. Keiner bemerkt es, jeder ist offensichtlich mit sich selbst beschäftigt.

Nach dem Essen helfe ich Mélina, das Geschirr in die Küche zu bringen, und als ich mich antrage, den Abwasch zu übernehmen, schiebt sie mich sanft zur Tür.

»Nein, danke, Jo. Du bist unser Gast und ich möchte, dass du deinen Aufenthalt hier genießt. Ruh dich etwas aus, geh spazieren oder leg dich hin. Tut mir leid, dass die Kinder dich gestern etwas überfordert haben. Sie sind noch jung und wollen jeden Abend die Welt erobern.«

Ich lächle sie an und schweige. Ich bin ihr dankbar, dass sie keine Antwort erwartet und ich mich zurückziehen kann. Ich muss einiges verarbeiten und wirklich noch ein paar Stunden Schlaf nachholen. Erleichtert nähere ich mich dem Gästezimmer, und gerade als ich die Türschnalle nach unten drücke, höre ich hinter mir eine vertraute Stimme: »Wie bist du eigentlich nach Hause gekommen?«, fragt Lúkas mich.

Ich drehe mich nicht um, denn sonst hätte er die aufsteigende Röte in meinem Gesicht gesehen, und als wäre es die logischste Antwort der Welt, antworte ich gelassen: »Marco, ein Österreicher, hat mich mitgenommen und hier abgesetzt.«

»Ach, der Surfer, der das alte Haus von Leandros gekauft hat. Der ist okay, lebt schon eine Weile hier. Ab und zu treffe ich ihn am Strand oder bei Nikos.«

Damit huscht er wieder um die Ecke, wahrscheinlich wird er sich auf die Suche nach dem Schweizer Mädchen machen. Ich gehe ins Zimmer und schließe die Tür. Dann atme ich tief durch und lege mich aufs Bett. Alles beginnt sich zu drehen und ich fühle mich schwerelos, als würde ich jeden Moment abheben.

Mein Telefon klingelt plötzlich und ich schrecke hoch. Am Display sehe ich Roberts Nummer.

12. Kapitel

Eigentlich ist es ein seltsames Gespräch. Ich bin zugegebenermaßen ein wenig nervös und hoffe, dass mir irgendwelche Ausreden auf eventuelle gezielte Fragen einfallen. Nur nicht die Nerven verlieren und etwas Falsches sagen. Doch Robert fragt nicht, er erkundigt sich nur kurz nach meinem Befinden, um anschließend gleich über seine aufregenden Tätigkeiten in Island zu berichten. Ich komme gar nicht zum Reden, muss nur ab und zu ein »Mmm« und »Aha« einfließen lassen. Natürlich vermisst er mich, dann eine schnelle Verabschiedung, denn das nächste Meeting steht an. Als er aufgelegt hat, beginnt es in meinem Kopf wieder wie wahnsinnig zu hämmern.

Ich halte es in meinem Zimmer nicht mehr aus, ich muss an die frische Luft, um einen klaren Gedanken fassen zu können, also packe ich meine Tasche und verlasse das Haus – durch den Hinterausgang. Ich kann mich jetzt auf keine weiteren Gespräche, die auch nur den minimalsten Einsatz von Gehirnzellen verlangen, einlassen. Ich hatte noch nicht mal Zeit, die Vorkommnisse der letzten Nacht für mich zu sortieren, geschweige denn bin ich dazu in der Lage, einer dritten Person Rede und Antwort zu stehen.

Die Sonne brennt nun mit geballter Kraft vom Himmel. Ich versuche, im Schatten zu bleiben und schleiche durch die engen Gassen in Richtung Hauptplatz. Um diese Zeit trifft man nicht gerade viele Menschen, denn die meisten verschanzen sich in ihren kühlen Häusern, nehmen dort gerade das Mittagessen zu sich oder gönnen sich ein erholsames Schläfchen. Nur irre und verstörte Touristen quälen sich jetzt durch griechische Dörfer, um jede Minute ihrer

Urlaubszeit auszukosten beziehungsweise diese digital festzuhalten. Warum ich mich unter diesen Menschen befinde, ist mir selbst noch nicht klar. Jedenfalls bereue ich es schon, denn ich fühle, wie meine Kopfschmerzen zunehmen und mein ganzer Körper sich zu einem schweißüberströmten angeschwollenen Etwas verändert.

Endlich bin ich in der Ortsmitte angelangt und erblicke ein Café, das erfrischende Getränke und diverse Eissorten anbietet. Ich steuere darauf zu und suche einen schattigen Platz unter der großen Platane, was nicht schwer ist, da fast alle Stühle leer sind. Wie gesagt sind hier nur einige Touristen unterwegs, die entweder ihre Fotos auf den Displays ihrer Kameras studieren oder in Reiseführern über die Insel lesen, wenn sie nicht gerade ihren kleinen Kindern hinterherjagen. Ich visiere einen kleinen Tisch im hinteren Bereich an und steuere zielstrebig darauf zu, als etwas meinen Blick einfrieren lässt. Nicht etwas – jemand, denn gleich neben dem von mir bevorzugen Platz sitzt ein Mann an einem Tisch vor seinem Kaffee.

Nein, bitte nicht, flehe ich Gott an, doch in diesem Moment hebt der Mann seinen Blick und sieht mich an. Verdammt!

»Na, wenn das nicht meine neue Zimmergenossin ist.« Ein hämisches Grinsen macht sich auf seinem Gesicht breit. Ich sehe es das erste Mal so richtig, denn der gestrige Abend hat sich noch immer nicht vollkommen entschleiert.

»Hallo.«

»Dir auch einen wunderschönen Tag, obwohl er wahrscheinlich nicht zu deinen Favoriten zählt. Schmerzt der Kopf noch sehr?«

Mir war nicht bewusst, dass ein Mann so sehr grinsen kann.

»Danke, es geht. Du hast recht, er wird wohl nicht in die Reihe meiner erinnerungswürdigsten Erlebnisse eingehen, aber ich werde es überleben.«

»Also ich kann mich nicht beklagen, denn mir geht es heute blendend.«

Täusche ich mich, oder kommt zu dem Grinsen nun auch noch ein Schuss Perversität hinzu?

»Schön für dich – leider kann ich mich an letzte Nacht nicht wirklich erinnern, da mir der griechische Wein ein komplettes Blackout beschert hat und ich anscheinend völlig unzurechnungsfähig war. Das Letzte, was ich noch weiß, ist, dass du mich vom Tresen geholt und aus der Bar geschleppt hast.«

»Eine gefährliche Aktion – ich hätte fast einen Aufstand der Griechen hervorgerufen und bin froh, dass wir ohne Verletzungen aus der Bude rauskamen. Gern geschehen, übrigens.«

»Ähmm … danke. Allerdings weiß ich nicht, was du dir dafür als Belohnung geholt hast, denn die nächste Erinnerung, die ich habe, ist diejenige, dass ich ohne Rock in deinem Bett aufgewacht bin und anschließend deinem kochenden Mitbewohner gegenüberstand.«

»Hast du damit ein Problem?«, fragt er mich locker.

Er bestellt noch einen Kaffee, während ich ihm bereits den Hals umdrehen könnte. Was glaubt der eigentlich? Sehe ich wie Freiwild aus, das man einfach abschleppen kann, um es am nächsten Tag dann links liegen zu lassen? Ich muss mich setzen, da mir wieder leicht schwindlig wird und meine Kehle nach Wasser verlangt.

»Du bist doch hier auf Urlaub, warum bist du so unentspannt?«

Ich greife nach dem Wasser, das auf dem Tisch steht, und schütte es regelrecht hinunter, erstens, damit ich meinen

Durst lösche und zweitens, damit ich ihm keine Ohrfeige verpasse. Dann atme ich tief durch, schließe kurz meine Augen und erwidere: »Es tut mir leid, dass du mich nicht locker genug findest und dass ich nicht mit einem Lächeln vor dir sitze, um mich für die wahnsinnig aufregende Nacht zu bedanken. Anscheinend hast du keinen so tollen Eindruck hinterlassen, da mein Gehirn dieses Erlebnis gleich geblockt hat, um mir die Peinlichkeit des Erinnerns zu ersparen.«

Er lacht laut auf und seine Augen funkeln mich an.

»Du hast eine scharfe Zunge, schade, dass du sie gestern Nacht noch nicht eingesetzt hast, das hätte das Ganze noch getoppt. Trotz allem warst du ein gern gesehener Gast, nicht sehr gesprächig, aber doch sehr amüsant. *Always welcome again.*«

»Ich denke nicht, dass wir je wieder das Vergnügen haben werden. Denk bloß nicht, dass ich eine verzweifelte Frau bin, die sich im Urlaub ein wenig Spaß gönnt … mit dem Surflehrer oder dem Animateur. Was gestern passiert ist, war ein Versehen, eine Dummheit meinerseits, und es wird sich nicht wiederholen.« Leicht spöttisch füge ich noch hinzu: »Trotzdem danke fürs Angebot.«

»Was genau ist denn passiert?« Seine stechenden Augen durchbohren die meinen und ich blicke zu Boden.

»Wie schon gesagt, ich kann es nur vermuten. Ich denke, dass du mich in dein Haus gebracht hast und dir dort das geholt hast, was ich dir tanzend auf dem Tresen versprochen zu haben scheine. Ich war leider betrunken und habe mich nicht wie eine verheiratete Frau benommen. Das hast du dann wohl auf deine Art interpretiert und den Moment der Stunde genutzt, um auf deine Kosten zu kommen.«

Ich atme endlich aus und trinke noch mehr Wasser.

Belustigt und erstaunt sieht er mich an. »Du bist also verheiratet?«

»Ja, ich bin verheiratet und habe eine fünfzehnjährige Tochter, die ein riesiges Problem mit mir bekäme, wenn sie jemals in einer griechischen Bar auf der Theke tanzen würde.«

»Dann hoffen wir mal, dass sie nicht deine Gene geerbt hat. Also, Ehefrau und Mutter, so etwas hatte ich ja noch nie zur Übernachtung.«

»Das ist mir klar. Du scheinst ja eher die junge, hohlköpfige YOLO[4]-Fraktion zu bevorzugen, die nicht viel spricht und dich in den wenigen Stunden, die ihr miteinander verbringt, bedingungslos anhimmelt. Zu schade, dass wir keine Gelegenheit hatten, uns noch näher kennenzulernen.«

Ich bin in Hochform, was mein Beleidigungsrepertoire anbelangt, und eine kleine Falte, die sich auf seiner Stirn gebildet hat, zeigt mir, dass ich ihn damit auch etwas getroffen habe. Er fängt sich allerdings sofort wieder und die Falte löst sich in Luft auf. Dann beugt er sich ein wenig vor, blickt mir direkt in die Augen und lächelt süffisant.

»Es tut mir leid, dass dir mein Lebensstil nicht gefällt. Es kann aber auch nicht jeder ein so einwandfreies, moralisches Leben wie du führen. Hab Erbarmen mit den armen Sündern.«

Touché. Strike. Schachmatt.

Ich lehne meinen Kopf in den Nacken und atme wieder lange ein. Warum kann das nicht alles nur ein Traum sein? Warum sitze ich hier mit einem Menschen, der mehr über meinen Körper weiß als mein Gynäkologe, und der mir doch so fremd erscheint, als wäre er vom Mars. Bis vor ein paar Tagen war meine Welt noch in Ordnung und ich hatte alles unter Kontrolle, nun wünschte ich, jemand würde meine Beine wieder auf den Boden bringen, damit ich endlich diesen Hochseilakt beenden kann.

»Also, ich finde das alles gar nicht so schlimm. Was ist schon dabei? Du hast eine Nacht in meinem Haus verbracht und das wird nicht unbedingt einen großen Einfluss auf dein weiteres Leben haben. Du bist doch, auch wenn du einen Mann hast, ein freier Mensch. Ich sowieso.«

Langsam öffne ich meine Augen wieder und blicke in seine Richtung. Welten prallen aufeinander und er glaubt, dass wir zwei etwas gemeinsam haben.

»Da bist du wohl sehr stolz darauf. Auf deine Freiheit. Vergiss nicht, *freedom is just another word for nothing left to lose.*« Mit diesen Worten stehe ich auf und verlasse den Tisch. Ich kann und will mich mit ihm nicht weiter unterhalten.

»Ich halte Janis Choplin für überbewertet«, höre ich ihn hinterherrufen. Warum weiß ich nur, dass er dabei lächelt?

Ich drehe mich noch einmal kurz um und erwidere: »Und ich die Theorie von einem Gott, der Blitze auf sündige Pharisäer schleudert. Trotzdem wäre ich jetzt wahnsinnig erleichtert, wenn der liebe Gott sich meiner erbarmen würde und dich mit einem Blitz erschlagen könnte. Dafür würde ich sogar eine Pilgerfahrt machen, was wirklich eine körperliche und geistige Herausforderung für mich wäre.«

»Da habe ich aber ein Glück, dass die nächsten Monate keine Gewitter angesagt sind.«

Muss dieser Mann denn immer das letzte Wort haben?

»Unterschätze Gott mal nicht, mein Lieber. Ich würde in nächster Zeit im Freien ziemlich vorsichtig sein, wenn ich du wäre.«

13. Kapitel

Ich muss mich ablenken, sonst werde ich noch verrückt, schießt es mir durch den Kopf. Was geschehen ist, ist geschehen, ich kann es nun nicht mehr ändern. Ich beschließe spontan, eine Erkundungstour durch den Ort zu machen, denn schließlich habe ich noch nicht alles gesehen. Ich bin sicher, dass Theologos auch Dinge für mich bereit hält, die mich nicht unbedingt in eine brüskierende Situation bringen. Ab jetzt keine Verfehlungen mehr und etwas mehr Verstand und Ernst – das nehme ich mir fest vor und marschiere in Richtung Meer davon.

Kaum habe ich die engen Gassen, welche vom Dorfplatz wegführen, verlassen, sehe ich eine Straße voller kleiner idyllischer Steinbauten, vor denen die Wäsche auf Leinen im Wind tänzelt und die von hübschen kleinen Gärten umgeben sind. Ich spaziere entlang der rustikalen Häuserfronten und nehme jede Kleinigkeit meiner Umgebung auf: die Gräser, die Bäume, den kaputten Schuppen auf der linken Seite, die graue Katze, die mir schüchtern folgt und die Kinder, die hinter den Häusern laut schreien und lachen. Ich versuche mich zu erinnern, wann ich das letzte Mal so etwas gesehen und gefühlt habe. Im Grunde ist es die mediterrane Form von Stemmling: einfach, erdig und ehrlich. Hier sehe ich nichts Künstliches oder Gestelltes, man lebt mit dem, was man hat und stellt das dar, was man ist. Ich kann keinerlei Luxus erkennen, im Gegenteil, vieles wirkt verfallen, reparaturbedürftig und ausbaufähig. Andererseits sehe ich nur zufriedene und in sich ruhende Menschen, geradeso, als ob sie umso glücklicher sind, je weniger sie besitzen.

Vor dem letzten Haus in dieser Straße erkenne ich schon von Weitem eine Holzbank, auf der eine alte Frau sitzt. Sie trägt eine Mantelschürze in bunten Farben und einfache Sandalen. Ihr Haar ist dunkel und an den meisten Stellen schon ziemlich grau, trotz allem ist es kunstvoll zu einem Zopf geflochten und in einer Schnecke an ihrem Hinterkopf befestigt. Ihre Augen sind geschlossen, doch als sich meine Schritte nähern, beginnt der Hund, der um die Ecke des Hauses schießt, zu bellen. Sie erwacht und sieht mir entgegen. Meine Glieder versteifen sich, wer weiß, ob der Hund mir gut gesinnt ist. Die Frau ruft ihm etwas zu und er verschwindet wieder hinter der Ecke.

»Kalimera«, rufe ich ihr zu und dann noch: *»Efcharisto!«*[5]

Sie begrüßt mich auch und erhebt sich. Als sie vor mir steht, sprudelt es nur so aus ihr heraus, allerdings verstehe ich kein Wort. Ich antworte ihr auf Englisch, dass ich kein Griechisch verstehe, doch sie sieht mich verdutzt an und mir wird klar, dass ihr Englisch wohl so gut ist wie mein Griechisch.

»Oh Gott, Sie verstehen ja kein Wort und ich verstehe noch viel weniger.«

»Du sprichst Deutsch?«, fragt sie mich plötzlich.

Erfreut gebe ich ein erleichtertes »Ja« von mir.

»Ja, natürlich! Ich bin Österreicherin, Austria, und spreche Deutsch.«

»Mein Mann war Deutscher, er ist vor vielen, vielen Jahren nach Griechenland gekommen und wir haben uns hier kennengelernt. Aber das ist lange her.«

Ihre von Falten umsäumten Augen strahlen, und wenn sie lächelt, sehe ich, dass ihr schon ein Backenzahn fehlt. Trotz allem wirkt sie ungeheuer sympathisch und rüstig.

»Er hat mir seine Sprache beigebracht, aber ich habe sie schon ewig nicht mehr gesprochen.«

Ich bin begeistert, dass ich jemanden getroffen habe, mit dem ich mich unterhalten kann. Sie winkt mich in ihren Garten und ich folge ihr. Ihr Hund hebt nur die Augenlider, als wir um die Ecke biegen, und widmet sich dann sofort wieder seinem Nachmittagsschlaf. Hinter dem Haus erkenne ich eine kleine Laube, die direkt an das Gebäude anschließt. Dort befinden sich ein runder Tisch und zwei Stühle sowie eine einfache Anrichte, auf der Geschirr steht.

»Bitte, nimm Platz. Ich hole etwas zu trinken und zu essen, ich freue mich über den Besuch.«

»Oh, dankeschön, etwas Wasser wäre fantastisch. Ich bin eine Verwandte von den Deloudis', eigentlich die Nichte von Lisa, die verstorben ist«, erkläre ich meiner neuen Bekanntschaft.

»Ja, Lisa kannte ich, eine gute Frau. Leider zu früh gestorben, noch so jung.«

Dann verschwindet sie im Haus und ich setze mich auf einen schattigen Platz in der Laube. Ich schätze die Frau auf achtzig oder mehr und frage mich, ob sie hier alleine wohnt. Das Haus wirkt winzig und auch schon etwas baufällig, der Garten ist allerdings ziemlich groß und macht einen gepflegten Eindruck. Im hinteren Teil erkenne ich einen Gemüsegarten, der mindestens fünfzehn Quadratmeter umfasst. Ob sie den noch selbst bearbeitet?

»Wie lange bist du schon hier?« Meine Gastgeberin hat soeben die Laube mit einem Tablett voller Gläser und Teller betreten.

»Seit ein paar Tagen. Ich bin zum Begräbnis von Tante Lisa angereist, werde allerdings noch einige Zeit bleiben, um meine griechischen Verwandten näher kennenzulernen. Es ist das erste Mal, dass ich in Griechenland bin.«

»Und gefällt es dir?«, will sie wissen.

»Ja, es gefällt mir, sehr sogar. Ich habe zwar noch nicht allzu viel gesehen, aber das, was ich bisher sah, ist beeindruckend.«

Ihr Herz scheint aufzugehen und ich merke, dass meine Worte Balsam auf ihrer Seele sind.

»Ich lebe in einem schönen Land, aber es gibt auch Probleme. Die Politik ist nicht gut und viel Geld geht verloren. Alle müssen hart arbeiten. Aber wir vergessen nicht, was zählt im Leben: Freude und Liebe. Deshalb fühlt man sich hier wohl.«

»Das stimmt, ich fühle mich hier wohl. Ich heiße übrigens Jo.«

»Oje, ich habe vergessen, mein Name ist Agathí. Freut mich, Jo, dich kennenzulernen.«

Daraufhin umarmt sie mich und drückt mir einige Küsse auf die Wange. Ich bin gerührt und erzähle ihr überschwenglich von meinen Familien in Österreich und auf Rhodos, die sie natürlich kennt. Sie wiederum lässt mich wissen, dass sie verwitwet ist und nun schon seit mehr als zehn Jahren alleine lebt. Ihre Tochter ist aufs Festland gezogen, wo sie mit einem Bauarbeiter verheiratet ist. Sie hat vier Enkeltöchter und einen Enkelsohn, die alle noch zu Hause leben und nicht verheiratet sind. Sie fragt sich, ob sie jemals Urenkel haben wird, doch so wichtig ist ihr das nun auch wieder nicht. Das ist die Entscheidung ihrer Enkel, nicht ihre.

»Kommt dein Mann auch?«

»Nein, voraussichtlich nicht. Er hat einen wichtigen Job in Island angenommen und da kann er nicht weg.«

»Schade. Hier auf Rhodos kann es sehr romantisch sein …«

Na ja, ich habe da so meine Alternativen. Anscheinend bin ich ja sehr kontaktfreudig, denke ich, spreche es aber nicht aus. Ich will meine neue Freundin nicht schockieren. Ob sie sich wohl noch Gedanken über Männer macht? Wann hört das eigentlich auf?

»Meine Verwandten kümmern sich rührend um mich und ich bin so gut wie nie allein.«

»Wenn du dich einsam fühlst, ich bin immer da. Komm vorbei und lass uns reden.«

»Gerne, Agathí, das ist sehr nett von dir und ich komme sicher wieder vorbei.«

»Dann kann ich dir auch den einen oder anderen Rat geben. Ich bin alt und weiß viel.«

Sie zwinkert mir zu und ich muss lachen.

»Das glaube ich dir. Bestimmt hast du schon so einiges erlebt.«

Wahrscheinlich wurde sie nie tanzend und betrunken von Nikos' Tresen geholt, aber die eine oder andere Dummheit wird wohl dabei gewesen sein, das kann ich jedenfalls in ihren Augen lesen. Die alte Dame ist mir sehr sympathisch und vielleicht würde ich ihre Toleranzgrenze doch einmal ausloten müssen.

Ich küsse sie zum Abschied auf die Wange, schleiche am Hund, der übrigens Roxanna heißt, vorbei und schlendere wieder zurück zum Haus meiner Verwandten.

14. Kapitel

Am nächsten Tag begebe ich mich ans Meer, um mir ein wenig Urlaubsbräune zu holen. Der Strandabschnitt, welcher der örtlichen Gemeinde zugeordnet ist, liegt wunderschön vor mir. Ich sehe kaum Besucher, abgesehen von ein paar Einheimischen und Sportfanatikern, die den sehr windigen Teil der Insel nicht scheuen. Hier ist alles noch so, als hätte sich der Mensch nicht in die Natur eingemischt, abgesehen von ein paar Hängematten und Surfmaterial ist der Strand so gut wie unberührt.

Ich breite mein Handtuch auf dem warmen Sand aus, entkleide mich und hole ein Buch aus meiner Tasche. Dann verteile ich gründlich Sonnencreme auf meinem Körper und streckte dann am Boden liegend meine Glieder, um die Wärme zu genießen. Ich schließe kurz meine Augen und vernehme das Rauschen der Wellen. Seit ich zurückdenken kann, sehne ich mich nach dem Meer, und obwohl ich erst mit siebzehn das erste Mal meine Füße in einen Ozean setzen durfte, war es Liebe auf den ersten Blick gewesen.

Während ich am Bauch liege und versuche, mein Buch zu lesen, wandert mein Blick immer wieder zum weiten Horizont. Der Ozean scheint noch zu schlafen, liebevoll streicheln vereinzelte Wellen den äußersten Uferstreifen und hinterlassen eine dunkle Färbung am Boden. Die Steine glitzern im Sonnenlicht und der Sand ist angenehm warm. In Kürze wird er heiß werden, sogar brennen, sodass man ihn ohne Fußbekleidung nicht mehr betreten kann. Doch noch ist es nicht soweit.

Langsam wird der Strand von anderen Frühaufstehern bevölkert, jedoch verteilen sich diese großzügig auf der breiten

Landzunge, sodass ich noch immer das Gefühl habe, völlig ungestört mit meinen Gedanken zu sein. Was Sam wohl gerade tut? Und Mama? Wird Letztere es schaffen, das Teenagertemperament meiner Tochter zu zügeln, oder hat sich inzwischen schon soviel Konfliktpotenzial aufgestaut, dass sie gar nicht mehr miteinander reden? Ich erinnere mich nur zu gut an diese Jahre der Diskussionen, der unterschiedlichen Meinungen und der stundenlangen Streiks, die ich aussaß, um meinen Unmut zu demonstrieren. Geholfen hat es meistens nichts, denn Mama blieb Siegerin, und heute bin ich ihr dankbar für all die emotionale Last, die sie auf sich geladen hat, um mich auf den richtigen Weg zu bringen.

Seufzend widme ich mich wieder meinem Buch, ich merke zwar, dass die Sonne stärker wird und sich kleine Schweißtropfen auf meiner Stirn bilden, aber ansonsten nehme ich nichts um mich herum wahr. Ich genieße es, endlich wieder mal ungestört in die literarische Welt zu flüchten, ohne dass das Telefon klingelt, der Fernseher läuft oder eine dritte Person Anspruch auf Aufmerksamkeit erhebt. Was für ein herrliches Gefühl, als wäre ich alleine auf einem fremden Planeten, auf dem niemand meine Sprache spricht.

»Ich hatte doch glatt vergessen, wie toll du ohne Kleidung aussiehst.«

Oje, anscheinend gibt es doch ein Marsmännchen, das meiner Sprache mächtig ist, und zufälligerweise handelt es sich dabei genau um den Mann, mit dem ich unwissentlich meinen Mann betrogen habe.

»Und ich hatte vergessen, welch umwerfenden Charme du am Morgen versprühst.«

»Hättest du im Bett auf mich gewartet, dann hättest du noch mehr davon haben können.«

»Da ist mir ja etwas entgangen. Der liebe Gott hatte kein Erbarmen mit mir.«

»Ich habe dich hier noch nie gesehen. Bist du zum ersten Mal an diesem Strand?«

»Bisher hatte ich noch nicht viel Zeit, um faul in der Sonne zu liegen.«

»Macht man das nicht im Urlaub?«

»Eigentlich bin ich nicht zum Urlaubmachen hier. Meine Tante, die hier lebte, ist vor Kurzem verstorben und ich kam zu ihrem Begräbnis.«

»Dann bist du die Nichte von Lúkas' Großmutter?«

»Genau die. Kanntest du Lisa?«

»Nicht wirklich – ich habe natürlich so einige Geschichten über sie gehört und treffe ihre Enkel manchmal in der Bar. Tut mir leid, wegen deiner Tante. Ich denke, sie war sehr beliebt und viele Menschen trauern um sie.«

»Danke, das ist nett. Sie war etwas Besonderes und ich vermisse sie.«

Er setzt sich neben mich in den Sand und die Tropfen, die aus seinem nassen Haare fallen, hinterlassen dunkle Flecken auf meinem Badetuch.

»Nun, da wir schon mal eine Nacht miteinander verbracht haben, könntest du mir ja auch verraten, wie du heißt. Ich denke, dass du nicht gerade begeistert sein wirst, wenn ich dich dauernd ›Baby‹ nenne.«

»Ich bewundere deinen Scharfsinn, ›Baby‹ gehört eindeutig nicht zu meinen bevorzugten Kosenamen.«

»Das habe ich mir gedacht. Mein Name ist Marco, aber ich glaube, das weißt du schon.«

Interessant. Christian hatte ihm also von unserem Gespräch berichtet.

»Ich heiße Jo.«

»Ungewöhnlicher Name, gefällt mir. Wurdest du nach Josephine Baker benannt und hast deshalb diese Vorliebe fürs Tanzen?«

Gerade war er mir ein wenig sympathisch geworden und nun wieder dieser Seitenhieb.

»Erstens war das das erste und letzte Mal, dass ich auf einer Theke getanzt habe, und zweitens wurde ich nach meiner Tante Josephine aus Stemmling benannt. Ich denke nicht, dass sie mit Josephine Baker etwas gemeinsam hatte.«

»Du kanntest sie wahrscheinlich nicht in ihrer Jugend. Für mich hat der Name etwas Erotisches, vielleicht sogar etwas Verruchtes, auf alle Fälle etwas Außergewöhnliches. Dessen Trägerinnen sollten von der Norm abweichen.«

Was habe ich in dieser Nacht nur aufgeführt? Ich stelle mir diese Frage immer wieder und flehe mein Gedächtnis an, mir endlich Gewissheit zu verschaffen. Oder sollte ich dankbar sein, dass ich mich nicht erinnern kann?

»Da gibt es außerdem noch dieses Lied«, und schon beginnt er, die Melodie von »Josephine« zu summen, als ob ich nicht Zeit meiner Jugend ständig mit diesem Chris-Rea-Song genervt worden wäre. Jeder Junge, der in mich verliebt war, hatte das Bestreben, mir mindestens einmal diesen Song vorzusingen, als Platte zu schenken oder dessen Text als Grußkarte in meinem Postkasten zu platzieren. Jedenfalls wurde ich damit immer wieder an meinen Namen erinnert und es war so gut wie unmöglich, ihn zu verleugnen. Wenigstens meine Freundinnen hielten sich streng an das von mir auferlegte Gesetz, mich unter gar keinen Umständen jemals Josephine zu nennen, aber die Jungs glaubten, ihre Liebe dadurch noch stärker unter Beweis zu stellen, indem sie nicht nur mich, sondern auch diesen seltsamen Namen liebten. Andererseits war ich meistens zu verliebt, um sie aufzuklären, und so endete jede Beziehung früher oder später in einem Fiasko und wir trennten uns aufgrund unüberbrückbarer Gegensätze. Vielleicht wäre es nicht so weit gekommen, wenn ich ihnen gleich gesagt hätte, dass ich den Song hasse, wer weiß.

»Ich kann dieses Lied nicht leiden, und wenn du es weitersummst, sehe ich mich gezwungen, dich von meinem Strandabschnitt zu verbannen.«

Lässig und emotionslos dringen die Worte aus meinem Mund.

»Seit wann ist das denn dein Abschnitt? Nur interessehalber …«, fragt mein Gegenüber.

»Seit heute. Ich bin, was Strandabschnitte betrifft, ziemlich besitzergreifend und nicht kompromissbereit.«

»Sieht so aus. Dann werde ich in Zukunft darauf Rücksicht nehmen und versuchen, an einer anderen Stelle an Land zu gehen.«

»Du kannst dich gerne über mein Land bewegen, aber ich untersage dir, dabei dieses Lied zu summen.«

Ein Lächeln huscht über sein Gesicht.

Irgendwie hat sich die Stimmung geändert, ich weiß nicht warum, aber ich fühle mich nicht mehr wie in einem Käfig, der von einem Raubtier umkreist wird. Das Unbehagen und die Unsicherheit, die bisher unsere Zusammentreffen bestimmt haben, sind verschwunden. Ich fühle mich noch nicht hundertprozentig wohl, aber ich denke, dass ich damit leben kann, mich in seiner Gesellschaft zu befinden und zu wissen, dass er der erste große Fehler meines Lebens war.

Marco lehnt sich nach hinten und blickt aufs Meer. Er wirkt entspannt und zufrieden, sein ganzer Körper strahlt eine Ruhe aus, die mir fremd ist.

»Übrigens, Jo, es ist in dieser Nacht nichts passiert. Du warst zu betrunken und bist gleich eingeschlafen, bereits als ich dich aus der Bar trug. Im Auto musste ich dich richtig festschnallen, damit du mir nicht umkipptest, dabei hat sich deine Bluse in der Halterung des Sicherheitsgurtes verfangen, und als ich dich bei mir zu Hause – ich wusste ja nicht, wo ich dich sonst abladen hätte können – aus dem Wagen hob, zerriss ich dabei dein Kleidungsstück. Mir blieb nichts anderes übrig, als dich mit in mein Schlafzimmer zu nehmen. Dort habe ich dir nur deinen Rock abgestreift – zugegebenermaßen war das nicht unangenehm –, um dich dann ins Bett zu tragen. Das Einzige, was man dir anlasten könnte, ist die Tatsache, dass du dich um vier Uhr morgens im Tiefschlaf an mich gekuschelt hast und ich am nächsten Morgen mit einem steifen Oberarm aufgewacht bin. Ich mag moralisch kein Vorzeigemodell sein, aber ich weiß, wo man die Grenze zieht. Ich würde mich nie an eine Frau ranmachen, die nicht bei Bewusstsein ist. Das habe ich nicht nötig.«

Das Lächeln, das er mir daraufhin schenkt, könnte man als herzlich und um Verzeihung bittend ansehen. Dafür, dass er mich so lange in dem Glauben gelassen hatte, ich hätte mit ihm geschlafen. Aber auch als schelmisch, wie das eines kleinen Jungens, dem ein Streich gelungen war.

Nach einem Moment des Schweigens und des sich Sammelns erkläre ich ihm: »Ich wusste das, Marco, denn ich hätte mich nie mit dir eingelassen – nicht einmal volltrunken und bewusstlos.«

Ich möchte erhaben klingen und cool, doch eigentlich war mir einfach nur ein Stein vom Herzen gefallen, ein Felsbrocken, wenn man es genau nimmt. Ich bin doch kein gefallener Engel, keine Ehebrecherin und keine Sünderin.

»Wenn du meinst. Anscheinend kennst du dich selbst ja ganz genau und offensichtlich hast du deine Regeln. Muss wirklich aufregend sein, immer genau zu wissen, was man tut. Keine Überraschungen, keine Enttäuschungen, keine Experimente. Ich wünschte, ich wäre so konsequent in dem, was ich tue.«

Natürlich weiß ich, dass der ironische Ton, der das Gesagte untermalt, nicht von ungefähr kommt. Marco muss mich für eine völlig spießige Frau halten. Er verkrampft sich und seine Augen erscheinen mir plötzlich nicht mehr ganz so hellblau.

»Ich muss jetzt weg, hab noch eine Menge zu erledigen. Bis bald.« Und mit diesen Worten erhebt er sich und trottet in Richtung Surfstation davon. Dabei summt er vor sich hin, zuerst leise, dann lauter. Schließlich höre ich die Worte.

There's rain on my window
But I'm thinking of you
Tears on my pillow
But I will come through
Josephine, I'll send you all my love
And every single step I'll take
I'll take for you
My, Josephine

Ich verspüre ein leichtes Kribbeln in der Magengegend und hoffe inständig, dass es die Auswirkungen von knoblauchlastigem Essen sind und nichts anderes. Schnell mache ich mit meinem Handy ein Foto von dem sich entfernenden Marco und verschicke eine Nachricht an Ellie: »Es ist nichts passiert. Ich war nur betrunken und bewusstlos.«

Es piepst gleich darauf und Ellie antwortet: »Schade eigentlich. Von hinten sieht er ganz gut aus.«

15. Kapitel

Am späten Nachmittag packe ich meine Sachen und lasse den Strand, der nun schon von mehreren Sonnenhungrigen bevölkert wird, hinter mir. Ich schlendere die Dorfstraße entlang und bin mit meinen Gedanken weit weg.

Wie viele Kilometer habe ich als Schülerin wohl zurückgelegt, um vom Schulbus zum Haus meiner Großmutter zu gelangen? Es störte mich nie, dass ich zu Fuß gehen musste, denn so war ich mit meinen Gedanken alleine und konnte meinen Tagträumen nachhängen, die meine Kindheit und mein frühes Erwachsenenleben prägten. Die tägliche Stunde Fußmarsch verging wie im Flug und oft war ich enttäuscht, wenn ich am Haus der Großmutter angekommen war. Diese fand ich entweder am Herd kochend oder mit der Tageszeitung am Schoß auf dem Sofa eingenickt vor. Ihr kleines Haus duftete stets nach einfachen Speisen, Eintöpfen oder Knödeln, der Backofen glühte und der Tisch, verschönert mit einer karierten Tischdecke, war immer gedeckt.

Als sich ein Kiesel in meinem Flipflop verfängt, werde ich in die Gegenwart zurückgeholt. Während ich den Störfaktor loszuwerden versuche, hupt mich ein vorbeifahrendes Auto an. Ich blicke auf und erkenne Iásos, der mir aus seinem alten roten Lieferwagen zuwinkt. Ich winke zurück und muss an Tante Lisa denken. Was genau war der Fischer für sie gewesen? Hat sie ihn je geküsst?

Ich denke an Robert und rufe mir sein Gesicht ins Gedächtnis. Ich kenne jede Sommersprosse auf seiner Haut und jeden Bartstoppel – es gibt nichts, was ich nicht gesehen und mit ihm geteilt habe, denn wir waren bisher noch nie wirklich voneinander getrennt. Das habe ich immer essenziell für eine – für unsere – Beziehung gefunden und ich lächelte jeden milde, aber insgeheim abschätzend an, der mir von Auszeiten berichtete oder mir die Vorzüge von Single-Urlauben näherzubringen versuchte. Das wollte ich nicht, ich war keine Einzelgängerin, ich war zu zweit und dann zu dritt, ich war Familie und definierte mich eindeutig über diese Form der Existenz.

Nun bin ich auf mich gestellt, alleine und doch nicht einsam – eine seltsame Erfahrung. Obwohl ich erst so kurz auf der Insel bin, habe ich bereits ein intensives Sozialleben, das sich nicht nur auf meine erste Männerbekanntschaft seit Jahren reduziert, sondern viele Menschen beinhaltet. Während ich vor mich hin grüble, werde ich wieder mit einem freundlichen Gruß angesprochen, er kommt von einer Frau im leuchtenden Sommerkleid, die ich bei den Begräbnisfeierlichkeiten kennenlernte. Ich habe ihren Namen vergessen, aber ihr Gesicht ist mir eindeutig in Erinnerung geblieben. Sie kann sich anscheinend auch an mich erinnern.

Es ist bereits fünf, doch die Sonne brennt noch immer vom Himmel. Ich fühle mich wieder leicht schwindlig und trinke etwas Wasser aus meiner Flasche. Dann wechsle ich die Straßenseite, um den Schatten der gegenüberliegenden Bäume zu nutzen. Im Dorf passiere ich einige kleine Läden, einen Supermarkt, in dem ich einige Süßigkeiten kaufe, die ich Foteini mitbringen möchte, und eine kleine Boutique, die nette Oberkleidung für ältere Damen anbietet. In einer Seitengasse, der ich bisher keine Aufmerksamkeit geschenkt habe, erspähe ich einen winzigen Shop mit Accessoires und handgemachtem Schmuck. Die junge Frau, die am Tresen sitzt, knüpft gerade ein Armband, als ich eintrete. Ich frage sie, ob ich mich umsehen dürfe und sie nickt freundlich. Ich erkenne viele mit Liebe und handwerklichem Können angefertigte Einzelstücke aus Holz, Glasperlen und Silberfäden. Zusätzlich gibt es Unmengen an Tüchern und geflochtenen Behältern, selbst genähte Taschen und bunte Bilder. Ich entscheide mich für ein einfaches Armband aus Jute, das mit kleinen Perlen verziert ist. Die Verkäuferin bindet es mir gleich um und ich beschließe, an einem anderen Tag herzukommen, um in Ruhe einige Mitbringsel für Sam und Ellie auszusuchen. Aber das hat noch Zeit.

Vor der Tür läuft mir Ioanna über den Weg, die mich gleich überschwenglich umarmt.

»Jo, wie nett, dich zu sehen. Was machst du gerade?«

»Ich habe mir nur schnell ein Armband gekauft. Ich komme gerade vom Strand, wie du siehst. Ich bin heute wieder mal faul gewesen und habe den ganzen Tag in der Sonne gelegen.«

»Das klingt doch gut, du solltest das jeden Tag machen. Ich wollte auch noch ein wenig zum Strand, wenigstens auf ein Getränk in die Bar. Kommst du mit?«

»Weißt du, eigentlich bin ich schon so gut wie zu Hause …«

»Wartet jemand auf dich?«

»Nein, nun ja, ich weiß nicht. Mélina könnte sich fragen, wo ich so lange bin.«

»Mélina habe ich vorhin im Supermarkt getroffen, sie wollte noch eine Freundin besuchen. Ich denke also nicht, dass sie da ist. Niemand wird sich sorgen, du bist doch kein Kind mehr. Komm, wir sind ja bald wieder zurück!«

Mit diesen Worten packt sie mich am Arm und schleppt mich in Richtung Dorfmitte, wo sie mich schließlich in ihren kleinen gelben Toyota setzt und ich mich also wieder in Richtung Strand bewege. Irgendwie habe ich das Gefühl, dass hier nicht ich mein Leben bestimme, sondern das Leben mich. Damit streife ich aber auch die Verantwortung für mein Handeln ab, wie einen dicken Pullover, dessen man sich bei großer Hitze entledigt. Ich fühle mich, als würde ich einen Fluss entlangtreiben, immer in Bewegung, ohne dass ich mich anstrengen muss, aber mit der Gewissheit, das Ufer mit etwas Kraftaufwand erreichen zu können.

Eine Minute später steigen wir schon wieder aus dem Wagen und stehen abermals vor der Strandbar, die den von mir heißgeliebten italienischen Kaffee anbietet, der ich allerdings aufgrund meines letzten abenteuerlichen Erlebnisses hier ferngeblieben bin. Wir ergattern den letzten Tisch auf der Terrasse, und als Ioanna sich seufzend auf den Stuhl niederlässt, erfahre ich ein wenig mehr von ihr.

»Was für ein Tag, sag ich dir. Ich bin völlig geschlaucht und sehne mich nach … hm, was wollen wir trinken? Wein, Wodka, Ouzo?«, grinst sie.

Schweißperlen bilden sich auf meinem Gesicht, und vor meinem inneren Auge trinke ich mich neuerlich einem exzessiven Abend entgegen, der in einem Blackout enden könnte.

Ioanna schmunzelt. »Keine Angst, ich habe mitbekommen, dass du Alkohol nicht unbedingt verträgst und deshalb empfehle ich dir etwas Leichteres. Kaffee?«

»Du hast also von meinem Abend bei Nikos gehört?«

»Natürlich. Das hier ist ein wirklich kleines Dorf und solche Neuigkeiten beleben es ein wenig. Dann haben wir nicht das Gefühl, in absoluter Nichtigkeit unterzugehen.«

»Ich finde nicht, dass es hier langweilig ist – seit ich angekommen bin, passieren mir die seltsamsten Dinge. Es ist mir furchtbar peinlich, was bei Nikos geschehen ist, du musst nicht denken, dass ich so etwas normalerweise tue.«

Sie sieht mich verwundert an.

»Wofür entschuldigst du dich? Ich habe gehört, dass es ein fulminanter Auftritt war, und Nikos hat so viel wie schon lange nicht mehr eingenommen. Ich wollte dich nicht kritisieren, ich finde es toll, dass du etwas Schwung ins Dorfleben bringst.«

Na wunderbar, ich bin also bekannt dafür, dass ich einen Tag nach dem Begräbnis meiner Tante betrunken am Tresen getanzt habe, von dem mich dann ein fremder Mann wegtragen musste. Mission erfüllt, Jo!

»Wie du allerdings vom Tresen wieder runtergekommen bist, wusste der Fleischer nicht zu berichten.«

Ioanna studiert intensiv den Strandabschnitt hinter meinem Rücken.

Doch nicht alles verloren, schießt es durch meinen Kopf.

»Bin einfach runtergeklettert und dann nach Hause gewankt«, berichte ich nicht ganz wahrheitsgemäß.

»Muss ja ein lustiger Anblick gewesen sein. Gott sei Dank ist es von Nikos nicht so weit bis zum Haus deines Onkels.

»Ja, was für ein Glück«, presse ich zwischen den Zähnen hervor.

Wir bestellen zwei Espressi und lassen dieses Thema links liegen, was mir ehrlich gesagt sehr recht ist. Ioanna erzählt mir von ihrem Job, den sie zu ihrem Lebensinhalt gemacht hat, und dass sie alleine lebt. Ihr letzter Freund hat sie verlassen, als sie fünfundzwanzig war, und das ist schon sieben Jahre her. Sie wollte sich damals das Leben nehmen, da sie dachte, dass ihr Leben ohne einen Mann an ihrer Seite nicht lebenswert wäre. Zusätzlich begann sie zu trinken und leichte Drogen zu konsumieren, sie wollte sich sukzessive selbst zerstören.

»Dann schaltete sich deine Tante ein. Sie nahm sich meiner an und ich lebte einige Monate in ihrem Haus. Ich bewohnte das Gästezimmer, dein jetziges Zimmer. Lisa war ein Engel, aber auch sehr bestimmt. Sie durchsuchte täglich meine Sachen und entfernte alle Bedrohungen, die ich einzuschleusen versuchte. Ich schrie sie an, schlug manchmal auf sie ein und zerstörte vieles in ihrem Haus. Doch sie gab nicht auf und machte weiter. Sie verbrachte Nächte in meinem Zimmer, in denen wir redeten, weinten und sie mich einmal sogar am Bett festband, damit ich mich nicht selbst verletzten konnte. Das war eine schlimme Zeit für mich, aber es war auch ein Ende und ein Anfang zugleich. Es ist in meinem Leben das erste Mal gewesen, dass ich mich völlig geliebt fühlte, und das hat mich schlussendlich am Leben gehalten.«

Betroffen lausche ich Ioannas Ausführungen. Ich habe davon noch nie etwas gehört – ein Geheimnis meiner Tante, das sich mir erst jetzt nach ihrem Tod offenbart, wieder eine Facette mehr, die sich langsam wie ein Puzzleteil in das Gesamtbild fügt.

»Es war auch deine Tante, die mich für Blumen und Pflanzen begeisterte, zuvor habe ich als Stylistin gearbeitet. Als ich das Schlimmste hinter mir hatte, riet sie mir zu einer Umschulung und schickte mich nach Athen. Sie war es auch, die in mein erstes Geschäft investierte, als ich auf die Insel zurückkehrte. Ich war beschämt und wollte es zuerst nicht annehmen, aber sie blieb stur und legte bei ihrer Bank ein Konto für mich an. Damit konnte ich mein erstes Jahr finanzieren und war auf keinen Kredit angewiesen. Viel früher als mir selbst war ihr bewusst, über welches Potenzial ich verfügte, und schon nach dem zweiten Jahr konnte ich ihr alles zurückzahlen.«

Die Frau, die vor mir sitzt, strahlt, und nichts an ihr erinnert mehr daran, dass sie beinahe am Leben zerbrochen wäre. Sie ist die Verkörperung der zweiten Chance, der Beweis, dass man nie die Hoffnung aufgeben darf, egal wie aussichtslos eine Situation erscheint.

»Lisa und ich sind in dieser Zeit zusammengewachsen, fast wie Mutter und Tochter waren wir, und ich bin auch dem Rest ihrer Familie dankbar, dass sie mein Eindringen in ihre Welt und meine Okkupation ihrer Frau und Mutter geduldet hat. Das ist nicht selbstverständlich, weißt du.«

»Ich weiß, Ioanna, aber ich denke, dass nicht nur Lisa etwas Besonderes war, sie hat es auch an andere weitergegeben. Ich bin nun seit einigen Tagen unter ihnen und ich empfinde so, als wäre ich ein essenzieller Teil der Familie. Niemand gibt mir jemals das Gefühl, eine Last zu sein oder nicht dazuzugehören, im Gegenteil, ich denke fast, dass sie es als ihre Aufgabe ansehen, mich glücklich zu machen und auf den rechten Weg zu bringen.«

»Bist du denn nicht auf dem richtigen Weg?«

»Doch, schon. Ich denke es jedenfalls. Aber irgendwie scheinen sie etwas anderes in mir zu sehen und zu glauben, dass ich den falschen Mann geheiratet habe. Nein, ich scherze nur. Onkel Yannis findet, Robert, mein Mann, sei nicht kompatibel, jedenfalls nicht mit jemandem wie mir.«

»Was denkst du? Bist du mit ihm glücklich, liebst du ihn?«

»Ich liebe ihn schon so lange, dass ich manchmal nicht mehr weiß, warum ich ihn liebe. Seltsam, oder? Aber ist es nicht wichtiger, dass ich ihn liebe, als zu erforschen, aus welchem Grund ich das tue?«

»Du hast recht. Das Wichtigste ist die Liebe, sie ist die Basis für jede funktionierende Beziehung. Sie ist alles, wonach du streben solltest.«

»Aber du lebst alleine. Warum? Bist du nicht auf der Suche nach Liebe?«

»Jeder ist auf der Suche danach, aber nicht jeder findet sie. Ich bin lieber alleine, als irgendeinen Kompromiss einzugehen. Mein oberstes Prinzip im Leben ist es, mir selbst gegenüber ehrlich zu sein.«

Ich denke darüber nach und frage mich, ob ich mich jemals dieser Prüfung unterzogen habe: Bin ich mir selbst gegenüber ehrlich?

»Aber geht dir nicht irgendwie der Sex ab? Du bist doch noch jung und siehst gut aus.«

»Wer sagt, dass ich keinen Sex habe? Ich muss doch nicht in einer Beziehung leben, um Sex zu haben.«

Ich blicke zu Boden und lächle.

»Wenn wir schon über Sex sprechen – du bist jetzt doch auch für längere Zeit hier und soviel ich weiß, ist dein Mann nicht mitgekommen. Wie willst du dich denn körperlich durchschlagen?«

»Ich schlage mich diesbezüglich gar nicht durch. Wenn man eine gefestigte Beziehung hat, kann man sehr wohl eine Weile ohne hormonelle Ausschläge durchs Leben gehen.«

Ich blicke Ioanna völlig selbstbewusst in die Augen, doch diese sind auf etwas hinter mir fixiert, sodass sie nicht antwortet. Sie scheint abgelenkt zu sein, und neugierig wie ich bin, möchte ich wissen, wovon. Ich drehe mich also um und sehe, wie ein Mann am Strand seine Surfausrüstung zusammenpackt. Wir sehen ihn ausschließlich von hinten, während er, nur mit Shorts bekleidet, seinen Schirm am Boden faltet. Sein austrainierter Rücken glänzt in der Abendsonne und jeder Muskel zeichnet sich ab.

»Habe ich schon erwähnt, dass ich diese Bar liebe?«, flüstert Ioanna und ich kann mir ein Grinsen nicht verkneifen. Sie fixiert den Unbekannten und lächelt vor sich hin. Denkt sie daran, ihr Netz auszuwerfen und ihn in ihre Hütte zu schleifen, oder erfreut sie einfach nur die Tatsache, zu wissen, dass sie es könnte? Dazu kenne ich sie noch nicht lange genug.

»Wirbelt so ein heißer Typ deine Gefühlswelt etwa nicht durcheinander?«, will sie von mir wissen.

»Er ist sehr nett anzusehen, das muss ich zugeben, aber das wär's auch schon«, antworte ich zögernd.

»Respekt, Jo. Da hast du mir anscheinend wirklich vieles voraus. Ich brenne nämlich innerlich und deshalb würde ich vorschlagen, dass wir uns auf den Heimweg machen.«

Sie ruft nach dem Kellner. Ich werfe ihr einen fragenden Blick zu.

»Willst du nicht auf ihn warten? Vielleicht ist er Single und ihr könnt abchecken, ob ihr euch sympathisch seid.«

Sofort laufe ich zur Höchstform auf, da ich eine Chance wittere, jemanden zu verkuppeln. Ich negiere die Tatsache, dass ich dies seit Jahren mit Ellie versuche und das meistens, äh, eigentlich immer in einer Katastrophe endet.

Der Kellner erscheint an unserem Tisch und kassiert die Getränke.

»Er ist Single und der Besitzer der Surfschule. Ich habe übrigens schon mit ihm geschlafen. Aber wir sind nicht … kompatibel … wie dein Onkel sagen würde.«

Sie steht auf, und ohne sich noch einmal umzudrehen geht sie in Richtung Auto.

»Echt? Wow! Warum nicht? Er scheint dich noch immer körperlich anzuziehen.«

»Er hat einen perfekten Körper, das kannst du mir glauben, aber er hat keinerlei Interesse an irgendetwas anderem als dem Wasser und dem Wind.«

»Ist das so schlimm? Du hast doch auch deinen Beruf und man muss ja nicht immer zusammen sein.«

»Da gebe ich dir wieder recht, Jo. Aber er wird weiter ziehen, wenn der Sommer vorbei ist, wenn der Wind dreht, oder wenn ein anderer Ort interessanter wird. Ich will mich in diese Sache nicht reinsteigern, das ist das Ganze nicht wert.«

Ich steige ins Auto und mir ist plötzlich klar, was das Problem ist.

»Du willst nicht verletzt werden, stimmt's?«

Sie lächelt und zuckt mit den Schultern. Ich gebe nicht auf.

»Dazu ist die Liebe aber da: Man muss ein Risiko eingehen, nur dann hat es einen Sinn.«

»Die Liebe macht nie Sinn, Jo, niemals. Sie kommt und geht und sie hinterlässt Narben, im Moment bin ich noch nicht bereit für eine weitere. Ich habe zu viele angesammelt, weißt du.«

Sie steigt ins Auto und ich folge ihr. Wer weiß, ob sie nicht schon einen Kratzer davongetragen hat, ohne es zu wissen. Warum setzt sie sich ansonsten immer wieder seinem Anblick aus, denn wenn mir eines klar ist, dann die Tatsache, dass wir nicht wegen dem Kaffee in diese Bar gegangen sind, Ioanna jedenfalls nicht.

16. Kapitel

»Aber, Mama, ich sage dir, Oma hat keine Ahnung, was hier abgeht, und ich will dieses Wochenende nicht zu Hause bleiben.«

Sam hört sich wie ein schnaubender Stier an.

»Also mein Kind, wie viele Minuten hattest du Verspätung?«

»Ich war so gut wie pünktlich. Sie hat gesagt, ich muss um elf zu Hause sein, was wirklich unglaublich ist, denn du weißt genausogut wie ich, dass der Spaß da erst beginnt. Jedenfalls war ich um halb zwölf zurück und da stand sie schon im Nachthemd im Flur und hat mich zu Tode erschreckt. Dann schimpfte sie und schickte mich ins Bett, am nächsten Morgen bekam ich Hausarrest aufgebrummt.«

Ich lächle vor mich hin und bin froh, dass mich meine Tochter nicht sieht, ansonsten würde sie es wieder als Verschwörung mit meiner Mutter interpretieren.

»Du kennst Omas Regeln, Pünktlichkeit ist ihr oberstes Prinzip. Außerdem bist du in ihrem Haus und sie trägt die Verantwortung für dich, bitte akzeptiere das.«

Ich versuche, sie zu beruhigen und das Gesprächsklima zu entschärfen.

»Mama, ich bin doch keine zwölf mehr. Sie lebt ja noch im Mittelalter!«

»Schatz, wenn du dich im Mittelalter befändest, wärst du mit zwölf bereits verheiratet und würdest einen Haushalt führen.«

»Sehr komisch! Du hast leicht lachen, sitzt auf deiner Insel und kannst das Leben genießen, während ich hier von einer Tyrannin gefangen gehalten werde. Ich habe es so satt, echt!«

»Samantha, komm wieder runter. Oma meint es nur gut, und vergiss nicht, dass ich genau durch die gleiche Schule ging, als ich in deinem Alter war. Ich habe es auch überlebt, und das nicht schlecht, würde ich rückblickend sagen.«

»Hat man in deinem Alter nicht schon partielle Anflüge von Alzheimer und erinnert sich nur noch an die positiven Dinge?«, wirft mir meine Tochter sarkastisch an den Kopf.

»Es reicht, junge Dame. Gib mir Oma und du verzieh dich auf dein Zimmer.«

Ich führe mit meiner Mutter ein ausführliches Gespräch, danke ihr für ihre Geduld und mache ihr klar, dass ich hundertprozentig hinter ihren Entscheidungen stehe. Sie lacht und lässt mich wissen, dass ihr klar ist, dass sie sich gerade etwas unbeliebt macht, aber dass es im Großen und Ganzen keine Probleme gibt.

»Das weiß ich, Mama, ansonsten hätte ich dir Sam auch nicht anvertraut. Sie ist ein liebes Mädchen, befindet sich aber gerade jetzt in einer der schwierigsten Phasen ihres Lebens. Ich bin wirklich froh, dass ich die Pubertät ohne größere Schäden überstanden habe – du wahrscheinlich auch.«

»Darum bin ich Mutter geworden, um dich durchs Leben zu bringen. So schlimm war's nicht, noch nicht, wer weiß, was wir noch vor uns haben.«

»Was soll mir noch passieren, Mama?«

»Man weiß nie, was noch kommt, Schätzchen, aber du weißt, dass ich dich liebe und immer für dich da bin. Aber nun muss ich mich um dein störrisches Kind kümmern. Pass auf dich auf!«

Sie lacht abermals und legt auf, ich drücke auch auf den Off-Knopf meines Handys. Foteini steht plötzlich im

Zimmer und beginnt, mir von ihrem Tag zu erzählen. Ihr Deutsch ist wirklich gut und man erkennt, wie viel Zeit sie mit ihrer Großmutter verbracht hat. Den Fehler, den sie mit ihren eigenen Kindern gemacht hatte, nämlich ihnen ihre Muttersprache nicht beizubringen, wollte Lisa bei ihrer jüngsten Enkeltochter wieder gut machen. Soviel ich weiß, hat sie mit Foteini nur Deutsch gesprochen.

»Du sprichst sehr gut Deutsch«, lobe ich das Kind.

»Oma nannte das unsere Geheimsprache, der Rest der Familie versteht zwar ein wenig Deutsch, aber ich bin die Beste und konnte Oma Dinge erzählen, von denen die anderen nichts wissen sollten.«

»Das ist gut, jeder sollte Geheimnisse haben und einen Freund, mit dem man sie teilen kann.«

»Hast du auch Geheimnisse?«, will meine zehnjährige Großcousine wissen.

Mein Gott, wenn du wüsstest, meine Kleine, zu viele ... jedenfalls in letzter Zeit. Aber davon kann ich dir nichts sagen, obwohl ich es gerne würde.

»Natürlich, Foteini, auch ich habe Geheimnisse.«

»Wem erzählst du sie?«

»Ich habe eine Freundin zu Hause, mit der ich vieles teilen kann, dann natürlich auch noch Robert, meinen Mann, und Sam, meine Tochter.«

»Gibt es auch Geheimnisse, die du niemandem verrätst?«

Ich denke darüber nach und bin mir nicht sicher. Gibt es etwas in meinem Leben, das ich mit niemandem teilen will? Bin ich geheimnisvoll und tiefgründig, so sehr, dass niemand wirklich weiß, wie mein wahres Inneres aussieht?

»Ich denke nicht, ich trage nichts mit mir herum, das absolut im Verborgenen liegt.«

»Okay. Aber falls du einmal so etwas erlebst, dann kannst du es mir gerne erzählen. Ich werde wie ein Grab schweigen.«

»Dankeschön, meine Liebe. Es ist gut zu wissen, so jemanden in meiner Nähe zu haben.«

Ich umarme die Kleine herzlich und gebe ihr einen Klaps auf den Po, sie hüpft beschwingt aus meinem Zimmer, während ich plötzlich das Gefühl habe, nichts zu haben, das man nicht mit anderen teilen kann. Der Gedanke, ein offenes Buch sein zu müssen, macht mich traurig. Ich denke an früher zurück, als ich noch ein Mädchen und mein Leben voller wirrer Gedanken, Hoffnungen und Abenteuer war. Damals, als ich die Überzeugung hatte, etwas Besonderes zu sein, das keiner Definition bedurfte und keine Beschreibung zuließ. Dieses Bewusstsein, das nur ein Kind durchfluten kann, ohne auf Zweifel oder Fragen zu stoßen, das spürte ich nicht mehr, und ich frage mich gerade, wann es weggefegt wurde und von wem.

Auf einem der Fotos an der Wand erkenne ich mich selbst als Fünf- oder Sechsjährige in einer Gruppe von Verwandten, ich glaube, es handelt sich um die Geburtstagsfeier einer meiner Großtanten, wahrscheinlich ein Achtziger oder Neunziger. Ich sehe mich an und erkenne auf dem vergilbten Bild genau das, was ich jetzt in meinem Blick vermisse: Neugier. Ich frage mich, ob ich die Hoffnung aufgegeben habe, noch etwas Neues zu erleben, oder ob ich Angst davor habe, etwas zu finden, was mein jetziges Leben in Frage stellen könnte.

»Bist du das auf dem Foto?«

Maria hat sich von hinten an mich herangeschlichen und mich ein wenig erschreckt. Sie entschuldigt sich sofort.

»Kein Problem, ich bin sehr schreckhaft und du bist anscheinend eine gute Schleicherin.«

»Jahrelanges Training in einem Haus voller Familie. Wenn du erst frühmorgens heimkommst, ist Schleichen essenziell, um zu überleben.«

»Ich weiß, was du meinst, meine Mutter hatte auch Ohren wie ein Luchs und ich war des Öfteren in Bedrängnis.«

Sie sieht sich das Gruppenbild wieder genauer an.

»Ja, das in der ersten Reihe bin ich. Ich kenne dieses Foto gar nicht, anscheinend hat es deine Großmutter gemacht. Ist auch schon einige Jahre, besser gesagt Jahrzehnte, her.«

»Man sieht dir dein Alter gar nicht an, ich hoffe, dass diese guten Gene auch an mich weitergegeben wurden. Man kann ja nie wissen, wie man in zwanzig oder dreißig Jahren aussieht.«

»Mädchen, du bist wunderschön und wirst es auch in meinem Alter noch sein. Darüber musst du nicht grübeln, glaub mir.«

Sie sieht mich mit ihren großen grünen Augen an und seufzt, ein wenig zu intensiv, denke ich und spreche sie darauf an.

»Stimmt etwas nicht? Bist du traurig?«

»Nein, warum sollte ich? Ich bin siebzehn, etwas übergewichtig und in meinen besten Freund verliebt, der davon keine Ahnung hat. Alles bestens.«

Plötzlich kullern die Tränen nur so aus ihrem Gesicht und ich weiß zuerst gar nicht, was ich tun soll. Ich habe sie vor einigen Tagen erst kennengelernt und schon schüttet sie mir ihr Herz aus. Ich bin mir der Tragweite dieses Vertrauensbeweises durchaus bewusst. Es ist, als hätte ich Sam vor mir und doch ganz anders, denn ich bin nicht ihre Mutter und damit auch nicht unbedingt ein Feindbild, dem man in dieser Phase nicht vertrauen kann, oder von der man weiß, dass sie einem vernünftige, aber völlig unbrauchbare Ratschläge geben wird.

Ich nehme sie beiseite und wir gehen zu meinem Bett, wo wir uns hinsetzen, Maria noch immer mit den Händen in ihrem Gesicht, um die herunterlaufende Schminke zu verbergen, ich mit geradem Rücken und breiter Schulter, auf der ich ihren Kopf platziere.

»Erstens bist du nicht übergewichtig, sondern wunderbar kurvig, etwas, was alle Jungs in deinem Alter toll finden. Zweitens, der Freund – wie heißt er eigentlich?«

»Chrístos«, stammelt sie.

Mein Gott, Maria und Chrístos! Wieder einmal stelle ich mir die Frage, warum das Universum manchmal so eine groteske Form des Humors an den Tag legt.

»Also, Chrístos, er war bisher nur ein guter Freund und nun hast du herausgefunden, dass du ihn magst.«

»Ich mochte ihn schon immer, aber während der letzten Wochen habe ich mich in ihn verliebt.«

Dann erfahre ich die ganze Geschichte. Maria kennt Chrístos schon lange, und als die Sache mit Thalia, seiner Freundin, unschön endete und das ganze Dorf es live mitverfolgen konnte, weil sie ihm beim letzten Kirchweihfest an den Kopf geworfen hatte, dass er ein unsensibler Trottel wäre, hätte Maria der undankbaren Pute am liebsten den Hals umgedreht. Anderseits war sie auch froh, dass die Beziehung damit beendet war. Einige Wochen später fragte sie den jungen Mann, ob er mit ihr ins Kino gehen würde, und als er einwilligte, war sie glücklich wie nie zuvor. Sie begannen sich öfters zu treffen, sodass sich daraus eine wirklich enge Freundschaft entwickelte.

»Er erzählt mir alles und ich vertraue ihm auch vollkommen. Meistens hängen wir am Wochenende bei Freunden ab, oder wir gehen in die Diskothek im Nachbarort. Er passt auf mich auf und kein anderer Junge darf mir zu nahe kommen.«

»Aber zeigt dir das nicht, was er für dich empfindet?«

»Nein, er verbringt Zeit mit mir und ich bin seine Vertraute, aber er hat mich noch nie – du weißt schon … so angesehen, wie man es tut, wenn man verliebt ist. Im Gegenteil, er macht sich oft über andere Leute lustig, die sich küssen oder eine Beziehung haben, und ich wage es dann nicht, ihm zu widersprechen. Ich glaube, Thalia hat ihn irgendwie umgepolt.«

»Aber nein, das geht nicht so schnell, wegen einer negativen Erfahrung gibt man doch nicht alles auf.«

»Vielleicht gefalle ich ihm nicht. Thalia ist viel heller und schlanker als ich. Ich sehe aus wie eine griechische Amazone.«

Wieder rinnen Tränen über ihr hübsches, rundes Gesicht.

»Mein Gott, Liebes, viele Mädchen würden töten, um so auszusehen wie du. Ich würde alles geben, um deine Haut und deine mandelförmigen Augen zu haben.«

Sie hebt ihre Lider und mustert mich.

»Ja, schau mich an, man könnte denken, ich entspringe einem dänischen Molkereigeschlecht, bleich und voller Sommersprossen.«

»Jo, du spinnst, du bist ein Hammer. Deine Hexenaugen machen dich sehr speziell.«

»Siehst du, und dein Äußeres macht dich speziell, und nur weil du das jetzt noch nicht erkennst, darfst du nie daran zweifeln.«

Sie legt ihren Kopf wieder auf meine Schulter und trocknet mit meinem Taschentuch ihr Gesicht.

»Trotzdem weiß ich nicht weiter.«

»Sei nicht ungeduldig und gib ihm Zeit. Vielleicht erkennt er noch nicht, wie wichtig du in seinem Leben bist, oder er weiß es und nimmt es für gegeben. Schließlich bist du immer an seiner Seite, oder? Kann er dich überhaupt vermissen?«

»Na ja, wir telefonieren jeden Tag und sehen uns so drei- bis viermal die Woche, manchmal alleine, aber meistens mit den anderen aus der Clique.«

»Siehst du. Allgegenwärtige Dinge werden oft schnell zur Selbstverständlichkeit. Gib ihm die Chance, sich zu fragen, warum du nicht anrufst oder warum du nicht da bist. Er muss einmal das Alleinsein spüren, um dich vermissen zu können.«

»Glaubst du wirklich? Aber was ist, wenn er mich dann vergisst?«

Wie beruhigend ist es zu erkennen, dass man sich einmal dieselben Fragen gestellt hat und nun die Antwort darauf weiß. Man muss sich vor dem Alter nicht fürchten.

»Dann war er es nicht wert, Süße. Dann musst du ihn ohne Bedauern ziehen lassen.«

Maria sieht mich lange an und ich weiß nicht, ob sie meine Worte bereits verstehen kann. Dann erhebt sie sich und wirft mir eine Kusshand zu.

»Danke, Jo. Das war ein tolles Gespräch.«

»Ich danke dir, Maria, dass du das mit mir geteilt hast. Alles Gute.«

Nachdem Maria leise aus meinem Zimmer verschwunden ist, betrachte ich mich im Spiegel. Eigentlich bin ich gar nicht mehr so blass und meine Augen funkeln im Gegenlicht. Vielleicht unterschätze ich mich, genauso wie ein siebzehnjähriges Mädchen, das darauf hofft, endlich wahrgenommen zu werden.

17. Kapitel

Die nächste Woche vergeht wie im Flug. Manús und Mélina unternehmen mit mir zahlreiche Ausflüge, um mir die Schönheiten der Insel zu zeigen, wir verstehen uns wunderbar und ich fühle mich immer mehr wie zu Hause. Dennoch denke ich immer wieder an Sam, die mir unglaublich fehlt, vor allem, wenn Foteini so wie jetzt eng neben mich geschmiegt auf der Rückbank des Autos sitzt. Ich bin hingerissen von ihrem kindlichen Charme und überlege mir, welches Geheimnis ich mit ihr teilen könnte, um ihr zu zeigen, dass sie mir wichtig ist. Ich will nichts erfinden oder lügen, es muss etwas sein, das ich tatsächlich noch niemandem erzählt habe. Ich sinniere vor mich hin, während Foteini summt und Manús versucht, den kürzesten Weg von Theologos nach Prasonisi zu finden, dem südlichsten Teil der Insel.

Wir lassen die Zivilisation hinter uns und kämpfen uns durch das karge und trockene Landesinnere der Insel, welches nur spärlich besiedelt ist. Olivenhaine ziehen an uns vorbei und hin und wieder erkenne ich Ziegen und Schafe, die seelenruhig am Straßenrand versuchen, das trockene Gras auszurupfen. Hinter unserem Wagen hinterlassen wir Staubwolken, besonders in den Gegenden, in denen das Straßennetz noch nicht ausgebaut ist. Immer wieder passieren wir verfallene Gebäude, Kirchen und Brunnen, manche Plätze wirken, als wären die Menschen weitergezogen und hätten vergessen, ihre Seelen mitzunehmen. Mir scheint es, als würden die alten Steine und Säulen noch immer atmen, als warteten sie darauf, ihre früheren Bewohner wieder willkommen zu heißen.

»Hier kannst du die Schwäche unserer Kultur erkennen. Wir schaffen etwas, und wenn es etwas anderes gibt, das ein besseres Leben verspricht, dann lassen wir das Alte zurück, ohne uns umzublicken. Das, was war, zerfällt und hinterlässt rostige Spuren, welche sich ins Land einbrennen.«

»Das ist nicht unbedingt ein griechisches Phänomen, würde ich sagen. Eher ein globales.«

»Aber wir Griechen haben es zur Kunst erhoben und deshalb sieht es hier an vielen Plätzen furchtbar aus.«

Manús deutet auf das verfallene herrschaftliche Gebäude am Straßenrand, das offensichtlich leer steht.

»Das könnte man wunderschön revitalisieren«, streue ich ein.

»Dazu benötigt man Geld und gute Handwerker, beides eine Mangelware in unserem Land. Deshalb verfallen so viele alte, schöne Häuser.«

Er schüttelt erbost den Kopf.

Mein Handy piepst und ich öffne die Textnachricht. Sie stammt von Maria, die mir mitteilt, dass sie für einige Tage ihre Tante in Thessaloniki besucht. Mal sehen, ob das jemandem auffällt …

Ich lächle, lehne mich zurück und lasse meine Gedanken schweifen, während Landschaften an mir vorbeifliegen und der Himmel alles in umwerfendes Blau taucht. Nach einiger Zeit lässt Manús mich stolz wissen, dass wir am Ende der Welt, das eigentlich nur das Ende der Insel ist, angekommen sind. Ich steige aus dem Auto und werde von einer heftigen Windböe fast umgeworfen.

»Wow, ein wenig frisch hier.«

Rasch fische ich meine Strickjacke, die noch auf der Rückbank liegt, hervor und lege sie schützend um meine Schultern.

»Das ist der Meltemi, der durch die Ägäis fegt und uns all diese Surfer beschert.«

Manús deutet nach vorne, wo ich einen langen Strand erkenne, eigentlich zwei Strände, die von einer Landzunge getrennt werden. Wir spazieren in Richtung Wasser, das wahrlich von Unmengen an Wassersportlern bevölkert wird. Ich sehe einige Windsurfer und viele Kitesurfer und deren farbenfrohe Schirme, die den Himmel über uns in ein Zirkuszelt verwandeln – als flögen zahllose bunte Ballons über uns hinweg, während die kleinen Figuren unter ihnen durch spektakuläre Sprünge versuchen, ihrer habhaft zu werden. Ich ertappe mich dabei, wie ich meine Augen zusammenkneife, um in der Ferne etwas auszumachen, jemanden zu erkennen, einen Menschen, den ich nicht ganz aus meinen Gedanken streichen kann.

»Wenn ich älter bin, werde ich auch Kitesurferin«, lässt Foteini mich wissen.

»Wolltest du gestern nicht noch Tierärztin werden?«, fragt ihr Vater.

»Gestern, das ist schon so lange her. Nun habe ich beschlossen, Surferin zu werden.«

Mélina sieht ihre Tochter besorgt an.

Foteini findet die Surfer einfach nur cool, ihr Vater eher abartig.

Wir spazieren weiter, und während mir Mélina berichtet, dass immer wieder irgendwelche Sportler aus dem Meer gezogen werden, weil sie sich selbst überschätzen oder den Wellen, dem Wind und dem Material nicht gewachsen sind, frage ich mich, ob es das ist, was mich meine Urlaubsbekanntschaft nicht vergessen lässt. Ist er verrückt? Ist er so anders als alle anderen, die ich kenne, dass meine kindliche Neugier aus ihrem Tiefschlaf geweckt wird und ich wissen will, welches Geheimnis hinter diesem Mann steckt? Gibt es überhaupt ein Geheimnis oder will ich ihm einen mysteriösen Stempel aufdrücken und ihn dadurch besonders machen?

»Hast du den Surfer aus dem Dorf eigentlich wieder getroffen? Wie heißt er eigentlich?«

Mélinas dunkle Augen bohren sich durch meinen Schutzschild, und da ich völlig unvorbereitet auf diese Frage bin, antworte ich wie ferngesteuert: »Marco. Er heißt Marco. Nein, ich habe ihn schon länger nicht gesehen.«

Manús springt umgehend auf das Pferd auf und beginnt mich auszufragen.

»Welcher Marco? Du hast einen Mann kennengelernt und mir nichts davon gesagt?«

Mein Verstand schaltet sofort auf eine Notsituation um und ich weiß, dass ich ab nun jedes Wort peinlichst genau wählen muss, um mich vor meinem Cousin nicht zu verraten.

»Er ist Österreicher und ich habe bei Nikos einige Worte mit ihm gewechselt, mehr war da nicht. Sehr seltsam, der Typ, scheint auch ein Sportfanatiker zu sein, der, was Frauen betrifft, wohl noch im Mittelalter lebt.«

»Ja, die guten alten Zeiten!« Manús lächelt und wuschelt mir durchs Haar.

»Jedenfalls endete das Gespräch in einer Sackgasse, wir sind so etwas wie Materie und Antimaterie, gib uns zusammen in einen Behälter und … booommmm!«

»Siehst du, Cousinchen, deshalb kann ich dir Stavos empfehlen, denn ihr zwei seid wie Pech und Schwefel, wenn wir schon mal bei physikalischen Metaphern sind.«

Ich verdrehe meine Augen und Mélina wirft ihrem Mann einen Nicht-schon-wieder-das-Blick zu, doch Manús lässt sich von der Idee nicht abbringen, seinen Freund weiterhin anzupreisen.

Foteini, die unsere Plänkeleien intensiv verfolgt hat, wirft plötzlich ein Argument ein, das uns innehalten lässt: »Aber Jo hat doch schon einen Mann, warum sollte sie sich einen anderen suchen?«

Wir sehen uns alle an und müssen lachen, doch eigentlich fühle ich einen Stich im Herzen.

»Wie wahr, meine Süße. Danke für deinen Einwurf. Ich brauche wahrlich keinen weiteren Mann, da ich schon den richtigen gefunden habe. Vor langer Zeit.«

Foteini schenkt mir das unschuldigste Lächeln der Welt und ich kneife ihr in die vollen Wangen.

»Außer …«

Wir blicken die Zehnjährige gespannt an.

»… er bringt dein Blut nicht so in Wallung wie Jack.«

Mein Unterkiefer klappt etwas nach unten und ich bin mir nicht sicher, ob ich das gerade richtig verstanden habe. Blut in Wallung? Und wer zum Teufel ist Jack?

»Du kennst doch Titanic? Den Film mit Leonardo di Caprio … Jack eben!«

Oh Gott, natürlich kenne ich den Film, ich kenne Leo und ich kenne Jack, den der junge Schauspieler, das muss man zugeben, durch seine Darstellung für eine oder mehrere Generationen von Frauen zum Traummann gemacht hat.

»Ich habe ihn mit Oma gesehen und wir haben gemeinsam geweint, als er starb.«

»Das verstehe ich, ich habe auch geweint, sogar alle dreimal, die ich ihn mir angesehen habe«, lasse ich nun Foteini wissen.

»Lisa liebte diesen Film und ich konnte sie nicht davon abhalten, ihn gemeinsam mit Foteini zu sehen. Sie vertrat die Meinung, dass es für die wahre Liebe nie zu früh sei. Nun siehst du, was wir davon haben: eine zehnjährige Tochter, die sich nach Jack Dawson verzehrt.«

Mélina lächelt gequält.

Ich habe mich etwas gefangen und lächle Foteini an.

»Jack Dawson war aber auch ein außergewöhnlicher Mann, ich wäre auch gerne mit ihm untergegangen.«

Foteini strahlt: »Na ja, sterben würde ich für ihn nicht, aber ich würde versuchen, jemanden zu finden, der noch am Leben ist und genauso toll aussieht.«

Die Weisheit einer Zehnjährigen kann einen manchmal umhauen.

18. Kapitel

Nach unserer Rückkehr habe ich das Bedürfnis, mit Robert zu sprechen. Vielleicht möchte ich auch eine Bestätigung dafür, dass er derjenige ist, der mein Herz noch immer hüpfen lässt – besonders wenn so viele Kilometer zwischen uns liegen.

Ich wähle seine Nummer und höre das Freizeichen. Als er abhebt und etwas förmlich meinen Namen ausspricht, weiß ich bereits, dass er sich in einer Besprechung befindet. Er spricht leise und ohne jede Emotion. Er lässt mich wissen, dass er gerade nicht sprechen könne, aber alles in Ordnung sei und er mich später zurückrufen würde.

»Okay. Kein Problem. Dann sprechen wir eben später.«

Ich lege etwas enttäuscht auf und wähle die Nummer meiner Eltern, doch in Stemmling hebt niemand das Telefon ab. Anscheinend sind alle ausgeflogen, inklusive meiner Tochter, die voraussichtlich noch immer den Badestrand am See unsicher macht. Ich überlege, ob ich sie anrufen soll, lasse es dann aber, da ich mir nicht noch eine weitere Abfuhr á la »Mama, ich kann jetzt nicht, da ich gerade einen süßen Zwanzigjährigen entdeckt habe, den ich anhimmeln muss« einhandeln möchte.

Was fange ich also mit dieser lauen Sommernacht an? Da Manús und Mélina mir schon ihre letzten Tage geopfert haben, möchte ich sie einmal einen Abend alleine lassen. Onkel Yannis ist nicht zu Hause, sondern sieht sich zusammen mit Freunden im Kafenio ein Fußballspiel an, was mich persönlich nicht wirklich reizt, außerdem wäre ich wohl die einzige Frau, da diese traditionelle Hochburg von machistischem Gedankengut und Zigarettenqualm normalerweise von der griechischen Weiblichkeit gemieden wird. Soll ich Ioanna anrufen und fragen, ob sie mir Gesellschaft leisten möchte, oder täte es mir auch einmal gut, ganz mit mir alleine zu sein? Mit mir alleine – wie fühlt sich das an? Ich habe den Eindruck, dass ich mir in den letzten Jahren abhanden gekommen bin, dass mein Inneres sich zurückgezogen hat. Die Frage ist nur, hat es sich versteckt oder ist es so verkümmert, dass es dahingeschieden ist?

Mit dieser erschreckenden Erkenntnis erhebe ich mich spontan von meinem Bett und beschließe, das Haus zu verlassen. Ich suche ein paar Dinge zusammen, wie meine wärmende Strickjacke, eine Decke und meinen Gelsenspray, und schleiche leise durch die Vordertür. Keiner sieht mich, und das ist auch gut so, denn sonst fühlt sich irgendjemand aus meiner Familie bestimmt genötigt, mir Gesellschaft zu leisten.

Als ich einige Minuten später am Strand angelangt bin und meine Decke unter einem Baum ausbreite, weht mir bereits ein kühlender Wind entgegen. Ich hülle mich in meine Jacke und setze mich. Meinen Kopf lehne ich an den glatten Baumstamm und die Beine strecke ich in Richtung Meer. Die Sonne ist fast am Horizont verschwunden und ihr Rückzug belohnt mich mit einem umwerfenden Farbspektrum: ein sattes Orange vermischt sich mit einem glühenden Rot und ein kühles Blau, das fast schon ins Schwarz übergeht, stellt ein beeindruckendes Kontrastprogramm dar. Ich bestaune dieses Naturphänomen, welches die Nacht einleitet, und frage mich, warum es mich so berührt. Es handelt sich um etwas Normales, etwas ständig Wiederkehrendes, und doch habe ich das Gefühl, es das erste Mal in meinem Leben richtig wahrzunehmen.

Hier sitze ich also und starre auf den Himmel, auf das Meer und vereinzelte weit entfernte Lichter, die entweder von Booten oder der nächsten Insel stammen. Sie tanzen wie kleine Glühwürmchen auf dem Wasser und harmonieren mit den Musikklängen, die von der auf der anderen Strandseite gelegenen Bar an mein Ohr dringen. Ich frage mich, wie es sein würde, wenn Robert nun hier wäre, neben mir auf der Decke, meine Hand haltend und gemeinsam mit mir diesen Anblick genießend. Könnte es mich glücklich machen, noch glücklicher, als ich mich schon fühle? Würde es mich unter Druck setzen, weil ich annähme, mich vergewissern zu müssen, dass er die Situation genauso genießt wie ich? Sind wir andere Menschen, wenn wie zu zweit sind, oder bleiben wir dieselben und ergänzen uns nur durch den anderen?

Ich schließe fest die Augen und höre ganz tief in mich hinein. Was wünsche ich mir genau in diesem Moment? Will ich ergänzt oder transformiert werden, oder will ich so sein, wie ich bin und wie nur ich mich kenne? Wie bin ich überhaupt? Diese Frage bohrt sich in mein Herz und ich suche nach einer Antwort, doch alles, was sich eröffnet, wirkt abgedroschen und unehrlich. Ich merke, dass mein Inneres gegen eine Tatsache anzukämpfen versucht und die Erkenntnis, dass es sich um die Wahrheit handelt, schockiert mich: Ich habe mich so viele Jahre lang unbewusst verstellt, dass ich nicht mehr weiß, wie ich wirklich bin.

Ich knöpfe die Strickjacke zu, denn es fröstelt mich. Mag sein, dass es der Wind ist, oder auch die Enttäuschung, mir selbst nicht treu geblieben zu sein. Ich habe mich nicht ergänzt und ich bin auch nicht gereift, in Wahrheit habe ich mich irgendwann aufgegeben und akzeptiert, dass meine Einzigartigkeit verkümmert, zum Wohle einer stabilen

Gemeinsamkeit. Ich suche nach einem Taschentuch, finde aber, wie immer, keines und muss meine Tränen mit den Fingerkuppen wegwischen.

Während die Sonne völlig im Meer verschwindet und ich mit mir selbst und meinem Schicksal hadere, beobachte ich etwas entfernt ein Pärchen, das verliebt den Strand entlangspaziert, bevor es sich auch in den Sand fallen lässt, um engumschlungen denselben Anblick wie ich zu genießen. Es stört mich nicht, im Gegenteil, es lenkt mich ein wenig von meiner wirren Gedankenwelt ab.

Ich erhebe mich langsam und unauffällig, falte leise meine Decke zusammen und verlasse meinen Standort.

Das Läuten meines Handys und Roberts sanfte Stimme holen mich in die Realität zurück: »Hallo, Schatz! Endlich kann ich sprechen. Na, was treibst du denn so im sonnigen Süden, während ich hier in Island fast erfriere?«

Ich lache laut auf, alles was mir einfällt wird gnadenlos berichtet und kommentiert. Ich marschiere leichten Schrittes zurück zum Dorf und die blonden Locken, die mich fast aus der Fassung gebracht haben, schwinden in meiner Erinnerung.

19. Kapitel

Eine SMS weckt mich, und während ich verschlafen mein Handy suche, vernehme ich das Läuten der Kirchenglocken. Mein Gott, wie spät ist es eigentlich?

Ein Blick auf das Telefon lässt mich wissen, dass ich eindeutig zu lange geschlafen habe, es bereits Mittag und Maria wieder im Lande ist.

»Können wir uns heute Nachmittag bei Nikos treffen. Dringend. 15 Uhr?«

Kein Problem, denke ich mir und antworte ihr schnell, dass es für mich klar geht. Ich weiß, dass sie bei Ioanna im Laden aushilft, normalerweise bis 14 Uhr, also würde sie nach der Arbeit kommen. Ich hüpfe unter die Dusche und nehme einen Kaffee zu mir, je länger ich hier lebe, desto eher komme ich mit dem Geschmack des häuslichen Kaffees zurecht. Anscheinend habe ich das Haus wieder einmal für mich, da ich keine Menschenseele finden kann.

Kurz vor drei Uhr verlasse ich das Haus mit einer leichten Leinentasche über der Schulter und gehe in Richtung Nikos davon. Ich freue mich, Maria wiederzusehen und bin schon gespannt, ob es irgendwelche Neuigkeiten von Chrístos gibt.

Als ich die Taverne betrete, blicke ich mich suchend um. Maria sitzt am hintersten Tisch in der dunkelsten Ecke. Ihre Augen sind verheult und sie ist für ihre Verhältnisse furchtbar blass. Wie traumatisiert kritzelt sie mit einem Stift auf der Papiertischdecke, die eine Skizze von Rhodos zeigt, Formen und Buchstaben. Ich nähere mich ihr und nehme sie in den Arm.

»Hallo, Maria. Was in Gottes Namen ist denn passiert, Süße?«

Aus Marias Augen kullern unzählige Tränen, bevor sie zu sprechen beginnt.

»Chrístos. Er ist einfach gegangen. Er hat mich sitzen lassen. Dabei hatte ich mir unser Wiedersehen so schön ausgemalt. Romantisch. Perfekt.«

Es geht also doch um Chrístos. Dieses Gespräch würde länger dauern. Ich setze mich gemütlich hin und bin bereit zuzuhören. Zuvor sucht mein Blick noch die Kellnerin, um etwa zu bestellen. Sie hat anscheinend gerade den Raum verlassen und ich kann sie nicht finden. Mein Blick bleibt kurz an der Bar hängen, wo ein vertrauter Anblick mich innehalten lässt. Kann dieser Mann sich nicht ein anderes Lokal suchen, muss er immer hier herumhängen? Den Umstand bedenkend, dass Nikos' Laden der einzige weit und breit ist, der halbwegs gute Qualität liefert und über eine nette Atmosphäre verfügt, und zusätzlich die Tatsache, dass Marco ihn schon Jahre vor mir entdeckt hat, beschließe ich, Gnade vor Recht ergehen zu lassen und drehe mich einfach um, ohne in irgendeiner Weise auf mich aufmerksam zu machen.

»Also, erzähl mal, wie es gelaufen ist.«

Maria schnäuzt sich in die Papierserviette und trocknet ihre Augen. Langsam und leise berichtet sie mir, dass sie diesen Abend genau geplant hatte. Sie wollte Chrístos, der ja nun Zeit gehabt hatte, sie zu vermissen, mit einer Wiedersehensfeier überraschen. Maria machte sich Hoffnung, dass er sich früher oder später doch in sie verlieben würde, obwohl er noch nie versucht hatte, sie zu küssen. Als er zum verabredeten Treffpunkt erschien, gewappnet mit einem Fantasy-Thriller und einer Packung Popcorn, schien er etwas verunsichert. Marias Zimmer war mit Rosenblättern geschmückt, im Hintergrund ertönte romantische Musik und der Zimmerboden war von unzähligen brennenden Kerzen bedeckt. Chrístos sagte kein Wort und sah Maria nur groß an. Bisher hatten sie sich eher in öffentlichen Lokalen getroffen, waren stundenlang über Bekannte hergezogen, hatten sich den Bauch mit ungesunden Speisen vollgeschlagen und sich gegenseitig das Herz ausgeschüttet. Noch nie gab es eine körperliche Annäherung oder einen romantischen Moment, der eine neue Richtung angeben hätte können. Als sie nun ihre Arme um ihn schlang und ihn küsste, erschien es ihr, dass er den Kuss erwiderte. Jedenfalls wehrte er sich nicht. Die Musik wurde immer schmalziger und der Duft von verbrannten Vanillekerzen lag in der Luft. Maria schwebte auf Wolken, ihr größter Wunsch war endlich wahr geworden.

In diesem Moment kommt die Kellnerin und ich bestelle einen Kaffee. Währenddessen haben sich einige alte griechische Fischer an den Nebentisch gesetzt und lassen sich den einheimischen Retsina schmecken. Iásos ist auch unter ihnen und schenkt uns ein paar nette Worte und ein Lächeln. Ich wende meine Aufmerksamkeit wieder Maria zu.

»Das klingt doch alles sehr aufregend und schön, warum bist du nun so aufgelöst?«

»Ich weiß nicht, was passiert ist, aber auf einmal drückte er mich von sich weg und schob mich zur Seite. Er senkte den Blick und atmete schwer. Dann packte er seinen Film und rannte aus meinem Zimmer. Ich war wie gelähmt und wusste nicht, wie ich reagieren sollte. Als ich das Fenster öffnete und ihn rufen wollte, war er schon nicht mehr zu sehen.«

Wieder bricht sie in Tränen aus und ich reiche ihr ein Taschentuch. Inzwischen hat wohl das ganze Lokal die Geschichte mitbekommen. Obwohl die Musik laut ist, kann man so ziemlich alle Gespräche, die in der Taverne geführt werden, mitverfolgen, denn es handelt sich bei der Gaststätte nur um einen Raum von ein paar Quadratmetern, und wenn man nicht gerade flüstert, führt man eigentlich eine Gruppendiskussion, an der früher oder später alle Gäste inklusive Personal teilnehmen. Man erspart sich auf diese Art allerdings auch die Sitzungen beim Therapeuten.

Ich überlege, was ich Maria raten soll, beziehungsweise wie ich Chrístos' Verhalten erklären könnte. Wahrscheinlich hatte ihn die Situation nur überfordert und er wurde sich plötzlich Gefühlen bewusst, über die er vorher nicht nachgedacht hatte. Ich bin mir sicher, dass er Maria mag und dass vielleicht wirklich eine Liebesbeziehung daraus entstehen könnte, allerdings kann man gewisse Dinge auch nicht timen oder erzwingen. Der Moment muss passen – für beide.

Gerade als ich versuche, diese Gedanken in Worte zu fassen, lachen die Fischer am Nebentisch und einer von ihnen sagt etwas auf Griechisch in Marias Richtung. Diese sieht ihn verdutzt an und springt wütend auf. Sie schleudert ihm eine griechische Antwort an den Kopf und rennt aus dem Lokal.

Ich sitze wie benommen auf meinem Platz und weiß nicht, was gerade geschehen ist. Schließlich spreche ich so gut wie kein Griechisch. Ich denke darüber nach, was Marias Reaktion ausgelöst haben könnte, als ein lautes Lachen hinter mir mich ablenkt. Ich kenne es und verdrehe meine Augen. Natürlich, er muss sich wieder einmischen! Langsam drehe ich mich um und sehe direkt in seine Augen.

»Was hat er gesagt?«

Er lächelt noch immer und eine Haarlocke fällt wieder in sein gebräuntes Gesicht. Er hat die Ruhe weg und scheint sich in keinster Weise bedrängen zu lassen. Im Gegenteil, die Situation amüsiert ihn. Er spielt mit mir und es ist mir so etwas von bewusst, dass ich ihn am liebsten eine runterhauen würde. Seine Überlegenheit und seine Arroganz bringen mich zur Weißglut.

»Worauf wartest du? Ich habe dir eine Frage gestellt.«

Ich blicke ihn lange an und warte auf ein Einlenken seinerseits. Er kramt in seiner Hosentasche, bezahlt seinen Kaffee und jede seiner Bewegungen wird in Zeitlupentempo ausgeführt. Ich zerplatze innerlich und meine Wut auf ihn steigert sich ins Unermessliche. Schließlich beugt er sich zu mir runter und flüstert mir ins Ohr: »Du solltest vielleicht doch Griechisch lernen.«

Seine Haut duftet nach Sonnenöl und herbem Rasierwasser. Als mich sein Dreitagebart sanft an der Wange streift und ich seinen Geruch inhaliere, wird mir klar, welche Macht dieser Mann auf Frauen hat. Im Lokal ist es unsagbar heiß und ich fühle mich schwindlig. Er hat natürlich bemerkt, dass er mich aus der Fassung gebracht hat, und erneut huscht ein Lächeln über sein Gesicht. Ein Siegerlächeln. Ich kapituliere mit festem Blick und dem Bewusstsein, dass er nur einen kleinen Sieg davongetragen hat. Als ich aufstehe, um zu gehen, folgt er mir aus dem Lokal. Ich beachte ihn nicht weiter.

»Männer stehen nicht auf den Scheiß.«

»Wie bitte?« Verdutzt blicke ich in seine Richtung.

»Das hat der Fischer gesagt.«

»Und was bitte meint er damit?«

»Seltsam, dass du danach fragst. Ich hätte gedacht, dass du schon ein wenig erfahrener bist.«

Spielt der Mann gerade auf mein Alter an? Ich werde immer wütender und fauche ihn an: »Ha! Ihr Männer seid so verschlossen und nicht zu durchschauen. Einfach furchtbar ist das.«

Wieder lacht er. Diesmal noch lauter.

»Was für ein Blödsinn. Es gibt nichts Leichteres, als einen Mann zu durchschauen. Ihr seid es doch, deren Innenleben und Handlungen so abartig verdreht und unlogisch erscheinen, dass man fast ein abgeschlossenes Psychologiestudium benötigt, um eine Begegnung mit euch halbwegs unversehrt zu überstehen.«

Nun lache ich.

»Ihr Frauen tickt völlig anders als wir. Ihr träumt von Prinzen und weißen Rössern. Ihr wollt 24 Stunden Romantik und tiefgreifende Gespräche über unsere Seelenwelt. Die Wahrheit ist, dass wir das eher als anstrengend und abturnend empfinden. Wir sind einfach gestrickt, und wenn wir Sex wollen, dann geht es nur um Sex und nicht um Kerzen und Rosenblätter. Das geht leider nicht in eure Köpfe rein und deshalb werdet ihr so oft enttäuscht.«

Ich habe das Gefühl, dass es hier nicht mehr um Maria und Chrístos geht.

Er steigt in sein Auto und gibt mir zu verstehen, dass das Gespräch für ihn beendet ist.

Erzürnt gehe ich weiter, entscheide mich dann aber doch dazu, noch einmal etwas zu sagen. Ich laufe zurück und erwische ihn gerade noch, als er dabei ist, aus der Ausfahrt hinauszufahren.

»Da gebe ich dir nicht recht. Du bist vielleicht so, aber ich weiß, dass es Männer gibt, die nicht direkt vom Baum geklettert und in die Zivilisation gesprungen sind. Zum Glück bin ich mit so einem Mann verheiratet!«

Das hat gesessen und ich bin stolz, dass ich ihn nicht so einfach habe fahren lassen.

»Du Glückliche. Das heißt, er dreht freiwillig das Radio an, wenn er vorhat, mit dir zu schlafen, und er vergisst auch nicht, sich gründlich zu duschen und das Licht zu dimmen, bevor er dich entkleidet.«

»Ja, so etwas gibt es.«

»Das glaube ich dir sogar, Süße, aber du solltest wissen, dass er das nicht macht, weil er es so animierend findet, sondern dass er es nur macht, damit er das von dir bekommt, was er eigentlich will, nämlich Sex. Und wenn du ein wenig mehr in dich reinhörtest, um deine eigenen Bedürfnisse zu ergründen, dann würdest auch du puren Sex genießen können. Stell dir das vor: Zwei Menschen, alles um sich vergessend und nicht darauf achtend, ob die Bedingungen stimmen oder nicht. Einfach nur reinen Sex. Das kann nämlich unsagbar gut sein und ich kenne keinen Mann, der nicht täglich daran denkt. Entschuldige, ich muss jetzt weg, ich habe noch eine Verabredung.«

So leicht gebe ich mich nicht geschlagen.

»Sex ohne Liebe wird immer nur von Männern als etwas einzigartig Schönes dargestellt. So toll ist das auch wieder nicht.«

»Ich habe nie gesagt, dass es mir grundsätzlich um Sex ohne Liebe geht. Aber egal, in deinem Leben scheint ja ohnehin alles in Ordnung zu sein, anscheinend auch der Sex.«

»Das kann dir auch völlig egal sein. Es stimmt: Ich bin wahnsinnig glücklich. So was von glücklich, das kannst du dir gar nicht vorstellen. Richtig glücklich nämlich!«

Den letzten Satz schreie ich ihm ins Gesicht.

Er sieht mich lange an, ohne etwas zu sagen.

»Wow. Fast hätte ich es dir geglaubt.«

Das hämische Grinsen, das dieser Aussage folgt, bohrt sich in mein Herz. Ich möchte nur noch weg, ganz weit weg.

Sein Blick ändert sich und irgendwie habe ich das Gefühl, dass er mir noch etwas sagen möchte. Dann senkt er allerdings den Blick, flüstert ein »Ciao« in meine Richtung und steigt aufs Gas. Ich bleibe zurück. Wie ein Häufchen Elend schleppe ich mich zurück ins Lokal und bestelle einen Ouzo.

Einige Zeit später finde ich mich auf dem Friedhof wieder. Ich stehe vor Tante Lisas Grab und zupfe die verdorrten Blätter von den Blumen, die Mélina in eine Vase gegeben hat.

»Da bin ich wieder. Dein Hexenauge, das keine Ahnung hat, was es mit all dem hier anfangen soll. Warum, Tante Lisa, bin ich hier? Ich weiß, dass ich zu deiner Beerdigung gekommen bin, aber irgendwie habe ich das Gefühl, dass da noch mehr dahintersteckt. Bist du nur gestorben, um mich hierherzulocken? Zuzutrauen wäre es dir! Ich brauche einen Rat und du bist nicht mehr hier, um mich zu begleiten. Verdammt noch mal, ich bin wirklich stinksauer, dass du dich einfach so aus dem Staub gemacht hast, ohne mich vorzuwarnen. Wäre es so schwierig gewesen, mich anzurufen und es mir – uns – zu sagen?«

Einige Tränen rollen mir über die Wangen. Ich setze mich neben das Grab in die Wiese.

»Ich liebe deine Familie und ich hasse diesen Marco, der mich nicht kennt und ständig kritisiert. Bin ich wirklich so spießig, wie er sagt? Wann ist das alles passiert, Tante Lisa? Wann bin ich so geworden, wie er sagt? Ich kann mich nicht daran erinnern. Aber dich haben alle immer geliebt. Ich wünschte, ich wäre ein bisschen mehr wie du. Dann würde er mich auch anders sehen.«

Plötzlich wird mir etwas bewusst. Warum ist es mir auf einmal so wichtig, wie er mich sieht? Scheiße, ich sitze in der Falle. »Du bist schuld daran! Nur du, Tante Lisa. Ohne dich, wäre ich nicht hier.«

Ich vergrabe mein Gesicht zwischen meinen Knien und lasse mich von der Stille des Ortes und dem Umstand, dass ich keine Antworten auf meine Fragen bekomme, davontragen. Was erwarte ich auch vom Gespräch mit einer Toten? Trotzdem geht es mir zunehmend besser und ich lächle der alten Frau zu, die ein paar Gräber von mir entfernt die Blumen gießt.

20. Kapitel

Maria hat ihr Handy ausgeschaltet, ich versuche, sie noch einmal zu erreichen, während ich schon in meinem Bett liege. Wahrscheinlich heult sie sich gerade in den Schlaf und geht in Gedanken jedes Wort durch, das sie in den letzten Monaten mit Chrístos gewechselt hat, nur um sicherzustellen, dass sie keine Bedeutungsnuance seiner Äußerungen übersehen hat. Ein wichtiger Hinweis, der ihr vielleicht hätte sagen können, was er wirklich für sie empfindet. Wie oft habe ich das wohl selbst gemacht? Wie viele Stunden des Grübelns, des Diskutierens mit meinen Freundinnen, des Hoffens und des Verzweifelns, weil man an einem Mann gescheitert ist? Heute glaube ich zu wissen, dass es völlig sinnlos ist, sich darüber den Kopf zu zerbrechen, weil Männer sehr oft Dinge von sich geben, über die sie keine Sekunde nachdenken, die keinen tieferen Sinn haben und die Wortwahl deshalb auch völlig zufällig ist.

Meine Gedanken wandern wieder zu Marco. Ich frage mich, warum ich mit diesem Mann keine zehn Minuten sprechen kann, ohne dass wir uns in den Haaren liegen. Oder im Bett liegen, obwohl das nicht wirklich zählt, da ich mich daran nicht erinnern kann. Ich spiele mit dem Feuer, indem ich mir vorstelle, wie es wohl war und ob er genauso gerochen hatte wie heute Nachmittag in der Bar. Ich schließe meine Augen und nehme seinen Duft noch immer wahr: herb, aber nicht aufdringlich, mit einem frischen Abgang, als würde das Rasierwasser ein wenig Zitrone enthalten. Er sagte, dass ich in seinen Armen gelegen hatte, so nah war ich ihm also schon gewesen, und ohne es genießen oder bedauern zu können, hatte sich unser erster intimer Moment ganz verborgen in einer Tiefschlafphase abgespielt.

Warum taucht er immer gerade dort auf, wo ich mich befinde? Warum kümmert er sich um mich und trägt mich aus dem Lokal? Hat es einen tieferen Sinn, dass er den Chris-Rea-Song auswendig kennt? Sobald eine Frage durch meinen Kopf schwebt, wird sie auch schon von einer weiteren abgelöst und ich steigere mich langsam aber doch in das Thema hinein. Ich frage mich, ob Marco schon jemals einen weiteren Gedanken an mich verschwendet hat, sobald ich die Bildfläche verlassen habe. Will er wissen, was ich von ihm denke oder ob ich mich zu ihm hingezogen fühle? Fragt er sich, wie es wäre, nicht nur neben mir im Bett zu liegen, sondern mit mir ein Bett zu teilen? Dann eröffnet sich die wichtigste Frage überhaupt: Wie oft hat dieser Mann eigentlich mit einer losen Urlaubsbekanntschaft auf einer öffentlichen Toilette Sex?

Ich klettere aus dem Bett und schleppe mich in Richtung Badezimmer. Vielleicht würde eine kalte Dusche helfen. Vielleicht könnte ich auch meine Haare waschen und dann vierzig Minuten mit dem Fön verbringen, sodass ich definitiv auf andere Gedanken käme. Ich mache das Licht an und studiere mein Gesicht im Spiegel. Bin ich schön? Bin ich so besonders, dass ich ihn interessieren könnte? Anscheinend schüchtert mich dieser Mann, der bei der Auswahl seiner Gefährtinnen nicht wirklich selektiv vorzugehen scheint, so ein, dass ich wie eine Siebzehnjährige mein Gesicht nach Hautunreinheiten absuche. Im selben Moment komme ich mir kindisch und dumm vor. Warum lasse ich mich von diesem Kerl verrückt machen? Ich lösche das Licht im Bad und lege mich wieder hin. Ich frage mich, wie das vor Robert war. Fühlte ich mich damals anders? Aufregender vielleicht? Das Wissen, Ehefrau und Mutter zu sein, ist nicht förderlich, was die sexuelle Ausstrahlung betrifft, im Gegenteil, man braucht schon eine lebhafte Phantasie, um sich selbst so zu sehen, wie die perfekte Liebhaberin in Filmen oder Büchern porträtiert wird. Der Alltag festigt Zweifel, die sich in unsicheren und neurotischen Augenblicken manifestieren, und irgendwann fragt man sich nicht mehr, ob man auf Männer anziehend wirkt, sondern gibt sich damit zufrieden, den eigenen Ehemann halten zu können. In Zeiten wie diesen ist das ein Drahtseilakt, den nur wenige erfolgreich zu Ende bringen.

Die letzte Frage, die sich einschleicht, bevor eine höhere Macht mich endlich erlöst und einschlummern lässt, lautet: »Will ich mit ihm schlafen?«

21. Kapitel

Als ich am nächsten Morgen völlig verdrückt und mit einer wilden Mähne aufwache, bin ich mir nicht sicher, ob mich die gestrigen Ereignisse in meine Träume verfolgt haben. Ich fühle mich, als hätte ich die ganze Nacht durchgetanzt. In diesem Moment klopft es und ich murmle ein undeutliches »Ja bitte?« Vassily öffnet die Tür und lacht mich an: »Jo, kommst du frühstücken?«

Heute haben wir Samstag, und anscheinend ist die gesamte Familie schon am Tisch versammelt.

»Natürlich! Bin sofort unten«, lasse ich den ältesten Sohn von Manús wissen und schäle mich aus meiner Decke. Der Anblick, den mir der Spiegel nun zuwirft, lässt keine Fragen offen: Ich hatte definitiv eine aufgewühlte Nacht, die ich mit wem auch immer in meiner Traumwelt verbracht habe.

»Lieber Gott, lass es meinen Ehemann gewesen sein. Für alles andere bin ich emotional noch nicht bereit.«

»Wofür bist du international noch nicht bereit?« Foteini steht plötzlich neben mir und sieht mich mit ihren braunen Bambiaugen an.

»Ich sagte emotional und nicht international, Schätzchen«, belehre ich sie.

»Was bedeutet das?«

»Das hat mit Gefühlen zu tun, international eher mit fremden Ländern.«

Schnell bringe ich mein Äußeres notdürftig in Ordnung und putze meine Zähne.

»Und warum bist du emotional?«

Gott, ich liebe wissbegierige Kinder, die eine Frage nach der anderen aneinanderreihen und einem das Gefühl geben, in einer Endlosschleife zu hängen.

»Das ist ein Geheimnis, eines, das nur mir gehört.«

»Aber du wolltest doch ein Geheimnis mit mir teilen«, protestiert Foteini aufs Heftigste.

»Ich weiß, aber muss es gerade dieses sein?«

»Ja!«, beschließt Manús' Jüngste.

Es gibt kein Entrinnen.

»Okay, Süße, das bleibt aber ganz unter uns. Doppelehrenwort.«

Foteinis Augen strahlen und man sieht, dass sie sich der Tragweite dieser Verantwortung bewusst ist.

»Versprochen!«

»Ich habe heute Nacht von Jack geträumt, aber das darf keiner wissen, da ich, wie du ja schon festgestellt hast, mit Robert verheiratet bin.«

»Wow, wirklich? Jack Dawson?« Foteini kann es nicht glauben.

»Ja, das hat mich auch umgehauen«, kommentiere ich ihr Erstaunen.

Schnell schlüpfe ich an Foteini vorbei aus dem Badezimmer und kleide mich an.

»Ehrenwort, Jo, ich sage es keinem. Es bleibt unser Geheimnis bis zum Tod.«

Ich belächle das kleine Mädchen, das noch an Schwüre glaubt, die in der modernen Welt nur noch selten von Bedeutung sind. In Märchengeschichten hingegen stellen sie essenzielle Bestandteile der zauberhaften Idee einer immerwährenden Liebe oder Freundschaft dar.

»So. Ich bin fertig, junge Dame, lass uns zu den anderen hinuntergehen.«

Mit diesen Worten ziehe ich sie aus dem Zimmer, die Treppe hinab und dann ins Esszimmer, wo alle bereits auf mich warten. Ich lächle und setze mich neben Onkel Yannis. Meine Augen ruhen auf Foteini, wobei ich mich frage, ob sie in irgendeiner Weise die reinkarnierte Form von Tante Lisa ist, weil sie sich gerade durch ihre roten Locken fährt und dabei alle herumkommandiert, als wäre sie das Oberhaupt der Familie.

Am Frühstückstisch erzählt mir Onkel Yannis, dass am Mittwoch die Testamentseröffnung stattfände, und er bittet mich, mir diesen Tag freizuhalten, da wir gemeinsam nach Rhodos Stadt fahren würden. Ich antworte, dass ich keinerlei Pläne für die kommende Woche hätte und sie gerne begleiten würde, doch bei der Testamentseröffnung nicht unbedingt dabei sein müsste. Er lässt mich wissen, dass er mich gerne dabei hätte, und damit ist das Thema beendet. Vielleicht könnte ich mir dann auch ein paar Sehenswürdigkeiten näher ansehen, denn bisher war ich nur zweimal kurz in der Stadt gewesen und hatte nicht wirklich viel gesehen.

»Nächstes Wochenende findet das große Fest im Dorf statt, Stavos hat mich gefragt, ob du mit ihm hingehen möchtest.« Manús blickt mich kampflustig an.

»Welches Fest?«, frage ich mit dem unschuldigsten Lächeln am Gesicht.

»Am 15. August feiern wir Maria Himmelfahrt und es gibt zu Ehren der Mutter Gottes immer ein riesiges Spektakel, bei dem die ganze Umgebung zusammenkommt und sich kollektiv betrinkt.«

David lässt mich außerdem wissen, dass es ein guter Abend sei, um Mädchen aufzureißen. Na dann, nichts wie hin, eine weitere Gelegenheit, die Liste meiner peinlichen Erlebnisse fortzuführen, denke ich mir.

»Ich begleite euch gerne, allerdings nur, wenn ihr mich vor Stavos beschützt.«

Mélina lacht und bestätigt mir, dass Stavos keinerlei Gefahr für mich darstelle und sie sich um die Sache kümmern würde.

»Nicht, dass du meinen Freund beleidigst«, warnt ihr Ehemann sie keck.

»Ich werde ihn auf den Boden der Tatsachen zurückholen und darüber aufklären, dass eine Frau wie Jo eindeutig außerhalb seiner Reichweite ist, und wenn er nicht übrigbleiben will, soll er endlich seine Ansprüche runterschrauben. Es gibt genug verzweifelte Frauen da draußen, die auf einen Prinzen warten, auch wenn er nur eins sechzig groß ist und seine Hemden nicht aus modischen Gründen offen lässt.«

»Erstens ist er kein Zwerg und zweitens hat er einen passablen Körper, den du gar nicht einschätzen kannst, weil du ihn noch nie nackt gesehen hast.«

»Woher willst du das wissen, mein Lieber?«

Damit dreht sich Mélina um und beginnt, eine weitere Kanne Kaffee aufzubrühen.

In diesem Moment läutet es an der Haustür. Ich kann mir das Grinsen nicht verkneifen und schenke meinem vorlauten Cousin einen mitleidigen Blick. Er hat seine Gegnerin gefunden und je länger ich sie kenne, desto mehr liebe ich sie.

Lúkas, der zur Tür gegangen war, lässt mich wissen, dass es für mich sei. Ich reagiere nicht sofort und frage dann erstaunt nach: »Für mich? Wer ist es denn?«

Vielleicht Ioanna, aber die würde doch hereinkommen, Maria auch und ansonsten kenne ich ja nicht wirklich jemanden, den ich nicht über die Familie getroffen habe.

Lúkas streicht inzwischen ein Butterbrot und sagt dann nebenbei und völlig emotionslos: »Es ist Marco.«

Ich merke, wie plötzlich alle Sinne auf einmal zu arbeiten beginnen: ein leichtes Rauschen in meinen Ohren, ein nervöses Zucken meiner Augenlider, ein Kribbeln in der Magengegend und leicht verstörte Worte, die ich leise hervor presse.

»Ach, wirklich? Seltsam, was will der denn von mir? Ich kenne ihn kaum.«

Verdächtig schnell hüpfe ich vom Stuhl auf und schenke meinen Verwandten ein ahnungsloses Lächeln. Ich verlasse das Zimmer und höre noch, wie Onkel Yannis fragt, wer denn dieser Marco sei.

»Der Surfer, Opa«, erklärt Lúkas. »Der auch aus Österreich kommt und im Haus vom alten Leondros wohnt.«

»Woher kennt Jo ihn denn?«

Ich wusste es, nun würde man mir Fragen stellen und mich beobachten und natürlich würde ich mich früher oder später verraten. Was würde ich denn verraten? Dass ich schon bei ihm zu Hause war? Dass wir uns ab und zu in Streitgespräche verlieren? Gott, Jo, hör auf, paranoid zu sein, würde Ellie nun sagen. Es ist nichts passiert. Nichts, rein gar nichts. Warum steht er nun aber vor meiner Tür? Besser gesagt vor Onkel Yannis' Tür? Ich habe nicht die leiseste Ahnung. Trotzdem checke ich im Flur schnell mein Spiegelbild, bevor ich etwas nervös die schwere Haustüre öffne.

Marco lehnt an seinem Auto und sieht mir entgegen, auch etwas unsicher, wie mir scheint. Ein neuer Zug an ihm, ungewohnt, aber eigentlich ganz nett.

»Guten Morgen, Jo.«

»Hallo Marco. Was verschafft mir das Vergnügen?«

Er lächelt und seine weißen Zähne, die einen harten Kontrast zum braun gebrannten Gesicht bilden, blitzen im Sonnenlicht. Ich erspähe einen winzigen Spalt zwischen dem zweiten und dem dritten Zahn auf der linken Seite seines Oberkiefers, zu wenig, um ihn eine Zahnlücke zu nennen, und doch genug, um mir für einen Augenblick den Atem zu rauben. Dieses winzige Anzeichen einer Unvollkommenheit, oder besser gesagt seiner Einzigartigkeit, lässt ihn plötzlich so anziehend wirken, dass ich mich nun frage, ob ich nicht vielleicht doch die ganze letzte Nacht mit ihm verbracht habe.

»Es ist ein herrlicher Tag und ich wollte dich fragen, ob du Lust hast, mich auf einen Trip in den Süden der Insel zu begleiten. Ich möchte mir dort einen Strand ansehen und etwas kiten, und da du ja sozusagen auf Urlaub bist und vielleicht auch einmal etwas anderes als Theologos sehen möchtest, wäre dies eine Gelegenheit dazu.«

Ich bin so verunsichert – denn damit habe ich nun wirklich nicht gerechnet –, dass ich ihn wohl eine Ewigkeit verdutzt anstarre.

»Du könntest den Strand genießen und mir vielleicht noch ein paar Nachhilfestunden in beziehungstechnischen Feinheiten und weisen Überlebensstrategien geben. Ich finde die Gespräche mit dir eigentlich immer sehr amüsant.«

Irgendwie schaffe ich es dann doch, meine Fassung wiederzuerlangen und mein Sprachzentrum zu aktivieren.

»Du willst mit mir zu einem abgelegenen Strand fahren und den Tag dort mit mir verbringen – habe ich das richtig verstanden?«

Mein Herz pocht plötzlich etwas heftiger.

»Ja, richtig, wenn das für dich kein Problem ist. Wir sind doch so etwas wie … Freunde, oder?« Er blickt mich herausfordernd und etwas zu selbstsicher an.

Ich sehe etwas in seinen Augen, das ich nicht gleich zuordnen kann, also lasse ich mir Zeit. Dann muss ich plötzlich laut auflachen und gehe auf ihn zu. Er streckt sich ein wenig, und als ich knapp vor ihm stehe und seinem festen Blick standhalte, erkenne ich ein leichtes Zucken seines linken Augenlides.

»Es handelt sich – nehme ich an – um einen natürlichen Strand. Wir werden dort alleine sein.«

»Das könnte sein«, gibt er etwas leiser als zuvor von sich.

Wieder muss ich lächeln.

»Kommst du nun mit oder nicht?«

Er wirkt nun etwas nervös und ich labe mich an seinem Anblick. Schließlich drehe ich mich um und gehe zurück zum Haus. Kurz vor der Tür rufe ich ihm über die Schulter zu: »Das werde ich wohl müssen. Denn du benötigst doch jemanden, der dir den Schirm startet und landet. Anscheinend hat sich sonst niemand gefunden und da bin ich dir eingefallen. Kein Problem, dafür sind Freunde doch da. Hol mich in fünfzehn Minuten ab, ich packe nur schnell einige Sachen zusammen.«

Damit verschwinde ich im Haus und weiß, dass er wieder lächelt. Diesmal wohl nicht mehr befangen, sondern den Elementen trotzend – ein umwerfendes, ungeniertes Lächeln, welches eine einzigartige Zahnreihe zum Vorschein bringt.

Ich beeile mich ins Esszimmer und lasse meine Verwandten wissen, dass ich den Tag am Strand verbringen würde. Irgendwo im Süden – es soll dort sehr schön sein.

»Mit dem Österreicher?«

Onkel Yannis sieht mir intensiv in die Augen.

»Ja, genau, er benötigt wohl meine Hilfe beim Kiten und ich denke, er kann etwas zivilisierte und intellektuell herausfordernde Konversation vertragen. Mir ist ein wenig Abwechslung recht und ich wollte heute sowieso zum Strand.«

Ich versuche, unbekümmert und gleichgültig zu klingen, weiß aber nicht, ob es mir gelungen ist.

»*Omorfia mou,* muss ich mir Sorgen machen?«

»Oh Gott, nein, natürlich nicht. Ich bin doch erwachsen und kann mit einem Mann etwas unternehmen, ohne auf dumme Gedanken zu kommen.«

»Natürlich, Jo!«

Mélina lächelt mich unterstützend an, oder vielleicht eher komplizenhaft-mitfühlend? Denkt sie, dass ich nie etwas Aufregendes erlebe und deshalb vorhabe, Hals über Kopf in das Auto eines fast fremden Mannes zu steigen, um mich an einen einsamen Strand befördern zu lassen?

»Keine Angst, Opa. Marco wird den ganzen Tag am Wasser sein und sich in den Wellen austoben, während Jo alleine an Land sitzt. Er ist etwas seltsam und hat seine Prioritäten.«

Lúkas sieht mich auch mitfühlend an.

»Soll ich mitkommen?«, fragt er schließlich.

»Nein, danke. Ich freue mich auf einen ruhigen Tag am Strand und habe genügend Bücher dabei. Ihr müsst euch um mich keine Sorgen machen.«

Damit verlasse ich sie und renne in mein Zimmer. In Windeseile streife ich meinen Bikini über, ein loses T-Shirt und Shorts, packe schließlich in meine Umhängetasche ein Badetuch, zwei Bücher, eine Bürste und zwei Ersatzbikinis. Schließlich auch noch meine Kamera, die ich bisher noch nie in Verwendung hatte. Vielleicht würde ich endlich dazu kommen, einige der natürlichen Schönheiten dieses Landes mit der Linse einzufangen. Als ich wieder im Flur im Parterre angelange, drückt Mélina mir noch einen Korb in die Hand.

»Genieß den Tag. Ich habe euch ein paar Kleinigkeiten eingepackt: Obst, Sandwiches und Wasser. Wer weiß, ob es dort irgendetwas zu kaufen gibt.«

»Danke. Das wäre wirklich nicht nötig gewesen, aber ich nehme es gerne an. Du bist ein Engel!«

Innig umarme ich meine neue Freundin und fühle mich, als würde ich zum Zeltlager im Gymnasium aufbrechen.

Marco wartet bereits im Hof und ich steige in seinen Wagen. Es handelt sich um einen blauen Pickup, ein ziemlich altes Gefährt, in dem das Wort »Komfort« keinerlei Bedeutung hat.

»Wow, bist du sicher, dass wir mit diesem Ding auch tatsächlich unser Endziel erreichen können?«

»Wovon bitte sprichst du? Das ist ein Klassiker. Ein Ford F100, so etwas wird heute gar nicht mehr gebaut.«

»Ich weiß auch warum.«

»Frauen und Autos – was soll ich dazu sagen? Aber zum Glück kennt ihr jede Schuhmarke von hier bis Texas.«

»Und wieder einmal wird dir klar, dass zwischen Mann und Frau Welten liegen, richtig?«

»Absolut richtig, Prinzesschen.«

Das Auto ist vollgepackt mit diversen Utensilien, die, wie ich annehme, zum Surfequipment gehören. Irgendwie schaffe ich es aber, meine Tasche zwischen den Rest zu quetschen, den Korb unter meinen Knien zu positionieren und selbst halbwegs bequem zu sitzen.

»Okay, dann kann es ja losgehen!« Marco rückt seine Sonnenbrille im Gesicht zurecht und startet den Motor. Ich nicke ihm zuversichtlich zu und lehne mich im Sitz zurück. Ich wünschte, Ellie könnte mich jetzt sehen, zusammen mit einem – und das muss ich wirklich zugeben – coolen und gutaussehenden Mann auf dem Weg zum Strand. Außerdem handelt es sich nicht um *meinen* Mann. Natürlich nicht, denn den würde Ellie auf keinen Fall unter gutaussehend und schon gar nicht unter cool einreihen. Ich atme tief durch und lasse mich treiben, wieder einmal ergebe ich mich dieser seltsamen Macht, die meine Geschicke auf dieser Insel zu leiten scheint.

»Im Handschuhfach müssen alte CDs liegen, such dir doch etwas aus. Allerdings weiß ich nicht, ob Chris Rea dabei ist.«

Ich schenke ihm ein schmachtendes Lächeln und erwidere: »Ich hätte eher mit Hot & Sticky gerechnet. Stehen die jungen Mädels nicht auf so etwas?«

»Na ja, du weißt ja, dass ich es mit der Musik nicht so habe, und was meine Frauen betrifft …«

»Bitte, keine schmutzigen Details.« Alleine die Präpotenz, von Frauen in der Mehrzahl zu sprechen, zeigt mir, dass er nicht jemand ist, der auf die wahre Liebe wartet. Ich wühle also in seinem Handschuhfach und halte plötzlich eine Whitesnake-CD in der Hand. Wieder überkommen mich Erinnerungsfetzen, diesmal an eine Zeit, in der ich mich stundenlang, von Musik wie dieser begleitet, im Kreis drehte und von Männern träumte, die nie meinen Weg kreuzen würden. Ich schiebe die Scheibe in den schmalen Schlitz am Armaturenbrett und einige Sekunden später ertönen die ersten harten Gitarrengriffe und ich klopfe den Takt begeistert auf meinen Knien mit.

»Du stehst auf Hardrock?« Marco wirft mir einen erstaunten Blick durch seine dunkle Pilotenbrille zu.

»Was hast du erwartet? Joshua Kadison?« Mir fällt gerade kein anderer, traurige Balladen trällernder Sänger ein.

»Eher Frank Sinatra oder so etwas.«

»Du bist vorschnell, was deine Meinung über Frauen betrifft. Vielleicht liegt es daran, dass du dich nie lange genug mit einer beschäftigst, um auch die versteckten Geheimnisse unter den äußeren Schichten zu ergründen. Stimmt's oder hab ich recht?«

»Deine Meinung über Männer bedarf aber anscheinend auch keiner Verifizierung, denn obwohl du mich nicht wirklich gut kennst, wirfst du mir bereits Charaktereigenschaften an den Kopf, mit denen ich mich nicht unbedingt identifizieren kann.«

Ich blicke verlegen zur Seite und denke darüber nach. Im Grunde stimmt es, dass mein Bild dieses Mannes auf unserer ersten Begegnung aufbaut ist, auf einem unglücklichen Zufall und auf einer Betätigung, die mich eigentlich nichts angeht.

»Ich bin nicht so schlimm, wie du mich darstellst, weißt du.«

Ich gebe ihm stumm recht und beschließe, mein Verhalten ihm gegenüber zu entschärfen, meine Meinungsbildung wieder auf den Anfang zurückzustellen und ihm die Chance zu geben, sich so zu zeigen, wie er ist. Voller guter Vorsätze beginne ich also ein Gespräch über mich selbst und erkläre ihm, warum ich doch schon länger als gedacht auf der Insel bin und warum ich es – trotz anfänglicher Bedenken – sehr genieße. Er stellt nur einige wenige Zwischenfragen und ich komme schließlich so in Fahrt, dass ich mir nach einem längeren Monolog beschämt die Hand vor den Mund halte und mich für meine Plapperei entschuldige.

»Ich höre dir gerne zu, ansonsten hätte ich dich schon früher gestoppt. Anscheinend genießt du es, zu artikulieren, was in dir vorgeht. Dein Mann und deine Tochter sind nicht hier und deine griechische Familie sieht ja, dass du glücklich bist, also musst du es ihnen nicht sagen. Trotz allem möchtest du es selbst wohl einmal hören, damit du es glauben oder dir gegenüber rechtfertigen kannst.«

Ich blicke ihn unsicher an.

»Bist du so etwas wie ein Psychologe?«

Er lacht laut auf und erwidert: »Anscheinend haben ein Jahr Beziehungscoaching ihre Spuren hinterlassen, tut mir leid, wenn es sich therapeutisch angehört hat.«

»Du warst bei einer Paartherapie?«

Das impliziert, dass er eine Beziehung hatte oder noch immer hat und ich gehe davon aus, dass es sich nicht um die Dame auf der Toilette handelt.

»Ist schon etwas länger her, in einem anderen Leben.«

Anscheinend möchte er nicht näher darauf eingehen, was mich natürlich nicht davon abhält, weitere Fragen zu stellen.

»Hat die Therapie geholfen?«

Er setzt seine Sonnenbrille etwas tiefer auf seine Nase, sodass ich seine Augen sehen kann, die mich etwas ironisch anblicken.

»Wäre ich hier in Griechenland und würde mit dir im Auto sitzen, wenn es so wäre?«

Ich muss grinsen und schüttle den Kopf.

Ganz langsam und doch sehr ehrlich beginnt er dann, in seiner Vergangenheit zu wühlen und erzählt mir einige Details aus seinem früheren Leben. Ich erfahre, dass er aus gut situiertem Elternhaus stammt und dass sein Weg empirisch genau vorgezeichnet war. Sowohl das Architekturstudium als auch die spätere Übernahme des väterlichen Büros waren unumstrittene Tatsachen, schließlich ging es soweit, dass das erste Mädchen, das er zu Hause präsentierte und das von seinen Eltern als akzeptable Schwiegertochter angesehen wurde, seine Frau wurde.

Marco bremst ruckartig, als wir eine Querstraße erreichen, die uns in Richtung Süden führen soll. Ich werde leicht nach vorne in den Sicherheitsgurt gedrückt und mein Atem stockt. Er war also verheiratet. Warum auch nicht, schelte ich mich selbst, ich bin es ja schließlich auch. Vielleicht hat er sogar Kinder?

Nachdem wir es endlich auf die schwer befahrbare Straße schaffen, erzählt Marco weiter und ich hänge an seinen Lippen wie ein Kleinkind an jenen eines Märchenerzählers. Die Ehe fühlte sich gut an, bis er immer öfters aufwachte und sich fragte, ob das Leben, das er führte, das richtige für ihn sei. Er hatte sein Studium beendet und war in die Firma eingestiegen, doch je länger er sich mit der Materie befasste, desto mehr wurde ihm klar, dass er den Traum seinen Vaters lebte und nicht seinen eigenen.

»Was war eigentlich dein Traum?«, möchte ich wissen.

»Das war die schlimmste Erkenntnis von allen: Ich hatte keinen Traum. Ich hatte zu lange ein Leben geführt, über das ich nie nachdachte, das ich niemals hinterfragte, sodass ich in der Illusion lebte, es sei perfekt für mich. Das hat mich allerdings auch davon abgehalten, meine eigenen Wünsche zu definieren, und irgendwie fühlte ich mich plötzlich verloren in einem Universum voller ungeahnter Möglichkeiten.«

Ich sauge seine Worte und Gedanken wie eine Droge auf, sie erobern mein Gehirn und setzen sich dort fest, bevor sie sich vermischen und ein wildes Durcheinander erzeugen. Obwohl ich einem völlig neuen und unbekannten Marco gegenübersitze, klingt alles für mich so vertraut und plausibel, als hätte ich es selbst erlebt.

Je länger er sich mit dem Verfall seiner Pfeiler und Werte befasste, so erzählt er weiter, desto unabwendbarer steuerte er auf eine Katastrophe zu, die sich schließlich im Ende seiner Ehe und der Kooperation mit seinem Vater manifestierte.

»Deine Frau war also keine Stütze für dich?«

»Sie war sehr verständnisvoll und ich weiß, dass sie auch gelitten hat. Deshalb habe ich schließlich in die Therapie eingewilligt. Das hatte dann allerdings auch zur Folge, dass ich mir irgendwann selbst eingestand, dass ich diese Ehe nicht mehr aufrechterhalten wollte. Ich war mit mir selbst nicht im Reinen. Wie konnte ich mit einem anderen Menschen zusammenleben, ohne zu wissen, wer ich war und was ich wollte?«

Unter dem Panzer dieses Mannes liegen Dinge verborgen, die mir zeigen, dass nicht alles so selbstverständlich ist, wie ich es oft annehme. Alles in meinem Leben ist mir zugeflogen und selten musste ich einen innerlichen Kampf austragen, um mein Schicksal herauszufordern. Ich ließ mich treiben, ohne auf den Grund des Flusses zu sehen, und wo immer er mich hinführte, ich nahm es an und stellte mich darauf ein. Marco muss eine langwierige und vielschichtige Transformation durchgemacht haben, denn ich erkenne jetzt nur noch wenig von der geschilderten Unsicherheit und Leere, die sein früheres Leben geprägt zu haben scheinen.

»Wusstest du denn immer, was du wolltest?« Die Frage holt mich aus meiner kurzzeitigen geistigen Abwesenheit zurück.

Ohne zu überlegen, völlig automatisiert, antworte ich: »Ja, natürlich.«

»Das muss das Leben wahnsinnig erleichtern.«

Ich setze ein unsicheres Schmunzeln auf, nicke ihm aber zustimmend zu.

»Is this love that I am feeling? Is this the love that I am searching for? Is this love or am I dreaming, this must be love …«

Wie ferngesteuert begleite ich den Sänger mit meiner ungeübten Stimme und wandere kurz zu dem Jüngling zurück, der mein Herz in den Achtzigern höher schlagen ließ.

»Du fragst dich bereits, ob es Liebe ist, obwohl wir wissen, welche unüberbrückbaren Gegensätze uns trennen?«

Ich blicke ihn belustigt an und summe leidenschaftlich weiter, während ich mich frage, wie viele Tränen ich wohl als Teenager zu diesem Song vergossen habe.

Für einige Minuten lassen wir uns in völliges Schweigen fallen, lauschen der Musik und hängen unseren Gedanken nach, jeder auf seine eigene Weise. Dann erreichen wir ein kleines Dorf, in welchem Marco schließlich nach links abbiegt und in Richtung Meer weiterfährt.

»Sind wir schon angekommen?«

»Ja, der Strand, zu dem ich möchte, liegt am Ende des Dorfes, noch fünf Minuten von hier.«

»Wie hast du ihn entdeckt?«

»Eher zufällig, ich war am Wasser und bei einem Sprungmanöver ist mein Schirm detoniert, leider ziemlich heftig, und ich hatte einen mächtigen Riss im Segel. Ich musste an Land schwimmen und wurde hier angeschwemmt.«

Wir fahren nun eine Schotterstraße entlang und ich kann das Meer bereits sehen und riechen, alle meine Sinne erwachen und ich beginne, mich zu entspannen. Als Marco den Wagen stoppt und wir aussteigen, atme ich den Duft intensiv und demonstrativ ein.

»Du scheinst dich hier auch wohl zu fühlen«, stellt mein Begleiter lächelnd fest.

»Ich liebe das Meer und alles, was es begrenzt«, erkläre ich beiläufig.

»Dann lebst du eindeutig im falschen Land, meine Liebe, denn obwohl ich schon lange nicht mehr dort war, denke ich nicht, dass wir inzwischen einen Meerzugang haben.«

»Was noch nicht ist, kann ja noch werden. Wir müssen nur unsere alte Territorien zurückerobern.«

»Wenn ich gewusst hätte, dass du eine politische Fanatikerin bist, die in alten Geschichtsbüchern ihre erotischen Fantasien zum Leben erweckt, hätte ich mir diese Fahrt überlegt.«

»Du bist also kein Fan der Sissi-Trilogie, die pompös eine Zeit dokumentiert, in der die Welt noch in Ordnung war?«

Inzwischen genieße ich unsere spielerischen Plänkeleien, vor allem nun, da ich weiß, dass dieser Mann ein ebenbürtiges und interessantes Gegenüber verkörpert.

Marco lacht und verdreht die Augen, um mir mitzuteilen, dass ich einem Surfer gegenüberstehe, der bei Gott rein gar nichts mit tüllbeladener Garderobe und geflochtenen Haartürmen am Hut hat. Ich schmolle scherzhaft und sage ihm, dass es ungeheuerlich ist, diesen bedeutenden Teil unserer Geschichte zu negieren.

»Geschichte ist nur ein Teil unserer Vergangenheit, ich versuche, in der Gegenwart zu leben und mich auf die Zukunft zu freuen. Ich weiß, dass sie uns prägt und wir ihre Last – ob in positiver oder negativer Weise – sehr lange, wenn nicht immer, mit uns herumschleppen. Trotz allem dürfen uns die Defizite unseres Lebens nicht kaputt machen, wir müssen lernen, damit umzugehen.«

Damit beginnt er, das Auto zu entladen und ich bemühe mich, es ihm gleich zu tun, ohne ihn weiter zu verhören. Ich habe in der letzten Stunde mehr über diesen Mann erfahren, als ich über viele Menschen weiß, mit denen ich täglich in Kontakt stehe, und ich will ihn mit meiner Neugier, die sichtlich angeregt wurde, nicht verschrecken. Marco packt schweigend die verschiedensten Taschen und Bretter aus und ich hole meine Mitbringsel aus dem Kofferraum. Schließlich stehen wir vor einer Unmenge an Gepäck und ich frage mich, wie wir das alles je nach unten an den Strand bringen sollen. Einige Minuten später stapfen wir vollgepackt wie nepalesische Sherpas durch den Sand und ich fühle mich bereits nach ein paar Metern völlig erschöpft. Marco nimmt mir schließlich meine Last, die sich auf Rücken und Brust verteilt, ab und beginnt, alles am leeren Strandabschnitt zu positionieren. Während ich mein Badetuch und den Inhalt meiner Tasche vor einem Baum auslege, beobachte ich ihn dabei, wie er sorgfältig seinen Schirm aus der rucksackähnlichen Tasche hervorholt. Er breitet ihn am Boden aus und beginnt sofort damit, ihn mit der mitgebrachten Luftpumpe aufzublasen. Ich habe inzwischen meine Kleidung abgelegt und sitze im Bikini auf meinem Tuch.

»Kann ich dir irgendwie helfen?« Mein rhetorisches Angebot – denn ich habe keine Ahnung vom Surfen – kommt etwas zögernd aus meinem Mund.

Er schüttelt lächelnd den Kopf und macht dort weiter, wo er aufgehört hat. Der Schirm nimmt langsam aber beständig die Form eines riesigen Halbkreises an, und als die vordere Luftkammer anscheinend genügend gefüllt ist, verschließt sie Marco mit einem Stöpsel und dreht den Schirm mit einer eleganten, kräftigen Bewegung um, sodass er stabil am Boden liegt. Er schaufelt mit seinen Händen etwas Sand in die Schirmmitte, offensichtlich um ihn damit zu beschweren und am Wegfliegen zu hindern, anschließend wird eine weitere Tasche geöffnet, in der sich eine Stange und die Leinen befinden. Zügig wickelt er die Seile von der Stange und legt sie hinter dem Schirm in den Sand. Danach werden die Seile voneinander befreit und an den Schirm geknüpft. Während das alles für mich neu ist und kompliziert ist, handhabt Marco dieses Ritual, als wäre es die einfachste Sache der Welt. Zwischendurch schenkt er mir einen suchenden Blick und erklärt mir einige Grundbegriffe dieser Sportart. Ich selbst beherrsche keinen Wassersport außer Schwimmen, und das auch nur in einer Weise, die man nicht unbedingt als olympische Disziplin bezeichnen würde. Also beobachte ich fasziniert meinen Begleiter, der in dieser Tätigkeit aufzugehen scheint. Ich erkenne eine Leidenschaft, die mir fremd ist und die ich nicht wirklich nachvollziehen kann.

»So, das wäre geschafft, ich werde gleich aufs Wasser gehen, ich hoffe, das stört dich nicht. Die Bedingungen sind perfekt, wer weiß, wie lange der Wind anhält.«

Während er sein Trapez, so nennt man den Gurt, den sich Surfer um die Hüfte beziehungsweise den Bauch schnallen und mit dem sie mit dem Segel oder dem Schirm verbunden sind, umschnallt und sein Board vorbereitet, bekomme ich klare Instruktionen, wie man dieses Ungetüm von Schirm startet beziehungsweise landet. Jetzt, da ich direkt davor stehe, frage ich mich, ob es eine gute Idee gewesen war, mich als Hilfe anzubieten. Andererseits möchte ich vor Marco auch nicht ängstlich oder tollpatschig erscheinen, also versuche ich gelassen zu wirken und verfolge jedes seiner Worte mit genauester Aufmerksamkeit.

»Du musst keine Angst haben, halte den Schirm nur solange fest, bis du von mir das Zeichen bekommst, dass du loslassen kannst.«

»Ich habe keine Angst, so schwierig scheint es nicht zu sein.«

Marco bewegt sich in Richtung Wasser und zieht die Leinen mit sich, der Schirm folgt ihm. Ich nehme ihn schließlich in der Mitte der Front Tube, ein Begriff, den ich zwei Minuten vorher gelernt habe, und hebe ihn hoch. Obwohl er mir riesig erscheint, er umfasst laut Marco zwölf Quadratmeter, fühlt er sich leicht und schwebend an. Marco ruft mir zu, ich solle ihn nun in den Wind stellen und ich tue es ohne zu zögern. Plötzlich erkenne ich, welche Kraft dieses Teil aus Segelstoff und Luft hat, denn sofort werde ich leicht nach links versetzt. Marco deutet mir, dass ich mich weiter in diese Richtung bewegen soll, und sobald ich seine Anweisung befolge, geht der Widerstand des Schirmes verloren. Bevor ich mich länger mit der Materie beschäftigen kann, bekomme ich von Marco einen erhobenen Daumen zu sehen und lasse den Schirm los. Mit einer ruckartigen Bewegung fliegt er in den Zenit und hängt an Marcos Körper. Bewundernd folge ich dem schwarzgrünen Drachen, der nun mehr als dreißig Meter über mir schwebt. Marco ruft mir etwas zu, das ich allerdings aufgrund des pfeifenden Windes nicht verstehe. Ich laufe zu ihm.

»Danke, Jo. Pass auf dich auf, solange ich weg bin, aber ich behalte dich natürlich im Auge.«

»Kein Problem. Ich kann ganz gut auf mich aufpassen. Aber sei du vorsichtig. Die Wahrscheinlichkeit, dass du dir da draußen etwas holst ist größer als die, dass ich mich am Badetuch lebensgefährlich verletzte.«

Dann wirft er sein Brett in die Wellen, lenkt den Schirm in Richtung Osten und hüpft gleichzeitig in die Schlaufen seines Boards. Der Schirm liegt im Wind und zieht ihn davon, während ich beeindruckt am Strand verharre, um darauf zu warten, dass er irgendwann wieder zu mir zurückkehrt.

22. Kapitel

Ich liege unter meinem Baum und versuche, mich auf das Buch zu konzentrieren. Es will nicht gelingen, was sicher nicht am Buch liegt, sondern eher an dem Umstand, dass sowohl meine Gedanken als auch mein Blick ständig in die Ferne schweifen. Ich suche den Horizont ab und frage mich, wie es sich wohl anfühlt, sich den Naturgewalten zu ergeben – ich selbst bin nämlich überhaupt kein abenteuerlicher Typ und sehne mich nie danach, an meine Grenzen zu gehen. Mein Blick verharrt auf einem kleinen Punkt, der sich allmählich nähert und den ich schließlich als Marcos Kite ausmachen kann. Er schwebt über das Wasser und ich beobachte fasziniert die Schnelligkeit und Akrobatik dieses Sportes. Der Mann, der an dem Schirm hängt, streckt siegessicher seine Arme und Beine, bevor er den Schirm abrupt in die Gegenrichtung lenkt, sodass er von ihm in die Luft geschleudert wird und sich um seine eigene Achse dreht. Mir stockt der Atem und ich wage nicht, mich zu bewegen. Wie in Zeitlupe hängt er in der Luft und lässt sich treiben, solange bis die Schwerkraft einsetzt und ihn behutsam wieder auf dem Wasser aufkommen lässt. Ich greife nach meiner Tasche und hole meine Kamera hervor. Blitzschnell entferne ich den Deckel und adjustiere die Einstellung. Als ich wieder im Wasser stehe, ist Marco nur noch wenige Meter von mir entfernt. Ich drücke ab und fange den Moment ein, als er zur Wende ansetzt und eine Kaskade an Wassertropfen und flüssigen Pfeilen hinter sich lässt. Auf dem Foto kann man nur die harten Konturen erkennen, das Wasser drängt sich in den Vordergrund, dahinter Umrisse eines Mannes und eines Bretts. Ich bin begeistert und setze meine Tätigkeit fort. Von nun an halte ich jede seiner Bewegungen und Manöver fest – solange bis ich merke, dass meine Schultern sich verhärten und ich ein leichtes Brennen fühle. Ich habe vergessen, Sonnencreme aufzutragen und die unbarmherzige Kraft der Mittagssonne lässt mich nun dafür büßen.

Gerade als ich es geschafft habe, meinen Körper intensiv mit Nivea zu bedecken, sehe ich, dass Marco den Strand ansteuert. Ich hüpfe auf und begebe mich in Warteposition, um den Schirm in Empfang zu nehmen. Er steht bereits am Strand und sein Board schwimmt neben ihm im Wasser, ganz langsam lenkt er das riesige Segel in die Tiefe und ich hüpfe im Sand umher, um die ideale Standposition zu erlangen.

»Ganz ruhig, du siehst ja aus wie ein aufgescheuchtes Huhn. Ich wünschte, ich hätte eine Kamera dabei.«

»Sei still, du kannst froh sein, dass ich da bin und dir helfe, also keine blöden Kommentare mehr, sonst bin ich gleich wieder weg.«

Meine Augen sind starr auf den Himmel und den Kite über mir gerichtet, der nun zielsicher auf mich zukommt und schließlich ganz unspektakulär in meinen Händen landet.

»Festhalten! Jetzt umdrehen und auf den Boden legen!«

Da es noch immer sehr windig ist, muss er schreien, damit ich seine Anweisungen befolgen kann. Ich werfe meine Bedenken ob der Gewalt dieses riesigen Teils über Bord, packe fest zu und drücke den Schirm dann etwas grob in den Sand, was Marco gleich mit einem lächelnden »Hinlegen, nicht kaputtmachen!« kommentiert.

»Sorry …«, rufe ich, doch er winkt ab und dankt mir für das gelungene Landemanöver.

Stolz gehe ich auf ihn zu.

»Kein Problem. Ist leichter, als es aussieht.«

»Ich kenne genug Frauen, die sich vor so einem Schirm fürchten und einen Sicherheitsabstand einnehmen, wenn er gelandet wird.«

Ich lächle wissend und denke, dass es sich wohl um jene Frauen handelt, die nach dem Kiten auf der Toilette vernascht werden. Was ziehe ich vor? Anscheinend die freundschaftlich-sportliche Variante.

Ich verziehe mich schließlich wieder auf meine sichere Position unter dem Baum und hole mein Buch hervor. Über den Rand des Buches schielend beobachte ich, wie Marco seine Leinen auffädelt und den Schirm sichert. Dann schält er sich aus seinem Trapez, welches er auf dem Ast eines Baumes zum Trocknen aufhängt. Ich sehe natürlich seinen nackten Oberkörper und ertappe mich dabei, mir vorzustellen, wie es wäre, an dieser Brust einzuschlafen. Nicht, dass ich das nicht schon gemacht hätte, allerdings verwehrt das Universum mir leider die Erinnerung daran.

»Was liest du da?«

»Wie bitte?«

»Das Buch, wovon handelt es?«

Er lässt sich neben mir unter dem Baum nieder.

»Ach, das Buch. Na ja, ich habe gerade erst damit begonnen und kann noch nicht allzu viel sagen.«

Lieber Gott, schnell eine intelligente Eingebung, bitte!

»Angeblich offenbart es das intellektuelle Aufarbeiten einer trivialen Thematik.« Puhh, gerade rechtzeitig ist mir der Klappentext wieder eingefallen.

»Welcher Thematik?«

»Liebe, was sonst.«

»Ist Liebe denn trivial?«

Oh nein, nicht schon wieder eine Diskussion zu diesem Thema, nicht mit ihm.

»Haben wir das nicht schon mal besprochen?«

»Nicht dass ich wüsste. Soviel ich mich erinnern kann, haben wir über Sex diskutiert – über unterschiedliche Ansätze –, über die Liebe eigentlich nicht.«

Völlig entspannt lässt er sich in den Sand sinken und sieht mich erwartungsvoll an.

»Okay. Also reden wir.«

Ich lege mein Buch beiseite und lege mich ebenfalls hin, meine Arme verschränke ich im Nacken.

»Warum hältst du die Liebe für trivial?« Marco dreht sich auf die Seit und beobachtet mich.

»›Trivial‹ ist nicht unbedingt ein negativer Begriff. Er steht für mich mehr für ›realitätsbezogen‹, also in der Wirklichkeit angesiedelt. Wir kennen das doch alle: Man wächst mit einem idealisierten Bild der Liebe auf, egal ob in der Werbung, im Fernsehen oder in Büchern, überall wird eine Fantasie geschürt, die der Realität nicht standhalten kann. Man jagt Illusionen hinterher, die nie erfüllt werden, und schließlich stürzt man in einen Abgrund, wenn einem klar wird, dass man von Dingen träumt, die nicht realisierbar sind.«

»Du bist also keine Romeo-und-Julia-Anhängerin, die an eine Liebe glaubt, die Leben und Tod überdauert? Die denkt, dass wir alle durchs Universum schweben, auf der Suche nach unserem Gegenstück, das für uns bestimmt ist und das uns vervollständigt?«

Er grinst.

»Ich denke nicht. Platon konnte diese Theorie nie mit Beweisen belegen.«

Obwohl ich es absolut ernst meine, fühle ich einen Stich im Herzen. Als würde mir etwas sagen, dass ich auf die falsche Karte setzte. Darüber will ich gar nicht nachdenken, nicht jetzt.

»Aber du bist doch in einer stabilen Beziehung, warum kann er nicht der Eine sein?«

»Er ist es, ich denke es jedenfalls. Aber ich lebe nicht in der Illusion, dass unsere Liebe einzigartig oder perfekt ist. Ich verwechsle nicht ein Ideal mit der Realität, denn die Wahrheit ist, dass Liebe, so schön sie auch sein kann, auch ein Feld der Missverständnisse, Enttäuschungen und Zwänge ist. Manchmal endet sie in Lüge und Verrat, sodass Menschen, die anfangs glaubten, füreinander bestimmt zu sein, am Ende an dieser Liebe zugrunde gehen. Das unterschlagen Liebeskomödien und Heile-Welt-Szenarien.«

Nachdenklich dreht er sich wieder auf den Rücken. Dann schweigen wir. Ich genieße es, nichts sagen zu müssen, nur hier zu liegen und die Wärme des Sandes und das Wehen des Windes wahrzunehmen. Ich vernehme das, was jenseits des Gesagten liegt und es umhüllt mich, wärmt mich und lässt mich das erste Mal seit Langem in mir ruhen.

23. Kapitel

Marco erwacht endlich und ich schließe schnell meine Augen. Ich will nicht dabei ertappt werden, wie ich ihn anstarre, während ich jede Einzelheit seines Gesichts in meiner Erinnerung einfriere. Er streckt sich und gibt seltsame Laute von sich, sodass ich lachen muss und meine Tarnung auffliegt.

»Du bist ja wach.«

»Erst seit Kurzem, ich habe mir auch ein Nachmittagsschläfchen gegönnt.«

»Wir haben also wieder miteinander geschlafen, das sollte nicht zur Gewohnheit werden«, scherzt er verschlafen.

»Wir haben nebeneinander geschlafen und nicht miteinander«, korrigiere ich, während ich mich nun auch ausstrecke.

»Manchmal kann so eine kleine Silbe wirklich eine Spaßbremse sein«, stellt er fest. »Die Geschichte würde viel aufregender rüberkommen, wenn wir miteinander geschlafen hätten.«

»Stimmt. Der Scheidungsanwalt meines Mannes würde dem sicher zustimmen.«

»Er hat bereits einen Anwalt?«

Marco spielt blankes Entsetzen vor und ich muss ihm leicht in den Arm boxen.

»Bitte schlag mich nicht. Ich bin emotional nicht so gefestigt, dass ich damit umgehen könnte.«

Er macht eine seitliche Drehung, umfasst meine Arme mit seinen festen Händen und kommt rittlings auf mir zu sitzen. Erschrocken starre ich ihn an, nicht weil ich vor ihm Angst habe, sondern weil diese plötzliche Körperlichkeit mich irritiert. Ich spüre seine Schenkel, die an meine Hüfte gepresst sind, sein Gewicht drückt mich in den Sand und seine Finger umklammern meine Handgelenke. Er lacht und seine Bauchmuskeln bewegen sich in Einklang mit seiner Atmung, während meine Atmung wieder einmal ausgesetzt hat.

Nachdem mein Puls wieder einigermaßen im normalen Bereich angesiedelt ist, fauche ich ihn an, dass er sofort aufhören solle, ansonsten würde ich so laut schreien, dass jeder Bewohner des angrenzenden Dorfes es mitbekommen würde. Er lächelt und bewegt seinen Oberkörper nach vorne. Ganz langsam nähern sich sein Gesicht und seine Brust, sodass ich schon bald seine Körperwärme spüre und seinen Geruch einatme. Ich fürchte, dass ich mich verraten könnte, dass es offensichtlich sei, wie wehrlos ich mich plötzlich fühle. Gerade als seine Nase die meine berührt und wir Auge in Auge gegenüber sind, flüstert er: »Keiner würde dich hören.«

Ich spüre wie sich kleine Schweißperlen auf meiner Stirn bilden.

»Du bist wirklich ein Kindskopf«, stammle ich.

»Und du bist ängstlicher, als ich dachte.«

Damit schwingt er sich blitzschnell von mir runter und erhebt sich.

»Also keine Spielchen. Hätte interessant werden können.«

Daraufhin – gerade so, als wäre nichts vorgefallen – widmet er sich wieder seinem Kite. Er wickelt die Leinen von der Bar, also dem Haltegriff, legt sie wieder hinter dem Schirm auf und schnallt sich anschließend das Trapez um.

»Würdest du so nett sein?«

»Natürlich.«

Ich erhebe mich schnell. Ich kann genauso cool sein und die vorangegangene Episode unter *Plänkelei unter Freunden* ablegen. Kein Problem. Nicht für mich. Ich helfe ihm also beim Start und er bewegt sich abermals von mir fort.

Typisch Mann. Flucht als Konfliktbewältigung. Etwas genervt stapfe ich zurück zu meinem Badetuch. Allerdings verhalte ich mich auch gerade wie der weibliche Stereotyp und zerpflücke jede Kleinigkeit unserer Begegnung, als müsste ich eine Doktorarbeit über Marco schreiben. Interpretation anstelle von Diskurs. Vielleicht hat er mit der Flucht die ehrlichere Wahl getroffen. Ich schnappe mir mein Buch und beschließe, der Realität den Rücken zu kehren, anscheinend überfordert sie mich zusehends.

Als Marco zurückkehrt, ist es schon fast sechs Uhr und wir beschließen, den Heimweg anzutreten. Er lässt mich wissen, dass es noch eine Verabredung habe, ich frage nicht, mit wem. Wir packen unsere Sachen zusammen und schleppen wieder alles zum Auto. Der Picknickkorb ist diesmal leichter, denn nur ein paar Servietten befinden sich noch darin. Die Hitze im Wagen erdrückt mich und wir öffnen schnell alle Fenster, um den Fahrtwind als zusätzliche Abkühlung wirken zu lassen. Unsere Haare fliegen wild herum, doch die kühle Luft fühlt sich gut auf der sonnenmaltrátierten Haut an. Während der Fahrt spricht Marco nicht viel. Als ich wissen will, ob Christian noch immer bei ihm wohnt, erfahre ich, dass sein Freund vor einigen Tagen weitergezogen ist. Er hat wohl auch noch Bekannte auf Patmos, bei denen er die nächsten Tage verbringen wollte.

»Schade, ich fand ihn sehr nett.«

»Er fand dich auch nett – etwas unsicher, aber nett.«

Ich muss an unser ungewöhnliches Kennenlernen denken und habe plötzlich das Gefühl, dass das alles schon ewig zurückliegt. Wie war das Leben vor Rhodos? Wie war ich? Wer bin ich jetzt?

Wir sind in Theologos angekommen und Marco fährt die Küstenstraße entlang, um zu sehen, ob viele Kites am Wasser sind.

»Willst du noch einmal rausgehen?«

»Mal sehen, so eine Nachtfahrt kann auch spannend sein.«

Sagte er nicht, dass er eine Verabredung hätte? Ich will nicht nachbohren, er wird schon wissen, was er tut. Als wir Agathís Haus passieren, sehe ich einen älteren Herrn davor sitzen.

»Bleib bitte stehen. Du kannst mich hier rauslassen. Ich schulde jemandem noch einen Besuch.«

Marco bremst ruckartig und sieht zum Haus zurück.

»Verstehe. Ich habe also Konkurrenz bekommen. Du hättest gleich sagen können, dass du ein Date hast.«

»Du musst ja nicht alles wissen, was in meinem Leben so vor sich geht«, erwidere ich lachend und hüpfe aus dem Auto. »Danke fürs Mitnehmen. Falls du wieder einmal eine Sklavin benötigst, kannst du dich gerne bei mir melden.«

»Mache ich. Wünsche dir einen schönen Abend und sei nicht zu stürmisch, der Herr scheint mir körperlich nicht mehr so ganz auf der Höhe zu sein.«

»Du weißt ja, dass ich die verbale Kommunikation vorziehe, denn Körperlichkeit wird oft überschätzt.«

»Wenn du es sagst, Josephine, dann will ich dir mal glauben.«

Ich schlage die Wagentür zu und steuere festen Schrittes auf Agathís Haus zu. Ich möchte wissen, wie es ihr geht und natürlich auch, wer der Mann auf ihrer Bank ist. Als ich vor ihm stehe, tritt meine Freundin gerade aus der Tür und reicht dem Mann ein Glas Wasser.

»Jo, wie schön, dich zu sehen. Besuchst du mich wieder?«

Ich umarme die kleine Frau und drücke ihr einen Kuss auf die Wange.

»Ich habe es doch versprochen. Also hier bin ich! Wenn es allerdings gerade ungünstig ist, kann ich ein anderes Mal wiederkommen.«

»Ach, was! Bei mir ist es nie ungünstig. Milos wollte auch gerade gehen. Stimmt doch, oder Milos?«

Sie wiederholt die Frage auf Griechisch und der alte Mann nickt. Er überreicht Agathí das ausgetrunkene Glas und erhebt sich schwerfällig. Ich nicke ihm zu und begrüße ihn freundlich. Er murmelt auch einen kurzen Gruß, anscheinend passt es ihm nicht, dass ich hier so unverhofft aufgetaucht bin und seinen Besuch gestört habe. Agathí hingegen zieht mich ins Haus und schließt die Tür. Wie von außen präsentiert sich das Innenleben des Gebäudes ebenfalls spartanisch und einfach, allerdings nicht ungemütlich. Wir nehmen im kleinen Wohnzimmer Platz, ich auf dem braunen Sofa, Agathí lässt sich in einen gemütlichen Stuhl fallen. Ich bestaune Unmengen an Tellern, welche die Wand schmücken und unterschiedliche Muster und Städte zeigen. Anscheinend Mitbringsel von früheren Reisen.

»Agathí, ich wollte deinen Besucher nicht vertreiben«, beginne ich schließlich die Kommunikation.

»Milos? Kein Problem, er kommt sowieso ständig vorbei und manchmal nervt er mich schon richtig.«

»Ist er ein Nachbar?«

»Nein, er wohnt am anderen Ende des Dorfes. Irgendwie scheint er sich in den Kopf gesetzt zu haben, dass ich den ganzen lieben Tag nichts zu tun hätte, als auf ihn zu warten.«

»Das klingt so, als würde er um dich werben«, versuche ich zaghaft, die Situation abzuchecken.

»Das befürchte ich auch. Ich will ihn nicht vor den Kopf stoßen, denn man hat in meinem Alter ja auch nicht mehr so viel Auswahl, aber der Mann, so nett er ist, bringt mich auch oft zur Weißglut, und dann sage ich etwas, und er sagt etwas, und es endet in einem fürchterlichen Streit.«

»Das kenne ich.« Ich kann nicht glauben, dass Agathí sich mit ähnlichen Problemen herumschlägt wie ich.

»Ist dein Mann auch so?«

»Nein, gar nicht. Mit meinem Mann kann man gar nicht streiten, entweder gibt er gleich nach, weil es ihm nicht wichtig ist, oder er dreht die Sachlage so lange um die eigene Achse, dass ich am Ende nicht mehr weiß, um was es eigentlich ging und wir das Thema ad acta legen. Ich meine eigentlich diesen Mann, den ich hier kennengelernt habe, auch ein Österreicher. In der einen Minute reden wir und tauschen uns aus, plötzlich bringt mich ein Wort oder ein Satz von ihm soweit, dass ich kurz davor bin, ihm die Gurgel umzudrehen. Völlig aus dem Nichts, und dann schäme ich mich fast dafür, dass ich mich von ihm zu so einer Emotion hinreißen lasse.«

»Du hast also einen Mann kennengelernt.«

»Nein, ja, es ist nicht so, wie du denkst. Wir sind uns einfach über den Weg gelaufen und ich will nicht mehr daraus machen, als es ist. Irgendwie sind wir jetzt so etwas wie Bekannte, Freunde, Feinde … keine Ahnung. Ich habe heute den Tag mit ihm am Strand verbracht und deshalb bin ich wohl noch etwas aufgewühlt.«

»Weil du ihn magst?«

»Nein, weil ich ihn nicht einschätzen kann und weil er mich verwirrt. Ich fühle mich wie eine Fünfzehnjährige mit Hormonschüben, und er scheint das alles nur zu belächeln.«

»Aber mag er dich auch?«

»Nein. Keine Ahnung, er macht mich meistens fertig und gibt mir das Gefühl, dass ich keine Ahnung vom Leben habe.«

»Trotzdem verbringt er Zeit mit dir? Freiwillig, ohne dass du ihn dazu gezwungen hast?«

»Ja, schon. Aber was hat das schon zu bedeuten? Wahrscheinlich ist ihm langweilig und er braucht ein Opfer, um seinen Testosteronspiegel anzuheben.«

»Hast du mit ihm geschlafen?«

»Oh Gott, nein! Du weißt ja, dass ich verheiratet bin.«

»Das soll schon viele nicht davon abgehalten haben.«

»Nein, wirklich. Es ist nichts zwischen uns, außer vielleicht elektrische Spannungen, die ab und zu einen Kurzschluss hervorrufen.«

»Verstehe. Das kann ich nachvollziehen. Milos bringt mich auch zum Wahnsinn, aber wenn er mich dann mit seinen treuen braunen Kuhaugen so ansieht, dann wird mir richtig warm ums Herz.«

»Wirklich? Ist das so? Dann magst du ihn also doch?«

»Zeitweise, nicht immer, aber immer öfter.«

Damit schwingt sie sich in einer jugendlichen Leichtigkeit, die mich erstaunt, vom Stuhl und verschwindet in der Küche. Ich sinniere weiter vor mich hin und blicke erst auf, als ich sie wieder eintreten höre.

»Lass uns ein Glas Wein trinken. Schwere Zeiten erfordern drastische Maßnahmen.«

»Wie sich volllaufen zu lassen?«

»Könnte sein. Allerdings schlage ich erst mal ein Gläschen vor, damit du es noch alleine nach Hause schaffst. Tragen kann ich dich nämlich nicht und dein Freund ist ja leider nicht mehr da, um dich heimzufahren.«

Wir trinken auf die Liebe, die einen offensichtlich immer wieder findet. Ein beruhigender Gedanke einerseits, andererseits übermannt mich die Erkenntnis, dass man nie vor Dummheiten gefeilt ist.

24. Kapitel

Leise schleiche ich ins ruhige Haus und gerade als ich die erste Stufe der Treppe besteige, höre ich hinter mir eine bekannte Stimme.

»*Agapi mou*, du bist aber spät dran. Hattest du einen schönen Tag?«

»*Kalispera*, Onkel Yannis, ja danke, es war sehr nett.«

»Komm, setz dich doch noch etwas zu mir, lass uns reden.«

Ich folge ihm in die Küche, wo am Tisch ein Glas Rotwein steht. Er hat also auf mich gewartet.

»Möchtest du auch ein Glas Wein?«

»Nein, danke.«

»Also, wie war dein Tag?«

Ich setzte mich neben meinen Onkel und gieße mir ein Glas Wasser ein. Danach beginne ich zu erzählen, vom Strand, von Marco, denn ich weiß, dass er meinen Onkel am meisten interessiert, und von Agathí und unserem langen Frauengespräch. Mein Onkel beobachtet mich und unterbricht mich so gut wie gar nicht. Seine Kommunikation beschränkt sich auf Augenheben und Senken, seine Mundwinkel gehen ab und zu nach oben und seine Hand greift immer wieder zum Weinglas. Ich habe inzwischen drei Gläser Wasser ausgetrunken und meine Kehle fühlt sich noch immer trocken an. Muss das Salzwasser sein, oder die Sonne, vielleicht auch der Umstand, dass ich wie ein Wasserfall rede.

»Du klingst glücklich«, stellt Onkel Yannis dann mit tiefer Stimme fest.

»Ich bin auch glücklich und das habe ich dir und deiner Familie zu verdanken. Ihr habt mich aufgenommen wie eine verschollene Tochter und nun kann ich mir gar nicht mehr vorstellen, wieder von hier wegzugehen.«

Während ich es ausspreche, wird mir klar, dass es wirklich so ist. Dass ich dabei bin, mich zu verwurzeln, hier, in diesem fremden Land, das sich wie eine verlorene Heimat anfühlt.

»Du kannst bleiben, solange du willst. Du bist wie eine Tochter für mich, denn du warst es immer für Lisa. Sie fühlte sich in einzigartiger Weise mit dir verbunden und ich glaube, dass sie sich selbst sah, wenn sie in deine Augen blickte.«

»Ich habe sie auch sehr geliebt, aber wir waren so unterschiedlich, jedenfalls in meinen Augen. Ich bewunderte ihre Stärke und Entschlossenheit, sie hat Dinge umgesetzt, während andere nur davon träumten. Lisa betrat einen Raum und alle Augen waren auf sie gerichtet, sie hätte es nie geduldet, ignoriert zu werden.«

»Ja, so war sie, aber da war auch eine andere Lisa, die unter dieser selbstsicheren und dominanten Hülle versteckt war. Ich kannte sie und liebte sie genauso wie die andere. Diese Lisa machte sich Sorgen, hinterfragte alles bis ins kleinste Detail und weinte, wenn eine Liebesgeschichte im Kino nicht gut ausging.«

»Sind wir nicht alle mehr, als wir scheinen?«

»Ja, Jo, und du bist auch viel mehr, als du dir selbst zugestehst. Du magst Lisa auf den ersten Blick nicht ähneln, aber wenn man genau hinsieht, dann sieht man sie in deiner Mimik und deiner Gestik, und sie hatte das gleiche Lachen wie du.«

Ich hole mir nun ein Weinglas und schenke mir einen Schluck ein.

»Lass uns auf sie trinken. Auf eine fantastische Frau, die uns vorgelebt hat, wie man es machen sollte: leben, ohne zurückzusehen, genießen, bis es vorbei ist und dankbar mit einem Lächeln am Gesicht einschlafen.«

»*Yia mas!*«

Onkel Yannis stößt mit mir an und wir leeren unser Glas in einem Zug. Plötzlich sehe ich die Tränen in seinen Augen und mir wird klar, wie sehr er seine Frau, seine Partnerin und seine Freundin vermisst. Obwohl er sich nach außen hin stark gibt und so tut, als wäre der Tod für Lisa das Beste gewesen, sitzt der Schmerz tief in ihm und er wirkt jetzt auf mich wie ein gebrochener Mann.

»Jo, ich bin wirklich froh, dass du hier bist. Es hilft mir, weiterzumachen.«

Wir liegen uns lange in den Armen, und hätte ich keinen Vater, dann würde ich mir diesen aussuchen. Sein Herz wärmt mich und seine Hände halten mich. Sein Schnurrbart kitzelt meine Stirn und sein Atem flüstert mir beruhigende fremde Worte ins Ohr. Selten zuvor habe ich mich so beschützt gefühlt.

Schließlich gibt er mich wieder frei und wischt meine Tränen weg.

»Dieser Marco benimmt sich dir gegenüber doch anständig?«

Verdutzt blicke ich meinen Onkel an.

»Ja, sicher, na ja, abgesehen von den Momenten, in denen wir diskutieren und er mich wissen lässt, dass sein Frauenbild eindeutig als vorsintflutlich eingestuft werden kann.«

»Ihr streitet euch also?«

»Ständig.«

»Klingt sehr nach Spencer Tracy und Katherine Hepburn.«

»Nur nicht so romantisch. Ich glaube nicht, dass jemand unsere Geschichte in einem Drehbuch aufarbeiten wird.«

»Wer weiß.«

»Ehrlich gesagt kann ich mich nicht daran erinnern, jemals einen Film mit den beiden gesehen zu haben.«

»Sie hatten jahrelang eine Affäre, wusstest du das?«

»Wirklich? Nein, wusste ich nicht. Das war alles vor meiner Zeit.«

»Sie waren anscheinend für einander bestimmt und Katherine blieb ihm treu, bis er starb.«

»Warum haben sie nicht geheiratet?«

»Er war schon verheiratet, und da er ein katholischer Ire gewesen ist, wollte er keine Scheidung. Seine Achtung und seinen Respekt schenkte er zwar beiden, seine Liebe allerdings schenkte er nur Katherine.«

Ich höre ihm gebannt zu und frage mich, ob er mir damit etwas sagen will. Doch er lenkt dann auf ein anderes Thema und damit ist auch die Gelegenheit, es zu hinterfragen, verloren.

»Agathí, sie ist also deine Freundin? Wie geht es dem alten Mädchen?«

»Ganz gut, sie scheint das Leben im Griff zu haben. Anscheinend wird sie noch immer von Männern umschwärmt, jedenfalls von einem, Milos.«

Mein Onkel lacht.

»Milos Saganaki. Immer auf der Suche nach hübschen Mädchen.«

»Anscheinend hört diese Suche nie auf.«

»Könnte sein, *agapi mou*, könnte sein.«

Damit beenden wir unser Gespräch und begeben uns beide in unsere Zimmer, nicht ohne uns vorher noch einmal fest zu umarmen und schöne Träume zu wünschen. Ein Wunsch, der mir nicht erfüllt wird, denn abermals wird mein Schlaf von verwirrenden Träumen begleitet, an die ich mich am Morgen nicht mehr erinnern kann.

25. Kapitel

Die nächsten zwei Tage verbringe ich teils mit Ioanna in Rhodos Stadt, teils mit Maria und Foteini am Strand.

Ioanna meldet sich gleich am Sonntagmorgen in aller Früh, um mich zu fragen, ob ich Lust hätte, sie in die Stadt zu begleiten, und ich sage spontan zu, da ich ihre Gesellschaft genieße und mir Hoffnungen mache, etwas mehr über die griechische Gemeinschaft zu erfahren. Nach dem Frühstück machen wir uns voller Vorfreude auf den Weg. Sie trägt abermals ein buntes, wallendes Kleid und Unmengen an bunten Armbändern, Ketten und Ringen, ihr Haar wird von einem braunen Lederband, das über ihre Stirn gespannt ist, im Zaum gehalten. Man könnte meinen, wir sind auf dem Weg zu einem Woodstock-Revival. Ich wirke mit meinen Jeans-Shorts und dem weißen Tanktop etwas fehl am Platz, aber sie reicht mir ein buntes Kopftuch, das ich mir piratenmäßig um mein Haupt binde, sodass wir dann doch beide wie Groupies aus einem Jo-Cocker-Konzert aussehen.

»Du brauchst noch ein weiteres Accessoire«, lässt sie mich wissen und beginnt, in ihrer Tasche zu kramen. Ich beobachte angespannt den Verkehr und hoffe, dass wir nicht auf die Gegenfahrbahn geraten, während Ioanna intensiv in ihre Beuteltasche vertieft ist und das Lenken des Autos nur eine Nebensächlichkeit darstellt.

»Da ist sie ja!«

Sie reicht mir eine riesige braunumrandete Brille mit nougatfarbenen Gläsern, ein Modell, das schon Shirley MacLaine getragen haben könnte. Ich nehme sie in Empfang und setze sie langsam auf meine Nase, was Ioanna gleich mit Lauten der Verzückung kommentiert, während ich mir nicht sicher bin, ob ich mich nicht doch im falschen Film befinde. Andererseits habe ich nichts zu verlieren, und da ich mich auf einer touristischen Mittelmeerinsel voller stilloser Nordeuropäer befinde, würde ich wohl nicht unangenehm auffallen – nicht in Rhodos Stadt und in Begleitung einer Hippie-Prinzessin.

Einige Zeit später strecke ich mich in einem coolen Loungemöbel aus und studiere die Getränkekarte des hippen Cafés, in das Ioanna mich entführt hat. Sie bestellt einen Caffè Latte und eine Flasche Wasser, während ich noch zwischen einem Fruchtshake und einem Früchtetee schwanke. Der Kellner sieht mich geduldig, aber völlig emotionslos an und ich erlöse ihn aus seiner Wartestellung, indem ich auch einen Kaffee bestelle. Dann lehne ich mich zurück und lasse die moderne minimalistische Ausstattung der Örtlichkeit auf mich wirken.

»Gefällt es dir?«, will Ioanna wissen.

»Es haut mich um, sehr stylish. Bist du öfter hier?«

»Nicht wirklich, ich ziehe die einfachen Einheimischenlokale vor, aber ich wollte dir zeigen, dass wir auch anders können. Sonst denkst du noch, wir leben hier hinter dem Mond.«

»Hinter dem Mond finde ich es eigentlich sehr nett.«

»Ich auch, aber das muss ja nicht jeder wissen.«

Der Kellner serviert uns die Getränke und ich rühre genüsslich in meinem Kaffee. Ioanna fragt mich nach besonderen Vorkommnissen der letzten Tage und ich überlege, ob ich ihr von Marco erzählen soll. Doch dazu möchte ich erst mehr über sie erfahren und erkundige mich nach ihrem Leben hier auf der Insel. Nach wenigen Minuten dreht sich unser Gespräch um ihre verflossenen Beziehungen, was sich als interessante Charakterstudie der griechischen Männer erweist. Ab und zu erscheint auch ein Tourist auf der Bildfläche, meistens handelt es sich dann aber um einen One-Night-Stand mit italienischer oder französischer Beteiligung. Nach und nach bestätigt sich meine Annahme, dass Ioanna nicht nur äußerlich ein Hippie ist, sondern auch die freie Liebe lebt. Voller Begeisterung und Verständnis wandere ich mit ihr durch ihre Erinnerungen, manchmal schweift meine Aufmerksamkeit ab und trägt mich zurück in meine eigene Vergangenheit voller Erwartungen und Sehnsüchte.

Plötzlich erspähe ich etwas Vertrautes, etwas, das meine Aufmerksamkeit abermals ablenkt. Ein blonder Mann in weiblicher Begleitung betritt das Gelände und bewegt sich in Richtung Bar. Mein Blick bleibt an der Frau hängen, an ihren hohen Backenknochen und der Löwenmähne, vor allem an dem engen Kleid, das ihren wohlgeformten Körper zu bedecken versucht, was allerdings nur teilweise gelingt.

»Jo, was ist los?«

Joanna dreht sich nun um, um herauszufinden, was meine Aufmerksamkeit erregt hat.

»Entschuldige. Ich sehe nur jemanden, den ich kenne.«

»Du kennst Elena?«

Verwirrt sehe ich sie an und schüttle den Kopf.

»Ist das die Frau mit dem roten Kleid?«

»Ja, sie stammt auch aus Theologos und arbeitet als Verkäuferin in der Stadt. Sie ist so etwas wie die Dorfschönheit und alle Männer liegen ihr zu Füßen. Deshalb wird sie von den von Gott weniger Begünstigten auch liebevoll die Dorfschlampe genannt. Eigentlich ist sie einfach nur ein lebensfrohes Mädchen, das ihre Vorzüge ausspielt und genug Selbstvertrauen hat, um am Gerede der bornierten Gesellschaft nicht zu verzweifeln.«

»Das klingt doch sehr positiv«, antworte ich nicht wirklich überzeugt.

»Dann verstehe ich nicht, warum du sie ansiehst, als wolltest du sie von einer Klippe stoßen. Hat es etwas mit dem Mann zu tun? Ist das nicht derjenige, der das Haus von Leandros gekauft hat?«

Sie kneift ihre Augen zusammen, um besser sehen zu können. Anscheinend hat sie eine leichte Sehschwäche, aber eine Brille würde wohl nicht zu ihrem Syling passen. Mir fällt gerade ein, dass sie das Auto lenkt, in dem wir unterwegs sind. »Ja, das ist er. Surft viel, ich kenne ihn vom Strand. – Marco. Er heißt Marco.«

»Du kennst ihn also näher?«

»Könnte man so sagen, sofern wir das ›näher‹ richtig definieren.«

»Dann definiere mal, besser gesagt erzähle mal.«

Ich seufze und beginne Ioanna alles zu schildern, angefangen von der Toilettengeschichte, die sie schmunzeln lässt, bis hin zu meiner Übernachtung in seinem Haus und unserem gestrigen Ausflug zum Strand. Sie hört zu, wirft ab und zu eine geistreiche Bemerkung ein, bestellt ein Glas Wein und studiert aufs Intensivste mein Gesicht, meine Körpersprache und meine Wortwahl. Ich fühle mich anfangs angespannt und analysiert, doch mit der Zeit schwindet das unangenehme Gefühl und ich erzähle einfach nur einer Freundin, was vorgefallen ist.

Als ich die Geschichte mit einem klaren »Das war's« beende, klopft sie mir mitfühlend aufs Knie und lässt mich wissen, dass ich mir offensichtlich mehr Gedanken darüber mache, als gut für mich ist.

»Du hast einige Stunden mit einem interessanten Mann verbracht, der dich nicht nur körperlich, sondern auch geistig herausgefordert hat, was ist so schlimm daran? Bei welcher Frau würden sich da keine emotionalen Querschüsse bemerkbar machen? Unser Gehirn liebt es, Dinge zu sehen, die nicht da sind, und sich Geschichten auszumalen, von denen keiner weiß, ob sie je eintreffen werden. In unseren Gedanken schlafen wir mit George Clooney und Brad Pitt, macht uns das zu schamlosen Frauen? Sei nicht so streng mit dir, sondern nutze die Energie, die sich ansammelt und leite sie in die richtige Richtung.«

Während ich mir ihre Worte durch den Kopf gehen lasse und abwesend zur Bar blicke, dreht sich Marco um und bewegt sich in Richtung Toilette, also in unsere Richtung. Schnell setze ich Ioannas mächtige Sonnenbrille auf und versuche, hinter einer Pflanze ein halbwegs gutes Versteck zu finden. Ioanna findet das eher witzig und bezweifelt, dass mein Plan aufgehen könnte. Da steht er auch schon, zugegebenermaßen überrascht, neben unserem Tisch, ich schäle mich hinter der Pflanzendekoration hervor und schenke ihm ein verdattertes Lächeln.

»Wow, ein beeindruckendes Outfit, Josephine, du wirst doch nicht doch noch auf den Wegen der Baker wandeln?«

Gespielt arrogant fasse ich mir an den Kopf und checke, ob mein Tuch noch richtig sitzt, die Brille verdeckt meine Augen und er kann nicht sehen, dass mir mein Auftritt peinlich ist. Ioanna rettet mich aus meiner Verlegenheit, indem sie ihm die Hand entgegenstreckt und sich vorstellt.

»Hallo. Ich bin Ioanna, wir sind uns schon einige Male über den Weg gelaufen, haben es aber noch nie geschafft, uns vorzustellen.«

Marco ergreift höflich ihre Hand und stellt sich auch mit Namen vor. Er stimmt zu, dass er sie vom Sehen kennt. »Du warst auch hin und wieder mit Sotos unterwegs.«

»Kann sein.«

Die knappe Antwort sagt mir, dass es sich um den Besitzer der Surfschule handeln muss. Dann wendet Marco seine Aufmerksamkeit wieder mir zu.

»Was machst du hier?«

»Was denkst du denn? Kaffeetrinken mit einer Freundin, was sonst. Und du?«

»So ähnlich.«

Ebenfalls eine knappe Antwort, alles klar. Kein ausbaufähiges Thema.

»Dann wünsche ich dir noch einen schönen Tag.«

Ich schenke ihm mein schönstes Lächeln und signalisiere ihm, indem ich mich wieder Ioanna zuwende, dass das Gespräch für mich beendet ist.

»Das wünsche ich dir auch«.

Er bewegt sich weg und öffnet die Tür zu den Toilettenanlagen. Ich atme tief durch.

»Na, schauen wir mal, ob Elena in Kürze auch einen Harndrang verspürt, vielleicht ist er ja ein Wiederholungstäter.«

Ioanna zwinkert mir zu und mir wird schlecht. Jedoch nichts passiert, und als Marco eine Minute später wieder die Toilette verlässt, steht die Frau im roten Kleid noch immer an der Bar.

»Ich verstehe dich, er hat etwas, was das Blut zum Kochen bringt.«

Ioannas Blick schweift zurück zur Bar.

»Unglücklicherweise habe ich das Ventil verloren, das den Druck wieder ablassen könnte. Ich weiß nicht wirklich, wie ich damit umgehen soll.«

»Gar nicht. Lass ihn seine Spielchen spielen, aber sei keine Marionette, die er von links nach rechts bewegen kann.

Sei ein aktiver Spieler und biete ihm Paroli. Das wird ihn anfangs überraschen und dann wahnsinnig reizen, so sehr, dass er vielleicht seine Deckung aufgibt. Du kennst doch die Männer, im Grunde befinden sie sich ständig auf einem Fußballplatz und versuchen, so viele Tore wie möglich zu schießen. Wenn er dann das Gefühl hat, kurz vor dem Elfmeter zu stehen, dann kannst du ihn fallen lassen wie eine heiße Kartoffel. Dann tut es weh.«

Ich lasse es mir durch den Kopf gehen. Angriff als beste Verteidigung. Warum nicht? Andererseits weiß ich nicht, ob ich mit diesem Kartoffelbild etwas anfangen kann, denn ich war schon immer jemand, der heiße Dinge nicht fallen ließ, sondern sie mit meinen Fingernägeln so lange festhielt, bis deren Hitze abgekühlt war und ich sie ohne Probleme verspeisen konnte.

Am Abend liege ich im Bett und denke nach. Schließlich stehe ich wieder auf und hole meine Kamera aus der Badetasche, nehme die Speicherkarte aus dem Gerät und schiebe sie in meinen Laptop. Sofort öffnet sich ein Bildprogramm, das ich mit einem Mausklick bestätige. Eine Sekunde später habe ich ihn vor mir auf meinem Bildschirm. Ich seufze und mir wird klar, dass ich ihn eigentlich gar nicht fallen lassen möchte – im Gegenteil, ich sehne mich danach, ihn endlich in die Finger zu bekommen. Mein Gott, Jo, das wird böse enden. Langsam streife ich meinen Ehering vom Finger, um mir die Hände einzucremen, denn die griechische Sonne setzt ihnen zunehmend zu. Irgendwie vergesse ich dann später, ihn wieder anzulegen.

26. Kapitel

Ich habe ein Haus auf Rhodos! Ich kann es noch immer nicht glauben und meine Gedanken überschlagen sich seit Stunden. Der Kellner an der Strandbar serviert meinen Espresso und ich bedanke mich überschwenglich. Vielleicht sollte ich nun doch schleunigst Griechisch lernen, denn … ich habe schließlich ein Haus auf Rhodos. Wahnsinn!

Dann erspähen meine Augen Ioanna, die einige Minuten zu spät kommt. Sie küsst mich rechts und links und lässt sich dann auf dem Stuhl neben mir nieder.

»Heute war bei mir die Hölle los, das kann ich dir sagen, lauter verrückte Anfragen und unmögliche Aufträge. Wer bin ich – eine Zauberin?«

Sie bestellt einen Caipirinha.

»Das muss jetzt sein. Und bei dir? Was gibt es so Aufregendes, das du mir unbedingt erzählen wolltest?«

Ich könnte die Spannung langsam aufbauen und sie raten lassen, doch ich falle einfach mit der Tür ins Haus.

»Ich habe ein Haus auf Rhodos. Seit heute Morgen.«

Sie sieht mich verwirrt an und will wissen, ob ich mir ein Haus gekauft habe.

»Nein, Ioanna. Ich habe ein Haus geerbt.«

Nun ist es raus.

»Wie geerbt? Von Lisa?«

»Ja, Tante Lisa hat mir ein kleines Häuschen am Meer vererbt, das sie vor Jahren einem alten Fischer abgekauft hat und das seither versucht, der Zeit und der Witterung standzuhalten.«

Ich bin wahnsinnig aufgeregt und euphorisch, was mein neues Besitztum betrifft.

»Oh Gott, die Bruchbude im Nachbarort etwa? Lisa hat sie mir einmal gezeigt, aber schon damals war es mehr eine Hütte als ein Haus.«

»Ich weiß, aber trotzdem gehört diese Hütte und das Land, auf dem sie steht, mir.«

Ich lehne mich strahlend zurück und erzähle Ioanna von unserem Ausflug zum Notar, den ich Onkel Yannis zuliebe mitgemacht hatte und von dem ich mir persönlich nichts außer einem anschließenden Kaffehausbesuch in Rhodos Stadt versprach. Ich saß also in der letzten Reihe, hinter Onkel Yannis und allen seinen Kindern sowie deren Angetrauten, und hatte Foteini am Schoß. Wir spielten *Stille Post* und ich achtete keineswegs auf den Notar, der ja auch Griechisch sprach. Plötzlich hörte ich meinen Namen, Josephine Schneider, und merkte, dass alle mich ansahen. Ich lächelte und dachte, dass Tante Lisa mir anscheinend ein Schmuckstück oder ein Erinnerungsstück an ihre Heimat hinterlassen hatte, doch als man mich anschließend aufklärte, dass es sich um ein Haus handelte, konnte ich es nicht glauben. Ich meinte zu Manús, dass es sich um einen Irrtum handeln müsse, warum sollte ich ein Haus bekommen? Welches Haus überhaupt? Ich kannte ja nur das große Wohnhaus, den Familienwohnsitz. Manús teilte mir die groben Details mit, dass das Häuschen einmal einem Fischer namens Theagenis gehörte, der aber vor zehn Jahren verstorben war. Seine Mutter, die sich auf Anhieb in das Haus und mehr noch in das Drumherum verliebt hatte, kaufte es für einen Spottpreis. Ihre Familie hielt es trotz allem für verschwendetes Geld, doch Lisa ließ sich nicht davon abbringen. Sie traf sich mit Theagenis' Sohn, der selbst ein Haus in Kalavarda besaß, und legte ihm zehntausend Euro bar auf den Tisch, sodass dieser feuchte Augen bekam und keine Sekunde zögerte. Damit war sie abermals eine Hausbesitzerin, wenngleich es sich um keine repräsentative Liegenschaft handelte.

»Mama hat diese Bruchbude geliebt, aber wir alle konnten damit nichts anfangen. Wir haben sie immer wieder damit aufgezogen und ihr erklärt, dass ihr *kosmímata koutí* [6] nichts anderes als eine baufällige Spardose sei, doch sie ließ sich nicht davon abbringen, es notdürftig zu erhalten und sich immer wieder dorthin zurückzuziehen, wenn ihr danach war.«

»Hast du davon gewusst, Onkel Yannis?«

»Nein, *omorfia mou,* das ist auch für mich eine Überraschung, aber ich bin froh, dass es in deinen Händen gelandet ist. Du bist die Richtige, du wirst das sehen, was sie darin sah.«

Ioanna hört sich meine Schilderung an, nippt ab und zu an ihrem Glas und hüpft schließlich auf und umarmt mich.

»Gratulation, Jo. Ich beglückwünsche dich zu dieser Erbschaft, denn ich sehe, dass sie dir gut tut. Du solltest dich hier niederlassen!«

Das Lächeln auf meinem Gesicht verwandelt sich in einen paralysierten Ausdruck, ich frage mich, ob sie zu viel Caipirinha intus hat oder ob sie auf eine andere Weise benebelt wurde.

»Wovon sprichst du bitte?«

Anscheinend blicke ich sie noch immer wie eine entlaufene Geisteskranke an, denn als sie sich wieder setzt, bricht sie in unkontrolliertes Gelächter aus – ob betrunken oder high, bei Hippies weiß man das nie so genau.

»Schätzchen, du solltest einmal deinen Gesichtsausdruck sehen. Du siehst mich an, als hätte ich dir vorgeschlagen, dich auf eines der Pferde der apokalyptischen Reiter zu schwingen und geradewegs in die Hölle zu reiten.«

»Entschuldige, aber ich war nur etwas erstaunt über deinen Vorschlag. Warum sollte ich hierherziehen? Ich habe ein Zuhause in Österreich, außerdem eine Familie und Freunde. Ich kann nicht einfach meine sieben Sachen packen und wegziehen.«

»Was hat denn dein Mann zu dem Haus gesagt?«

Ioanna beugt sich vor und sieht mir intensiv in die Augen.

Ich atme langsam ein, dann wieder aus. Alles dreht sich plötzlich und ich nehme einen Schluck Wasser zu mir. Ioanna sieht mich weiter an, als würde sie mir keine Chance geben wollen, mich dieser Frage zu entziehen. Ich schließe die Augen und mir wird bewusst, dass ich noch keine Minute dieses Tages daran gedacht habe, Robert anzurufen und es ihm mitzuteilen. Ich habe mit fast allen griechischen Verwandten darüber gesprochen, diskutiert und argumentiert. Ich habe vor mich hingeträumt, innerlich gejauchzt und eine emotionale Beziehung zu dem Haus aufgebaut, ohne es gesehen zu haben. Doch keinen Moment war mir in den Sinn gekommen, dass ich es mit ihm teilen könnte. Ich habe sogar Ioanna angerufen, meine Freundin, nicht aber meinen Mann.

»Er weiß es noch nicht.«

»Du hast es ihm nicht gesagt? Warum nicht?«

Ganz vorsichtig tastet sie sich an mich heran, sie versucht, das Schutzschild, das ich mir blitzschnell aufgebaut habe, zu durchbrechen und mir die Chance zu geben, etwas klar zu sehen, was ich nicht sehen will.

»Er war heute nicht erreichbar.«

Ich lüge schlecht, aber sie geht nicht näher darauf ein.

»Denk mal darüber nach. Was hat sich in deinem Leben verändert?«

Sie streichelt über mein Knie und erhebt sich langsam.

»Ich werde mal die Toilette aufsuchen und beten, dass dein Freund heute kein Rendezvous hat.«

Ich lächle gezwungen und versinke wieder in meinen Gedanken, doch nicht lange danach sehe ich Marco den Strand entlangtrotten und auf die Bar zusteuern. Wenn man vom Teufel spricht. Er sieht mich gleich und kommt an meinen Tisch.

»Guten Abend. Ganz alleine? Wo ist denn deine neue Freundin?«

»Hi, Marco. Sie ist auf der Toilette.«

»Alleine?«

Ich muss schmunzeln.

»Ich habe ehrlich gesagt nicht nachgesehen.«

»Soll ich es machen?«

»Nicht nötig, Casanova. Falls sie nicht alleine ist, ist es ihre Sache und nicht meine.«

»Sehr tolerant. Anscheinend hat sie deine Moralansichten positiv beeinflusst.«

»Könnte sein. Willst du dich setzen oder bist du wieder einmal verabredet?«

»Nein, keinerlei Verpflichtungen heute.«

Damit setzt er sich neben mich und bestellt ein Bier. Als ich mich nach dem Kellner umdrehe, um auch noch etwas zu bestellen, sehe ich, dass Ioanna sich weiter hinten mit einem Mann unterhält. Es handelt sich nicht um Sotos, aber er sieht auch ganz nett aus.

»Na, Jo, was tut sich denn so in deinem Leben?«

Ich überlege mir, ob ich mit irgendeiner oberflächlichen Floskel antworten soll, entscheide mich dann aber dagegen.

»Ich habe heute ein Haus geerbt.«

Marco blickt mich verblüfft an und ich freue mich wie ein kleines Kind, dass ich ihn endlich einmal sprachlos gemacht habe.

»Es ist nichts Besonderes, aber ich bin trotzdem wahnsinnig aufgeregt.«

Ich beende meine Aussage mit einem triumphierenden Augenaufschlag.

»Wow. Gerade liege ich mit dir noch schwatzend am Strand und frage mich, wann du wieder aus meinem Leben verschwindest, denn du musst zugeben, dass du mich ziemlich viele Nerven kostest, und am nächsten Tag hast du ein Haus geerbt und spielst mit dem Gedanken, dich hier niederzulassen.«

»Stopp. Wer hat auch nur ein Wörtchen von Niederlassen gesagt? Ich habe ein Haus – besser gesagt, eine Bruchbude – geerbt, die ich entweder verkaufen oder mit viel Aufwand als Ferienhaus herrichten kann. Das ist alles, nicht mehr. Warum denken alle Leute, dass ich hierherziehen möchte?«

»Willst du nicht?«

»Nein, *no way*, ich kam hierher, um meine Tante zu beerdigen, und dann erbe ich plötzlich ihr Haus. Das ist alles. Keine Rede von Hierherziehen oder mein Leben aufgeben. Warum auch? Ich weiß gar nicht, ob ich hier leben könnte oder wollte.«

»Dann denk mal darüber nach. Du hast nun ein Haus. Gute Chance auf Veränderung.«

»Was soll ich mit meiner Familie, meinem Haus in Österreich und meinem restlichen Leben machen? Alles in einen Koffer schmeißen und exportieren?«

»Warum nicht? Haben sie Flugangst?«

»Hör auf mit den Späßen! Das Leben ist nicht immer so einfach, wie du es dir machst.«

Ich leere mein Weinglas mit einem Schluck.

»Was weißt du von meinem Leben, Jo? Gar nichts, also sei verdammt noch einmal nicht so selbstgerecht.«

Er hat recht und ich fühle mich mies. Anscheinend hatte er einen Punkt getroffen, der schmerzt, der vorhanden ist, den ich aber negiere.

»Tut mir leid. Wie war das damals, als du den Entschluss gefasst hast, wegzugehen? Warst du dir von Anfang an sicher und hast es dann eiskalt durchgezogen, oder war es ein jahrelanger Prozess der Abnabelung?«

Marco seufzt und ich habe schon Angst, dass er aufsteht und mich alleine sitzen lässt. Doch dann lehnt er sich zurück und beginnt zu reden, ich höre einfach nur zu. Er erzählt von seiner Familie, seinen Eltern, die keinerlei Widerspruch duldeten und ihr eigenes Wertesystem vertraten. Der dominante Vater tat die Unsicherheit seines Sohnes als Schwäche ab und kompromittierte ihn bei jeder Gelegenheit, die Mutter stand felsenfest hinter ihrem Mann und konnte dem Sohn nicht helfen. Die Ehefrau war im selben System gefangen und ihm in den wenigen Jahren ihrer Ehe emotional entglitten, sodass sie fast erleichtert war, als er ihr mitteilte, dass es besser wäre, sich zu trennen. Das Weltbild seiner Eltern zerbrach, als ihr einziger Sohn die Scheidung einreichte und aus der Firma ausschied.

»Das muss für dich und deine Eltern die Hölle gewesen sein.«

»Es war auf alle Fälle eine fegefeuerähnliche Erfahrung«, gibt er schmunzelnd zurück.

»Wie konnten deine Eltern es verarbeiten?«

»Ich weiß es nicht, denn wir haben so gut wie keinen Kontakt mehr.«

Ich halte die Luft an und mustere ihn erschrocken, denn ich kann mir keine noch so schlimme Situation vorstellen, die meine Eltern dazu zwingen würde, sich von mir abzuwenden. Ich empfinde plötzlich wahnsinniges Mitleid für ihn, will es ihn aber nicht spüren lassen, da mir klar ist, dass er es ablehnen würde.

»Und deine Frau?«

»Lebt inzwischen glücklich mit einem Investmentbanker und verbringt ihre Tage auf dem Golfplatz oder beim Shopping.«

»Klingt nach einem ausgefüllten Leben«, spotte ich ein wenig.

»Sie ist damit glücklich und ich hinterfrage es nicht. Wenn ich etwas gelernt habe, dann ist es, andere nicht zu verurteilen und sie ihr Leben leben zu lassen, auf welche Art auch immer sie es gestalten. Es gibt nichts Schlimmeres, als zu glauben, dass die Wahl, die man selbst getroffen hat, die einzig richtige ist.«

Seine Worte klingen weise und dennoch schmerzen sie, denn sie zeigen mir, dass Toleranz nicht zu meinen Stärken gehört.

»Also, was trinken wir, um deine Erbschaft zu feiern?«

Ich überlege und antworte dann spontan: »Du entscheidest, ich zahle. Wir trinken auf mein Haus, deine Freiheit und den Weltfrieden.«

Seine blauen Augen funkeln mich herausfordernd an. Dann ruft er nach dem Kellner und einige Minuten später frage ich mich, welcher Teufel mich geritten hat, als ich Marco die Zügel in die Hand drückte. Auf dem Tablett des Kellners sehe ich zwei Schnapsgläser, deren Inhalt in unterschiedlichen Farben leuchtet, während die Oberfläche der Getränke in Flammen steht.

»Bitteschön. Zwei Surfer's Death.« Der Kellner stellt die Gläser vorsichtig vor uns ab und ich will nicht wissen, warum das Getränk so genannt wird. Marco reicht mir einen Strohhalm und erklärt mir, dass ich die Flamme ausblasen und dann das Getränk blitzschnell mit dem Strohhalm leeren müsse.

»Auf deine Verantwortung.« Ich murmle vor mich hin und bin mir noch immer nicht sicher, ob das eine gute Idee ist. Aber nun ist es zu spät, um zu bereuen. Ich puste das Feuer aus und ziehe am Strohhalm, der erste Schluck brennt, aber dann hat der Drink einen süßlichen Abgang. Trotz allem presse ich anschließend die Augen zu und halte mir die Hand vor den Mund. Marco verzieht keine Miene und beobachtet mich.

»Wow. Scharfes Zeug. Gute Wahl!«

»Freut mich, dass es dir schmeckt. Ich bestelle noch eine Runde, die geht dann auf mich.«

Ich versuche, ihn davon abzuhalten, doch der Kellner kommt schon auf uns zu. Marco ordert noch zwei Drinks.

»Mach drei draus«, wirft Ioanna ein, die nun wieder an unserem Tisch angelangt ist.

»Ihr wollt doch nicht ohne mich feiern, oder?«

Marco grinst und bestätigt die Bestellung mit einem Nicken.

»Marco, nicht wahr? Schön, dich wiederzusehen.«

»Ebenfalls. Ich habe gerade von Jos Erbschaft erfahren, das ist doch eine Party wert.«

»Das sehe ich genauso, mein Lieber.«

Was als harmloser Plausch unter Lichterketten begonnen hat, endet in einem kollektiven Trinkgelage, begleitet von alten Geschichten, Erfahrungsaustausch und Träumereien, sodass wir uns am Ende verbrüdern und eine Ebene finden, auf der wir friedlich miteinander auskommen. Marco hält sich zurück und ich erkenne auch einen mir bisher eher unbekannten Charme und Witz, den er vor mir verborgen hatte. Oder war es erst der Alkoholkonsum, der meine natürlichen Barrieren entfernt hat, sodass ich ihn jetzt einfach nur als Mann und nicht als Feind sehen kann? Was es auch sein mag, ich genieße die entspannte Atmosphäre und ertappe mich immer wieder dabei, wie er meine Aufmerksamkeit, die sich langsam meiner Kontrolle entzieht, auf sich lenkt und sie gefangen hält. Einmal zupft Ioanna sogar an meinem Ärmel, weil ich eine ihrer Fragen nicht beantworte. Ich entschuldige mich und zwinge meinen Blick von ihm weg, was sich als unwahrscheinlich anstrengend erweist.

Um zwei Uhr morgens hat sich die Bar geleert und die Kellner nehmen die letzte Runde Bestellungen auf. Ich staune, wie schnell die letzten Stunden verflogen sind und wir brechen schließlich auf.

»Ich denke, ich kann nicht mehr fahren«, lässt Ioanna uns leicht schwankend wissen und ich gebe ihr recht.

»Ich fahre auch keinen Meter mehr!«

»Dann bin wohl ich das Taxi«, erwidert Marco und wir folgen ihm ferngesteuert zu seinem Auto. Er scheint noch der Nüchternste von uns dreien zu sein. Am Wagen angekommen, lässt Ioanna mich auf den Platz im mittleren Bereich rutschen, sie setzt sich neben mich ans Beifahrerfenster. Marco startet den Truck und bringt uns nach Hause. Zuerst Ioanna, die ihm undeutliche Anweisungen gibt. Nach einigen Minuten stehen wir vor ihrem Haus und sie schlängelt sich seltsam aus dem Wagen.

»Danke, ihr Lieben. Das war ein toller Abend. Bin jederzeit für eine Wiederholung zu haben.«

Dann beugt sie sich durch das offene Fenster und küsst meine Wangen. Sie kämpft sich noch ums Auto herum und küsst auch Marco, der mich belustigt ansieht. Ich fühle ein klitzekleines Gefühl von Eifersucht, aber es verfliegt auch gleich wieder. Anschließend setzt Marco mich vor unserem Haus ab und auch ich bedanke mich für den Abend und das Nachhausebringen.

»Kein Problem.«

Wieder eine kurze Antwort und keinerlei Interpretationsspielräume. Ich beuge mich vor, um ihn zum Abschied zu küssen, stelle mich aber so ungeschickt an, dass meine Weste sich in der Handbremse verfängt, ich also nach hinten gezogen werde, den Kopf zur Seite neige und mit meinen Lippen genau auf den seinen lande. Nur eine Zehntelsekunde berühren sie sich, schnell ziehe ich den Kopf beschämt zurück.

»Tut mir leid. Meine Weste. Mein Gott, bin ich ungeschickt.«

Marco lächelt nur und beobachtet mich, wie ich verlegen aus dem Auto hüpfe. Als ich schon bei der Tür stehe und ihm zuwinke, ruft er mir zu: »Gute Nacht! Ich werde bestimmt etwas Schönes träumen.«

Ich bin beschwipst, also mutiger als sonst.

»Von wem wirst du denn träumen?«

»Von derjenigen, die mich geküsst hat.«

»Wir haben dich aber beide geküsst.«

»Aber eine besser als die andere.«

Ich drehe mich um und schlüpfe durch die schwere Holztür. Mich in Sicherheit wägend lehne ich mich an die kühle weiße Wand im Flur und schließe die Augen. Alles dreht sich und in meinem Bauch fühle ich dieses Kribbeln, das einen süchtig macht. Ich bin so glücklich wie schon ewig nicht mehr und schuld daran ist dieser flatterhafte, aber unwahrscheinlich anziehende Typ, in den ich mich gerade Hals über Kopf verliebe. Ich gestehe es mir ein – vielleicht nur deshalb, weil ich betrunken bin, oder vielleicht auch deshalb, weil es nicht mehr zu leugnen ist, so sehr ich mich auch bemühe.

Vorsichtig und leise bewege ich mich ins obere Stockwerk. Irgendwie scheine ich in diesem Haus immer zu schleichen und habe das Gefühl, eine Sechzehnjährige zu sein, die schon wieder die Sperrstunde missachtet hat. Das lässt mich kichern und als ich endlich auf meinem Bett sitze, hole ich den Brief aus meiner Jackentasche. Tante Lisas Brief, den mir der Notar übergeben hat. Ich wollte ihn erst später lesen, alleine, wenn die Aufregung der Erbschaft sich gelegt hätte. Jetzt bin ich bereit dafür und so hole ich ihn aus dem Kuvert, das mit meinen Namen beschriftet ist.

Liebe Josephine, liebste Jo!

Ich weiß, dass ich nicht mehr sein werde, wenn du diesen Brief liest, aber ich wünschte, ich könnte dein Gesicht sehen. Der Anlass dafür ist ein Geschenk – etwas, von dem du keine Ahnung hast, dass es überhaupt existiert. Ich gehe davon aus, dass du dich nicht gleich darüber freuen wirst – vielleicht wäre ein Schmuckstück oder etwas Geld in deinen Augen passender gewesen – aber ich weiß, dass ich es nur dir hinterlassen kann und es dich am Ende glücklich machen wird. Denn du, Jo, brauchst endlich einen Grund, deine Komfortzone zu verlassen und ein Abenteuer zu erleben. Der Flug hierher war schon einmal ein guter Anfang.

Wir zwei, Jo, sind zwar optisch sehr verschieden und gehören nicht der gleichen Generation an, aber in unserem Inneren schlägt das gleiche Herz. Es ist ein ungestümes, leidenschaftliches und schwer zu erkämpfendes Herz, aber wenn es einmal für etwas Feuer und Flamme ist, dann glüht es und brennt dafür für den Rest seines Lebens. Schon als Kind warst du so und in Kombination mit deinen »Hexenaugen«, so habe ich sie jedenfalls immer genannt, strahltest du eine Magie aus, der man sich nur schwer entziehen konnte. Natürlich warst du schwierig, viele nannten dich »bockig« und »stur«, aber ich sah darin immer einen gesunden Kampfgeist, der dich auf lange Sicht an dein Ziel brachte. Du hast dich nicht verbiegen lassen und dich auch nie untergeordnet. Trotzdem war da eine Wärme, die tiefer ging, als ich es je für möglich gehalten hätte. Menschen suchten deine Nähe und bauten auf deine Loyalität, denn jedem war bewusst, dass deine Freundschaft oder Liebe etwas Besonderes war.

Manchmal im Leben laufen die Dinge anders, als wir sie uns wünschen oder sie für uns bestimmt sind. Falls es Bestimmung überhaupt gibt. Ich möchte daran glauben, denn dadurch lässt sich vieles für mich leichter erklären. Es war dir also bestimmt, Robert kennenzulernen. Ich machte nie einen Hell daraus, dass ich Robert nicht mochte. Als Mensch war er mir eigentlich ziemlich egal, aber als dein Partner erschien er mir immer zweite Wahl. Er blendete und veränderte dich, auch wenn du das vielleicht nicht so siehst. Plötzlich begannst du dich zu drehen, deine Richtung zu wechseln und deine Selbstverständlichkeit löste sich nach und nach in Luft auf. Ich verlor immer mehr den Draht zu dir und jedes Mal, wenn ich nach Österreich kam, warst du ein wenig mehr entschwunden. Ich suchte nach dir, nach dem Glanz in deinen Augen und deinem Feuer, doch irgendwie war alles wie betäubt und nur noch die Erinnerung daran ein Teil von dir. Ich sprach oft mit deiner Mutter darüber, aber sie konnte nicht ganz verstehen, worin ich das Problem sah. Emmi kann oft wahnsinnig pragmatisch sein: »Josephine hat einen Mann, der für sie sorgt, und eine entzückende Tochter. Sei doch froh, dass die Träumerin endlich Boden unter den Füßen hat.« Ich war weder froh noch unbesorgt, gab aber irgendwann auf, dich zu bedrängen. Der Tag würde kommen, an dem ich dich wiedersehen würde.

Leider kann ich nicht länger auf dich warten, Jo. Ich weiß, dass du nicht mehr weit weg bist, denn ab und zu sah ich es schon in deinen Augen. Sie blitzten auf, wenn ich von meinem Leben in Griechenland erzählte und du wurdest plötzlich wieder Kind und wolltest dich am liebsten in meinem Koffer verstecken und mit mir kommen. Ich hätte mich so gefreut, denn es gibt hier ein Zimmer, das auf dich wartet. Und eine Familie, die dich zu selten gesehen hat, manche kennen dich nur aus meinen Geschichten und von Fotos. Ich denke, dass dir ein wenig griechisches Chaos und unerbittliche Sonne gut tun würden. Und dann das Meer! Es gibt hier so viel, das du nicht kennst und das für dich bestimmt ist. Du denkst vielleicht, dass du in deinem Leben glücklich bist, aber Jo, du hast noch nicht einmal begonnen, dein Potenzial zu nützen. Ich möchte dir die Weichen stellen und dich ermutigen, über deinen Schatten zu springen.

Es ist Zeit, das Abenteuer zu wagen. Nicht das, was du denkst, denn ich respektiere deine Ehe mit Robert. Aber ich nehme es ihm übel, dass er dich immer von meinem Land und mir ferngehalten hat. Deshalb, Jo, schenke ich dir ein wenig Freiheit und ein Stück Griechenland. Ich besitze ein Haus am Meer – es ist mein Schmuckkästchen und ein wahrer Schatz. Dort saß ich oft und dachte an meine alte Heimat, meine Familie und meine Freunde, die ich alle zurückgelassen habe, um mich selbst zu finden. Ich dachte auch an dich und deine Unbeschwertheit, die im Laufe der Jahre verkümmert ist. Dann fasste ich den Entschluss, dich hierher zu holen. Ich wünschte, ich hätte es schon früher gemacht, denn nun werde ich es nicht mehr miterleben. Du wirst alleine vor meinem – oder nun deinem – Haus sitzen und auf den Horizont blicken. Ich hoffe, Jo, dass du dort eine Antwort auf eine Frage findest: Wer will ich eigentlich sein?

Danke, dass du gekommen bist. Warum ich weiß, dass es so ist? Mach dich nicht lächerlich: Ich kenne alle in Stemmling. Keiner wird fliegen und man wird dich überreden, diejenige zu sein, welche die Familie am Grab vertritt. Haben sie dich erpresst? Wenn ja, bin ich dankbar, dass du dadurch endlich hier bist und dich selbst davon überzeugen kannst, wie schön Griechenland ist. Ich habe jede Minute meines Lebens genossen – so schwer sie auch gewesen sein mochte. Ich hoffe, du kannst das auch einmal von dir sagen.

Ich liebe dich, Jo, und ich bin immer ganz in deiner Nähe. Mach dir nicht die Mühe, zurückzusehen, denn ich gehe vor dir und zeige dir den Weg.

Deine Tante Lisa

27. Kapitel

»Du hast bitte was?«

Robert schreit ins Telefon und ich habe das Gefühl, dass mein Kopf zerplatzt. Muss das denn sein?

»Ich habe von Tante Lisa ein Haus geerbt«, wiederhole ich ganz ruhig und ganz langsam.

»Wieso hatte sie denn noch ein Haus zu vererben? Sie hat nie ein weiteres Haus erwähnt, oder?«

»Nein. Ich habe doch auch erst gestern davon erfahren. Es ist auch nur ein ganz kleines Haus, mehr eine Hütte, die am Meer steht.«

Ich liege mit geschlossenen Augen im Bett und massiere mit der linken Hand meine klopfenden Schläfen.

»Was ist es denn wert?«, will Robert wissen.

»Mein Gott, keine Ahnung. Ich habe es doch noch gar nicht gesehen. Onkel Yannis wird heute mit mir hinfahren und dann kann ich dir mehr sagen. Es geht mir aber gar nicht darum, was es wert ist, anscheinend hat es Lisa sehr viel bedeutet und deshalb sehe ich es irgendwie als meine Verantwortung …«

Er lässt mich nicht ausreden.

»Jo, du wirst doch nicht im Traum daran denken, in dem Haus mehr als eine finanzielle Begünstigung zu sehen? Wir können es nur verkaufen oder es deiner Familie übergeben und von ihnen eine Art Ablöse verlangen.«

Ich kann es nicht glauben, dass Robert, obwohl ich das Haus geerbt habe – der Notar hat eindeutig nur meinen Namen vorgelesen – sofort bestimmt, was damit zu geschehen hat.

»Ich muss mir zuerst einmal ein Bild von der Lage machen, sobald ich mehr weiß, werde ich dir berichten. Ich bin sicher, dass du gleich wieder in ein Meeting musst und du kennst ja die Roamingtarife für solche Gespräche, also werde ich Schluss machen.«

Ich bin müde, genervt und ungeduldig, also würge ich meinen Mann ab.

»Sicher, Jo. Du hast recht. Wir reden am Abend. Ruf mich bitte nach acht Uhr an, vorher habe ich eine Präsentation.«

Dann höre ich nur noch ein Tüten und ich drücke erleichtert auf den roten Knopf. Ich schäle mich aus dem Bett und stelle fest, dass sich die Morgen, an denen ich mit einem schweren Kopf aufwache, häufen. Ich frage mich, ob das am Klima oder an der Kultur liegt, allerdings ist es noch zu früh, um sich solche tief philosophischen Fragen zu stellen.

Onkel Yannis erwartet mich bereits singend in der Küche, und nach einem ausgiebigen Frühstück brechen wir gemeinsam in Richtung Süden auf. Ich bin trotz eingeschränkter Wahrnehmung – ich schwöre mir abermals, in Zukunft jegliche Anstiftungen zum Alkoholkonsum zu ignorieren – wahnsinnig aufgeregt und überschütte meinen Onkel mit Gefühlsausbrüchen. Tante Lisas Brief erwähne ich nicht, denn er hat mich innerlich sehr aufgewühlt und ich weiß noch nicht, wie ich mit all dem umgehen soll. Ich schwärme also von Griechenland, der Liebenswürdigkeit der Bevölkerung und dem Umstand, dass ich mich hier bereits wie zu Hause fühle.

»Das merkt man, Liebes, du kommst mir einerseits fremd und anderseits sehr vertraut vor. Du erinnerst mich an das Mädchen, das du warst, als ich euch früher immer besucht habe. Sobald du hörtest, dass wir da waren, kamst du um die Ecke geschossen, fielst mir um den Hals und hast mich mit deiner Energie fast erdrückt. Du warst voller Liebe und Neugier, ich durfte keine Minute verstreichen lassen, musste sofort Geschichten erzählen und Fotos herzeigen. Du hast alles aufgesaugt, wie ein Schwamm warst du, und ich hätte schwören können, dass deine einzige Bestimmung darin lag, die Welt zu erobern.«

Ich schmunzle nur, anscheinend waren sich Onkel Yannis und Tante Lisa einig gewesen, dass ich ein besonderes Kind war.

»Sieh mal, *agapi mou,* hier sind wir schon, da vorne beginnt dein Land.«

Während das Auto auf eine Schotterstraße zurollt, die in Richtung Meer führt, sehe ich von Weitem das Haus – mein Haus. Onkel Yannis stoppt und wir steigen aus, er will anscheinend, dass ich es mir erst einmal aus der Entfernung ansehe.

»Nun, was sagst du?« Onkel Yannis' Stimme klingt etwas unsicher. »Ich weiß, dass es ziemlich heruntergekommen ist, aber vielleicht könnte man doch etwas daraus machen.«

Ich lasse das, was ich vor mir sehe, auf mich wirken und geradeso, als wäre ich schon hunderte Male hier gewesen, fühle ich mich seltsamerweise zu Hause. Obwohl das nicht möglich ist und ich keine Erklärung dafür habe, weiß ich, dass dieses Haus für mich bestimmt ist. Nicht, weil es Lisas Haus war oder ich es geerbt habe, sondern weil es sich einfach richtig anfühlt.

»Es ist perfekt, Onkel Yannis, es ist wie es ist und genauso gefällt es mir.«

Mein Onkel seufzt erleichtert und nimmt meine Hand. Gemeinsam spazieren wir den Weg entlang und nähern uns mit jedem Schritt dem kleinen Haus, das sowohl Lisas als auch mein Herz im Sturm erobert hat. Ich kann nicht sagen, was es genau ist, das mich so verzaubert, aber ich weiß, dass ich hier etwas fühle, das man mit Worten nicht beschreiben kann. Vielleicht ist es der Umstand, dass ich weiß, dass es mir gehört, oder die Tatsache, dass es auf einem Stück Land steht, das mir absolut perfekt erscheint. Was es auch sein mag, es fühlt sich gut an. Als wir endlich vor der Eingangstür stehen, holt Onkel Yannis einen alten verrosteten Schlüssel aus seiner Jackentasche und überreicht ihn mir.

»Bitteschön, Jo. Das ist nun dein Schlüssel, öffne damit dein Haus.«

Er hat Tränen in den Augen und mir wird klar, dass es beim letzten Mal noch Lisa gewesen war, die die Tür zu ihrem Schmuckkästchen aufgeschlossen hat. Nun würde sie nie mehr dieses Haus betreten und Onkel Yannis wird dieser Umstand gerade bewusst. Ich nehme ihm den Schlüssel ab und stecke ihn in das schwere Schloss. Nach einer Umdrehung drücke ich die Türklinke und die Tür lässt sich mühelos öffnen. Sie krächzt ein wenig und mir strömt ein seltsamer Geruch entgegen.

»Das ist die abgestandene Luft, wir müssen gleich mal die Fenster öffnen und lüften.«

Ich gehe langsam und vorsichtig ins Innere und blicke mich neugierig um. Während mein Onkel zielstrebig alle Fenster öffnet und das Haus nicht nur von frischer Luft sondern auch von hellem Licht durchflutet wird, stehe ich staunend in dem kleinen Wohnzimmer, das notdürftig eingerichtet ist. Ich erkenne nicht nur einfache Möbelstücke, die unter weißen Laken versteckt sind, sondern auch diverse Dekorationsteile, die Tante Lisa hier liebevoll verteilt hat und die unter einer feinen Staub- oder Sandschicht hervorlugen. An den Wänden, die teilweise schon abbröckeln oder Löcher aufweisen, hängen einige Bilder und Fotografien, und der runde Esstisch bietet Platz für nicht mehr als vier Personen. Man sieht eindeutig, dass die Bausubstanz auf unterstem Niveau einzustufen ist und dass das Haus, falls es auch einmal bessere Zeiten gesehen hatte, doch nur von einfachsten Menschen bewohnt wurde. Was hat man mir erzählt? Der Sohn eines Fischers hat es an meine Tante verkauft, nachdem der Vater gestorben war.

Ich gehe weiter in die Küche, die so gut wie nicht ausgestattet ist, in der Ecke steht ein alter Holzofen, der wahrscheinlich nicht mehr funktioniert. Die Spüle aus Blech ist zwar halbwegs sauber, aber lädt auch nicht dazu ein, sie zu benutzen, und einen Backofen oder so etwas Ähnliches gibt es nicht. Das Schlafzimmer, oder der Raum, von dem ich annehme, dass es das Schlafzimmer sein muss, ist leer – bis auf einen alten vergammelten Schrank, dessen Türen sich nicht mehr wirklich schließen lassen. Toilette kann ich keine finden, ich denke, dass es irgendwo im Freien eine Art Plumpsklo gibt, der Gedanken daran lässt mich erschauern.

Als ich zurück ins Wohnzimmer gelange, hat Onkel Yannis nicht nur alle Fenster, sondern auch eine kleine Tür, die vom Wohnzimmer in den Garten führt, geöffnet. Er steht nun draußen und ich folge ihm. Da stehe ich plötzlich auf einer kleinen Anhöhe, von der man aufs Meer blickt, der steife Wind bläst mir entgegen und das Rauschen der Brandung übertönt unsere Stimmen.

»Mein Gott, wie wunderschön es hier ist. Ich verstehe gar nicht, warum nur Lisa das gesehen hat. Euch muss das doch auch umgehauen haben.«

»Vielleicht nehmen wir die Schönheit unserer Heimat als gegeben hin? Wir sehen das Land mit anderen Augen, manchmal zu negativ und ohne Illusionen. Ist es nicht so, dass man sich immer das erträumt, was man nicht hat? Ich liebe eure Berge und die Seen, das österreichische Essen und das Bier. Wenn ich dieses Stück Land und die Baracke von Haus betrachte, dann sehe ich nur karges Land, viel Arbeit und eine Menge Salzwasser, das an der Fassade nagt. Früher oder später wird das Haus zusammenfallen und dann gibt es eine weitere Ruine, die die Landschaft verschandelt.«

Ich umarme ihn liebevoll und drücke ihn ganz fest an mich. Ich spüre, wie ich mich mit dem Grund und Boden verwurzle, der nun mein Eigentum ist und flüstere ihm ins Ohr: »Das wird nicht geschehen. Ich werde es nicht zulassen, dass es verfällt.«

»Wie willst du das verhindern?«

»Keine Ahnung, aber ich weiß, dass ich hier etwas Besonderes gefunden habe und dass ich es behalten werde.«

»Wirklich? Bist du sicher, dass du weißt, auf was du dich da einlässt?«

»Nein, ich weiß es nicht, aber ich werde es herausfinden.«

Damit gehen wir Arm in Arm zurück ins Haus, ich lasse mir noch einige Kleinigkeiten erklären und nehme dann schweren Herzens Abschied von Tante Lisas Geschenk. Ich verschließe die Tür und wir brechen wieder nach Theologos auf, das ungefähr eine halbe Stunde von hier entfernt liegt.

Im Auto lausche ich dem griechischen Musiksender und hänge meinen Gedanken nach, ich beginne mir ein Konzept zu überlegen, wie ich an die Sache herangehen könnte. Onkel Yannis meint, dass wir zuerst einmal die Formalitäten klären sollten, dann könnten wir das Haus in aller Ruhe auf Vordermann bringen. Ich habe das Gefühl, dass er auch sehr enthusiastisch ist und diese neue Aufgabe ihn belebt. Plötzlich kommt mir ein Gedanke und ich krame nach meinem Telefon.

»Wen rufst du an, Jo?«, will mein Onkel wissen.

»Einen Architekten. Er soll sich das Haus ansehen und mir seine Meinung dazu sagen.«

»Du holst dir einen Architekten aus Österreich?«

Onkel Yannis scheint verblüfft.

»Nein. Er lebt hier. Der Surfer – du weißt schon –, er ist Architekt.«

»Ein Architekt, der surft?«

Onkel Yannis kann mir nicht folgen.

»Ja, er war mal Architekt und jetzt surft er. Hat sein Leben geändert und erkannt, dass er eigentlich etwas anderes sein will als das, was er war. Dennoch wird er ja wohl noch ein wenig von Architektur verstehen und wissen, wie man ein altes Haus renoviert.«

Es klingelt – ewig, wie mir scheint. Dann höre ich eine verschlafene Stimme.

»Ja?«

»Guten Morgen. Habe ich dich geweckt?«

»So ist es, aber ich nehme an, das ist dir egal. Warum bist du schon wach? Waren wir gestern nicht gemeinsam unterwegs? Warum schmerzt mein Kopf und deiner nicht?«

»Mir ging es auch nicht so toll, als ich aufgewacht bin, aber jetzt bin ich schon wieder fit. Hör mal, ich brauche deinen Rat. Kannst du morgen bei mir vorbeikommen?«

»Du benötigst meinen Rat? Habe ich einen Angriff mit biochemischen Waffen verschlafen, die unser Wesen verändern, oder wurdest du von Außerirdischen gekidnappt, die dich geklont und eine bessere Version von dir zurück auf die Erde geschickt haben?«

»Was haben sie dir denn gestern ins Glas gekippt? Nein, ernsthaft, hast du morgen Nachmittag schon etwas vor, oder kannst du mir helfen?«

»Lass mich überlegen ... falls es Wind gibt, gehe ich natürlich aufs Wasser, sollte Jennifer anrufen, könnte ich mir einen netten Nachmittag mit ihr gönnen ...«

»Marco! Kommst du oder nicht?«

»Okay. Ich bin morgen um drei Uhr bei dir.«

»Vielen Dank, du hast was gut bei mir.«

»Darauf komme ich später zurück, Süße.«

Dann legt Marco auf und ich seufze. Wer ist eigentlich Jennifer?

»Du scheinst mit diesem Mann eine spezielle Beziehung zu haben«, stellt Onkel Yannis fest.

»Beziehung ist definitiv das falsche Wort. Er ist anstrengend und sehr komplex.« Ich versuche, Onkel Yannis auf eine falsche Fährte zu locken, damit er mich und die Gefühle, die ich für Marco hege, nicht durchschaut.

»Klingt nach einem Mann mit Charakter.«

»In Wahrheit hat er manchmal ein wenig zu viel Charakter.«

»Also eine Herausforderung.«

»Oder eine Lebensaufgabe, an der man nur scheitern kann, ohne sich dessen bewusst zu sein.«

»Gefällt er dir?«

»Optisch?«

»Natürlich, was sonst?«

Aha, eine Fangfrage. Ich beschließe, sie intelligent zu umgehen.

»Na ja, man kann ihn wohl als halbwegs gutsehend bezeichnen – wenn man diesen Typ Mann mag.«

Unbewusst muss ich schmunzeln, denn ich sehe plötzlich Marcos umwerfendes Lächeln vor mir und weiß, dass ich gerade maßlos untertrieben habe.

Onkel Yannis weiß es leider auch.

28. Kapitel

Es ist sieben Uhr morgens und ich kann nicht einschlafen. Ich wähle Ellies Nummer, auch wenn ich davon ausgehen muss, dass sie noch schläft, denn bei ihr ist es erst sechs Uhr. So ist es auch, denn sie hebt mit verschlafener Stimme ab.

»Hallo?«

»Hi, Ellie, ich bin es, Jo.«

»Servus Jo, wie geht es dir und warum bist du schon wach? Ist es nicht mitten in der Nacht? Bist du schon wieder in einem fremden Haus bei einem Mann, den du nicht kennst?«

»Also, bitte. Ich bin doch hier nicht völlig außer Rand und Band geraten. Nur weil ich einmal so etwas erlebe, heißt es noch lange nicht, dass ich jede Nacht am Tresen tanze.«

»Du hättest aber die Beine dafür«, wirft Ellie ein.

»Danke. Trotzdem habe ich nicht vor, diese Art von Karriere einzuschlagen. Ich rufe wegen etwas anderem an.«

»Spuck es schon aus. Was gibt es Neues auf der Insel der Verfehlungen? Sperren inzwischen alle Griechinnen ihre Männer weg, wenn du ausgehst?«

»Sehr witzig. Nein, Ellie, es geht nicht um Männer. Ich habe geerbt.«

»Tatsächlich? Was hat Lisa dir denn hinterlassen? Ihren griechischen Kleiderschrank? Ihren charmanten Ehemann?«

»Sie hat mir ein Haus vererbt.«

Stille, Rascheln und schließlich ein Poltern am anderen Ende der Leitung.

»Sorry, ich musste mich mal meiner Schlafmaske entledigen und mich aufsetzen. Was bitte hat Lisa dir vererbt?«

Ich erzähle also die ganze Geschichte und Ellie ist sofort Feuer und Flamme.

»Ein Haus am Meer und das auch noch in Griechenland. Mein Gott, Jo, was bist du für ein Glückspilz. Ab jetzt können wir jeden Sommer für ein paar Tage hinfliegen und das Dolce Vita auf Rhodos genießen.«

»Du vergisst, dass es eine Bruchbude ist und ich wahrscheinlich Unmengen an Geld und Arbeit reinstecken müsste, um es halbwegs bewohnbar zu machen.«

»Aber Onkel Yannis und Manús werden dir dabei helfen.«

»Sicher, aber Robert ist nicht wirklich davon begeistert.«

»Welche Überraschung. Robert spreizt sich natürlich wieder gegen Griechenland und deine Familie.«

»Er hat es allerdings auch noch nicht gesehen. Vielleicht würde er dann anders darüber denken.«

»Unwahrscheinlich. Irgendwie hat er eine Art Griechenland-Phobie.«

»Denkst du das wirklich?«

»Wie oft wart ihr bisher in Griechenland, obwohl deine Patentante und ihre Familie dort leben?«

»Noch kein einziges Mal.«

»Seltsam, oder?«

»Keine Ahnung, ich habe noch nie darüber nachgedacht.«

»Lüg nicht, ich kenne dich. Du hast mindestens schon hundert Mal darüber nachgedacht.«

»Kann sein, bringt aber ohnehin nichts.«

»Worüber reden wir dann eigentlich?«

»Über die Tatsache, dass ich ein Haus geerbt habe, in das ich mich auf den ersten Blick verliebt habe und von dem ich weiß, dass mein Mann es hassen wird.«

»Ist das wichtig? Wenn du es behalten willst, dann ist seine Meinung nicht ausschlaggebend.«

»So läuft das in einer Ehe nicht.«

»Sagt wer? Robert?«

»Keine Ahnung. Ich habe Robert dazu noch nicht befragt, er ist ja schließlich auch in Island und ich im gottverdammten Griechenland, wo es so heiß ist, dass ich nicht mehr klar denken kann.«

»Jo, warum regst du dich so auf? Was ist wirklich los?«

»Keine Ahnung, ich bin verwirrt.«

»Warum?«

»Weil ich verliebt bin.«

»Ich weiß, das hast du bereits erwähnt. In das Haus, das Lisa dir vererbt hat.«

»Nicht nur.«

»In Griechenland?«

»Auch.«

»Und …?«

»In Marco.«

»Okay. Das ist etwas anderes. Ich nehme an, du sprichst von dem streitsüchtigen rüpelhaften Surfer, der es mit fremden Frauen auf der Toilette treibt und dich völlig betrunken über die Schulter wirft und mit nach Hause in sein Bett nimmt.«

»Eigentlich ist er Architekt«, erwidere ich kleinlaut.

»Das verändert natürlich alles«, wirft Ellie sarkastisch ein, »hast du dir auch sein Diplom zeigen lassen?«

»Leider hatte ich nach unserer Nacht zu wenig Zeit, um alle Schubladen zu durchwühlen.« Ich muss nun lächeln.

»Da er aber schon Architekt ist, gehe ich davon aus, dass er keine neunzehn mehr ist und als Nebenjob auch nicht hinter dem Tresen stehen muss?«

»Das ist korrekt.«

»Hat er trotzdem einen Waschbrettbauch und küsst gut?«, will sie wissen.

»Ersteres ja, Zweiteres habe ich nur bedingt ausprobiert.«

»Josephine Schneider, du lernst ja wahnsinnig schnell. Wie war's?«

»Leider zu kurz.«

»Das Gute ist doch, dass er Architekt ist und deine Erbschaft wieder auf Vordermann bringen könnte.«

»Dein Studium hat sich definitiv ausgezahlt.«

»Das sagen meine Abendbekanntschaften auch immer.«

»Führst du sie denn in die Grundlagen der Buchhaltung ein oder womit genau punktest du in Bezug auf dein BWL-Studium?«

»Ich führe sehr gut und welcher Mann möchte nicht ab und zu seine Kontrolle abgeben und sich in die Arme einer starken Frau begeben?«

»Gute Frage. Dieser Marco scheint mir keine Führung zu brauchen. Er nimmt sich das, was er haben möchte und lässt sich auf keine Kompromisse ein.«

»Glaub mir, auch er hat eine schwache Stelle. Du musst sie nur finden.«

»Ist das eine gute Idee, Ellie?«

»Keine Ahnung, Jo, da fragst du die Falsche. Ich bin doch die, die einen Fehler nach dem anderen macht. Obwohl manche davon sehr reizvoll sind und ich ab und zu zum Wiederholungstäter werde.«

»Das hilft mir nicht weiter, Ellie!«

»So ist das Leben, Jo. Du musst selbst herausfinden, was für dich gut ist.«

»Ich habe das Gefühl, dass ich schon so weit weg bin von all dem, was eigentlich mein Leben ausmacht.«

»Das stimmt nicht. Du bist noch immer dieselbe, nur in einem anderen Land. Mach die Augen auf und geh weiter. Alles andere wird sich von selbst ergeben.«

»Ich fühle mich so verloren.«

»Ich bin da – auch wenn ich nicht neben dir stehe.«

»Danke.«

Wir wissen beide, dass wir etwas teilen, was unbezahlbar ist – egal, wie weit voneinander entfernt wir sind. Dieser Gedanke wärmt uns, und nach einer innigen Verabschiedung legen wir beide auf.

Am Nachmittag wähle ich eine weitere Telefonnummer, nämlich die meiner Eltern in Stemmling. Meine Mutter hebt ab und verfällt sofort in Euphorie, als sie meine Stimme hört. Sie berichtet, dass sie es sich leichter vorgestellt habe, plötzlich wieder einen Teenager im Haus zu haben, und für Sam sei es nicht einfach, mit einer Großmutter klarzukommen, die sie bisher nur wenige Tage am Stück genossen hatte. Ich kann mir vorstellen, dass Toleranz an beiden Fronten gefragt ist und bin ehrlich gesagt froh, dass ich so weit entfernt bin und mir die Klagen nicht im Detail anhören muss. Für wen würde ich Partei ergreifen und wie sehr würden mich die enttäuschten Blicke der anderen treffen?

»Aber wie geht es dir, Schatz?«, will meine Mutter wissen.

»Eigentlich sehr gut, Mama, ich habe fast ein schlechtes Gewissen, dass ich meine Zeit hier so genieße und dich mit Sam belaste.«

»Papperlapapp. Das ist doch keine Belastung. Ich liebe Sam und ich komme ganz gut mit ihr klar, mach dir nur keine Sorgen deswegen. Wie verstehst du dich mit Yannis und Manús?«

Ich schildere meiner Mutter, wie herzlich ich von unseren griechischen Verwandten aufgenommen worden war und dass ich mich in ihrem Haus sehr wohl fühle.

»Schön, dass es dir gefällt. Es scheint dir richtig gut zu gehen. Das würde Lisa freuen. Sie wollte immer, dass wir sie besuchen und uns ihr Griechenland ansehen. Leider haben wir es nicht geschafft.«

»Mama, ich muss dir noch etwas sagen. Tante Lisa hat mir ein kleines Häuschen am Meer vererbt. Ich habe es mir heute angesehen und es ist entzückend. Es steht ganz alleine auf einem kleinen Hügel direkt über einem leeren Strand. Kannst du dir das vorstellen?«

»Sie hat dir also tatsächlich das Schmuckkästchen vererbt?«

Meine Mutter scheint nicht im Geringsten überrascht und mir wird klar, dass Tante Lisa ihr von dem Haus erzählt haben musste.

»Du wusstest davon?«

»Na ja, Lisa hat es ab und zu erwähnt. Sie hat dort schöne Stunden nur mit sich alleine verlebt, es war ihr Rückzugsort, an dem sie lesen oder Briefe an uns schreiben konnte, ohne dass ihr ständig jemand über die Schulter geblickt hat. Sie wollte es irgendwann einmal renovieren, aber das hat sie wohl nicht mehr geschafft. Sie erwähnte allerdings mit keinem Wort, dass du es bekommen solltest. Irgendwie hatte sie zu dir eine besondere Bindung, die du selbst vielleicht gar nicht so richtig gespürt hast. Schon als du klein warst, hat sie dich mit in den Wald genommen und stundenlang mit dir gespielt. Ihr kamt dann mit abenteuerlichen Geschichten und einem Sack voller Blätter und Tannenzapfen heim, die du alle feinsäuberlich in deinem Zimmer verstautest, bis ich sie Monate später endlich wegwerfen durfte. Wenn Lisa da war, warst du in einer ›Lisawelt‹, losgelöst von deinem Alltag und bereit dazu, unmögliche Dinge wahrzumachen.«

Mir rinnen aufgrund der Erinnerungsfetzen, die mich plötzlich übermannen, Tränen übers Gesicht und ich sehe mich tatsächlich Hand in Hand mit Tante Lisa über die Blumenwiese hüpfen und eines ihrer bunten Tücher als Flagge über unseren Köpfen schwingen. Sie war der Star meiner Kindheit und das Vorbild meiner Jugend. Irgendwann ist sie mir dann entschlüpft, langsam und auf leisen Sohlen hat sie sich aus dem Staub gemacht. Nicht, weil sie es so wollte, sondern weil ich einen anderen Weg eingeschlagen habe.

»Ich werde mir heute das Haus mit einem Architekten ansehen und mich beraten lassen, ob es Sinn macht, es wieder herzurichten. Ich möchte das Geschenk, das Lisa mir gemacht hat, nicht einfach verkaufen oder verschenken, ich denke, das war nicht in ihrem Sinn, als sie meinen Namen in das Testament setzen ließ.«

»Was hat Robert denn dazu gesagt, dass Tante Lisa dir das Haus vererbt hat?«

»Na ja, er war ehrlich gesagt nicht so begeistert.«

»Nimm dir das nicht zu Herzen, wenn du das Haus haben willst, dann behalte es auch. Zeit deines Lebens hast du dich nach ihm gerichtet, nun hast du ja wohl das Recht, einmal etwas selbstständig zu entscheiden. Wo kommen wir denn hin, wenn alles immer nur nach den Köpfen der Männer geht?«

Ich schmunzle und vermute, dass mein Vater ihr das Leben gerade wieder einmal schwer macht und sie deshalb so solidarisch Partei für mich ergreift.

In diesem Augenblick hupt es vor dem Haus. Ich blicke durchs Fenster und sehe Marco in seinem Pickup im Hof stehen.

»Entschuldige, Mama, der Architekt ist da. Ich muss Schluss machen.«

»Wo hast du denn so schnell einen Architekten her? Ein Grieche? Wie verständigst du dich mit ihm?«

Meine Mutter wird neugierig.

»Nein, Mama. Er ist Österreicher und lebt hier. Eigentlich ist er ein Aussteiger, der nur noch surft, aber er hat Architektur studiert und soll sich das Haus einmal ansehen.«

»Lisa hat mir nie von einem surfenden Architekten erzählt.«

»Lisa kannte ihn nicht.«

»Und Yannis? Kennt Yannis ihn?«

»MAMA! Ich muss los und nein, Onkel Yannis kennt ihn auch nicht, aber ich bin ja wohl alt genug, um mir meinen eigenen Architekten zu suchen.«

»Aber du sagst ja, dass er eigentlich kein Architekt ist, sondern ein Surfer.«

Ich werde etwas ungeduldig, und während ich einige Dinge in meine Tasche packe und mich bereits nach unten bewege, versuche ich, meine Mutter zu beruhigen und ihr klarzumachen, dass es sich um einen Bekannten meinerseits handelt, der sehr nett und kompetent erscheint und den ich deshalb gebeten habe, das Objekt doch einmal unter die professionelle Lupe zu nehmen.

»Du scheinst mir etwas aufgewühlt, Josephine. Ich kenne dich. Was hat es mit dem Mann auf sich?«

»Nichts, Mama, gar nichts, er ist nur ein Freund.«

Ich beginne langsam zu schwitzen und frage mich, warum ich Marco meiner Mutter gegenüber überhaupt erwähnt habe.

»Lebt seine Frau auch auf Rhodos?«

Ich kann nicht mehr und fasse den Entschluss, das Ganze endlich zu beenden.

»Ja, Mama, sie lebt auch hier und ist supernett.«

»Dann ist es ja gut. Alles Liebe, Schätzchen, auch von Papa. Ich rufe dich wieder an.«

Damit ist die Sache für sie erledigt und ich belächle die Tatsache, wie einfach in der Welt meiner Mutter Gefahren gebannt und Probleme gelöst werden. Alles stützt sich auf die Annahme, dass gesellschaftliche Normen eingehalten und christliche Werte hochgehalten werden. Ich stecke erleichtert mein Telefon in die Tasche. Mein Begleiter lehnt lässig am Auto und ich bekomme meine Begrüßungsküsschen.

»Na, Jo, zu welchen Abenteuern brechen wir denn auf?«

»Fahr einfach los, ich weise dir den Weg. Ich möchte dir gerne mein Haus zeigen.«

»Wow. Welche Ehre. Gibt es schon ein Schlafzimmer?«

»Noch nicht, aber du könntest mir ja helfen, eines einzurichten, was meinst du?«

»Da habe ich schon schlechtere Jobs gehabt und über die Bezahlung können wir ja noch verhandeln.«

»Du willst mir nun anbieten, dass ich dich in Naturalien für deine Dienste entlohnen könnte, oder?«

»Auf welche Gedanken du wieder kommst!«, doch sein spitzbübischer Blick sagt mehr als tausend Worte.

Ich fahre also nochmals die gleiche Strecke entlang und überschütte Marco mit meinen ersten Eindrücken von meinem Besitztum, vergesse aber nicht zu erwähnen, dass ich es zwar wundervoll finde, alle um mich herum jedoch mehr entsetzt als begeistert sind.

»Die Bausubstanz ist natürlich mies, ich nehme an, dass man es vor vielen Jahren auf billigste Weise errichten musste und dass in den letzten Jahren die Witterung auch ihren Beitrag geleistet hat. Es sieht ziemlich heruntergekommen aus. Vielleicht kannst du mir ja mal sagen, was du als Architekt davon hältst. Ob es überhaupt Sinn macht, auch nur einen Euro zu investieren, oder ob es besser wäre, es gleich abzureißen. Ich hoffe allerdings, dass es nicht zu Letzterem kommt, denn ich mag es gerade deshalb, weil es so ist, wie es ist. Voller Narben und Geschichten, kein seelenloses Gebäude, das nichts zu erzählen hat.«

»Das klingt wirklich spannend. Aber ich warne dich, eigentlich habe ich der Architektur schon lange den Rücken zugewandt. Vielleicht bin ich nicht der Richtige für diesen Job.«

»Vielleicht. Aber du bist zurzeit meine einzige Option und ich gehe das Risiko ein.«

Als wir abermals den naturbelassenen Weg entlangfahren und ich vor mir das Schmuckkästchen erblicke, steht die Sonne bereits sehr tief und lässt alles in einem orangen Licht erstrahlen. Rasch hole ich die Kamera aus meiner Tasche und beginne zu knipsen, denn ich möchte diese Stimmung unbedingt einfangen. Ich steige aus dem Wagen und lichte das Haus aus unterschiedlichen Perspektiven ab, alles erscheint mir magisch: das Gebäude, das Meer, das dahinter glänzt, und der Himmel, der alles umrahmt. Schließlich blicke ich mich nach Marco um und sehe ihn auf der Motorhaube des Trucks sitzen, er hat sich nicht wegbewegt.

»Was sagst du? Sehr schlimm? Unmöglich zu verwirklichen?«

Er lächelt mich nur an und meint: »Einmalig schön und ein Abenteuer wert. Es wird einiges kosten, es ins Leben zurückzurufen, aber wenn du die Einfachheit und den Charme, den es ausstrahlt, erhalten möchtest, dann könnte man hier schon etwas Einzigartiges schaffen.«

Etwas Besonderes für jemand Besonderen, schießt es mir durch den Kopf, und ich fühle eine Energie durch meinen Körper strömen, die mich emporzuheben scheint. Alles wird plötzlich einfach und klar und jegliche Zweifel verflüchtigen sich im Sprühnebel der Gischt. Marco und ich spazieren um das Haus und er lässt seine Hand über den Putz gleiten. Er scheint gerade so, als müsse er das Haus erfühlen, um sich ein Urteil darüber bilden zu können. Immer wieder fallen Holzteile vom Dach, wenn er daran rüttelt, und eine kleine Nebenmauer bröckelt wie selbstverständlich ab, als er dagegen schlägt.

»Es erfordert viel Geld und Kraft, um sich diesem Gebäude zu stellen, es muss so ziemlich alles renoviert, ausgetauscht und erneuert werden. Aber wenn du das wirklich durchziehst, dann schaffst du dir damit ein kleines Paradies.«

»Danke für deine Ehrlichkeit und für die Tatsache, dass du es mir nicht gleich auszureden versuchst.«

»Tut das denn jemand?«

»So ziemlich alle, inklusive meinem Mann.«

»Der kennt das Haus doch gar nicht, oder?«

»Nein, tut er nicht. Aber es hat sich schon eine Meinung darüber gebildet.«

»Aber es ist doch dein Haus.«

»Das ist richtig. Deshalb will ich dieses Projekt auch durchziehen. Ich will dieses Haus zu einem Heim machen.«

»Was hindert dich daran?«

Mit diesen Worten duckt er sich, um nicht an einer Dachschindel anzustoßen. Ich drehe mich abrupt um, um ihm etwas zu sagen und wir stehen uns wieder Auge in Auge gegenüber. Sein Blick ist stechend und tiefgründig und meine Verwirrung ist mir ins Gesicht geschrieben. Ich drücke ihm einen schnellen Kuss auf die Wange und bedanke mich noch einmal dafür, dass er sich die Zeit genommen hat, mich hierher zu begleiten. Dann wende ich mich ab und schlendere in Richtung Strand. Ich entdecke eine kleine natürliche Treppe aus Steinen, die zum Wasser führt. Ich steige hinab und setze mich in den warmen Sand. Der Wind trägt jegliches Geräusch und meine Gedanken davon. Ich merke, dass Marco sich neben mich setzt und gemeinsam beobachten wir wortlos die sich brechenden Wellen und den Sand unter unseren Füßen, der sich dunkel färbt, wenn das Wasser ihn umspielt.

Keiner sagt ein Wort und jeder scheint in seine Gedanken vertieft. Vielleicht sind wir doch nicht so verschieden, wie ich dachte. Mag sein, dass wir von unterschiedlichen Dingen träumen, doch im Grunde sitzen wir beide am selben Strand und teilen den Wunsch, so sein zu dürfen, wie wir uns wohl fühlen. Wir sehnen uns beide danach, endlich anzukommen, ob an einem Ort oder bei einer Person ist nicht wichtig.

29. Kapitel

Am Abend teile ich Robert meine Entscheidung mit. Ich frage ihn nicht um Erlaubnis oder nach seiner Meinung, ich sage klipp und klar, dass ich das Haus behalten werde.

»Ich plane es umzubauen und auf meine Bedürfnisse abzustimmen. Es soll einfach und schlicht bleiben, aber bewohnbar werden.«

»Wozu? Möchtest du es denn bewohnen? Wann? Du bist nun das erste Mal auf der Insel und plötzlich gedenkst du, dir dort ein Feriendomizil hinzustellen. Das ist eine sehr irrationale Vorgehensweise, Jo.«

»Ich weiß, Robert, es ist völlig emotional und ich kann es dir jetzt auch nicht erklären. Alles, was ich dir sagen kann, ist, dass ich es fühle und dass ich es machen möchte.«

»Womit willst du das denn finanzieren? Es ist nicht so, dass wir irgendwo eine Million auf der Seite haben, damit wir sinnlose Projekte verwirklichen können.«

»Erstens, woher willst du denn wissen, dass es ein sinnloses Projekt ist, und zweitens verfüge ich sehr wohl über Rücklagen, vielleicht nicht über eine Million, aber so wenig ist es auch wieder nicht.«

Robert seufzt. Er weiß, dass ich auf mein Erbteil anspiele, das mir vor einigen Jahren von meinem Bruder bar ausgezahlt wurde, als er unser Elternhaus überschrieben bekommen hat. Ich habe das Geld bisher nicht angerührt, wozu auch, wir leben nicht schlecht, alle Kredite sind abbezahlt und es gab in den letzten Jahren keine größeren Investitionen. Dank meines Notgroschens schlafe ich beruhigt und Robert hat nie Intentionen an den Tag gelegt, den Betrag in irgendeiner Weise zu verplanen. Also liegt das Geld auf einem Sparbuch bei meiner Bank und kann jederzeit von mir abgehoben werden.

»Jo, du hast doch keine Ahnung vom Bauen und du befindest dich in einem fremden Land, in dem man dich mühelos über den Tisch ziehen kann, ohne dass du es merken würdest.«

»Du vergisst, dass ich hier eine Familie habe.«

»Eine Familie, die du höchstens einmal im Jahr siehst und von der du auch nicht alles weißt. Wer sagt dir, dass sie eine Ahnung haben? Jo, du bist wirklich naiv, wenn es um bestimmte Dinge geht. Bitte, lass uns zu Hause darüber reden, unternimm erst einmal nichts.«

»Du könntest ja auch hierher kommen und dir das Haus ansehen.«

»Ich kann nicht kommen, ich habe hier einen Job zu machen. Du bist wirklich spaßig. Soll ich alles liegen und stehen lassen, um mir die heruntergekommene Bude deiner Tante anzusehen?«

»Robert, das ist wirklich unfair. Ich würde es schätzen, wenn du mich hierbei unterstützen würdest.«

»Josephine, das ist nicht möglich. Ich sage dir doch, vergiss das Haus, genieß den Rest deines Urlaubs und komm dann nach Hause. Vielleicht kann ich in ein paar Monaten mit dir nach Rhodos fliegen, um es mir anzusehen und dir dann helfen, eine Agentur zu finden, die den Verkauf regelt.«

»Robert, du hörst mir nicht zu! Ich werde es nicht verkaufen.«

»Wenn du meinst, aber dann halt mich aus dem Thema raus und mach damit was du willst.«

Ich bin enttäuscht und als ich das Telefon weglege, wische ich ein paar Tränen aus meinem Gesicht. Ich fühle mich nicht verstanden und das macht mich schließlich zornig. Ich gehe ins Erdgeschoß und treffe dort auf Manús.

»Na, Jo, wie war dein Besuch bei deinem Haus? Gefällt es dir?«

»Es gefällt mir nicht nur, ich liebe es und ich möchte es gerne bewohnbar machen.«

Manús sieht mich lange und ungläubig an, ich halte seinem Blick stand.

»Okay, das klingt interessant. Wie hast du dir das denn vorgestellt?«

»Ich habe noch keinen präzisen Plan, aber ich bin fest entschlossen, das Schmuckkästchen deiner Mutter zu dem zu machen, was sie darin gesehen hat.«

Wir nehmen beide im Garten Platz und Mélina gesellt sich zu uns. Ich berichte von meinem Besuch beim Haus mit Onkel Yannis und dann mit Marco, sie lauschen meinen Ausführungen und unterbrechen mich kein einziges Mal. Ich sage ihnen auch, dass Robert von der Idee nicht begeistert ist und dass ich wohl auf mich allein gestellt bin, was den Umbau betrifft, dass mir das aber keine Angst mache. Natürlich werden auch behördliche Herausforderungen auf mich zukommen und ich habe keine Ahnung, wie ich diese bewältigen soll, vielleicht wäre es das Beste, eine Baufirma mit allen Dingen zu beauftragen.

»Glaubt ihr, dass ich mich in etwas verrenne, was keinen Sinn macht?«

Ich schenke meinen Verwandten einen fragenden Blick.

»Alles im Leben hat einen Sinn, *agapi mou.*« Onkel Yannis tritt auf die Terrasse.

»Außerdem bist du nicht alleine. Wir helfen dir. Was glaubst du, wer dieses Haus hier mit seinen eigenen Händen erbaut hat? Eine kleine Hütte wie die deine stelle ich mit links auf die Beine.«

»Warum hast du das nicht schon für deine Frau getan?«, will ich neugierig wissen.

»Lisa hatte ein Heim auf dieser Insel, ich habe es vor vielen Jahren für sie geschaffen und sie war darin glücklich. Du hast hier noch keine Heimat und deshalb müssen wir dir helfen, eine zu schaffen.«

Ich kann nicht anders: Ich springe auf und falle meinem Onkel um den Hals. Ich fühle mich geborgen und verstanden, kraftvoll und voller Energie, ich weiß, dass ich das Unmögliche wahr werden lassen kann. Meine Hexenaugen strahlen.

»Wenn du Stavos gegenüber ein wenig offener wärst, würde er dir sicher auch gerne unter die Arme greifen, er besitzt zufällig eine Baufirma.«

Manús blinzelt mir zu und Mélina kneift ihm liebevoll in den Arm.

»Na gut, ich kann ja einmal mit ihm reden, aber eine Verabredung muss dann mindestens drinnen sein.«

Ich bin überwältigt von dem Glück, dass ich eine griechischen Familie habe, die ganz selbstverständlich an meiner Seite steht und kein einziges Mal hinterfragt, ob das Projekt Sinn macht oder nicht. Sie entscheidet völlig emotional und selbstlos und gibt mir das Gefühl, auf einmal ganz und gar am richtigen Platz zu sein.

30. Kapitel

Die nächsten zwei Tage vergehen wie im Flug, ich pendle zwischen dem Deloudis-Anwesen und Lisas – bzw. jetzt meinem – *kosmímata koutí* hin und her. Marco ist mir eine große Hilfe, da er mich gleich am Morgen abholt und mit mir zum Häuschen fährt, wo wir erstmals alles vermessen. Ich bin natürlich bei den meisten Arbeitsschritten diejenige, die die niederen Dienste verrichtet, da ich selbst keine Ahnung vom Bauen habe, Marco hingegen scheint alles mit Röntgenblicken zu durchforsten und erklärt mir schon nach der ersten Stunde unserer Bestandsaufnahme, was er sich hier vorstellen könne. Ich hänge an seinen Lippen. Ich schätze nicht nur seine technischen Kenntnisse, sondern müsste lügen, wenn ich nicht die Tatsache, seine körperliche Anwesenheit zu spüren, genießen würde. Je mehr Zeit wir miteinander verbringen, desto mehr nähern wir uns an und die anfänglichen Spannungen scheinen sich in Luft aufzulösen. Allerdings werden sie von anderen Spannungen abgelöst, die ich zu definieren vermeide.

»Du bist sicher, dass man hier irgendwann einmal kochen und schlafen kann?«

Marco lacht nur und erklärt mir, dass Frauen Probleme hätten, im Bau befindliche Bauwerke zu visualisieren. Er meine das nicht diskriminierend, die Erfahrung habe ihn allerdings gelehrt, das als gegeben hinzunehmen. Wir einigen uns darauf, dass Marco alles aufzeichnen würde, um mir zu veranschaulichen, wie er sich das zukünftige Haus vorstellen könnte. Das würde auch hilfreich sein, um Kostenvoranschläge einzuholen und eine Idee zu bekommen, wie viel mich so ein Um- beziehungsweise Anbau kosten würde. Später besuchen uns Manús und Stavos – Letzterer sieht sich auch alles genau an und bringt einige Bedenken ein, was die schlechte Bausubstanz betrifft, meint aber dann, dass es trotz allem nicht hoffnungslos sei, das Gebäude zu sanieren. Ich schenke ihm ein dankbares und liebesvolles Lächeln, das er sicherlich auf seine umwerfende Männlichkeit bezieht, aber es geht hier um mein Haus, und das ist mir ein Opfer wert. Während die Männer fachsimpeln, klingelt mein Telefon. Es ist Maria.

»Hallo Süße, wo bist du denn? Ich versuche seit Tagen, dich zu erreichen und habe nur erfahren, dass du wieder für ein paar Tage aufs Festland gefahren bist?«

»Das stimmt, Jo. Es tut mir leid, dass ich einfach abgehauen bin, ohne mich zu verabschieden. Ich brauchte Zeit zum Nachdenken.«

»Süße, das verstehe ich doch. Wie ist es dir ergangen?«

Maria erzählt mir von den Tagen bei ihrer Tante Xénia, die sie mit offenen Armen aufgenommen hat. Sie hatte dort die Gelegenheit, Abstand zu Chrístos zu gewinnen und sich zu fragen, ob er tatsächlich der Mann ihres Lebens sei.

»Zu welcher Erkenntnis bist du bekommen?«, frage ich vorsichtig.

»Ich glaube, dass er der Richtige ist, aber wenn er es nicht so sieht, dann werde ich mich deshalb nicht zur Idiotin machen. Ich habe ihm gezeigt, was ich fühle und nun ist es an ihm, darauf zu reagieren.«

»Hat er schon reagiert?«

»Ich habe heute Morgen eine SMS erhalten, in dem er mich um ein Treffen bittet. Mal sehen, was dabei rauskommt.«

»Ich werde dir natürlich die Daumen halten, dass er weiß, was er an dir hat. Alles andere ergibt sich dann von selbst.«

»Sehen wir uns morgen beim Fest?«

»Sicher, Maria. Ich freue mich schon darauf.«

»Ach ja, Jo, Gratulation zum neuen Haus. Mama hat mir erzählt, dass Oma es dir hinterlassen hat.«

Das erste Mal frage ich mich, ob irgendjemand in Tante Lisas Familie es mir übel nimmt, dass ich das Haus geerbt habe und niemand von Lisas Kindern oder Enkelkindern. Ich spreche das jetzt an.

»Ich hoffe, dass du es nicht gerne gehabt hättest.«

»Mein Gott, Jo, zu niemandem passt es besser als zu dir. Sie hat es mir vor längerer Zeit schon gesagt, dass du es erhalten sollst und ich habe mich darüber sehr gefreut. Was sollte ich mit dem Haus machen? Ich habe noch nicht einmal einen Freund, geschweige denn einen Beruf, und weiß gar nicht, ob ich für ewig auf Rhodos bleibe. Die Welt ist doch so groß und muss entdeckt werden.«

»Danke, Maria, das bedeutet mir wirklich viel. Wir sehen uns dann morgen.«

Ich kehre zurück zu den anderen, die anscheinend schon wissen, wie sie das alles angehen, und man teilt mir mit, dass Stavos, nachdem er einen ungefähren Plan erhält, alles durchrechnen und mir einen Kostenvorschlag unterbreiten würde. Dann könne ich entscheiden, ob ich dieses Projekt realisieren wolle oder nicht. Mehr erwarte ich im Moment gar nicht, denn irgendwie stehe ich noch immer ein wenig neben mir und kann es gar nicht glauben, dass ich gerade über die Errichtung eines Hauses nachdenke.

Als Manús und Stavos wieder nach Theologos aufbrechen, setze ich mich auf das abgedeckte Sofa und blicke auf Tante Lisas Bilder. Obwohl sie nicht meinem Geschmack entsprechen, passen sie ins Ambiente und ich weiß, dass Tante Lisa sich hier sehr wohl fühlte. Ich höre Marco draußen hantieren und schließe meine Augen. Ich stelle mir vor, wie meine Tante hier gesessen hat und vielleicht ihren heimlichen Gedanken nachgehangen ist.

»Woran denkst du?« Marco lässt sich neben mir auf dem Sofa nieder.

»Ich frage mich, was Frauen zu dem macht, was sie letztendlich sind.«

»Komplizierte Lebensformen in einer ihnen unterlegenen Umgebung?«

»Du findest also, dass ihr uns unterlegen seid.«

»Auf alle Fälle, das ist ja das Schöne – wir lechzen zuerst nach eurer Aufmerksamkeit und dann nach Erbarmen, wenn wir euch verfallen.«

»In welcher Phase befindest du dich gerade?«

»Ich wehre mich noch immer gegen deinen Liebreiz, indem ich mich auf deine Gemeinheiten und Beleidigungen konzentriere.«

»Hör schon auf, ich bin doch in letzter Zeit wie ein Lämmchen.«

»Eher wie der Wolf im Schafspelz, und ich warte hochkonzentriert auf den nächsten Dolch, den du mir ins Herz stoßen wirst.«

Ich sehe, dass er die Augen geschlossen hat.

»Wir sind einfach grundverschieden«, sinniere ich.

»Das wird es sein. Manche Menschen passen eben nicht zusammen, vor allem nicht, wenn einer davon glücklich verheiratet ist.«

Bäng. Das hat wieder einmal gesessen.

»Und der andere ein notorischer Frauenheld, der sich auf keine Gefühle einlässt, die Verpflichtungen mit sich bringen.«

Ich klinge nicht beleidigt, sondern stelle es nur sachlich fest.

»Genau. Daher müssen wir uns keine Gedanken über etwaige Komplikationen machen und können uns weiterhin sorglos das Leben schwer machen.«

Marco grinst nun mit geschlossenen Augen, und ich genieße es, mit ihm so unbeschwert herumplänkeln zu können. Wobei ich ganz genau weiß, dass ich inzwischen mehr für ihn empfinde, als gut für mich ist.

»Na, Nervensäge, wollen wir dann wieder aufbrechen? Ich sollte ein paar Gedanken aufs Papier bringen …«

»Okay. Du hast recht. Ich hab auch noch einiges zu erledigen. Lass uns fahren.«

Ich verschließe mein kleines Schmuckkästchen und steige zu Marco ins Auto. Die Heimfahrt verläuft schweigsam und wir lauschen der Musik im Radio. Als er mich schließlich vor unserem Haus absetzt und ich mich noch einmal für seine geopferte Zeit bedanke, fragt er: »Sehen wir uns morgen?«

»Du meinst am Fest?«

»Ja, am Fest. Alle gehen hin, also dachte ich, dass du sicherlich auch dort bist.«

»Ich werde mit meiner Familie kommen. Irgendwo wird man sich sicher über den Weg laufen.«

Schon allein dieser Gedanke beschert mir ein seltsames Hochgefühl.

»Okay. Also dann, bis morgen.«

»Bis morgen, Marco. Danke noch einmal.«

Seine Lippen berühren kurz meine Wangen und ich spüre, wie ich leicht erröte. Zum Glück hat meine Haut inzwischen eine dunkle Färbung angenommen, sodass er es nicht merkt.

31. Kapitel

Langsam spazieren wir auf das Lichtermeer zu, die Musik wird immer lauter und der Straßenrand ist mit parkenden Autos zugepflastert. Maria erklärt mir, dass das Fest der Heiligen Maria ein Highlight im dörflichen Leben darstellt, jeder nimmt daran teil und der ganze Ort feiert bis in die frühen Morgenstunden. Sie sieht heute Abend wunderschön aus, ihr lockiges dunkles Haar bewegt sich bei jeder Bewegung und ihre Lippen, die mit einem zarten blassrosa Lipgloss überzogen sind, schimmern im Mondlicht. Ihre Augen lachen und ihre Wangen weisen kleine Grübchen auf, die sich heben und senken, während sie aufgeregt einen minutenlangen Monolog hält. Ich weiß natürlich, dass sie sich später mit Chrístos trifft und er der eigentliche Grund ist, warum sie heute so gut gelaunt ist. Die gestrige Aussprache war gut gelaufen und Chrístos hat ein- oder zweimal erwähnt, dass sie ihm während ihres Besuches am Festland sehr gefehlt habe. Ich muss an den alten Ausspruch »Entfernung macht Liebe« denken und freue mich, dass Maria endlich wieder strahlt.

Vassily und David lassen die Ausführungen ihrer Cousine über sich ergehen und schreiten schweigsam neben uns her. Ich muss zugeben, dass auch sie sich für das Fest herausgeputzt haben, jeder trägt modisch geschnittene Jeans und enge weiße Hemden. Das Haar wurde mit Gel in Form gebracht und ein herber Männerduft, basierend auf Moschus, steigt mir in die Nase. Ich muss lächeln, denn irgendwie erinnert mich diese Situation an meine Jugend, als man am Wochenende alles daran setzte, so gut wie möglich auszusehen, um in den angesagten Lokalen den Traumprinz in seine Fänge zu bekommen. Manchmal war man erfolgreich und manchmal endete die heiß ersehnte Nacht mit nichts als Tränen und einer riesigen Box voll Schokoladeneis.

Ich kann nun den Dorfplatz und die Kirche erkennen, alles ist üppig dekoriert, und die Hauptstraße wird von diversen Ständen und Wagen geschmückt, man verkauft Dinge, die niemand wirklich braucht: Spielzeug, Taschen, Schuhe, elektronische Geräte, Schmuck, CDs und natürlich T-Shirts, Kleider und Hosen. Fasziniert betrachte ich alle angebotenen Waren, eine solche Ansammlung von günstigen und qualitativ eher fragwürdigen Konsumgütern kenne ich nur aus meiner Kindheit, als mich meine Großmutter noch auf Kirchtage und Jahrmärkte mitgenommen hat.

Der Duft von gebratenem Fleisch und Gemüse lenkt mich ab. Wir sind inzwischen in der Mitte des Dorfes angelangt und meine Verwandten unterhalten sich mit verschiedenen Leuten, die ich teilweise vom Sehen kenne. Es riecht nach Öl und verbrannten Speisen und ich habe das Gefühl, dass es an dem Abend noch heißer als sonst ist. Ich fächere mir mit dem Prospekt, das mir ein alter Mann zugesteckt hat, etwas Luft zu. Langsam rinnt eine Schweißperle über meine Stirn und meine Kehle fühlt sich unsagbar trocken an. Ich erkläre Maria, die inzwischen in ein – anscheinend tiefsinniges – Gespräch mit ihrer Freundin Lara verwickelt ist, dass ich mir etwas zu trinken holen wolle, sie nickt nur und ich kämpfe mich durch die Menschenmenge, die sich vor den Getränkeständen angesammelt hat. Endlich erreiche ich eine Bude, an der Alkohol, aber auch Wasser und Limonade ausgeschenkt wird. Ich bestelle gerade eine Flasche Wasser, als ich hinter mir Marcos Stimme vernehme: »Heute keine Lust auf Feiern?«

Ich bezahle, drehe mich langsam um und antworte ihm: »Manchmal ziehe ich es vor, nüchtern zu sein, um jeden Moment des Lebens zu genießen.«

»Darf ich mich also auf eine Wiederholung unserer gemeinsamen Nacht freuen, nur diesmal inklusive Konversation?«

Meine Knie werden weich, doch ich reiße mich zusammen. »Ich weiß nicht, ob es das ist, was du möchtest, aber ich bin inzwischen ein ziemlich flexibler Mensch und könnte dich natürlich eine ganze Nacht unterhalten, mit Worten oder auch anderen Dingen.«

»Wow, da spuckt jemand große Töne, bist du sicher dass du nicht schon zu Hause etwas Hochprozentiges zu dir genommen hast?«

»Spielverderber! Du traust mir nicht die kleinste Verwegenheit zu.«

Marco umarmt mich freundschaftlich und klopft mir dann brüderlich auf den Rücken. »Ich kenne dich eben schon ein wenig und erkenne, wenn du lügst.«

»Bin ich so einfach zu durchschauen?«

»Ja.«

Mit seinem Arm um meine Schulter spazieren wir an diversen Ständen vorbei in Richtung Süden. Er erzählt mir von einem perfekten Kitetag am Strand und einigen abschließenden Getränken in der Bar. Ich habe gemerkt, dass er nicht mehr ganz nüchtern ist und genieße den Umstand, dass er sich nicht mehr ganz so unter Kontrolle hat wie sonst. Er redet ununterbrochen und ich höre ihm zu, zudem baue ich meine Stellung als Vertraute und gute Freundin weiter aus, sodass er nicht einmal auf die Idee kommt, seinen Arm von meiner Schulter zu nehmen. Wir erreichen schließlich eine kleine Stuhlgruppe unter einem Baum vor der Kirche, auf der wir uns niederlassen. Marco ist noch immer in voller Fahrt und teilt mit mir jedes kleine Detail seines Tages, ich befinde mich noch immer in der Zuhörerposition, was mich nicht wirklich stört. Vor uns befindet sich ein gläserner Kasten, der mit Sand gefüllt ist und in dem unzählige langstielige Kerzen brennen. Immer wieder kommen Personen auf uns zu, die eine weitere Kerze in den Sand stecken und sie anzünden. Anscheinend bitten sie die Jungfrau Maria, ihre Wünsche zu erfüllen oder ihnen die Sünden zu vergeben. Ich überlege, ob ich auch eine Kerze anzünden soll. Würde ich um etwas bitten oder um die Vergebung einer Sünde flehen? Ab wann beginnt Untreue, frage ich mich. Ab dem Zeitpunkt, wo man mit einem anderen Mann schläft, oder ab dem Moment, wo ein anderer Mann sich in die Gedanken einschleicht und sie so vereinnahmt, dass man sich vorstellen kann, mit ihm zu schlafen?

»Jo, hörst du mir überhaupt zu?«

Marco fordert vehement meine Aufmerksamkeit.

»Ja, sicher. Was genau sagtest du gerade?«

»Was? Du denkst an andere Dinge, während ich dir hier mein Herz ausschütte!«

»Also erstens höre ich seit einer Stunde nichts anderes als Ausführungen über dein exzellentes Können am Kite, was ich nicht unbedingt als ›Herzausschütten‹ bezeichnen würde, und zweitens war ich nur für den Bruchteil einer Sekunde abgelenkt und finde es äußerst unfair, dass dein Ego gleich wieder gekränkt ist, wenn ich dich nicht pausenlos anhimmle.«

»Du himmelst mich nie an, sondern versuchst immer nur, mir mit deinem neurotischen Wesen das Leben schwer zu machen. Aber egal, was machen wir mit dem Rest des Abends?«, will Marco nun wissen.

»Ich muss mal sehen, wo meine Verwandten sind, du solltest vielleicht eine Flasche Wasser oder einen Kaffee zu dir nehmen, ansonsten muss ich dich heute nach Hause tragen, und das könnte meine Kräfte übersteigen.«

Ich erhebe mich von meinem Platz und gehe in Richtung Dorfmitte davon. Nach einigen Metern drehe ich mich um und werfe ihm eine Kusshand zu. Er fängt sie spielerisch auf und steckt sie in seine Hosentasche. Wow … ein verrücktes Kribbeln erobert meinen Bauchraum und breitet sich bis in die letzte Haarspitze aus.

Kurz darauf entdecke ich Maria, die mit Chrístos, ich nehme jedenfalls an, dass es sich um ihn handelt, an einer Mauer lehnt und sich angeregt unterhält. Ich steuere auf sie zu und werde dem jungen Mann mit der Stoppelfrisur vorgestellt. Er lächelt mich etwas unsicher an, streckt mir dann aber seine Hand entgegen, und sein fester Handgriff zeigt mir, dass der Junge weiß, was er will. Ich frage Maria, ob sie ihre Cousins gesehen hat, oder vielleicht Manús und Mélina, doch sie verneint. Mir ist auch völlig klar, dass ihre meergrünen Augen im Moment wohl gar nichts anderes wahrnehmen wollen als den Jungen neben ihr, und so mache ich mich wieder aus dem Staub. Gerade als ich um die Ecke biege, stehe ich vor Stavos, der mich besitzergreifend umarmt und sofort mit sich in Richtung Tanzfläche zerrt. Oh nein, nicht auch das noch, sage ich mir, doch niemand scheint mich zu hören beziehungsweise sich meiner zu erbarmen. Also verbringe ich die nächsten zwanzig Minuten damit, mich mit einem verschwitzten und wortkargen Mann im Kreis zu drehen, der außerdem nach Knoblauch und Zigaretten riecht und bestrebt ist, nicht den kleinsten Millimeter Abstand zwischen unseren Körpern zuzulassen.

Das einzig Gute an der Sache ist, dass er ein fantastischer Tänzer ist, der es versteht, eine Frau zu führen. Obwohl ich keinen der Tänze beherrsche, schwebe ich in seinem festen Griff über den Boden, und nach einiger Zeit gewöhne ich mich sogar an seinen Geruch und das interpretationsoffene Englisch. Dann sagt er plötzlich etwas furchtbar Komisches und ich muss laut auflachen, just in dem Moment, als Manús und Mélina an uns vorbeitanzen. Sie sind auf dem Tanzboden eine perfekte Einheit und es ist eine Freude, sie anzusehen. Da sie einige Takte schneller als wir unterwegs sind, verliere ich sie gleich wieder aus den Augen, doch zuvor springt mir noch Manús' erhobener Daumen ins Gesicht.

Als Stavos mich endlich wieder loslässt, fühle ich mich ein wenig schwindlig, aber auch etwas aufgedreht. Ich begleite ihn noch zu einem Getränkestand, wo er mir ein Glas Wein spendiert. Seine Augen funkeln, als wir uns zuprosten, und ich blicke verlegen zu Boden. Ich will ihm in keinster Weise Hoffnungen machen und bin erleichtert, als mein Telefon läutet.

»Es tut mir leid, mein Mann. Ich muss kurz weg«, schwindle ich und als ich abhebe, vernehme ich Ellies Stimme.

»Hallo Jo. Wollte nur mal kurz nachfragen, ob sich bei dir alles beruhigt hat?«

»Mein Gott, Ellie, es ist alles bestens und ich liebe es hier. Jeden Quadratzentimeter liebe ich.«

»Bist du betrunken?«

»Ausnahmsweise nicht. Nur glücklich. Und du?«

»Semi-glücklich, würde ich sagen. Ich habe gestern Abend jemanden kennengelernt, der mich von der ersten Minute weg einfach umgehauen hat. Er ist gutaussehend, charmant und wahnsinnig eloquent. Außerdem scheint er mich wirklich zu mögen. Er ist ein Volltreffer, Jo.«

»Warum dann nur das Semi-Glück?« will ich wissen.

»Es gibt eine andere Frau, die diese Eigenschaften an ihm schon vor mir entdeckt hat.«

»Und trägt sie einen Ring?«

»Nur einen Verlobungsring, aber ich glaube nicht, dass er sie wegen mir aufgeben würde. Auch wenn wir perfekt harmonieren.«

»Nur seelisch oder auch körperlich?«

»Ich habe ihn nach den fünf Caipirinhas nach Hause geschickt. Ich war irgendwie nicht bereit, am nächsten Morgen mit einem gebrochenen Herzen aufzuwachen.«

»Und werdet ihr euch wiedersehen?«

»Wir sind heute zum Lunch verabredet. Er ist nämlich auch noch mein Kunde.«

»Das ist hart. Wirst du es überstehen?«

»Überstehe ich es nicht immer, Süße? Falls er tatsächlich weiterhin so umwerfend bleibt, wie ich ihn in Erinnerung habe, kann ich meine Meinung ja noch ändern, oder?«

»Auch auf die Gefahr hin, dass er dir tiefere Narben hinterlässt?«

»Das Risiko würde ich eingehen.«

»Das verstehe ich. Wenn er wirklich so toll ist, dann überzeuge ihn davon, dass die Frau mit dem Ring am Finger nicht die Richtige für ihn ist. Du bist doch spitze im Argumentieren.«

»Sie haben schon einen Hochzeitstermin.«

»Zum Teufel damit, sie stehen schließlich noch nicht am Altar.«

»Mein Gott, Jo, du bist ja ein anderer Mensch, was haben die mit dir gemacht?«

»Ich weiß … keine Ahnung, meine Welt ist auf den Kopf gestellt. Aber ich sage dir etwas: Es ist mir egal.«

»Am liebsten würde ich in ein Flugzeug steigen und zu dir kommen, um mich auch transformieren zu lassen.«

»Dann tu es doch.«

»Kann leider nicht, der Job, du weißt ja. Außerdem ist das nun deine Zeit, Süße. Ich habe bisher mehr als intensiv gelebt, du bist es, die etwas aufzuholen hat. Wie läuft es mit diesem gutgebauten Marco?«

Da ist sie wieder, meine Ellie, wundervoll tiefsinnig auf der einen Seite und fantastisch oberflächlich auf der anderen. Genau die richtige Dosierung, die man als Freundin braucht und schätzt. Also erzähle, schwelge und zerschmelze ich in dem Thema, das eigentlich nicht das meine sein sollte. Aber wem will ich etwas vormachen – ihr sicher nicht, und vor allem hat es keinen Sinn, mich Ellie gegenüber zu verstellen.

»Jo, das klingt eigentlich eher wie eine meiner Geschichten und deshalb kann ich nachempfinden, wie es dir nun geht und womit du kämpfst. Andererseits ist unsere Ausgangsposition eine unterschiedliche und deshalb ist deine Lage wohl etwas verzwickter. Du musst dir wirklich durch den Kopf gehen lassen, ob du auch mit den Konsequenzen klarkommst.«

»Ellie, das von dir, wo du doch das Wort ›Konsequenz‹ in solchen Augenblicken nicht einmal buchstabieren kannst?«

»Du hast recht, ich bin kein Vorzeigemodell, was verantwortungsbewusstes Handeln betrifft, aber ich lebe deshalb auch ein Leben, das du dir nie vorstellen könntest.«

»Apropos ›vorstellen‹ – hast du mit diesem Barkeeper geschlafen?«

»Wie bitte?«

»Du weißt verdammt genau, was ich meine. Hast du mit dem neunzehnjährigen Barkeeper, den du auf der Party geküsst hast, geschlafen?«

Ellie räuspert sich und antwortet etwas leiser: »Ach ja, der. Hatte ich schon fast wieder vergessen. Ein netter Junge, sehr höflich und wahnsinnig erwachsen für sein Alter.«

»ELLIE!«

»Mein Gott, ja, ich gebe es zu, ich habe mit ihm geschlafen. Einmal und das war's. Ich denke nicht, dass er einen bleibenden Schaden davontragen wird.«

»Und du? Wirst du einen bleibenden Schaden davon tragen?«

»Ich? Warum sollte ich? Er hat seine Sache gut gemacht und ich war wohl so ein bis zwei Tage verliebt.«

»Siehst du, warum sollte es mir nicht auch so gehen? Gönnst du mir keine ein bis zwei Tage Verliebtsein?«

Ellie schweigt und dann höre ich die Wahrheit, die mich trifft wie ein Betonblock bei einer atomaren Explosion.

»Jo, du bist nicht so gemacht. Du kannst nicht nur ein oder zwei Tage verliebt sein. Wenn du liebst, dann hört es nie wieder auf. Du bist nicht gut im Entlieben, ist dir das klar? Davor warne ich dich, denn es wird danach nichts mehr so sein wie vorher. Aber was erzähle ich dir? Was nützt es, außer dass ich Worte ins Universum werfe, die dich nicht erreichen. Es ist bereits zu spät. Du musst dich nicht davor fürchten, dich in ihn zu verlieben, denn es ist bereits geschehen und du wirst – wahrscheinlich das erste Mal in deinem Leben – dich von diesem Weg nicht abbringen lassen. Einerseits bewundernswert, andererseits der Anfang vom Ende.«

»Was ist, wenn es der Anfang von dem ist, was mir zusteht und was ich bis jetzt nicht eingefordert habe?«

»Was meinst du: Glück, Leidenschaft, Abenteuer?«

»Vielleicht einfach nur meine Bestimmung. Das, was das Kind ersehnt hat und das Leben ihm nahm.«

»Du hast dein Leben selbst gewählt.«

»Ich weiß, und das ist es, was mich am meisten trifft. Ich alleine bin dafür verantwortlich. Andererseits habe ich nun die Gelegenheit, etwas zu ändern, die Weichen neu zu stellen.«

Als ich Marco von Weitem auf mich zukommen sehe, beende ich das Gespräch mit meiner Freundin. Ich will nicht länger über mein Leben philosophieren, ich möchte es endlich leben.

»Hi, da bist du ja. Ich möchte mich verabschieden, irgendwie reicht es für heute«, läßt Marco mich wissen.

»Du gehst also?«

»Ja, ich gehe. Ich melde mich morgen im Laufe des Tages, könnte später werden.«

Er sieht mich lange an und das mir inzwischen vertraute Lächeln erscheint auf seinem Gesicht. Ich bekomme eine innige Umarmung, dann dreht er sich um und marschiert in Richtung Tribüne. Er steuert auf die langbeinige Griechin mit den Mandelaugen zu, die anscheinend schon ungeduldig auf ihn wartet. Nein! Das kann nicht wahr sein: Elena! Geschockt beobachte ich die Frau, die erwartungsvoll am Geländer lehnt und ihre üppigen Lippen mit roter Farbe nachzieht. Sie sieht zwar hübsch, aber auch ein wenig billig aus – ich frage mich, ob dieses Urteil objektiv einzustufen ist, oder ob pure Eifersucht mich zynisch und bösartig werden lässt. Während ich also ewig und ausschweifend mit Ellie über meine Gefühle für diesen Mann geredet habe, ist er losgezogen und hat sich ein Alternativprogramm gesucht. Aber das will und kann ich in diesem Moment nicht akzeptieren.

»Marco!«, rufe ich ihm schnell hinterher und er bleibt stehen. Die Griechin funkelt mich aggressiv an. Er dreht sich um, kommt noch einmal in meine Richtung und blickt mich direkt an. Seine blauen Augen glänzen im grellen Licht der Partyglühlampen und ich erkenne, dass der Alkohol ihm zugesetzt hat. Ich nehme all meinen Mut zusammen und sage: »Wenn du heute nicht alleine sein möchtest, könnte ich dich begleiten.«

Sein Blick wandert wieder in Richtung Boden, er atmet einige Male und steckt dann seine Hände in die Hosentaschen. Ich halte die Luft an und mein Herz scheint zu zerspringen. Schließlich hebt er den Blick und sieht mich an, seine Augen verschmelzen mit den meinen und ich fühle wieder dieses Kribbeln, das überfallsmäßig meinen ganzen Körper einnimmt.

»Mit so einem Angebot hätte ich nie gerechnet – vor allem nicht aus deinem Mund.«

»Man lernt nie aus«, flüstere ich und senke nun auch meinen Blick. Mein Mund fühlt sich taub an und ich bekomme nur schwer Luft. Mein Herz schlägt bis zum Hals und ich flehe Gott an, mich nicht umkippen zu lassen. Jede Sekunde, die verstreicht, erscheint mir wie eine kleine Ewigkeit.

Marco bewegt sich langsam auf mich zu und legt seinen Arm um meine Taille. Ich drohe zu ersticken, schließe meine Augen und warte auf das Unausweichliche. Er würde mich nun küssen und alle würden es sehen. Ich zittere, und dennoch fühle ich wie kleine Schweißtropfen meinen Rücken entlangfließen, anscheinend kann mein Körper sich nicht entscheiden, was er fühlen soll. Genau die gleiche Diskrepanz erfahren mein Kopf und mein Herz: Soll ich schreien vor Glück oder aus Furcht die Flucht ergreifen?

Ich nehme nur noch Marcos Duft wahr und seine Körperwärme lässt alle meine Nerven verrückt spielen. Mein Körper ist sich bereits einer Wahrheit bewusst, die mein Geist noch nicht fassen kann. Gerade als ich dabei bin, meinen rechten Arm um seinen Hals zu legen, flüstert er mir ins Ohr: »Echt nett von dir, aber ich muss leider ablehnen.«

Ganz leicht und unsagbar zärtlich, drückt er seine Lippen auf den Haaransatz oberhalb meiner Stirn und verabschiedet sich: »Wir sehen uns dann morgen.«

Mir ist, als hätte er mir mit der Faust ins Gesicht geschlagen. Ich taumle einen Meter zurück und stehe im Schutz des alten Baumes, der den Hauptplatz beschattet. Noch immer wage ich es nicht zu atmen, eine ungewöhnliche Kälte erfasst meinen Körper und ich spüre, wie eine Träne über meine Wange läuft. Das kann doch gar nicht wahr sein, was ist hier gerade passiert? Fassungslos setzte ich mich auf einen der lehren Stühle, die herumstehen und starre zur Tribüne. Dort sehe ich gerade noch, wie die siegessichere Elena Marcos Hand ergreift und mit ihm gutgelaunt in Richtung Strand spaziert. Er dreht sich nicht mehr um und bleibt auch nicht stehen, alles was ich sehe ist, wie sein muskulöser Rücken im Schatten der Nacht verschwindet. Der Mann, dem ich mich gerade angeboten habe, geht zielstrebig einem Sexabenteuer mit einer anderen Frau entgegen, während ich inmitten von alten angetrunkenen Griechen zurückbleibe.

Wie paralysiert gehe ich noch einmal die Ereignisse dieses Abends durch. Habe ich mich getäuscht? Sind meine Sensoren, die menschliche Gefühle betreffed, denn derart eingerostet?

»Jo, ich werde dann nach Hause gehen, kommst du mit?« Maria steht plötzlich vor mir.

»Mein Gott, hast du einen Geist gesehen? Du bist ja total blass.«

»Wie bitte?« Ich versuche wieder Herr meiner Gefühle zu werden und stehe langsam auf. Irgendwie kann ich noch immer nicht verstehen, was gerade geschehen ist, und meine Beine fühlen sich schwach an. Genauso wie mein Kopf.

»Es ist nichts, Maria, lass uns gehen. Ich denke, der Abend ist vorbei und es ist Zeit für einen Ortswechsel. Wo ist Chrístos?«

»Der musste seinen betrunkenen Cousin nach Hause bringen und deshalb hat es für mich auch keinen Sinn, weiter hier zu bleiben. Aber ich muss dir alles erzählen, er ist so süß ...«

Oh Gott, ja bitte, detaillierte Ausführungen über eine junge Liebe. Was wäre passender als das?

»Wo ist eigentlich der Surfer?«

»Vergiss ihn. Er ist alt genug, um auf sich selbst aufzupassen.«

Maria sieht mich lange an, anscheinend überrascht sie die Kälte in meiner Stimme. Sie will mich etwas fragen, überlegt es sich dann aber wieder und geht in Richtung Ausgang.

Ich folge ihr und hasse mich für das, was ich getan habe. Gleichzeitig sehne ich mich unsagbar nach diesem Schuft, mit dem ich nie wieder ein Wort wechseln werde!

32. Kapitel

Die Nacht scheint kein Ende zu nehmen und ich wälze mich von links nach rechts, schüttle diverse Male meinen Kopfpolster auf und wende das Leintuch, das als Decke fungiert, doch alles ist sinnlos. Ich liege einsam in meinem Bett und meine Gedanken verfolgen mich so intensiv, dass ich letztendlich aufstehe und eine Schlaftablette nehme, die sich seit meinem letzten Langstreckenflug in meinem Kulturbeutel befindet. Nun warte ich darauf, dass sie endlich wirkt und frage mich, ob ich enttäuscht, zornig oder nur traurig bin. Kurz bevor ich einschlafe komme ich zu dem Entschluss, dass es eine Kombination von allem ist. Ich verfluche den Mann, der sich wie ein bösartiger Tumor in meinem Gehirn eingenistet hat.

Foteini ist wieder einmal diejenige, die mich sanft weckt. Ich blicke auf mein Handy-Display und stelle fest, dass es bereits elf Uhr ist. Sie berichtet mir, dass sich die ganze Familie auf den Weg in den Süden macht, um dort mit Onkel Yannis' Bruder Stefano seinen Geburtstag zu feiern.

»Oh ja, ich erinnere mich. Deine Eltern haben mich eingeladen mitzukommen.«

Ich steige aus dem Bett und ziehe mir schnell etwas über. Dann begleite ich Foteini in die Küche, wo man bereits eifrig diverse Mitbringsel zusammenpackt. Alle scheinen etwas angeschlagen, was wohl daran liegt, dass keiner wirklich früh vom Fest heimgekehrt ist – ich denke, dass ich die erste war.

»*Kalimera.* Ich sehe, ihr seid schon alle fleißig und anscheinend topfit.«

Ich zwinkere David zu, der seine Augen überdreht.

»Na ja, als topfit würde ich uns nicht bezeichnen, aber wir müssen nun mal aufbrechen, sonst kommen wir zu spät zur Geburtstagsfeier. Kommst du nun mit, Jo?«

Ich lehne dankend ab – erstens habe ich eine kurze und aufgewühlte Nacht hinter mir und zweitens kann ich heute keine Ansammlung von weiteren griechischen Familienmitgliedern und Nachbarn ertragen. Ich bitte Mélina, mir nicht böse zu sein, aber ich wolle den Tag etwas ruhiger verbringen und mir einige Gedanken über das Haus machen. Sie versteht es und ich schätze wieder einmal ihre unkomplizierte Art, mich selbst Entscheidungen treffen zu lassen und mir nie das Gefühl zu geben, Dinge machen zu müssen, die andere für mich planen. Nach einem schnellen Kaffee schleiche ich wieder in mein Zimmer, hole meinen Laptop und lege mich damit aufs Bett. Ich beantworte einige E-Mails und schreibe dann meiner Tochter. Sam fehlt mir wahnsinnig, aber ich weiß, dass die Zeit bei ihren Großeltern ein wichtiger Schritt in Richtung Abnabelung ist. Wie lange wird es wohl noch dauern, bis sie von zu Hause auszieht und ihr eigenes Leben lebt? Sie wird schnellen Schrittes von uns wegmarschieren und sich kein einziges Mal umdrehen, sie wird unsere Tränen nicht sehen und nicht wissen, dass es unser Herz dabei zerreißt. Genauso war es bei mir. Das Bewusstsein, dass sie immer wieder zurückkehren würde, besänftigt mich.

Ich überprüfe mein Telefon und stelle fest, dass niemand mich angerufen oder mir eine SMS geschickt hat. Was habe ich erwartet? Wer weiß, ob er überhaupt schon wach ist, bestimmt hat die Zweisamkeit länger gedauert und er liegt noch völlig erschöpft alleine oder zu zweit im Bett. Das geht mich auch gar nichts an und obwohl ich keinen Gedanken daran verschwenden möchte, geht mir das Bild der beiden, wie sie Hand in Hand im Dunkeln verschwinden, nicht aus dem Kopf. Ich frage mich immer wieder, was ich von dem Mann eigentlich erwarte. Er hat mit allen Bindungen gebrochen und sich für ein Leben ohne Pflichten und Einschränkungen entschieden, er ist sein eigener Herr, warum sollte er sich auch auf jemanden wie mich einlassen und sich damit eine Menge Schwierigkeiten einhandeln?

Ich simse Ellie.

»Ich war anständig. Nicht weil ich es wollte, sondern weil er es wollte. Fühlt sich abartig schlecht an!«

Ellies Antwort folgt sofort.

»Sei froh, dass er dir die Entscheidung abgenommen hat. Die Flügel sind also noch dran?«

»Hör mir bloß auf mit den Flügeln – sie gehen mir verdammt auf die Nerven!«

»Sei nicht so hart zu dir. *Er* hat etwas versäumt – nicht du! Vielleicht ist er es auch nicht wert.«

»Doch, Ellie, er ist es wert, und genau das macht mich fertig.«

Ich wähle schließlich Ioannas Telefonnummer und frage sie, ob sie Lust auf einen gemeinsamen Lunch hätte. Sie hat Zeit und Lust und wir verabredeten uns in der Strandbar.

Eine halbe Stunde später flattert sie mir in einem bunten Hauch von Nichts entgegen und ich umarme sie lächelnd.

»Wow, du siehst wieder einmal umwerfend aus, Ioanna.«

Sie schiebt ihre übergroße Sonnenbrille ein wenig in Richtung Nasenspitze und sieht mich lange an.

»Du nicht, meine Süße. Anscheinend war die Party gestern intensiver als gedacht. Los, erzähl' mal.«

Während sie einen Cappuccino bestellt, ziehe ich an meinem Strohhalm, der in einem Eisteeglas steckt.

»Ich habe dich gar nicht am Fest gesehen. Hattest du keine Lust?«, will ich wissen.

»Ich hatte gestern etwas anderes vor und diese Dorffeste laufen doch immer gleich ab. Nicht, dass man wirklich etwas versäumt. Oder, wie siehst du das?«

»Ich wünschte, ich hätte das Fest versäumt, dann wäre mir eine Menge Ärger erspart geblieben, das kannst du mir glauben.«

»Wirklich? Was war los?«

Also berichte ich von meinem Erlebnis mit Marco, und diesmal lasse ich kein Detail aus, denn Ioanna hat ja inzwischen schon bemerkt, dass mein Interesse an dem Mann weit über bloße Freundschaft hinausgeht, aber als ich mit meinem Angebot, die Nacht mit ihm zu verbringen, abschließe, verschluckt sie sich dann doch. Ich klopfe ihr hilfsbereit auf den Rücken und wundere mich, dass ich mich ihr gegenüber gar nicht schäme.

»Wow. Wie hat er darauf reagiert?«

»Da musst du Elena fragen, mit der ist er dann schließlich verschwunden, und all die Dinge, die ich mir vorgestellt habe, sind wohl bei ihr in Erfüllung gegangen. Geschieht mir recht, wenn man hoch pokert, muss man damit rechnen zu verlieren.«

»Bist du sicher, dass du verloren hast?«

»Ioanna, er ist mit Elena gegangen, wie viel größer kann die Niederlage sein?«

»Vielleicht hatte er Angst, mit dir etwas zu erleben, was sein Leben verkomplizieren könnte?«

»Sieht Marco für dich so aus, als hätte er vor irgendetwas Angst?«

»Wenn du es genau wissen willst: Ja.«

»Wovor, bitte?«

»Sich zu verlieben, vielleicht.«

»Bitte, Ioanna, wir sind schon wieder dabei, die Sätze und Handlungen eines Mannes zu interpretieren, ohne zu wissen, was er wirklich gemeint oder gedacht hat. Das ist völlig umsonst und ich akzeptiere einfach die Tatsache, dass er mich abgewiesen hat. Nicht aus Angst, sondern weil er ein besseres Angebot in der Tasche hatte.«

»Ich denke trotzdem, dass das nicht alles ist. Ich schätze den Mann anders ein.«

»Das ist dein gutes Recht, aber ich möchte ihn ein für alle Mal aus meinen Gedanken streichen.«

»Na dann, viel Erfolg damit. Kommt er da nicht gerade?«

Wie von der Tarantel gestochen und plötzlich errötend drehe ich mich um. Ich sehe niemanden, der Marco im Geringsten ähnelt. Ioanna lacht.

»Eindeutig, keinerlei Interesse mehr ...«

Ich werfe ihr einen bösen Blick zu, dann müssen wir beide lachen. Wir stoßen auf uns und auf die Tatsache an, dass Männer uns zwar betören können, aber wir im Endeffekt selbst bestimmen, wie weit wir sie gehen lassen wollen.

»Möge er in der Hölle schmoren!«, füge ich noch hinzu.

»Zusammen mit allen anderen, die unserer Liebe nicht wert waren.« Ioanna bringt es auf den Punkt.

33. Kapitel

Dann folgt die große Stille, kein Lebenszeichen von ihm. Ich frage mich, ob er doch unter einem schlechten Gewissen leidet, oder ob er so intensiv mit Elena beschäftigt ist, dass er mich aus seinem Kosmos gestrichen hat. Je länger er schweigt beziehungsweise von der Bildfläche verschwunden ist, desto nervöser werde ich. Was bildet sich dieser Mann eigentlich ein? Er kann doch nicht einfach auftauchen, wenn es ihm passt, und dann wieder abtauchen, wenn ein interessanterer Zeitvertreib seinen Weg kreuzt. Schließlich hat er mir ja auch versprochen, dass er sich um die Pläne für mein Haus kümmern würde, also stehen wir sogar in einer Art von geschäftlicher Beziehung und da kann er nicht einfach verschwinden. Am dritten Tag seiner Abwesenheit habe ich die Nase voll und wähle seine Nummer, doch er hebt nicht ab.

Verärgert mache ich mich zu einem Spaziergang auf und lande scheinbar zufällig, aber doch irgendwie vom Unterbewusstsein gesteuert, bei Agathí, die gerade dabei ist, ihren Gemüsegarten von Unkraut zu befreien. Sie winkt mir schon von Weitem zu und unterbricht ihre Tätigkeit, um mit mir einige Worte zu wechseln.

»Was gibt es Neues bei euch Jungen?«

»Vieles, Agathí, vieles. Du wirst es nicht glauben, aber ich habe hier ein kleines Häuschen geerbt, gleich im nächsten Ort, etwas auswärts am Meer. Stell dir das einmal vor! Tante Lisa hat es vor vielen Jahren gekauft und nun gehört es mir.«

»Das klingt gut, ich freue mich für dich. Damit kannst du einen Teil deines Herzens hierher verfrachten.«

»Will ich das aber auch? Irgendwie ist alles sehr kompliziert, ich muss das Haus auch komplett sanieren, da es zurzeit eher einer Ruine gleicht, und das wird viel Geld verschlingen. Dazu kommt, dass mich mein Bekannter – ich habe dir von ihm erzählt – dabei unterstützen wollte und nun einfach nicht erreichbar ist. Ich stehe also wieder allein da und weiß nicht, womit ich beginnen soll.«

»Seid ihr nun doch im Bett gelandet?«

»Nein, Agathí, wir haben nicht miteinander geschlafen. Er ist ein Idiot und ich denke gar nicht daran, mit diesem Typen Sex zu haben. Außerdem steht er auf dunkelhaarige rassige Mitzwanzigerinnen, die ihm nachlaufen wie kleine Hündchen.«

»Dann ist er wirklich ein Idiot, wenn er eine Durchschnittsgriechin dir vorzieht.«

»Sag ich doch!«

Ich lächle meine ältere Freundin dankbar an.

»Weißt du, als ich meinen Mann – Gott habe ihn selig – kennenlernte, war er auch mit einer anderen Frau zusammen. Sie hieß Ramona und war meine Nachbarin. Eines Nachts, es muss um Mitternacht gewesen sein, konnte ich nicht schlafen und wollte auf meinem kleinen Balkon etwas Luft schnappen. Ich beobachtete, wie Ramona mit einem Mann nach Hause kam. Alles, was ich von ihm sah, war sein helles glattes Haar, das im Mondschein schimmerte. Er küsste sie leidenschaftlich vor der Eingangstür und sie kicherte wie eine Hyäne. Natürlich gab ich keinen Mucks von mir und beobachtete die beiden, die nicht auf die Idee kamen, nach oben zu sehen. Ramona war einige Jahre älter als ich und durfte schon zu Tanzveranstaltungen gehen, aber mir war klar, dass es ihr nicht erlaubt war, einen Mann mit ins Haus zu bringen. Trotzdem flüsterte sie ihm nach einigen Minuten etwas ins Ohr und drückte ihm einen Schlüssel in die Hand, den er mit erstauntem Blick begutachtete. Sie schlich schließlich durch das große Haustor hinein und er blieb geduldig vor dem Haus stehen. Dann öffnete er mit dem Schlüssel das Gartentor und verschwand hinter der buschigen Hecke, die den Garten umsäumte. Ich wusste, was ich gerade beobachtet hatte und konnte es nicht glauben, dass Ramona es tatsächlich wagte, den Fremden ins Haus zu schmuggeln. Ich war einerseits voller Bewunderung für meine Nachbarin, andererseits voller Hass, denn obwohl ich den Mann nur von oben gesehen hatte, hatte ich mich schon Hals über Kopf in ihn verliebt.«

»Das klingt ja wie im Märchen. Wie ging es weiter?«

»Ein Märchen war es bei Gott nicht, eher ein jahrelanger Kampf, aber einer, der sich auf lange Sicht hin auszahlte.«

»Ein Kampf?«

»Natürlich. Ist nicht jede Liebesbeziehung auch ein Kampf?«

»Ich weiß nicht. Ich habe Liebe bisher eher als etwas Harmonisches angesehen.«

»Dann hast du die wahre Liebe noch nicht erlebt, mein Kind.«

Ich lehne mich zurück und bemerke, wie Agathí in ihren Erinnerungen kramt und in eine Zeit zurückreist, die lange zurückliegt. Eine Zeit, in der sie blutjung war und das Leben vor sich hatte.

»Klaus, so hieß der Fremde, besuchte von nun an öfters unser Nachbarhaus, manchmal am Nachmittag, wenn Ramonas Eltern nicht zu Hause waren, und manchmal in der Nacht, um sich über den Garten in Ramonas Zimmer zu schleichen. Ramonas Eltern, ausgewanderte Italiener, waren sehr streng, was ihre einzige Tochter betraf, aber da sie schon ein wenig älter waren, nicht sehr begabt, was deren Bewachung betraf. Ramona machte im Grunde, was sie wollte. Klaus war noch jung, gerade mal neunzehn, ich selbst bin damals siebzehn Jahre alt und wie schon erwähnt hoffnungslos in den blauäugigen Emigranten verschossen gewesen. Wenn er mir auf der Straße begegnete, senkte ich verlegen den Blick, und wenn er vor Ramonas Tür stand und ich gerade aus unserem Haus kam, brachte ich kein Wort heraus, während er mich immer freundlich grüßte. Eines Tages stand er wieder in unserer Straße und schien auf sie zu warten. Ich kam gerade aus der Kirche und trug einen dunklen Schleier vorm Gesicht. Er strahlte mich wieder mit seinen himmelblauen Augen an und flüsterte ein leises *Kalispera*. Ich nahm all meinen Mut zusammen und vielleicht war es der Schleier, der mich schützte, oder die Tatsache, dass ich inzwischen regelmäßig von dem schönen Fremden träumte, jedenfalls grüßte ich ihn zurück.«

»Was passierte dann?«, will ich ungeduldig wissen.

»Er fragte mich nach meinem Namen, ich nannte ihn, und ohne es gewollt zu haben, fand ich mich in einem angeregten Gespräch mit ihm wieder.«

»Das klingt doch gar nicht nach einem Kampf, Agathí«, scherze ich.

»Als Ramona kurz darauf etwas verspätet um die Ecke bog und uns zusammen sah, wurde ich mit einer heftigen Ohrfeige belohnt.«

»Ramona hat dich geschlagen?« Ich kann es nicht glauben.

»Die Ohrfeige kam von meinem Bruder, dem Ramona geflüstert hatte, dass ich mich mit ihrem Freund eingelassen hätte.«

»Er hat Ramona das abgenommen?«

»Mein Bruder war wie die meisten Jungen im Dorf in Ramona verknallt und hätte ihr sogar geglaubt, wenn sie behauptet hätte, dass ich jemanden umgebracht hätte. Sie war ein ziemliches Biest und hat ihre körperlichen Vorzüge immer schamlos ausgenutzt.«

»Und Klaus? Wie hat er reagiert?«

»Als er am nächsten Tag meine geschwollene Wange sah und wissen wollte, was passiert sei, habe ich ihm erzählt, dass Ramona es mir übel nahm, dass ich mit ihm gesprochen hatte. Er war entsetzt und beendete seine Besuche bei ihr, dafür sahen wir uns immer öfter und nach einigen Monaten fragte er mich, ob ich seine Frau werden würde.«

»Hast du ihm je gebeichtet, dass es nicht Ramona war, die dich geschlagen hat?«

»Wozu?«

Sie lächelt schelmisch.

»Dann habt ihr geheiratet und wurdet glücklich?«

»So einfach war es nicht, da meine Familie absolut dagegen war, dass ich einen Deutschen heiraten wollte. Man hatte schon einen feinen Griechen aus dem Nachbarort im Auge, den ich allerdings nicht ausstehen konnte. Es gab wieder Streit, Flüche und Drohungen. Meine Eltern flehten mich an, es mir noch einmal zu überlegen, meine Brüder schlugen Klaus nicht nur einmal krankenhausreif. Trotzdem gaben wir nicht auf, und letzten Endes verließen wir die Insel und siedelten uns hier an.«

»Ihr musstet also flüchten?«

»Mit nichts außer dem, was wir am Leib trugen. Es war fürchterlich und ich bezweifelte sehr oft, dass wir es schaffen würden. Meine Liebe zu ihm war allerdings stark genug, um allen Widerständen zu trotzen, und das war alles, was für mich zählte.«

»Und ihr habt es geschafft. Ist das nicht schön?«

»Es war trotzdem nicht leicht und wir mussten hart arbeiten, Entbehrungen auf uns nehmen und auf alles verzichten, was uns zustand. Meine Eltern habe ich nie mehr gesehen und Klaus hatte schon zuvor jeglichen Kontakt mit seiner Familie abgebrochen. Unsere Kinder wuchsen ohne Vorfahren auf und wir konnten ihnen nichts außer Liebe und ein einfaches Leben bieten.«

Ich verstehe, was sie mir sagen will. Manchmal ist Liebe allein nicht genug, sie hält uns warm, aber sie befreit uns nicht von den Sorgen des Alltags und blendet die Realität nur teilweise aus. Die Liebe mag als Himmelsmacht dargestellt werden, doch oft bedarf es nur eines kleinen Stolpersteins, und schon zerbricht sie an den widrigen Umständen des Lebens.

In diesem Augenblick lässt uns ein lautes Piepsen zusammenfahren. Ich krame nervös in meiner Tasche und halte endlich das Telefon in den Händen.

»Eine SMS«, murmle ich, hebe die Tastensperre auf und sehe seinen Namen auf dem Display. Mein Herz hüpft wie wild.

»Die Nachricht ist von ihm, er hat geschrieben!«

»Was bitte schreibt man in so einer Situation?«

»Er schreibt, dass er kurz nach Österreich fliegen musste, aber am Wochenende wieder da sei und mir dann seine Ideen zeigen könne.«

»Welche Ideen?«

»Es geht um mein Haus, das ich geerbt habe und umbauen möchte.«

»Ach ja, das hast du schon erwähnt.«

»Keinerlei Hinweis auf den letzten Abend«, murmle ich kryptisch vor mich hin.

»Weißt du, Männer sind normalerweise nicht so gut, wenn es um die Formulierung ihrer Gefühle geht. Weder rhetorisch noch schriftlich. Diese Erfahrung habe ich jedenfalls gemacht. Die Liebesbriefe von Klaus waren eine Katastrophe.«

Ich muss wieder lachen und gebe Agathí recht. Was würde es auch bringen, mir jetzt Gedanken über Marco und seine Nachricht zu machen, also beschließe ich, mich einfach zu freuen, dass er sich überhaupt gemeldet hat. Ob mit emotionalem Gespür oder ohne. Das Wochenende würde zeigen, woran wir sind.

34. Kapitel

Marco ist also zurück! Es ist Samstagabend und ich habe am frühen Morgen einen Anruf von ihm erhalten, wir würden uns morgen treffen, um die Pläne durchzusprechen. Er klang neutral, ich konnte keinerlei Gefühlsregung ausmachen. Ich konzentrierte mich daraufhin, genauso gleichgültig zu klingen und bestätigte die Verabredung. Und seither frage ich mich, wie unser Wiedersehen wohl ablaufen würde. Jetzt am Abend bin ich bereits ein Nervenbündel und beschließe, zu Nikos zu gehen, um dort auf andere Gedanken zu kommen. Ich spaziere die Straße zum Strand hinunter, und gerade als ich nach links zu Nikos abbiegen möchte, sehe ich weiter rechts Marcos Pick-up stehen. Obwohl es schon dunkel ist, erkenne ich eindeutig die bunten Aufkleber auf der Heckplanke und sofort wird mir klar, dass er sich hier irgendwo befinden muss – wahrscheinlich am Strand, nur einige hundert Meter von mir entfernt.

Wie ferngesteuert bewege ich mich nun in die andere Richtung, während ich Gott anflehe, dass ich ihn alleine vorfinde. Nur nicht wieder in einer verfänglichen Situation mit einer Frau, das würde ich nicht aushalten. Plötzlich ist mir unsagbar übel, ich habe das Gefühl, dass sich alles in meinem Körper gegen diese Situation sträubt. Ich höre weder den Wind noch das Rauschen des Meeres, doch die Dunkelheit, die mich umgibt, beruhigt mich ein wenig, sie blendet die scharfen Konturen der Realität aus. Ich versuche nun, meinen Atem zu regulieren und flehe mein Herz an, es möge endlich aufhören, wie wahnsinnig zu schlagen.

Als ich ihn sehe, scheitert jeglicher Versuch, auch nur einen minimalen Anschein von Ruhe und Gelassenheit an den Tag zu legen. Er lehnt an einem Baum und beobachtet das Meer. Ich räuspere mich ein wenig, um ihm meine Anwesenheit mitzuteilen. Er blickt in meine Richtung, doch ich kann aufgrund des Schattens, den die Baumkrone auf ihn wirft, seine Gesichtszüge nicht genau erkennen.

»Jo, was machst du denn hier?«

»Mir war so nach Meerluft, ich hoffe, ich bin nicht in dein Revier eingedrungen.«

Er lächelt mich an und erwidert: »Ausnahmsweise bin ich dir deshalb nicht böse. Normalerweise kommen hier nicht so viele Leute vorbei, besonders nicht am Samstagabend. Da ist jeder aufs Feiern aus und die meisten aus dem Dorf findet man bei Nikos. Vor allem seit es da vor einiger Zeit eine beeindruckende Showeinlage auf dem Tresen gab. Die Griechen hoffen jede Woche auf eine Wiederholung.«

Ich schenke ihm einen »Sehr-komisch-Blick« und es amüsiert ihn, dass mir diese Aktion noch immer peinlich ist.

Wir spazieren den leeren Strand entlang, der Wind hat inzwischen zugelegt und ich friere. Als er es bemerkt, zieht er seine Kapuzenjacke aus und legt sie mir um die Schultern.

»Das ist wirklich nicht nötig«, protestiere ich.

»Ich weiß«, antwortet er knapp und besteht darauf, dass ich sie behalte. Schweigend gehen wir weiter und ich bin inzwischen ein solches Nervenbündel, dass ich bereits überlege, doch umzudrehen und die Dinge sein zu lassen, wie sie sind.

»Das was da beim Fest geschehen ist, tut mir leid.«

»Wie bitte? Wovon sprichst du?«, frage ich nach.

»Die Tatsache, dass ich dich beim Dorffest einfach stehen gelassen habe und mit Elena gegangen bin.«

»Du bist mir keine Rechenschaft schuldig. Kein Problem.«

»Ich weiß, aber ich möchte es dir trotzdem sagen.«

»Ich hoffe, du hattest wenigstens Spaß. Sie ist eine wunderschöne Frau und ich kann verstehen, warum du mit ihr zusammen bist.«

Er bleibt abrupt stehen, als ich es bemerke, bin ich schon zwei Meter weiter.

»Erstens bin ich mit Elena nicht zusammen und zweitens war es unkompliziert, genau das, was ich mir davon versprochen habe.«

Inzwischen habe ich meine Arme komplett in seine Jackenärmel gesteckt, das Kleidungsstück ist mir viel zu groß, aber es ist warm und es riecht nach ihm. Dieser Geruch raubt mir den Verstand und ich frage mich, ob es in der momentanen Situation hilfreich ist.

»Dann ist ja alles bestens!«, stelle ich so emotionslos wie möglich fest, aber meine Stimme zittert. Ich hoffe, dass er davon ausgeht, dass dies ein Folgeerscheinung der Kälte ist, jedoch bezweifle ich, dass ich Marco irgendetwas vormachen kann. Schnell setze ich unseren Spaziergang fort und hoffe, dass er meine geröteten Wangen nicht sieht.

Er ist mir gefolgt und nun wieder auf meiner Höhe.

»Warum rennst du eigentlich so?«, fragt er mich. »Bist du vor irgendetwas oder jemandem auf der Flucht?«

Ich sehe sein Gesicht nicht und halte den Blick etwas verkrampft auf den Boden gerichtet, aber ich weiß, dass er lächelt.

»Du hältst dich wohl für sehr überlegen. Du glaubst, dass du immer derjenige bist, der alles unter Kontrolle hat und der sich nie auf komplizierte Dinge einlässt. Ich sage dir hier und jetzt, dass du eines Tages die Konsequenzen deines Handelns zu tragen haben wirst. Du wirst dir wünschen, jemanden zu haben, dem es nicht einerlei ist, wo du bist und wie es dir geht. Aber zum Glück kann mir das ja völlig egal sein.«

»Genauso ist es, Jo. Was regst du dich also schon wieder auf? Schalt nur für einige Minuten deinen Kopf aus, entspann dich und schau aufs Meer. Immer wenn ich in Österreich bin, wird mir klar, dass ich nie mehr ohne das Meer leben will.«

Ich könnte diesen Menschen umbringen und koche vor Wut. Wenigstens hat es die Übelkeit etwas verdrängt und ich folge unwillig seinem Rat. Das Meer erscheint mir aufgewühlt und zornig – genauso wie ich. Meine Haare flattern und verdecken mein Gesicht, ich sehe so gut wie nichts. Marco steht hinter mir. Plötzlich spüre ich, wie er seine Hände auf meinen Kopf legt und meine Haare nach hinten streicht. Er hält sie am Hinterkopf fest und ich sehe den Mond. Er ist riesig und zieht mich völlig in seinen Bann. Noch immer fühle ich Marcos Hände auf meinem Kopf, doch ich kann meine Sinne auf nichts anderes konzentrieren als diesen gewaltigen Anblick vor mir.

»Ist das nicht einzigartig? Ich könnte ewig hier stehen und aufs Wasser schauen.« Marco lockert den Griff um meine Haare und plötzlich fliegen sie mir wieder ins Gesicht. Er legt seine Hände nun auf meine Schultern und ich verkrampfe mich instinktiv, rühre mich aber nicht vom Fleck.

Als er meinen Körper um 180 Grad dreht und ich ihm nun gegenüberstehe, geben meine Knie und meine Standfestigkeit endgültig nach. Als ich seine Lippen auf den meinen spüre, vorsichtig und tastend, verfalle ich in einen Trancezustand und wehre mich nicht. Wie eine Verdurstende, der man unerwartet Wasser über die Lippen gießt, nehme ich seine Küsse hin, ohne einen einzigen klaren Gedanken fassen zu können. Meine Nerven vibrieren und mein Mund lässt sich nicht mehr mit dem Verstand steuern, er ist bereits eins mit dem seinen. Ich hatte mir diesen Moment etliche Male vorgestellt und doch übermannt mich schließlich die Wirklichkeit, die jede noch so romantische Vorstellung Lügen straft, denn nicht einmal in meinen kühnsten Träumen hatte sich ein Kuss mit diesem Mann so atemberaubend angefühlt.

Seine Hände umfassen mein Gesicht, als wolle er sichergehen, dass ich ihm nicht entschlüpfe. Zärtlich fährt sein Daumen über meine Wange – immer wieder, ganz langsam. Ich fühle mich völlig losgelöst von Zeit und Raum und konzentriere mich nur noch auf seine unglaublich sanfte Berührung. Während er mich weiterküsst, wandern seine Hände nach unten. Ich spüre seine langen Finger, die langsam aber bestimmt ihren Weg unter seine Jacke finden. Während ich mich jeder seiner Bewegungen ergebe, wird mir klar, dass ich noch nie zuvor in meinem Leben jemanden so gewollt habe wie diesen Mann. Der Gedanke schockiert mich, andererseits erregt er mich unsagbar. Ich bin nicht mehr in der Lage, mich mit Moralvorstellungen oder Regeln zu befassen, denn ich fühle mich in ein Paralleluniversum gebeamt, wo diese Dinge ihre Bedeutung verloren haben.

Marco hebt mich schließlich auf und trägt mich in Richtung Strand. Ich will meine Augen nicht öffnen, will die Umgebung um uns nicht wahrnehmen. Ich fühle ihn, rieche ihn, und das ist alles, was mir in diesem Moment wichtig ist. Als er mich sanft in den Sand legt und sich über mich beugt, sehe ich ihn dennoch an. Ich muss mich davon überzeugen, dass er real ist, dass ich nicht träume.

Sein Gesicht ist direkt über dem meinen und seine blauen Augen sind auf mich gerichtet. Sie fragen mich, ob ich mir sicher bin. Für einen Mann wie ihn gibt es keine Kompromisse oder halbe Sachen, er trifft in Sekundenschnelle Entscheidungen, die er dann mit allen Konsequenzen durchzieht. Ich stimme ihm zu, ohne etwas zu sagen. Er schenkt mir ein erleichtertes Lächeln und beginnt meine Bluse aufzuknöpfen. Ich vergesse alles um mich, Robert, Sam, Tante Lisa, meine Eltern, die Verwandten – alles, was in den letzten Wochen geschehen ist ist nur geschehen, damit ich diesem Mann begegne. Ich möchte diesen Moment festhalten, ihn einfrieren und auf ewig in mein Gedächtnis einbrennen, denn er kommt meinem Empfinden von Perfektion so nahe wie es nur möglich ist.

35. Kapitel

»Wir sollten langsam aufbrechen.« Marcos Stimme reißt mich aus meinen Gedanken.

»Warum?«

»Weil ich Hunger habe. Möchtest du nicht auch etwas essen?«

»Kannst du kochen?« Ich stelle die Frage schmunzelnd.

»Zweifelst du etwa daran?«

»Nein, eigentlich nicht.«

»Dann lass uns gehen und ich werde dich mit meinen Künsten überraschen.«

»Das hast du bereits«, denke ich, behalte es aber für mich.

Wir kleiden uns wieder an und ich spüre, dass sich Unmengen von Sand in meiner Kleidung gesammelt haben, meine Haare sind wohl auch voll damit. Ich fühle mich wie mit achtzehn, als ich mich im Urlaub einmal mit einem jungen Mann am Strand traf und dort infolge einer Küsserei wie ein frittiertes Huhn ins Hotel zurückgekehrt war. Wie hieß er nur gleich? Ich strenge mich an, doch der Name will mir nicht einfallen, anscheinend war er doch nicht wichtig genug, um mich an ihn zu erinnern.

Gerade als ich den letzten Knopf der Bluse geschlossen habe, merke ich, dass ich von hinten umarmt werde. Er hält mich fest und küsst meinen Nacken, ganz sanft und ewig lange. Ich schließe meine Augen und lasse mich fallen, ich vertraue mich seinen Armen an, die mich stützen und wärmen. Keiner sagt etwas und doch weiß ich, was er mir mit dieser Geste mitteilen möchte. Ich bin ihm dankbar dafür, denn auf seine Weise gibt er mir mehr, als ich je erhofft habe, von ihm zu erhalten.

Als wir im Wagen sitzen und er den Motor anlässt, treffen sich unsere Blicke und ich bin froh, dass wir beide kein Problem damit haben, uns ohne Scheu anzusehen. Im Gegenteil, ich finde etwas Vertrautes, das ich schon früher in seinen Augen entdeckt habe. Nun nimmt es eine neue Bedeutung an – ich sehe mich plötzlich differenziert und genieße es, endlich die Frau zu sein, die ich sein möchte. Als wir die Abzweigung zu seinem Haus erreichen und ich mich noch immer im Gordischen Knoten meiner Gedankenwelt befinde, stellt er das Radio an und ich fühle ich mich in die Realität zurückversetzt. Ich seufze und frage mich, ob wir irgendetwas gemeinsam haben, außer der Tatsache, dass wir nun eine Erinnerung teilen. Wahrscheinlich nicht, aber ist das von Belang? Ich habe keine Antwort dafür.

Beim Haus angekommen übermannt mich abermals ein vertrautes Gefühl. Der Umstand, dass ich hier schon einmal übernachtet habe, scheint sich in meinen Synapsen festgesetzt zu haben. Marco macht sich gleich an die Arbeit und erkundet, welche Lebensmittel er im Kühlschrank gelagert hat. Er erklärt mir, dass ich mich wie zu Hause fühlen solle und ich frage ihn, ob es okay wäre, wenn ich zuerst einmal eine Dusche nähme.

»Sicher, mach wonach dir ist – du kennst dich ja schon ein wenig aus.«

Dabei schenkt er mir ein umwerfendes Lächeln und ich erwidere: »Ganz genau, ich weiß sogar schon, wo du deine Kondome lagerst.«

»Ich schätze Frauen mit Initiative und Spürsinn.«

Dann dreht er sich um und beginnt, diverse Gemüsesorten zu schnippseln, während ich im Bad verschwinde. Dort entkleide ich mich und schlüpfe unter die Dusche. Das warme Wasser verteilt sich kurz darauf auf meinem ganzen Körper und ich versuche, die Sandkörner, die sich hartnäckig hinter den Ohren und im Bauchnabel versteckt haben, zu entfernen. Das Duschen gleicht einem sanften Peeling und ich fühle mich wie bei einer Spa-Behandlung. Als ich schließlich meinen Körper mit dem Duschgel einseife, das ich am Fenstersims entdeckt habe, verbreitet sich ein angenehmer, herber Duft, den ich eindeutig mit Marco in Verbindung bringe, und ich habe das Gefühl, dass er neben mir steht. Während der Schaum über die Rundungen meines Körpers rinnt, erlebe ich einen Flashback und finde mich am Strand wieder, in seinen Armen, völlig losgelöst von Zeit und Raum. Ich frage mich, ob nun endlich die Reue oder die Angst kommen würde, die Erkenntnis, einen furchtbaren Fehler gemacht zu haben. Doch nichts geschieht, kein Bedauern und kein Wunsch, alles ungeschehen zu machen, im Gegenteil.

Die Badezimmertür öffnet sich und Marco teilt mir mit, dass das Essen auf dem Tisch stehe.

»Ich bin gleich da!«, rufe ich aus der Dusche und beeile mich, das Wasser abzustellen, mich abzutrocknen und meine Haare einigermaßen in Form zu bringen. Die nassen Locken wickle ich in ein Handtuch und meinen nach Marco duftenden Körper verstecke ich unter einem weiten Sweatshirt, das ich im Badezimmer finde. An mir sieht es aus wie ein unförmiges Kleid und reicht mir bis zur Mitte der Oberschenkel. Als ich die Küche betrete, sehe ich, dass der Tisch gedeckt ist und von einigen dicken Kerzen in der Mitte beleuchtet wird. Ich bin beeindruckt.

»Wow, das sieht ja richtig romantisch aus.«

»Es ist mehr eine Notlösung, da die Glühbirne heute Morgen ausgefallen ist und ich keine Ersatzbirne habe.«

»Da habe ich aber Glück gehabt.«

Ich setze mich und bekomme ein Omelette mit diversen Zutaten serviert, das wirklich hervorragend schmeckt. Marco kredenzt dazu einen Weißwein, den ich allerdings ablehne. Ich entscheide mich für Wasser.

Nach dem Essen erhebt Marco sich und teilt mir mit, dass er nun auch eine Dusche benötige. Ich biete mich als Abwäscherin an, doch er nimmt meine Hand, führt mich zur Couch und setzt mich sanft hin.

»No way. Das ist meine Küche und mein Geschirr, das ich später wegräumen werde. Du ruhst dich aus und denkst über dein Leben nach, oder worüber du sonst so grübelst. Ich bin in einigen Minuten wieder da.«

»Sollte ich denn mein Leben überdenken?«

Ich sehe ihn unsicher an.

»Was du tun sollst oder willst, musst du selbst wissen. Ich beobachte nur, mehr steht mir nicht zu.«

Damit verschwindet er durch die Badezimmertür und ich bin gleich schlau wie vorher. Mein Leben, hat es sich durch diesen Abend verändert? Welchen Einfluss wird das, was geschehen ist, darauf haben? Wird es überhaupt etwas aus dem Lot bringen oder wird es irgendwo in meinem Gedächtnis versteckt bleiben und irgendwann sogar in Vergessenheit geraten – genauso wie der italienische Junge, der mich einst am Strand geküsst hat?

Ich löse das Handtuch von meinem Kopf und schüttle meine feuchten Locken. Während ich auf dem Sofa liege und in einem Bildband über Neuseeland blättere, den ich am kleinen Tisch vor mir gefunden habe, kehrt Marco zurück. Auch sein Haar ist nass und er duftet nach den Produkten, die ich kurz vorher selbst verwendet habe. Ich frage mich, was in seinem Kopf wohl vorgeht.

Er setzt sich zu mir und sieht mich lange an.

Ich blättere noch immer im Buch, meine Augen nach vorne gerichtet, doch meine Sinne konzentrieren sich auf den Mann, der meine Oberschenkel streichelt. Ich genieße die Ruhe und die Ungezwungenheit, die in diesem Haus herrschen, als wäre es ein Refugium in einer Welt, in der die Zeit nicht stillstehen kann. Hier gibt es keine Uhr, jedenfalls habe ich noch keine entdeckt, keinen Computer und keinen Kalender, es wird einfach nur im Rhythmus der Natur gelebt. Ich fühle ein klein wenig Eifersucht in mir aufkeimen, denn mir wird klar, dass Marco schon an einem Punkt angekommen ist, von dem ich selbst noch meilenweit entfernt bin.

»Wann stehst du eigentlich morgens auf?«

»Wenn ich aufwache.«

»Wann gehst du ins Bett? Sag nichts, ich kenne die Antwort bereits: Wenn du müde bist. Stimmt's?«

»Oder wenn ich eine schöne Frau im Arm habe.«

Das Lächeln in seinem Gesicht breitet sich auf ein Maximalmaß aus, sodass ich das Kissen hinter meinem Kopf hervorhole und nach ihm werfe. Geschickt fängt er es auf, er schnellt nach vorne und liegt schon auf mir. Als er mich küsst, verfalle ich wieder in jene Trance, die mich schon am Strand übermannt hat. Seine Lippen, die sich nun weich und warm anfühlen, verschmelzen mit den meinen und sein Duft raubt mir den Verstand. Ich spüre, dass sein Körper sich bereits nach kurzer Zeit anspannt und seine Hände umschlingen mich mit einer Intensität, die mich wachrüttelt. Ich fühle mich wie die Beute eines Raubtieres, das kurz davor ist, mich mit Haut und Haaren zu verschlingen. Als er sich aufrichtet und mich zu sich zieht, ertaste ich seinen muskulösen Rücken und meine Hände wandern unter seine Shorts, bis sie an seinen Pobacken Halt finden. Währenddessen liebkosen seine Hände meinen Hals und meine Schultern. Schließlich hebt er mich hoch und steht auf, meine Beine umschlingen ihn und er trägt mich ins Schlafzimmer. Dort lässt er mich aufs Bett fallen und zieht sich aus.

»Ziehst du jetzt deinen Pyjama an?«, japse ich.

»Pech gehabt, meine Liebe. Ich schlafe immer nackt. Wenn du beim ersten Mal nicht so betrunken gewesen wärst, wüsstest du das.«

»Du hast damals auch nackt neben mir gelegen?«

Ich spiele die Entsetze.

»Natürlich, warum sollte ich meine Gewohnheiten ändern? Bist du schockiert?«

Er legt sich neben mich und ich lege mich auf ihn.

»Nicht schockiert, nur voller Reue, dass ich nicht schon früher deine wahren Vorzüge erkannt habe.«

»Du meinst, die Tatsache, dass ich im Bett ein Gott bin?«

»Das kann ich nicht beurteilen, denn ich kenne dich nur …, nun ja, am Strand. Eigentlich sprach ich eher von deinen Kochkünsten.«

Seine warmen Hände sind nun unter sein Sweatshirt gerutscht, welches noch immer meinen Körper bedeckt. Er streichelt meinen Po und dann meinen Rücken, seine stechenden Augen durchbohren die meinen.

»Dann werde ich dir wohl beweisen müssen, in welcher Disziplin ich unschlagbar bin.«

»Beim Surfen?«

»Da auch.«

Ich schaffe es nicht, unser Wortspiel weiterzuführen, denn Marco streift mir schon das Shirt über den Kopf. Wir schlafen nicht nur miteinander, sondern wir lieben uns auf eine Weise, die uns beide aufwühlt, voller Zärtlichkeit, Hingabe und Vertrauen.

36. Kapitel

Ich werde von einem lauten Geräusch geweckt. Etwas desorientiert richte ich mich auf, werde aber sofort Von einem leichten Schwindelgefühl befallen. Ich lasse mich wieder nach hinten sinken und schließe die Augen. Marco scheint schon in der Küche zu hantieren und ich rufe ihm laut zu, ob er wisse, wie spät es sei. Er streckt seinen Wuschelkopf – so sieht er also am Morgen aus – zur Tür herein: »Guten Morgen. Nein, ich weiß nicht, wie spät es ist, aber der Sonne nach zu urteilen würde ich sagen, acht Uhr.«

Dann ist er schon wieder weg. Gott, wo habe ich nur mein Handy gelassen? Ich muss jetzt gleich wissen, wie spät es ist. Ich sehe im Bett nach, frage mich dann aber gleich, warum es gerade hier sein sollte. Schließlich stehe ich doch auf und schlüpfe wieder in Marcos Sweatshirt. Ich bewege mich ins Wohnzimmer, wo ich unter dem Sofa meine Umhängetasche finde, darin auch nach einiger Zeit des Wühlens mein Telefon, das mir sagt, dass es tatsächlich kurz nach acht ist. Was würde die Familie wohl denken? Schon wieder eine Nacht, die ich nicht in ihrem Haus verbracht habe.

»Jo, das Frühstück steht am Tisch, bist du nicht hungrig?«

Kann der Mann immer nur ans Essen denken? Ich schüttle den Kopf, stelle dann aber fest, dass der Gedanke an einen starken Kaffee gar nicht so schlecht ist, und nach einem kurzen Badezimmerbesuch lasse ich mich am Stuhl neben ihm am gedeckten Frühstückstisch nieder.

»Wie hast du geschlafen?«, will er wissen.

»Ganz gut, denke ich. Ich habe generell einen sehr festen Schlaf.«

»Dafür wälzt du dich aber ganz schön oft umher und nimmst eine ziemlich große Fläche des Bettes in Anspruch.«

»Wirklich? Tut mir leid, wenn ich deinen Schönheitsschlaf gestört habe.«

Er lehnt sich nach vor und küsst meine Nase.

»Kein Problem, ich werde einfach heute Nachmittag ein zusätzliches Nickerchen einlegen.«

Etwas verlegen senke ich meinen Blick, nippe an meinem Kaffee und überlege, ob ich mir auch eines der Croissants nehmen soll.

»Du bist ja so ruhig.«

»Bekennender Morgenmuffel«, erkläre ich ihm.

»War ich früher auch einmal, irgendwie wurde es mit meinem Umzug hierher besser. Nimm doch ein Croissant, ich habe sie heute Morgen extra für dich besorgt.«

»Du warst schon einkaufen?« Ich blicke ihn ungläubig an.

»Ich war nur schnell in der Bäckerei, ich hatte ja nicht mit Besuch gerechnet und hätte dir ansonsten nichts aufwarten können.«

»Anscheinend haben deine Eltern bei deiner Erziehung doch etwas richtig gemacht.«

Während ich in das Schokocroissant beiße, verdunkelt sich sein Blick etwas. Ich schelte mich, weil ich das Elternthema erwähnt habe. Er will anscheinend an nichts, was mit seiner Vergangenheit zu tun hat, erinnert werden.

»Sorry, das hätte ich nicht sagen sollen.« Ich werfe ihm einen reumütigen Blick zu.

»Macht doch nichts. Ich musste nur gerade daran denken, dass es wieder einen Streit gegeben hat, als ich zu Hause war.«

»Du warst bei deinen Eltern?«

»Nein, eigentlich nicht. Mein Großvater ist vor zwei Wochen gestorben und ich bin zu seinem Begräbnis geflogen.«

»Das tut mir leid. Mein Beileid.«

»Ich danke dir. Mein Großvater war eigentlich der Einzige, der mich verstanden hat, als ich die Familie verließ. Obwohl er sich nicht gegen meinen Vater stellen wollte, hat er mich heimlich unterstützt und mir ermöglicht, hier meine Zelte aufzuschlagen. Ohne seine Hilfe hätte ich es nicht geschafft.«

»Das muss ein großer Verlust für dich gewesen sein. Der einzige Rückhalt in deiner alten Welt sozusagen.«

»Das stimmt, andererseits kann ich nun für immer damit brechen und muss nicht mehr das Gefühl haben, dort etwas zurückgelassen zu haben.«

»Und der Streit? Worum ging es?«

»Mein Großvater verfügte über etliche finanzielle Rücklagen, und als ich das Land verließ, änderte er sein Testament und setzte mich als Alleinerben ein. Als mein Vater das nun erfuhr, stellte er mich zur Rede und erklärte mir, dass ich kein Recht auf das Geld seiner Familie hätte, da ich mich dazu entschieden habe, nicht mehr ein Teil dieser Familie zu sein. Er möchte nun das Testament anfechten.«

»Das ist ja unglaublich. Wie viel mehr will dir dieser Mann denn noch antun?«

»Du kennst ihn nicht, er ist zu allem fähig.«

»Deine Mutter, was sagt die dazu?«

»Ich habe sie nur kurz gesehen und ich möchte ihr keine Schwierigkeiten bereiten. Sie hat sich für ein Leben an seiner Seite entschieden, und das akzeptiere ich.«

Er schenkt sich noch einen Kaffee ein und gibt mir mit einem gequälten Lächeln zu verstehen, dass er das Thema beenden möchte.

»Was werde ich meinen Verwandten sagen, wo ich die Nacht verbracht habe?«

»Wirst du Probleme bekommen?«

»Keine Ahnung. Darüber habe ich noch nicht nachgedacht. Meinst du, Probleme mit Onkel Yannis und den anderen oder mit meiner Familie in Österreich?«

»Zuerst solltest du einmal eine Erklärung für die Griechen finden – obwohl, die müssten sich ja schon daran gewöhnt haben, dass du nicht immer bei ihnen übernachtest. Was haben sie damals gesagt?«

»Seltsamerweise haben sie mich nicht gefragt. Sie wollen mir anscheinend nicht das Gefühl geben, dass sie mich kontrollieren und sagen immer wieder, dass ich tun und lassen könne, was ich will. Ich fühle mich bei ihnen wirklich wie jemand, der dabei ist, seinen eigenen Weg zu finden. Als wäre ich ein Teenager, der noch alles vor sich hat.«

»Das klingt doch nicht schlecht. Ich habe die Erfahrung gemacht, dass die Menschen hier viel offener mit allem umgehen, sie nehmen das Leben, wie es kommt und vergeuden keine Energie damit, sich Sorgen um Dinge zu machen, die man nicht verhindern kann.«

»Dann bin ich ja hier genau richtig, um zu lernen, wie man sich keine Sorgen macht.«

»Ich habe das Gefühl, dass Griechenland dir gut tut.«

»Du meinst, weil ich jetzt nicht mehr so eine Xanthippe wie am Anfang bin.«

»Ich fand dich eigentlich immer recht interessant, ein wenig kampflustig, aber dadurch nicht weniger attraktiv. Vielleicht säßen wir jetzt nicht hier, wenn du eine Durchschnittsfrau wärst.«

»Du hattest aber zuvor nicht unbedingt eine Abneigung gegenüber solchen Frauen.«

»Es kommt immer darauf an, zu welchem Zweck man sie einsetzt. Zum Frühstück ist noch keine geblieben.«

Damit steht er auf und ich kann seinen Blick nicht sehen. Obwohl sein Tonfall ziemlich belanglos gewesen ist, macht mich der Satz nachdenklich.

»Möchtest du noch ein Ei?«

»Nein, danke. Ich sollte dann wohl langsam ans Aufbrechen denken.«

»Willst du nicht noch die Pläne sehen?«

»Ach ja, die Pläne. Natürlich! Ich bin begeistert, dass du schon daran gearbeitet hast. Zeig mal her.«

Schnell räume ich die linke Tischhälfte ab und Marco kehrt aus dem Wohnzimmer mit einigen Bögen Papier zurück. Er erklärt mir, dass es gar nicht so einfach gewesen ist, hier Zeichenmaterial aufzutreiben, vor allem, da er sich schon ewig nicht mehr mit Architektur beschäftigt habe und gar keine Ahnung hatte, an wen er sich wenden sollte, um geeignete Dinge zu erstehen. Er breitet schließlich unterschiedliche Entwürfe vor mir aus, alles ist mit der Hand peinlichst genau skizziert und so in Szene gesetzt, dass ich die Häuser bereits vor meinem geistigen Auge sehen kann. Er erklärt mir die verschiedenen Herangehensweisen und die Möglichkeiten, die der Bestand und das Land mir bieten, ohne dass man tiefgreifende Veränderungen vornehmen müsse. Ich betrachte fasziniert seine Skizzen und blättere die einzelnen Bögen immer wieder durch. Er fragt mich dann, welcher Entwurf am ehesten meinen Vorstellungen entspräche, oder ob mir vielleicht gar nichts wirklich gefalle.

»Was würde deiner Meinung nach am besten zu mir passen?«

Marco lässt sich mit seiner Antwort Zeit, er blättert die einzelnen Skizzen noch einmal durch und verweilt dann bei einem der Bögen.

»Als ich das entworfen habe, hatte ich dich ziemlich genau vor Augen. Ich denke, dass du dich in so einem Haus wohlfühlen würdest.«

Er dreht das Blatt um und ich halte den Atem an, denn ich sehe das Haus, in das ich mich vorhin auf den ersten Blick verliebt habe. Es ist klein, aber durch einen Zubau an die bestehende Substanz doch viel größer als jetzt. Seine rechteckige Grundfläche wird durch zwei zusätzliche Mauern, die in Richtung Strand orientiert sind und die Stützen für eine Pergola darstellen, erweitert. Die Hausfront zum Meer ist mit großzügigen Fenstertüren und Lichtöffnungen ausgestattet und macht das innen liegende Wohnzimmer zu einem sonnendurchfluteten Wohnbereich. Die Terrasse davor ist großzügig angelegt und wird von einem Lattendach beschattet. Die Küche bleibt klein, doch die Nischen sind optimal ausgestattet und bieten Stauraum für etliche Töpfe und Teller. Das Badezimmer ist hell und freundlich, es haben sowohl eine Dusche als auch eine Badewanne Platz. Das Schlafzimmer ist auf der Westseite angesiedelt und zeigt in Richtung Meer. Marco hat nur ein Doppelbett, einen Schrank und ein Sofa eingeplant. Minimalistisch, aber genauso wie ich es mir vorstelle. Zusätzlich gibt es dank dem Zubau noch ein Gästezimmer und zwei kleine Abstellräume.

»Gefällt es dir?«

Ich antworte nicht, sondern gehe auf ihn zu. Meine Arme schlingen sich um seinen Hals und ich küsse ihn sanft. Dann flüstere ich ihm ins Ohr: »Danke dafür, dass du mich verstehst, obwohl ich dir eigentlich fremd bin. Du hast das perfekte Haus für mich entworfen und mir damit etwas geschenkt, das meinem Leben eine neue Bedeutung gibt. Du hast keine Ahnung, wie sehr ich das gebraucht habe.«

Er hält mich fest und sagt mir dann, dass ich ihm auch etwas Wichtiges gegeben hätte, nämlich die Lust, wieder etwas zu machen, was er vor langer Zeit aufgegeben hat.

»Ich habe meinen Beruf verflucht, weil ich das Gefühl bekam, man hätte ihn mir aufgedrängt. Es ist nicht so, dass ich ihn wieder ausüben möchte, aber es hat sich gut angefühlt, etwas zu schaffen, was jemand anderen glücklich macht.«

»Es tut mir leid, Marco. Ich glaube, ich muss nun wirklich los. Wärst du so nett und könntest mich nach Hause bringen?«

»Das gehört ja wohl zum Date dazu.«

Er drückt mir noch einen Kuss auf meinen Kopf und ich versuche, wieder in die Realität zurückzukehren. Während ich in meine Sachen schlüpfe, die ich zuvor noch von Sand und Schmutz befreie, zieht er sich im Schlafzimmer um und erscheint dann in einem hellblauen Shirt und Jeans. Er sieht wirklich umwerfend aus und ich muss mich beherrschen, dass ich ihm nicht gleich wieder um den Hals falle.

»Kann es losgehen?«, will er wissen.

»Ich bin bereit. Lass uns fahren.«

Wir steigen in seinen Ford, an den ich mich inzwischen schon einigermaßen gewöhnt habe. Auf der Ladefläche erkenne ich einige Surfboards und ein Seil. Wahrscheinlich zum Abschleppen, wenn diese Antiquität doch mal den Geist aufgibt. Die Sonne steht nun bereits hoch am Himmel und es fühlt sich wieder ziemlich heiß an. Das Meer am Fuße des Hügels blitzt uns hellblau entgegen. Ich verstehe, warum er gerne hier lebt. Kurz bevor wir da Dorf erreichen, fährt er rechts ran. Er beugt sich zu mir rüber und küsst mich.

»Ich wollte mich nur von dir verabschieden, ich nehme an, dass es nicht gut kommt, wenn ich das vor eurem Haus mache.«

»Gut mitgedacht.«

Ein etwas wehmütiges Lächeln erscheint auf meinem Gesicht, denn mir wird klar, dass es ab nun schwierig werden würde.

»Danke fürs Frühstück.«

»Du bist jederzeit willkommen.«

Dann setzt er den Wagen wieder in Gang und wir erreichen kurz danach das Dorf, den Hauptplatz und dann unsere Straße.

»Soll ich dich hier rauslassen, damit niemand sieht, mit wem du gekommen bist?«

»Erstens hat uns schon die Gemüsefrau über den Hauptplatz fahren sehen und es wird nur Minuten dauern, bis sie es jemandem erzählt, und zweitens muss ich mich meiner Familie früher oder später ohnehin stellen. Warum also nicht gleich?«

Marco steigt wieder aufs Gas und fährt in Richtung Haus weiter.

»Das heißt, ich sollte vorsichtig sein, damit ich nicht früher oder später ein Messer im Rücken habe.«

»Meine griechische Familie ist nicht unbedingt ein Fan meines Mannes, ich denke, sie wird dich verschonen. Vielleicht nur ein oder zwei abgeschnittene Finger.«

»Da bin ich ja beruhigt.« Seine Augen funkeln wie Edelsteine und ich drehe mich fast mit Gewalt auf die andere Seite.

»Da wären wir. Alles Gute. Vielleicht lässt du mich ja kurz wissen, wie es gelaufen ist. Nur für den Fall, dass ich doch auswandern muss.«

»Ich melde mich, versprochen.«

Ich flüstere noch ein leises Ciao und steige dann aus dem Wagen. Gerade als er den Hof verlässt, geht die Haustür auf und Mélina steht vor mir.

37. Kapitel

»Guten Morgen, Mélina.«

»Guten Morgen, Jo.«

Sie geht vor mir in die Küche, die leer ist, und schenkt sich einen Kaffee ein. Ich kann ihr Gesicht nicht sehen und frage mich, wie ich beginnen soll. Wie erklärt man jemandem, dass man seinen Mann betrogen hat und dass es einem nicht einmal leid tut? Völlig durcheinander lasse ich mich auf einen Stuhl fallen.

»Möchtest du auch einen Kaffee?«

»Nein danke, ich habe schon gefrühstückt«, stammle ich etwas verlegen.

»Macht er guten Kaffee?«

»Ja, sehr guten.«

»Dann verzeihe ich dir, dass du mich heute früh hast hängen lassen. Ich hatte einen wundervollen Brunch vorbereitet, doch du bist nicht gekommen.«

Entsetzt richte ich meinen Blick auf sie und frage: »Es gab heute einen Brunch? Das wusste ich nicht, niemand hat mir etwas gesagt.«

Sie lacht und erklärt mir, dass es ein Scherz war und dass sie es lustig findet, dass ich ein schlechtes Gewissen hätte, weil ich einen Brunch versäumt haben könnte und nicht, weil ich auswärts geschlafen hatte. Ich entspanne mich langsam wieder und muss nun auch lachen. Diese Frau ist wirklich ein Geschenk des Himmels, unglaublich, dass mir das früher nie aufgefallen ist. Sie gibt mir zu verstehen, dass sie keinerlei Intention habe, ein Urteil zu fällen, und nach und nach erzähle ich von Marco und meiner seltsamen Beziehung zu ihm. Ich stelle mir öfters die rhetorische Frage, ob es irgendwohin führt, oder ob mir durch die letzte Nacht etwas klar geworden ist, doch Mélina rät mir, es nicht in tausende Einzelheiten zu zerpflücken und dadurch alles kaputtzumachen.

»Nimm es an als das was es war: eine schöne Nacht mit einem – anscheinend großartigen – Mann. Nicht mehr, aber auch nicht weniger. Ich denke nicht, dass er nun zu Hause sitzt und sich fragt, was es zu bedeuten hat. Wir müssen manchmal von Männern etwas lernen. Nicht immer, aber was die Liebe betrifft setzen sie auf Einfachheit und Unkompliziertheit. Wir neigen mehr zur Dramatik und Interpretation, doch das bringt nicht wirklich etwas, außer Kopfschmerzen, Tränen und falschen Sehnsüchten. Dafür ist das Leben zu kurz.«

Sie hat recht und ich fühle mich auf einmal unsagbar erleichtert. Ich umarme sie so fest ich kann und spüre, wie meine Wangen zu glühen beginnen. Die Erinnerung an ein schönes Erlebnis verleiht mir Kräfte, die ich mir selbst nicht zugetraut hätte, sodass ich aufspringe und mich ein paar Mal im Kreis drehe, als wäre ich eine beschwipste Elfe beim Frühlingsfest. In diesem Moment betritt Manús die Küche und sieht mich erstaunt an.

»Mein Gott, was ist denn mit dir passiert?«

Ich kichere außer Atem vor mich hin und bevor ich etwas sagen kann, ergreift mein Cousin wieder das Wort.

»Ich verstehe! Du hast endlich mit Stavos geschlafen, ist er nicht ein Wahnsinn?«

Ich halte inne und gehe auf ihn zu, werfe meine Arme um seinen Hals und flüstere ihm ins Ohr: »Manús, du hattest recht, er ist ein Gott!«

Wir brechen in schallendes Gelächter aus, und als Onkel Yannis den Kopf zur Tür reinsteckt, um zu sehen, was denn in uns gefahren sei, schüttelt er nur den Kopf und murmelt etwas über die Ausgelassenheit der Jugend. Er zieht sich dann auf die Terrasse zurück, während wir drei noch eine Zeit lang am Küchentresen sitzen und ich ihnen von Marcos Entwürfen für mein Haus vorschwärme. Mein Cousin stellt mir einige technische Fragen, die ich nicht beantworten kann und wir beschließen, uns zusammen mit Stavos und Marco das Haus noch einmal anzusehen, um die neuen Entwicklungen durchzusprechen.

»Passt dir morgen Abend?«, will Manús wissen.

»Mir passt jeder Tag, ich bin doch hier auf Urlaub.«

»Wer weiß, wie lange du es noch Urlaub nennst«, gibt Mélina philosophisch von sich.

Ich antworte nicht darauf, denn ich verdränge das Thema Zeit seit einigen Tagen. Ich weiß, dass mein Aufenthalt hier ein Ablaufdatum hat und dass ich früher oder später nach Hause zurückkehren muss. Aber darüber will ich heute nicht nachdenken, nicht heute und vielleicht auch nicht morgen. Übermorgen wäre ein guter Tag dafür.

Als ich unter der Dusche stehe und mir die letzte Nacht vom Körper wasche, kommt Wehmut auf und die Frage, ob ich mit dieser Situation wirklich so gut umgehen kann, wie ich es mir vornehme. Was hat Ellie gesagt? Ich bin jemand, der liebt und niemand, der nur einem Abenteuer hinterherrennt. Ist das so? Ich werde meine Freundin überraschen und ihr beweisen, dass ich sehr wohl eine Frau sein kann, die Dinge einfordert, die einfach nur leben will und die eine Nacht mit einem Mann genießen kann, ohne dass sie gleich an Hochzeit und Kinder denkt. Das wäre in meinem Fall ja auch fatal, denn was würde ich mit meinem jetzigen Mann und meinem Kind machen – sie einfach gegen etwas Neues, Aufregendes und vielleicht Kurzfristiges eintauschen?

Ich hole meinen Laptop hervor und schreibe ein Mail an meine beste Freundin.

Liebe Ellie,

nun ist es also doch passiert und ich habe alle Bedenken, Regeln und Ratschläge über Bord geworfen, um das zu machen, wonach ich mich seit Wochen sehne. Marco mag nicht die Antwort auf alle Fragen sein, die in meinem Kopf kreisen, aber er ist ein guter Anfang, um sich in dem Wirrwarr Schritt für Schritt vorwärts zu kämpfen. Das Risiko, das die Sache mit sich bringt, muss ich tragen, und wenn ich ehrlich bin, habe ich keine Angst davor. Die Nacht mit ihm war unbeschreiblich und noch jetzt fühlt es sich an, als würde ich seine Hände auf meiner Haut spüren. Ich kann nun nachvollziehen, warum du »Fehler« machst, obwohl ich dieses Wort nicht für angebracht halte. Was macht ihn zum Fehler? Die Moral, meine Umwelt oder ich selbst?

Da ich ehrlich gesagt im Moment auf Wolke sieben schwebe, sind mir diese Gedanken zu schwerfällig und zu lästig. Ich möchte sie noch etwas länger wegsperren und darauf hoffen, dass der Tag kommt, an dem ich dafür bereit bin. Jetzt will ich es einfach nur genießen. Ich möchte vor Glück schreien und vielleicht würdest du es bis zu dir nach Hause hören, denn so glücklich bin ich, Ellie.

Danke, dass du zuhörst, verstehst und dich mit mir freust. Das tust du doch, oder?

In Liebe, Jo

Ich finde Onkel Yannis im Garten, er hält sein Mittagsschläfchen. Gerade als ich mich auf leisen Sohlen wieder wegschleichen möchte, spricht er mich mit geschlossenen Augen an.

»*Omorfia mou,* wo willst du hin?«

»Ich dachte du schläfst und wollte dich nicht stören. Warum weißt du überhaupt, dass ich es bin?«

»Es riecht so gut nach dir.«

Nun öffnet er die Augen und bittet mich, mich neben ihn zu setzen.

»Na, Prinzessin, was gibt es denn, dass dich zur Zeit so glücklich macht?«

Ich zögere, denn ich weiß nicht, ob es eine gute Idee ist, meinem Onkel meine Sünden zu beichten.

»Warum denkst du, dass ich glücklich bin?«

»Ich sehe es und es freut mich. So will ich dich haben, jeden Tag. Deine Hexenaugen sprühen und deine Beine tanzen. Ein wahrlich atemberaubender Anblick. Wenn ich es nicht besser wüsste, würde ich sagen, du bist verliebt. Aber da du mit Robert verheiratet bist, kann es ja wohl nicht Verliebtheit sein.«

»Kann man, wenn man verheiratet ist, nicht mehr verliebt sein?«

»Man liebt seine Ehefrau oder den Ehemann, aber Verliebtheit ist eine eigene Kategorie, die sich in einem Teil des Gehirns abspielt, wo die Besessenheit angesiedelt ist, das hat mit einer beständigen Beziehung nichts zu tun.«

»Wann hört die Verliebtheit auf, und wann beginnt die Liebe?«

»Wenn man aufhört, verrückte Dinge zu tun und wenn das Herz wieder im Alltagstakt schlägt, dann ist es an der Zeit, an der wahren Liebe zu arbeiten.«

»Dann ist die Zeit der Schmetterlinge im Bauch eher eine Krankheit als eine Medizin?«

»Sie ist ein Übergang, eine Vorbereitung für etwas wirklich Großes, deshalb verzehren wir uns danach.«

»Was aber, wenn sie einfach nur zu Ende geht und man feststellt, dass wir nur geblendet waren, dass alles nur ein Traum gewesen ist?«

»Dann behalten wir die schöne Erinnerung im Herzen und die negativen Aspekte vergessen wir.«

»So einfach ist das Leben?«

»So einfach.«

»Gibt es in deinem Leben viele schöne Erinnerungen an Menschen, Onkel Yannis?«

»Ja, die gibt es, Jo, Gott sein Dank gibt es sie.«

»Hast du Tante Lisa sehr geliebt?«

»Sie war mein Leben und ich hätte nie mit einer anderen Frau so glücklich werden können. Wir waren Eheleute, Freunde und natürlich Eltern, die gemeinsam ein Leben meisterten, das nicht immer leicht war. Es gab Zeiten, in denen wir uns bekriegt haben, doch die Tage des Waffenstillstands überwogen. Wir waren zu zweit und doch haben wir uns selbst nicht aufgegeben. Ich finde, dass das wichtig ist, denn trotz allem bleibt man ein Individuum, das Bedürfnisse und Wünsche hat. Man muss auch die Möglichkeit haben, Dinge zu tun, die der andere vielleicht nicht versteht, ansonsten stirbt etwas in einem und man verschenkt seine Träume.«

»Warst du je in eine andere Frau verliebt, als du verheiratet warst?«

»Du bist heute sehr neugierig, Hexenauge, aber ich habe mir schon gedacht, dass du mir diese Frage einmal stellen würdest. Vielleicht ist es an der Zeit, sie dir zu beantworten.«

Ich halte den Atem an und versuche seinem Blick standzuhalten.

»Ich war nie ein Mann, der auf der Suche nach Frauen war, aber irgendwie haben sie mich immer gefunden. Lisa verliebte sich Hals über Kopf in mich, und obwohl ich mir nicht sicher gewesen bin, ob es eine gute Idee sei, sie aus ihrer Familie und ihrer Heimat zu reißen, tat ich es dann doch, weil sie mir das Gefühl gab, dass ich an ihrer Seite gut aufgehoben sei. Sie war der warmherzigste und aufopferndste Mensch, den ich kannte, und ich habe diese Entscheidung nie bereut. Dennoch gab es Momente in meinem Leben, in denen ich reflektierte und Dinge in Frage stellte. Lisa stellte ich nie in Frage, aber mich selbst immer wieder. War ich ein guter Ehemann, ein guter Vater, ein Familienmensch? In diesen Augenblicken sehnte ich mich danach, frei zu sein, keine Verantwortung tragen zu müssen und die Möglichkeit zu haben, einfach aus dem Haus zu gehen, ohne mich noch einmal umzudrehen. Lisa spürte, dass ich dann allein sein musste und sie war intelligent genug, mich nicht festzuhalten, sondern darauf zu vertrauen, dass ich meinen Weg finden würde, den Weg zurück zu ihr, wo ich hingehörte. Manchmal kreuzte dann auch eine Frau meinen Weg und ich gebe zu, dass ich kein Heiliger war. Aber ich nahm immer etwas mit, was mich schließlich darin bestärkte, dass ich im Grunde zu meiner Familie und dem Leben, das ich vor langer Zeit gewählt hatte, gehöre.«

»Und die Frauen? Wie haben sie reagiert?«

»Sie mussten mich ziehen lassen. Sie wussten ja, dass ich nicht frei war und sie wussten auch, dass ich zu Hause glücklich war.«

»Hat Tante Lisa es gewusst?«

»Sie war eine so kluge Frau. Ich weiß es nicht, *omorfia mou.* Als sie starb, sagte sie mir, dass sie mich immer genauso geliebt habe, wie ich bin, und dass sie keinen Tag missen hätte wollen. Da wusste ich, dass unsere Ehe sinnvoll gewesen war, denn am Ende zählt das Gesamte und nicht irgendwelche Einzelmomente.«

Ich denke über das Gesagte nach und es entsteht eine Minute des Schweigens. Ich hätte nie gedacht, dass Onkel Yannis meine Tante betrogen haben könnte, und doch war es geschehen. Die beiden haben nie eine große Sache daraus gemacht, es gab keine dramatischen Schreikonzerte und keine Trennung auf Zeit, sie sahen ihr gemeinsames Leben als Teil eines großen Plans, alles andere waren unwichtige Nebensächlichkeiten.

»Manchmal erscheinen Dinge schlimmer als sie sind. Du erwartest so viel vom Leben und am Ende stellt sich heraus, dass vieles nicht so wichtig war. Menschen kommen und gehen, einige hinterlassen Spuren, andere nicht. Mehr ist es nicht, Jo. Wenn du älter bist, lichtet sich der Himmel und vieles wird klarer.«

38. Kapitel

Das Gespräch mit Robert verläuft gar nicht gut, eigentlich genauso, wie ich es mir erwartet habe. Ich erzähle ihm von Marcos Entwurf und dass ich fest entschlossen bin, Tante Lisas altes Haus umzubauen. Es soll ein nettes Feriendomizil werden, denn ich möchte öfter nach Rhodos kommen. Robert, der eigentlich die Ruhe in Person ist, rastet am Telefon aus und wirft mir Egoismus vor, da er überhaupt nicht im Entferntesten daran denke, Geld in eine Sache zu investieren, die ihn überhaupt nicht interessiere.

»Warum soll ich ständig nach Griechenland reisen und dort für den Rest meines Lebens die Sommer mit deinen verrückten Verwandten verbringen? Ist denn Stemmling nicht schon Anstrengung genug?«

Ich bin sprachlos und es schmerzt, ihn so sprechen zu hören.

»Ich wusste nicht, dass meine Familie eine solche Herausforderung für dich ist, ich dachte eigentlich immer, dass sie dich mit offenen Armen aufnehmen und du es genießt, von ihnen verwöhnt zu werden.«

»Das tue ich auch, aber ich könnte dort nicht wohnen.«

»Das verlangt ja auch keiner von dir.«

Ich bin nun wirklich sauer.

»Ich kenne deine griechischen Verwandten auch gar nicht wirklich, Lisa konnte mich nie ausstehen.«

»Vielleicht wird es dann Zeit, dass du sie alle näher kennenlernst.«

»Das sehe ich ein, aber müssen wir dann gleich dort ein Haus bauen? Ich bin auch nicht verrückt nach Meer oder mediterraner Sonne, das weißt du.«

»Ja, ich weiß das, aber mir tut es einfach wahnsinnig gut. Ich liebe es, hier zu sein.«

»Ich bezweifle, dass es dir wirklich gut tut, du bist ein anderer Mensch und ich bin mir nicht sicher, ob ich diesen Menschen wirklich mag.«

Okay. Nun war es also ausgesprochen. Robert hat meine Veränderung bemerkt und natürlich gefällt sie ihm nicht.

»Dir gefällt es nicht, dass ich glücklich bin?«

»Du solltest mit uns und an unserer Seite glücklich sein und nicht allein in Griechenland.«

»Dann kommt doch her und wir sind alle zusammen hier glücklich.«

»Josephine, wie stellst du dir das alles eigentlich vor? Du benimmst dich wie ein Kind. Ich kann nicht alles liegen und stehen lassen und zu dir fliegen. Ich habe einen Job, ich verdiene das Geld, das du gerade ausgibst.«

Jetzt reicht es mir aber, was bildet Robert sich eigentlich ein?

»Ich habe hier noch keinen Cent deines hart verdienten Geldes ausgegeben, mein Lieber, denn meine Verwandten bekochen und umsorgen mich seit Wochen, ohne dass sie auch nur etwas dafür annehmen. Die Kleinigkeiten, die ich mir am Strand oder im Dorf leiste, finanziere ich von meinem Konto, also spar dir die Vorwürfe, du müsstest für meinen Aufenthalt hier aufkommen. Weißt du was, Robert? Ich werde meine Entscheidung alleine treffen, weil ich das Haus geerbt habe und nicht du. Es ist mir egal, was du darüber denkst und ob du es befürwortest oder nicht. Mach weiterhin deinen Job in Island und grüß die Eisbären von mir, falls es dort welche gibt.«

Aufgelegt. Gott sei Dank.

Das Gespräch mit Manús, Stavos und Marco auf der zukünftigen Baustelle verläuft zum Glück besser. Die Männer sehen sich die Skizze an, die Marco für mich angefertigt hat, und schon bald finde ich sie in technischen Details vertieft. Währenddessen mache ich es mir auf der kleinen Bank im Garten gemütlich und beobachte sie. Ich habe Marco zuvor nur mit einem freundlichen »Hallo« begrüßt, da Stavos schon neben mir stand. Auch Marco hat sich neutral gegeben und mich nicht umarmt. Ich frage mich sofort, ob ich für ihn nur ein Abenteuer bin und unsere Geschichte bereits wieder zu Ende ist, kaum dass sie richtig begonnen hat.

»Jo, wir haben die Grundlagen besprochen, ich denke, wir können jetzt fahren.« Manús sieht mich fragend an.

»Kommst du?«

»Sicher. Wird Stavos mir ein Angebot unterbreiten?«

»Er macht sich morgen sofort an die Arbeit und es sollte bis zum Wochenende fertig sein. Dann sehen wir weiter.«

Ich umarme Manús und danke ihm noch einmal für seine Hilfe. Stavos bekommt auch einen Kuss auf die Wange und Marco schenke ich ein umwerfendes Lächeln. Als ich in Manús Wagen klettere, schlägt mein Herz bis zum Hals. Marco hat sich verabschiedet ohne jegliche Andeutung oder Gefühlsregung. Ich versuche, cool zu bleiben, aber es fühlt sich nicht gut an. Ich möchte aus dem Wagen springen und ihm um den Hals fallen, doch ich tue es nicht. Ich warte, dass er auf mich zukommt, und dann sehe ich nur noch den Staub, den seine Reifen auf dem trockenen Boden aufwirbeln.

Manús und Stavos unterhalten sich im Auto auf Griechisch und ich schmolle. Ich ärgere mich über Marco, doch am meisten ärgere ich mich über mich selbst. Warum habe ich nichts gesagt, oder ihn wenigstens zum Abschied geküsst?

»Dein Freund ist ganz nett«, meldet sich Manús schließlich zu Wort. »Er scheint wirklich Ahnung zu haben.«

»Wovon?«, hake ich nach.

»Vom Hausbau.«

Manús grinst und ich werfe ihm einen irritierten Blick zu. Als ein Piepsen eine SMS von Marco anzeigt, öffne ich herzklopfend die Nachricht, sie enthält nur ein Wort: »Bar?«

Auf einmal lösen sich alle Schatten auf und ich fühle nichts außer unsagbarer Freude.

»Neuigkeiten?« Manús beobachtet mich noch immer im Spiegel.

»Nichts Wichtiges. Lass mich bitte am Strand raus. Ich treffe mich noch mit jemandem.«

»Ioanna?«

Manús grinst.

»Kann sein.« Ich lächle zurück.

»Na dann, viel Spaß, Cousinchen. Grüß sie von mir.«

»Werde ich machen.«

Ich steige aus dem Wagen und laufe in die Bar, wo ich ihn schon von Weitem an unserem Tisch sitzen sehe. Er hat die Arme im Nacken verschränkt. Ich verlangsame meinen Schritt und setze mich neben ihn. Wir blicken beide aufs Meer und keiner sagt ein Wort. Dann, nachdem ich beim Kellner einen Kaffee bestellt habe, beuge ich mich nach vor, küsse ihn und sage: »Hallo.«

39. Kapitel

»Mama, ist die Liebe immer kompliziert?«, fragt mich meine Tochter am nächsten Tag.

»Hat jemand nicht angerufen?« Ich lächle, weil ich mich nur zu gut erinnern kann, wie es in diesem Alter ist. Ein stummes Telefon kann einen in den Wahnsinn treiben, und das auch noch in einer Zeit, wo jeder mit einem Mobiltelefon ausgestattet ist und die Ausrede der Nichterreichbarkeit lächerlich erscheint.

»Hmm … Scheint so«, bekomme ich zur Antwort.

»Kenne ich denjenigen, der ›anscheinend‹ nicht kommunizieren will?«

»Kevin. Du weißt schon, der aus meiner Nebenklasse.«

Ich habe diesen Jungen zwar nicht vor meinem geistigen Auge, meine mich aber erinnern zu können, dass Sam ihn schon ein paar Mal erwähnt hat. Er ist der Mädchenschwarm der Schule, droht jedes Jahr durchzufallen und schafft es dann doch irgendwie, die Nachprüfung zu bestehen. Ich würde ihn nicht als den Traum aller Mütter einordnen, aber in Wirklichkeit sind es doch irgendwie immer dieselben Jungs, die den Mädchen den Kopf verdrehen.

»Ich wusste gar nicht, dass ihr in Kontakt seid. Muss Kevin diesen Sommer nicht wieder für irgendein Fach büffeln?«

»Englisch.«

»Vielleicht hat er dann keine Zeit fürs Telefonieren.«

»Vielleicht hat er auch nur keine Lust, weil er sich mit irgendwelchen Tussis trifft, die nicht deportiert wurden, um bei ihren Großeltern zu versauern.«

»Komm, Sam. Tu nicht so, als wärst du in der Hölle. Du kannst jeden Tag an den See, wirst umsorgt und bekocht und musst nichts für die Schule tun. Wo ist das Problem?«

»Chloé macht morgen eine Party, alle werden dort sein, Kevin auch, und ich sitze hier und kann mir mit Omi den Musikantenstadl ansehen.«

»Du kannst auch ein gutes Buch lesen«, necke ich sie.

»Wow, Mama, das klingt vielversprechend und viel lustiger als eine Party!«

»Denkst du, dass Kevin dich nur deshalb nicht anruft, weil du nicht da bist?«

»Keine Ahnung. Er hat gesagt, dass er sich meldet, und bis jetzt habe ich noch nichts von ihm gehört.«

»Männer haben es nicht immer so mit dem Kommunizieren. Das muss nichts heißen.« Ich schmunzle, denn vor einigen Tagen war ich genau aus dem gleichen Grund verzweifelt.

»Irgendwie denke ich manchmal, dass ich das mit den Männern nie auf die Reihe bringen werde.«

»Hmm, es ist auch nicht leicht«, gestehe ich aus vollstem Herzen.

»Sei froh, dass du Papa hast und dich mit diesen Themen nicht mehr beschäftigen musst.«

Ich atme tief ein. »Ja, Sam, das ist wirklich beruhigend.«

»Ich werde mir ein Eis holen und versuchen, diesen Idioten zu vergessen.«

»Eine alte und sehr bewährte Taktik. Ich sollte mir auch ein Eis holen.«

»Warum? Versuchst du auch, jemanden aus deinem Kopf zu bringen?«, möchte meine aufmerksame Tochter wissen.

»Nein, Schatz, aber ich habe gerade Lust auf Eis und deshalb hole ich mir eines.«

Sam schickt mir noch eine Umarmung und legt dann auf. Ich vermisse meine Kleine, die eigentlich gar kein Kind mehr ist. Sie schlägt sich mit den gleichen Problemen wie ich herum und ahnt gar nicht, wie sehr sich mein Leben verändert hat. Ich kann es ihr nicht einmal sagen, denn sie würde mich für diese Veränderung hassen. Alles, was ihre perfekte Welt durcheinanderbringen könnte, erscheint mir grausam und inakzeptabel. Trotzdem will ich meine gerade erst gewonnene Lebensfreude nicht aufgeben und schiebe diesen inneren Konflikt weit von mir weg. Soll er doch noch ein wenig im Schrank vor sich hin brodeln. Ich werde mich später damit beschäftigen, morgen oder nächste Woche – irgendwann, wenn es sich nicht mehr vermeiden lässt, sich der Realität zu stellen.

Am Laptop finde ich ein Antwortmail von Ellie. Es enthält nur zwei Sätze: »Natürlich freue ich mich für dich, du Dummkopf! Willkommen in der Hölle!«

40. Kapitel

Sam braucht mich. Ich kann meine Heimreise nicht länger hinausschieben und buche meinen Rückflug nach Graz. Wie soll ich das bloß Marco beibringen, und wie wird er reagieren?

Wir sitzen beim Frühstück.

»Ich habe gestern ein Geschenk für Sam gekauft, ein buntes Strandkleid. Ioanna hat beim Aussuchen geholfen und Sam wird darin wie ihre kleine Schwester aussehen.«

Marco sieht mich an und ich weiß, dass er ahnt, worauf ich anspiele.

»Wann geht dein Flug zurück?«

»Am Montag in einer Woche. Ich fliege direkt von Rhodos nach Graz.«

»Gut, dann ersparst du dir das ewige Warten beim Umsteigen.«

Er beißt in ein Stück Brot und liest weiter in seinem Surfmagazin. Ich hasse es, dass er nicht mehr dazu sagt und obwohl ich am liebsten losheulen würde, verkneife ich es mir. Stattdessen beginne ich langsam, das Geschirr abzuräumen und die Teller abzuwaschen.

»Lass das, Jo. Du weißt, dass ich das nicht will.«

»Aber ich will es tun. Jetzt will ich genau das tun.«

Nun rinnt doch eine Träne über meine Wange und ich drehe mich absichtlich nicht um, damit er sie nicht sieht.

»Jo, hör auf damit. Mach dich nicht fertig, wir wussten doch, dass es eines Tages so weit sein würde.«

»Natürlich wusste ich das, trotzdem tut es jetzt verdammt weh. Bist du kein bisschen traurig?«

»Würde es helfen?«

»Mir würde es helfen.«

»Du weißt, wie ich bin. Ich habe mich vor dir nie verstellt und nie etwas versprochen, was ich nicht halten kann. Du bist diejenige, die mit einem Leben gekommen ist und die nun wieder dorthin zurückkehrt. Ich lebe weiter so, wie ich es auch bisher getan habe.«

»Keine tiefgreifenden Emotionen und keine Bindungen. Praktisch und jederzeit widerrufbar.«

»Nun wirst du gemein. Das ist nicht nötig.«

»Ich weiß. Tut mir leid, aber das ist gerade nicht so leicht für mich.«

»Komm her!«

Ich flüchte in seine Arme und fühle mich geborgen, ein letztes Mal, bevor der Sturm mich von ihm wegreißen würde.

»Was wollen wir heute unternehmen?«

Er sieht mich aufmunternd an und ich liebe ihn gerade jetzt für seine Stärke und seine Willenskraft.

»Lass uns zum Strand gehen, du kannst surfen und ich kann mit Ioanna tratschen, über den Dorfklatsch, Männer und das Leben.«

»Klingt gut. Den Abwasch mache ich am Abend.«

»Oder morgen?«

»Könnte auch übermorgen werden.«

Er packt mich und wirft mich über seine Schulter, ich schreie und klopfe auf seinen Rücken.

»Lass mich runter, du Scheusal.«

»Wenn du meinst.«

Mit einer schwungvollen Bewegung wirft er mich aufs Bett und legt sich auf mich, sodass ich fast nicht einatmen kann.

»Du bist so schwer! Geh runter von mir!«

»Das höre ich heute zum ersten Mal. Sonst willst du immer, dass ich ewig auf dir bleibe. Ihr Frauen wisst wirklich nicht, was ihr wollt.«

Ich wehre mich mit Händen und Füßen, habe jedoch keine Chance gegen ihn, sodass ich im Endeffekt nur schwitze und mich keinen Zentimeter befreien kann. Mir wird bewusst, wie ausgeliefert ich ihm bin, körperlich und emotional, genauso wie Ellie es vorausgesagt hat: von Kopf bis zu den Zehen verliebt in einen Mann, den ich in einer Woche verlieren würde.

»Marco, ich liebe dich.«

»Du arbeitest ja mit den miesesten Tricks«, er steht lächelnd auf und geht zum Kleiderschrank.

»Ich meine es ernst.«

»Ich weiß nicht, wann ich das letzte Mal etwas ernst gemeint habe. Ich lebe nicht so, Jo.«

»Ich weiß, und ich habe dir das abgeschaut. Ich lebe hier genauso wie du und im Moment fühle ich ganz stark, dass ich dich liebe. Ich erwarte gar nicht, dass du etwas darauf antwortest. Ich wollte dich nur wissen lassen, dass es so ist.«

Ich beginne, meine Strandsachen zusammenzupacken und helfe Marco, den Wagen zu beladen.

»Welchen Schirm nimmst du mit?«

»Ich denke, dass ich heute mit dem Zehner und dem Zwölfer auskommen sollte. Sie liegen hinter dem Haus.«

Ich hole die Schirme und platziere sie auf der Ladefläche, sein Board liegt schon dort. Nachdem auch die Pumpe und ein zweites Board auf der Ladefläche landen, brechen wir auf. Im Auto rufe ich Ioanna an, die mir inzwischen eine liebe Freundin geworden ist. Sie kennt alle Einzelheiten über Marco und hat mich nie auf irgendeine Weise in eine Schublade gesteckt. Sie fleht mich oft an, doch nach

Rhodos zu ziehen, denn sie könne hier weibliche Unterstützung vertragen.

»Du bist inzwischen eine von uns und solltest das nicht ständig bestreiten.«

»Ioanna, ich bin eine Österreicherin, die hierher kam, um Sonne zu tanken und die ungeplanterweise ein Abenteuer erlebte.«

»Nein, das bist du nicht. Du wehrst dich nur noch ein wenig gegen das, was du eigentlich schon fühlst.«

»Ich komme doch wieder, im Urlaub, vielleicht schon nächstes Jahr.«

»Dann könnte ich schon tot sein.«

»Ich denke nicht, dass du so plötzlich stirbst.«

»Wer weiß, vielleicht an gebrochenem Herzen.«

Sehnsüchtig blickt sie Sotos hinterher, anscheinend ist sie noch immer nicht ganz über ihn hinweg.

»Was wird überhaupt aus deinem Haus? Ich dachte, dass du es nun renovieren lässt.«

»Stavos hat mir ein Angebot gemacht, das meine Reserven leider übersteigt. Offenbar ist die Grundsubstanz doch so schlecht, dass es das Beste wäre, das ganze Haus wegzuschieben und ein neues zu bauen. Das will ich aber nicht, und deshalb muss ich noch einmal mit Robert über das Projekt sprechen. Ich benötige eindeutig seine Zustimmung und seine finanzielle Hilfe.«

»Wie läuft es zurzeit zwischen euch?«

»Es geht so, jeder hält sich zurück, und da wir beide wissen, dass wir uns in einer Woche persönlich gegenüberstehen werden, schieben wir ernsthafte Themen zur Seite, um diese dann Face-to-Face zu regeln.«

»Wirst du ihm von Marco erzählen?«

»Sollte ich?«

Ich sehe sie mit ernster Miene an.

»Das musst du wissen. Ich kenne deinen Mann nicht und nicht die Beziehung, die ihr führt.«

»Wenn ich ihm gegenüberstehe, wird mir klar sein, was zu tun ist. Das hoffe ich jedenfalls.«

Meine Augen suchen das Meer ab, nach Marco und seinem Schirm. Als ich ihn entdecke, erhellt sich mein Gesicht und Ioanna umarmt mich.

»Jo, ich wünschte wirklich, du könntest für immer hierbleiben. Du bist eine Bereicherung für mein Leben.«

»Ich danke dir, du weißt, dass es mir mit dir nicht anders geht.«

Der Nachmittag gestaltet sich ausgelassen. Nachdem Marco endlich wieder an Land ist, beschließt Ioanna, dass wir langsam beginnen müssen, meinen Abschied zu feiern beziehungsweise ihn zu betrauern. Es kommt wie es kommen muss und wir vier – Sotos schließt sich nach dem Zusperren der Surfschule an – enden in einer lustigen Trinkrunde, die einem fatalen Ende entgegensteuert. Gott sei Dank werden wir von einem anderen Surflehrer gerettet, der uns einen Besuch in Rhodos Stadt schmackhaft macht, denn heute Abend soll dort eine Riesen-Beachparty steigen und er hätte noch vier Plätze im Auto frei. Ich bin zuerst nicht so begeistert, doch meine Freunde stimmen sofort begeistert zu und es wird beschlossen, dass wir uns um zehn Uhr abends wieder vor der Strandbar treffen, um nach Rhodos Stadt aufzubrechen. Ich willige schließlich auch ein und bitte Marco, mich vorher bei Yannis abzusetzen, damit ich mich umziehen könne. Gesagt, getan, und schon verabschiede ich mich im Hof meines Onkels innig vom leicht angetrunkenen Marco und begrüße anschließend die Familie, die sich gerade auf der Terrasse befindet.

»Jo, Schatz, schön, dass du wieder einmal da bist.«

Onkel Yannis strahlt mich an.

»Ehrlich gesagt nur kurz. Wir brechen dann nach Rhodos Stadt zu einer Beachparty auf. Ioanna kommt auch mit.«

»Ist sie immer noch so verrückt wie früher?«

»Ich kannte sie früher nicht. Sie ist ziemlich verrückt, aber liebenswert.«

»Lisa hatte wirklich einen Narren an ihr gefressen und sie war wie ein Kind für uns. Ich bin froh, dass ihr euch so gut versteht.«

»Und der Architekt?«

Manús klingt entspannt, aber wachsam.

»Er ist Surfer, Manús. Eigentlich ist er Surfer.«

»Was wird aus deinem Haus?«

»Das muss ich mit Robert klären, es erfordert ja nun doch mehr Geld, als ich angenommen hatte.«

»Aber wir werden alle mithelfen, dann wird es nicht so teuer.«

»Danke, Onkel Yannis. Ich bin mir bewusst, dass ihr mir helfen würdet. Trotzdem muss ich zuvor noch einige Dinge in Österreich klären. Ich fliege ja nächste Woche.«

Mein Onkel sieht mich entsetzt an. »Mir war gar nicht bewusst, dass es schon so bald ist.«

»Ich habe noch zehn Tage.«

»Wir müssen ein Fest für dich organisieren, eine Abschiedsparty, stimmt's, Mélina?«

»Ja, Yannis, du hast recht. Wir werden am Samstag auf alle Fälle ein Essen organisieren, du hast doch Zeit, Jo?«

»Bitte macht euch keine Mühe, ihr habt schon so viel für mich getan. Ich bin euch ewig zu Dank verpflichtet.«

»Also abgemacht, am Samstag feiern wir.«

Ich sehe alle dankbar an und kann es nicht fassen: Womit habe ich diese Familie verdient und warum muss ich sie wieder verlassen?

»So, Süße, geh hinauf und mach dich hübsch, du willst doch zu einer Party.« Mélina begleitet mich zur Treppe und ich drücke sie ganz fest.

»Ihr seid so etwas Besonderes, wisst ihr das?«

»Vielleicht machst du uns besonders.«

Nun rinnt eine Träne über ihre Wange und die Frau, die für mich bisher nur Stärke verkörpert hat, wird zu jemand, der es im Leben auch nicht immer leicht hat. In einem Männerhaushalt muss sie die Stellung halten und Tante Lisa ersetzen, eine Aufgabe, an der eine andere vielleicht zerbrechen würde. Ich bewundere sie für alles, was sie für diese Familie tut und wünschte, ich könnte ihr das auch auf die richtige Weise sagen. Doch gerade jetzt fehlen mir die Worte.

Ich begebe mich in mein Zimmer, das in den letzten Wochen so etwas wie Heimat für mich geworden ist und fahre mit den Händen über die selbst gestrickte Tagesdecke voller Rosen und Kamelien und betrachte mich im ovalen Spiegel, der über der Ankleidekommode platziert ist. Manchmal habe ich das Gefühl, das Lisa noch immer hier ist und mich beobachtet, jeden Schritt von mir und jeden meiner Gedanken kennt, als wolle sie sicher gehen, dass ich nicht noch einmal eine falsche Entscheidung treffe.

»Es geht mir gut, Tante Lisa. Ich weiß jetzt, was du von mir wolltest. Ich weiß, dass ich auf mich selbst vertrauen muss und nicht auf Menschen, die keine Ahnung haben, wie ich wirklich bin.«

Nachdem ich ihr einen fiktiven Kuss nach oben schicke, verschwinde ich im Bad und nehme eine lange Dusche. Ich wasche sorgfältig mein Haar und nehme mir für jeden Schritt ungewöhnlich lange Zeit. Ich möchte mich heute schön machen, aus den anderen hervorstechen und Marco erstaunen. Er soll einer Frau gegenüberstehen, wie er sie vorher in mir noch nicht gesehen hat. Wenn uns nur noch einige Tage bleiben, dann sollen sie für ihn unvergesslich werden.

Als ich kurz vor zehn den anderen gegenübertrete, herrscht zuerst Schweigen, dann pfeift Manús mir entgegen. »Cousinchen, was hast du vor? Der arme Mann hat keine Chance und wird dir hoffnungslos verfallen.«

Ich freue mich, dass meine Bemühungen erfolgreich waren. »Ich denke, er wird es überstehen. Warum soll ich mich nicht einmal herausputzen und Griechenland zeigen, was eine österreichische Frau zu bieten hat?«

Ich drehe mich einmal um meine eigene Achse und mein langes, buntes Sommerkleid hebt und senkt sich wie ein Segel im Wind. Meine inzwischen dunkelbraune Haut schimmert und ihr Glanz wird von einem goldenen Körperpuder verstärkt. Die blonden aufgehellten Haare bilden dazu einen interessanten Kontrast und umspielen sanft meine Schultern. Ausnahmsweise habe ich kräftige Farben für mein Make-up gewählt und meine Füße stecken in goldenen Stilettosandalen, die ich bisher noch nie angehabt habe. Zusätzlich baumeln goldene Kreolen an meinen Ohrläppchen und eine zarte lange Kette umspielt meinen Hals.

»Du siehst wunderschön aus, Jo«, flüstert mir Foteini zu.

»Danke, Prinzessin, ich hoffe, so schön wie du.«

»Jo, du bist wahrlich die Nichte deiner Tante, denn dieser Auftritt wäre ihrer würdig gewesen.«

Ich senke verlegen die Augen und werfe Onkel Yannis eine Kusshand zu. Da ertönt auch schon ein Hupgeräusch vor dem Haus und ich erkenne Marcos Fahrzeug, denn dieser Ton ist unverkennbar.

»Ich werde dann mal aufbrechen. Ich wünsche euch einen schönen Abend.«

»Das wünschen wir dir auch, *Omorfia mou*, hau sie alle um!«

»Mach ich, extra für dich!«

Ich schwebe beinahe zur Tür und als ich sie öffne, sehe ich Marco im weißen Hemd und in weißen Jeans an den Truck gelehnt stehen. Ich will ihm gerade sagen, wie gut er aussieht, doch sein Blick lässt mich innehalten. Er beobachtet mich, wie ich ihm entgegengehe, und das erste Mal seit ich ihn kenne, fühle ich mich ihm überlegen.

»Was hältst du davon, wenn wir zu Fuß zum Strand spazieren? Du siehst aus wie eine Göttin und passt so nicht in meinen Wagen.«

Ich lache laut auf und reiche ihm meinen Arm. Wir gehen eingehakt und ganz langsam in Richtung Strandbar, ich weiß nicht, wie viele Leute aus dem Dorf uns sehen, aber es ist mir auch egal. Alle sollen wissen, dass er meine Wahl ist, wenn schon nicht fürs Leben, so zumindest für diese Nacht.

41. Kapitel

Vor der Strandbar sehe ich schon von Weitem Ioannas froschgrünes Kleid leuchten. Sie unterhält sich angeregt mit Sotos, der eine Zigarette raucht. Ich frage mich, ob die zwei doch noch eine gemeinsame Zukunft vor sich haben, irgendwie kann ich meine Sehnsucht nach Happy Ends nicht ablegen. Als sie uns kommen sieht, signalisiert sie mit ihrem aufgerichteten Daumen, dass meine Kleiderwahl richtig ist, und gerade, als wir uns überlegen, ob wir hier noch ein Getränk zu uns nehmen sollen, hören wir schon die quietschenden Reifen von Páris' Wagen, seines Zeichens Surflehrer in Sotos Schule, um die Kurve biegen. Er legt eine Vollbremsung hin und ich werfe Marco einen fragenden Blick zu, den er mit einem beruhigenden Lächeln quittiert. Also zwängen wir uns alle in den heruntergekommenen Mercedes, der schon bessere Zeiten gesehen hat, und ich hoffe, dass dieses Gefährt mich unbeschadet ans Ziel bringt. Páris dreht das Radio auf volle Lautstärke und ich kuschle mich an Marco, weniger aus Verlangen nach Zärtlichkeit als aus Angst vor der Autofahrt.

Wir bewegen uns im höchsten Geschwindigkeitstempo, welches das Vehikel hergibt, in Richtung Norden, und ich kann nicht genau sagen, ob jedes Kleintier, das unseren Weg kreuzt, es auch wirklich überlebt. Nach halber Strecke ziehe ich es vor, die Augen zu schließen und krampfhaft Marcos Oberschenkel zu umklammern, während Ioanna mir irgendwelche Geschichten ins Ohr brüllt, in der Annahme, den Beat der Technomusik, die aus den Lautsprechern dröhnt, übertönen zu können. Ich verstehe so gut wie nichts, lege mein allwissendes Lächeln auf und gebe an, dass mir etwas übel sei, als Vorwand, die Augen nicht aufmachen zu müssen. Marcos linker Arm hält mich hingegen wie eine Panzerfaust fest und ich bin beruhigt, dass, falls wir einen Unfall bauen, ich so etwas wie einen Sicherheitsgurt aus Fleisch und Blut habe.

Die Fahrt scheint ewig zu dauern und ich bin aufgrund der schlechten Luft wirklich schon kurz davor, mich in eine Ohnmacht zu flüchten, als Páris abrupt bremst und verkündet, dass wir da seien. Ich öffne meine Augen und kann es nicht glauben: Tatsächlich sehe ich einen riesigen Strandabschnitt vor mir, auf dem schon unglaublich viele Menschen stehen, reden, trinken, tanzen und sich vergnügen. Wir flüchten aus dem heißen Gefährt, dessen Klimaanlage schon vor Jahren den Geist aufgegeben hat, und ziehen uns zuallererst die Schuhe aus. Dann bewegen wir uns in Richtung Bar, die schon von unzähligen Trinklustigen umlagert ist. Wir entscheiden uns alle für exotische Longdrinks, die wir in wenigen Zügen leeren. Ich sehe nun, dass man den Strand mit Feuerstellen und Sitzpölstern ausgestattet hat, was von den Besuchern der Party anscheinend gut angenommen wird, denn beinahe alle Sitzgelegenheiten sind schon besetzt. Der Mond bietet die perfekte Kulisse und ich verstehe, warum sich so viele Menschen im Urlaub verlieben.

»Jo, möchtest du etwas trinken?«

»Nein, danke, aber ich würde gerne tanzen.«

»Oh ja, lasst uns alle die Tanzfläche stürmen«, ruft Ioanna begeistert.

Das riesige provisorische Podium, das als Tanzfläche fungiert, ist noch nicht gefüllt und man kann sich gut bewegen. Ich wiege mich im Rhythmus der Musik und genieße die Blicke einiger jüngerer Männer, die mir eindeutige

Signale zusenden. Als einer sich schon auffällig nähert, überlege ich, ob ich das Spiel mitspielen soll. Mein Selbstbewusstsein fordert seinen Tribut, und als ich seine Hände an meiner Taille spüre, fühlt es sich gar nicht so schlecht an. Ich weiß nicht, wann ich das letzte Mal so getanzt habe, und meine Bewegungen werden immer ausgelassener. Ioanna habe ich aus den Augen verloren, da immer mehr Partygäste die Tanzfläche stürmen, und auch Marco ist nicht mehr neben mir. Nach einigen Minuten wird mir der Verehrer, der wahrscheinlich noch nicht einmal die Schule abgeschlossen hat, dann doch lästig und ich bewege mich auf die andere Seite der Tanzfläche. Als ich wieder eine Hand spüre, die von hinten meine Mitte umfasst, werde ich ungehalten und will dem Mann eine Abfuhr erteilen, da flüstert mir Marco ins Ohr, dass er mich schon vermisst habe und er will wissen, ob ich ihn eifersüchtig machen wolle.

»Sind wir nicht freie Menschen, die keinerlei Verpflichtung eingegangen sind?«, necke ich ihn.

»Doch. Ich bin so, aber du, du nicht.«

»Wie bin ich denn?«

»Du bist anhänglich, emotional im höchsten Grad unbeständig, und wenn man sich einmal mit dir eingelassen hat, dann wird man dich nie wieder los.«

»Das können wir aber sofort ändern, mein Lieber.«

Ich drehe mich um und falle dem erstbesten Mann, der hinter mir steht, um den Hals. Ich schenke dem erstaunten weißhäutigen Engländer, der keine Ahnung hat, wem er diesen glücklichen Umstand zu verdanken hat, ein betörendes Lächeln, und gerade als er dazu übergehen will, das Geschenk, das vom Himmel gefallen ist, anzunehmen, erklärt ihm ein großer muskulöser Österreicher, das er das gleich wieder vergessen könne.

Marco löst mich aus den fremden Armen und führt mich von der Tanzfläche weg: »Was willst du mir eigentlich beweisen, du verrücktes Huhn, das hätte böse ausgehen können und im schlimmsten Fall hätte ich den nichtsahnenden Burschen niederstrecken müssen.«

»Du hättest dich für mich geschlagen?« Ich zerfließe vor Glück.

»Nein, ich hätte ihn geschlagen und das, obwohl er unschuldig zum Handkuss gekommen ist.«

»Also willst du mich nicht loswerden?«

»Mal sehen, frag mich in zwei Stunden noch einmal, wenn du dich allen Männern dieser Party an den Hals geworfen hast.«

»Eigentlich möchte ich doch nur dich erobern.«

»Das stellst du aber recht seltsam an.«

Wir sitzen nun an einem der Lagerfeuer und ich lehne meinen Kopf an seine Schulter.

»Ich übe noch, weißt du.«

Ich habe Ioanna und die anderen zwei aus den Augen verloren, doch es stört mich nicht. Marco und ich entspannen uns wieder und sprechen über unsere gemeinsame, anfänglich chaotische Zeit und über den Umstand, dass sich trotz allem etwas entwickelt hat, das wir beide genießen. Meine Füße ertasten den warmen Sand und ich lasse ihn durch meine Finger rinnen, als wolle ich das Gefühl für immer auf meiner Haut einbrennen, damit ich es jederzeit abrufen kann, wenn ich zu Hause wieder nur auf Gras und Steine treffe. Die Stunden vergehen und ich merke, wie sanfte Müdigkeit sich einschleicht und meine Glieder zusehends schwerer werden. Eine kühle Brise kündigt einen Wetterumschwung an und Marco erhofft einige windige Tage für den perfekten Heat. Ich wünsche mir, dass es trotz allem sonnig bleibt, denn ich möchte meine letzten Tage unbedingt am Strand verbringen.

»Ich werde mal die Toilette aufsuchen, danach können wir ja aufbrechen. Was denkst du?«

»Okay. Ich schau mal nach, ob ich die anderen irgendwo finde, dann treffen wir uns an der Bar.«

»Einverstanden.«

Ich drücke Marco einen Kuss auf die Wange, erhebe mich und bewege mich in Richtung öffentliche Toilettenanlagen, die mit einem Schild gekennzeichnet sind. Inzwischen hat sich der Strandabschnitt schon ziemlich geleert, und je weiter ich mich von der Bar entferne, desto einsamer wird es. Sobald ich wieder festen Boden unter den Füßen habe, schlüpfe ich in meine Schuhe und stöckle weiter zur Damentoilette, die sich im hinteren Bereich der Anlage befindet. Ich schlüpfe in die linke Kabine von zweien und schiebe den Riegel vor, der laut ins Schloss fällt. Sobald ich fertig bin, mache ich mich daran, aus diesem Kabuff mit flackernder Glühbirne zu fliehen. Ich betätige den Hebel und drücke die Tür nach außen, doch nichts geschieht. Noch einmal reiße ich am Hebel, der sich allerdings keinen Millimeter bewegt. Ich kann es nicht fassen, die Tür scheint sich verklemmt zu haben. Nun rüttle ich mit roher Gewalt am Riegel und trete dann auch noch gegen die Tür, was allerdings so gut wie nichts bringt. Ich lausche, ob ich irgendein Geräusch hören kann. So sehr ich mich bemühe, muss ich doch feststellen, dass ich mich an diesem gottverdammten Ort ganz alleine befinde. Ich schreie trotzdem um Hilfe, trommle mit den Fäusten gegen die festsitzende Tür und ich frage mich, warum es überall am Strand einfachste Toilettenanlagen gibt, die unten und oben über eine Öffnung verfügen, nur hier nicht. Irgendwann überkommt mich die geistreiche Eingabe, dass Marco mich retten würde – früher oder später.

Es war später. Genaugenommen dreißig Minuten später, als ich mich beinahe schon dazu entschlossen hatte, meinen Fluchtweg durch die Klomuschel zu suchen.

»Jo? Bist du hier?«

»Natürlich bin ich hier, du Spaßkanone. Wo sollte ich sonst sein?«

Ich rufe nicht, ich schreie hysterisch.

»Was machst du denn so lange hier?«

»Ich dachte, dass du vielleicht auf schnellen Sex vorbeischauen würdest, denn du liebst ja die Intimität von solchen Orten.«

Ich bin wirklich fuchsteufelswild.

»Dann hättest du mir ein Zeichen geben müssen, ich wusste ja nicht, dass du neuerdings so experimentierfreudig bist.«

»Marco, hör auf zu reden und hole mich endlich aus dieser Hölle raus. Die Tür hat sich verklemmt und ich bekomme sie nicht auf.«

Ich höre, dass er versucht die Tür zu öffnen, doch sie bewegt sich noch immer nicht. Ich bin inzwischen schweißgebadet, da die Temperatur in diesem kleinen Raum an die vierzig Grad haben muss, gefühlte vierzig Grad jedenfalls.

»Du hast recht, da tut sich gar nichts. Ich kann nur versuchen, sie einzutreten.«

»Dann tu das, tritt sie ein! Ich will hier raus.«

»Okay. Kannst du dich auf den Toilettensitz stellen, damit dir nichts passiert?«

Kann ich bitte was? Ich trage zehn Zentimeter hohe Stilettos und kann mich damit gerade noch auf einer asphaltierten Straße halbwegs stilvoll bewegen, und nun soll ich auf einer

Klobrille tänzeln? Ich verfluche diesen Ort und den Umstand, dass man es hier nicht schafft, sich bei der Wartung von Toiletten an irgendwelche technischen Richtlinien zu halten.

»Ich versuche es, einen Moment noch.«

Ich krame in meiner Tasche und finde eine Packung Taschentücher, die mich nun vor einer Katastrophe retten würden. Schnell platziere ich sie auf dem schmutzigen Toilettensitz, ziehe mir die Schuhe aus und steige mit nackten Füßen auf den mit Papier bedeckten Sitz. In der einen Hand halte ich die Stilettos, in der anderen den Saum meines Kleides. Ich balanciere mich gut aus, bevor ich Marco das Kommando zum Loslegen gebe. Dann schließe ich schnell die Augen und hoffe, dass ich nicht doch noch mit einem Fuß in der Toilettenschüssel lande. Sekunden später fällt mir die Tür mit einem unwahrscheinlichen Kracher entgegen und ich lasse einen hysterischen Schrei los. Marco steht lächelnd vor mir und hebt mich von der Toilette, ich bin ihm ganz kurz dankbar, dass er mich gerettet hat, bevor ich ihn gleich wieder mit Vorwürfen torpediere.

»Wo zum Henker bist du so lange gewesen?«

»Ich habe einen Bekannten getroffen und ein paar Worte mit ihm gewechselt, dann ist mir aufgefallen, dass du nicht mehr zurückgekommen bist.«

»Wie auch? Ich steckte in der Hölle fest und keine Menschenseele hatte anscheinend das Bedürfnis, die Toilette aufzusuchen. Ist denn hier jeder mit einer riesigen Blase ausgestattet?«

»Das liegt wahrscheinlich daran, dass die Party so gut wie vorbei ist und die meisten ohnehin diese Anlagen meiden, weil sie um diese Zeit nicht mehr so einladend wirken.«

»Danke, dass du mir das jetzt sagst.«

»Hättest du auf mich gehört, wenn ich dir die Büsche hinter der Bar empfohlen hätte?«

»Nein.«

»Siehst du.«

Er wischt mein Gesicht mit seinen Händen sauber, ich schließe die Augen und genieße es, ihn endlich wieder neben mir zu haben. Seine Finger wandern langsam tiefer und ich spüre sie auf meinem Hals und meinem Nacken. Sein Mund schmeckt nach Sommer und Rhodos, eine Geschmacksrichtung, an die ich mich inzwischen so sehr gewöhnt habe, dass ich bereits jetzt weiß, dass es Entzugserscheinungen geben wird, sollte mich jemals wieder ein anderer Mann küssen.

»Mein Gott, ihr zwei seid wirklich unglaublich. Das ist so ziemlich der abstoßende Ort um Sex zu haben, den ich mir vorstellen kann.«

Ioanna sieht uns beide mit großen Augen an.

»Wir haben keinen Sex, sondern ich musste Jo gerade aus der Toilette befreien. Du kennst ja ihr Gabe, sich in unangenehme Situationen zu begeben.«

»Das kann ich dir glauben oder nicht, Herzensbrecher. Vergiss nicht, dass ich auch deine Vorgeschichte kenne. Kommt, lasst uns aufbrechen. Die Party ist eindeutig vorbei.«

Wir folgen der energischen Griechin aus dem Verschlag und begeben uns in Richtung Auto, wo Sotos und Páris bereits auf uns warten. Beide blicken mich erstaunt an, doch Ioanna gibt ihnen auf Griechisch zu verstehen, dass Fragen unpassend wären. Marco lächelt nur und genießt die Tatsache, dass wahrscheinlich beide Männer denken, dass wir gerade wilden Sex hatten. Mein Gott, wenn es nur so gewesen wäre.

Nach einer etwas ruhigeren Rückfahrt verabschieden wir uns vor der Strandbar in Theologos. Marco und ich setzen uns noch an den Strand, um die bereits aufgehende Sonne zu beobachten, Ioanna und Sotos spazieren in Richtung Dorf davon. Páris steigt aufs Gas und hinterlässt wieder eine Staubwolke.

»Was hältst du von einem Bad?«

»Warum nicht?«

Wir entledigen uns unserer Kleider und laufen ins Wasser, das sich angenehm kühl anfühlt. Die Wellen tragen uns davon und nach einigen Schwimmtempi lasse ich mich auf den Rücken gleiten und treibe im Wasser. Ich schließe meine Augen und höre nur das Rauschen des Meeres. Während das kühle Nass meinen Körper umspielt, wird mir bewusst, dass das was ich hier gefunden habe, weit über Glück und Zufriedenheit hinausgeht. Ich frage mich, ob ich die Stärke habe, diese Erkenntnis zu verinnerlichen, mit all ihren Konsequenzen. Es würde bedeuten, dass ich mich entscheiden muss, nicht für einen Mann oder für ein Land, sondern für ein anderes Ich und gegen ein Leben, das mir bisher alles bedeutet hat.

»Träumst du oder bist du wach?«

»Ich bin endlich wach und habe aufgehört zu träumen.«

»Ist das gut oder schlecht?«

»Das weiß ich noch nicht.«

Wir liegen nebeneinander im Wasser und berühren uns nicht. So als würden wir wissen, dass schon die kleinste Berührung unsere Entscheidungen beeinflussen würde. Denn jeder von uns ist sich bewusst, dass er eine Entscheidung zu treffen haben würde, in Kürze und mit einer gewaltigen Konsequenz.

42. Kapitel

Die darauffolgenden Tage gestalten sich turbulent und voller Überraschungen. Als ich am nächsten Morgen erwache, klingelt mein Telefon und ich vernehme die Stimme meiner Tochter Sam.

»Guten Morgen, Mama.«

»Guten Morgen, mein Schatz. Wie geht es dir?«

»Danke, hervorragend, ich stehe hier unter einem umwerfenden sonnigen Himmel und beobachte, wie sich die Blätter der Bäume im Wind bewegen. Die Menschen um mich herum sind hektisch, aber liebenswert, und ich habe mich schon beinahe in den griechischen Kofferträger verliebt.«

Ich streiche mir gerade verschlafen über die Stirn und frage mich, wie spät es inzwischen wohl ist, als mir schlagartig bewusst wird, dass das, was meine Tochter gerade von sich gegeben hat, meinen Tag auf den Kopf stellen würde.

»Seit wann gibt es in Stemmling griechische Kofferträger?«

»Mama, ich bin gerade in Rhodos gelandet.«

»Wo bitte bist du gelandet?«

»In Rhodos. Freust du dich über die Überraschung?«

Zeit meines Lebens habe ich Überraschungen gehasst, denn ich musste schmerzhaft am eigenen Leib verspüren, dass sie ganz böse enden können. Als ich einmal meinen Freund Heimo mit einem nächtlichen Besuch in seiner Studentenbude überraschte, schlief er gerade mit einer Lernkollegin, obwohl es angeblich nicht so war, wie es aussah.

»Freuen? Ich bin sprachlos, Liebes. Das ist fantastisch! Wie bist du nur auf diese Idee gekommen?«

»Papa hat mich angerufen und gemeint, dass du dich sicher darüber freuen würdest, deine letzte Woche auf Rhodos mit mir zu verbringen und hat mir dann gleich einen Flug gebucht.«

Nun wird mir einiges klar. Robert hat mir einen kleinen Spion geschickt, der sichergehen soll, dass nichts aus den Bahnen läuft, dass ich mir meiner Verantwortung bewusst werde und keine Dummheiten mache. Er selbst hat natürlich Wichtigeres zu tun, als mir nach Rhodos hinterherzufliegen, aber Sam würde diese Reise dankbar und ohne Hintergedanken annehmen.

»Du stehst nun also am Flughafen. Sei so nett und nimm dir ein Taxi, ich weiß nicht, ob Onkel Yannis bereits wach ist, um mich zu fahren.«

»Mama, es ist elf Uhr morgens.«

»Okay, dann ist er sicherlich wach, aber ich benötige noch einige Minuten, um mich fertig zu machen, bitte steig einfach in ein Taxi und lass dich nach Theologos führen. Das dauert nur zwanzig Minuten und dann stehe ich geduscht und aufgeregt vor der Tür, um dich zu begrüßen.«

»Wenn du meinst. Dann schleppe ich meinen Koffer eben zum Taxistand.«

»Wo ist denn der hübsche Kofferträger?«

»Hat sich wieder verflüchtigt. Die griechischen Männer scheinen sich von den österreichischen nicht unbedingt zu unterscheiden.«

»Ah, du klingst wie eine weise Mittvierzigerin. Stemmling scheint dir gutgetan zu haben.«

»Ich lege jetzt auf, Mama, wir sehen uns gleich.«

»Ja, Schätzchen, bis gleich.«

Ich lege auf und renne ins Bad. Nach einer schnellen Dusche schlüpfe ich in die erstbesten Jeans, die ich finde, dazu streife ich mir ein buntgestreiftes Shirt über. In der Küche treffe ich auf Mélina, die gerade die Regalfächer putzt, auf dem Tresen stehen Unmengen an Töpfen, Tellern, Tassen und Gläsern.

»Guten Morgen, Jo. Du erwischt mich gerade beim Aufräumen. Möchtest du Frühstück?«

Etwas gehetzt sehe ich sie an und verkünde dann mit leiser Stimme: »Sam befindet sich gerade in einem Taxi vom Flughafen hierher. Robert hat ihr ein Ticket gekauft.«

Mélina setzt sich und sieht mich lange an. »Das ist doch schön, dass deine Tochter da ist, oder?«

»Generell schon, aber es verkompliziert alles auch ein wenig.«

»Nur in einem Aspekt.«

»Du meinst Marco?«

»Ist es nicht das, was dir Sorgen macht?«

»Natürlich ist meine Beziehung zu Marco ein Problem, ich kann Sam davon nichts sagen. Andererseits werde ich durch ihre Anwesenheit auch wieder zur Mutter, zum Verantwortungsträger, zur Perfektionistin und zur Person, von der ich mich schon wegbewegt habe.«

»Aber Jo, du bist doch auch eine Mutter. Das kannst du nicht ablegen, nur weil deine Tochter nicht in deiner Nähe ist. Warum kannst du nicht beides sein?«

»Was meinst du?«

»Mutter und Hexenauge?«

»Ich glaube nicht, dass das möglich ist, Mélina.«

Traurig und hoffnungslos senke ich meinen Blick. Ich weiß nicht, was ich tun soll, denn ich fühle mich unfähig, einen klaren Gedanken zu fassen und aus der Situation, die mich gerade maßlos überfordert, einen Ausweg zu finden.

»Es wird alles kommen, wie es kommen soll. Trink schnell einen Kaffee und dann begrüße deine Tochter genauso, wie du es fühlst.«

Ich folge dem Rat von Manús' Frau, die alles im Leben zu meistern scheint. Davon fühle ich mich jetzt meilenweit entfernt. Während ich das heiße Getränk meine Kehle hinunterfließen lasse, bemerke ich, wie meine Lebensgeister sich wieder zu regen beginnen. Ich überlege, ob ich Marco anrufen soll, ich muss ihm alles erklären, doch dann ist es bereits zu spät, denn es klingelt an der Tür und ich springe schnell auf.

»Sie ist da.«

»Dann lassen wir sie doch herein.«

Als ich die Haustür öffne und in die blitzenden Augen meiner Tochter blicke, werde ich von einem Muttergefühl übermannt, das mich sprachlos macht. Ich umarme sie stürmisch und während mir Tränen der Freude über die Wangen rinnen, höre ich Mélina die anderen Familienmitglieder zusammentrommeln. Am liebsten würde ich meine Kleine, die mich schon ein paar Zentimeter überragt, gar nicht mehr loslassen, und nur weil Manús sie mir aus den Armen zieht, hat sie die Chance, wieder tief durchatmen zu können.

»Jo, du erdrückst das arme Ding ja. Hallo, Sam, als ich dich das letzte Mal sah, warst du ja noch ein Kind. Groß und hübsch bist du – wie deine Mutter. Herzlich willkommen auf unserer Insel.«

Meine Tochter wird nun von einem zum nächsten gereicht und jeder spricht abwechselnd auf sie ein. Von Sam höre ich ein paar höfliche Antworten, doch ich weiß, dass sie die Herzlichkeit und die Energie der griechischen Verwandtschaft überfordern. Sie muss auch sehr früh aufgestanden sein, wenn sie jetzt schon hier ist, und schließlich bitte ich die anderen, uns ein paar Minuten Zeit für uns zu gönnen. Ich ziehe Sam in den Garten und setze sie in einen der gemütlichen Stühle, anschließend herrscht ein wenig Stille.

»Na, wie fühlst du dich?«

»Etwas seltsam. Hier ist alles so anders und alle sprechen so wahnsinnig viel.«

Ich muss lachen und denke an meine Ankunft zurück.

»Die Griechen sind ein mitteilungsfreudiges Volk, und unsere Verwandten hier ganz besonders. Das muss auch die Mischung mit Tante Lisas Blut sein, sie war ja auch nicht unbedingt zurückhaltend.«

»Nein, das war sie nicht. Ich erinnere mich noch gut daran, wie sie immer wissen wollte, ob ich nun schon endlich verliebt sei und ob der Junge es auch wert wäre.«

»Sie hat sich eben für dein Leben interessiert.«

»Mama, ich war sechs, als sie es mich das erste Mal fragte.«

»Du warst doch aber auch schon im Kindergarten verliebt. Wie hieß der kleine Dunkelhaarige noch schnell?«

»Alexander. Er war mein Spielkamerad.«

»Aber er wollte dich auch heiraten, daran kann ich mich noch genau erinnern. Haben wir seine Nummer noch?«

Meine fast schon erwachsene Tochter schenkt mir einen Bist-du-komplett-wahnsinnig-Blick und ich füge hinzu, dass ich ihn wirklich süß fand.

»Wie ist es dir hier so ergangen? Du wirkst sehr glücklich und siehst irgendwie besser aus als vorher.«

»Das aus deinem Mund fasse ich als Kompliment auf. Dankeschön. Es geht mir auch sehr gut und ich kann gar nicht glauben, dass ich bald schon wieder nach Österreich zurück muss.«

»Willst du denn nicht mehr zurück?«

Ich könnte mir dafür auf die Zunge beißen. Warum hatte ich »muss« gesagt?

»Doch, natürlich, Schatz. Ich lebe schließlich in Österreich und das hier ist nur ein schöner, langer Urlaub.«

»Mama, ich bin hungrig. Glaubst du, ich bekomme hier etwas zu essen?«

Ich erkläre Sam, dass sie nun die Chance haben würde, sich in den Herzen dieser griechischen Familie zu platzieren. Ich übergebe Sam Mélinas Kochkünsten und Onkel Yannis' Geschichten, sodass ich einige Minuten Zeit gewinne, um einen Telefonanruf zu tätigen.

43. Kapitel

Marco schläft noch, als ich ihn anrufe, er hatte ja auch eine lange Nacht. Ich erkläre ihm die Sachlage und er hört mir zu. Irgendwie habe ich das Gefühl, dass ich die Einzige bin, die spricht, denn vom anderen Ende der Leitung kommt so gut wie kein Geräusch.

»Es tut mir leid, ich hatte das wirklich nicht geplant.«

Dann endlich sagt er was.

»Du musst dich nicht entschuldigen. Du hast doch nichts falsch gemacht.«

»Das stimmt, aber irgendwie habe nun ein schlechtes Gewissen.«

»Das ist doch unnötig. Deine Tochter ist hier und du solltest dich über diesen Umstand freuen.«

»Aber was wird aus uns?«

»Jo, mach dir darüber keine Gedanken. Vielleicht ist es gut, dass es so gekommen ist.«

»Glaubst du das wirklich?«

»Du wärst ohnehin in einer Woche abgereist.«

»Aber wir hätten noch ein paar Tage gehabt.«

»Im Leben kann man nicht alles planen, das solltest du inzwischen wissen.«

»Das ist mir klar, trotzdem bin ich traurig, weil ich dich nicht mehr sehen kann. Es ist etwas anderes, in ein Flugzeug zu steigen und wegzufliegen, als noch hier zu sein und dir ständig über den Weg zu laufen.«

»Damit werden wir leben müssen.«

»Hast du gerade ein psychologisches Sachbuch gelesen? Ich hasse deine Vernunft und deine Pragmatik.«

»Okay. Wir hören uns.«

»Ja, ja, irgendwann vielleicht.«

Ich kann es nicht fassen, er klingt gerade so, als wäre ihm das recht. Als würde er sich damit aus einer Verantwortung ziehen, mit der er später vielleicht nicht hätte umgehen können. Ich könnte heulen und doch muss ich mich beherrschen und darf mir nichts anmerken lassen. Was habe ich andererseits erwartet? Dass er den Prinzen auf dem weißen Ross spielen würde und ich mit ihm dem Sonnenuntergang entgegenreiten könnte?

Mein Telefon klingelt abermals und ich sehe hoffnungsvoll aufs Display. Leider ist es nur Robert.

»Hallo, Robert. Sam ist gut gelandet.«

»Na, war das eine Überraschung? Ich wusste, dass du dich freuen würdest.«

Ich spüre Wut und Enttäuschung in mir aufkeimen, doch ich schlucke den bitteren Geschmack hinunter.

»Das war eine hervorragende Idee und ich habe Sam bereits in die Familie eingeführt, sie sitzt am Esstisch und schaufelt Berge von griechischem Essen in sich hinein.«

»Das klingt doch fantastisch, ihr werdet eine tolle Woche haben und dann gemeinsam heimfliegen, ich habe alles organisiert.«

»Wunderbar, dann kann ja nichts mehr schiefgehen. Ich wünsche dir einen schönen Tag.«

Schnell lege ich auf, denn ich spüre, wie meine Stimme weinerlich wird und zu zittern beginnt. Ich gehe ins Bad und wasche mir mit eiskaltem Wasser das Gesicht. Die aufkeimenden Tränen werden fortgespült und ich beginne mich mit dem Gedanken anzufreunden, meine letzten Tage auf Rhodos anders zu verbringen, als ich mir das vorgestellt habe.

»Jo, Ioanna ist hier. Kommst du runter?«

Mélinas Stimme dringt zu mir vor.

»Sicher, Bin schon unterwegs.«

Ioanna, der Lichtblick in meinem nun so dunklen Tunnel! Sie wird wissen, was zu tun ist, und wenn nicht, wird sie wenigstens da sein, um mich zu trösten. Ich renne die Stufen hinunter und falle ihr in die Arme.

»Wow, was für eine Begrüßung. Ich fühle mich geehrt.«

»Komm, lass uns auf der Terrasse einen Kaffee trinken. Hast du meine Tochter schon kennengelernt?«

»Ja, sie ist wirklich eine wunderbare jüngere Ausgabe von dir. Wie kommt sie plötzlich hierher?«

Einige Minuten später, Sam wird inzwischen von den Jungs und Foteini ins Dorfleben eingeführt, schildere ich meiner Freundin die Vorkommnisse des heutigen Morgens. Ich versäume nicht, das Telefongespräch mit Marco zu erwähnen und seine seltsame Reaktion. Ioanna lauscht und ist ein willkommenes Ziel für meine Gefühlsregungen, sie bekommt alles ab, was ich eigentlich Marco an den Kopf werfen wollte. Geduldig und ohne Zwischenrufe nimmt sie alles auf sich, und erst als eine längere Pause einlege, beginnt sie zu sprechen.

»Ich würde das nicht so negativ sehen. Erstens hast du ihn aufgeweckt. Ich selbst bin um diese Tageszeit nicht fähig, irgendeine Entscheidung zu treffen, geschweige denn meine Gefühle zu formulieren, und zweitens ist er ein Mann, ein besonderer Mann, wie wir wissen. Er lebt allein und liebt seine Freiheit mehr als ich meine Blumen. Du konfrontierst ihn mit deiner Tochter, die ihm klarmacht, was für ein Mensch du bist. Du bist anders, du lebst nicht einfach nur in den Tag hinein so wie er. Wahrscheinlich jagst du ihm damit eine Heidenangst ein und er zieht sich instinktiv in sein Schneckenhaus zurück. Das ist völlig verständlich.«

»Aber er hätte doch ein wenig enttäuscht sein können.«

»Er war wahrscheinlich auch enttäuscht, aber du hast ihn so mit deinen Gefühlen überfallen, dass er selbst gar keine Chance hatte, sich mit den seinen zu beschäftigen.«

»Ich war eine unsensible und egozentrische Zicke, stimmt's?«

»Mag sein, aber auch darüber würde ich mir keine grauen Haare wachsen lassen. Marco wird es überstehen, er ist ja kein pubertierender Teenager, der ein Trauma davontragen wird. Er ist ein Mann, und Männer rechnen damit, dass wir Frauen sie ab und zu fertigmachen. Nennen wir es ausgleichende Gerechtigkeit dafür, dass sie uns nie dann anrufen, wenn wir darauf warten.«

»Ioanna, du bist wirklich ein Engel.«

»Ich weiß, das höre ich ständig.«

Wir lächeln uns an und trinken den Kaffee aus, dann will Ioanna wissen, wie ich meine letzten Tage plane. Ich denke kurz nach und erkläre ihr, dass ich vorhabe, viel Zeit am Strand zu verbringen, Sam das Haus zu zeigen und Agathí noch einmal zu besuchen. Einen Tag wolle ich mich in Rhodos Stadt aufhalten und am Samstag hätten meine Verwandten eine Abschiedsparty für mich organisiert.

»Das klingt doch hervorragend. Bitte plane auch einen Tag für mich ein, ich würde dir gerne die Schmetterlinge zeigen, die Petaloudes bevölkern, ich glaube, das hast du noch nicht gesehen.«

»Stimmt, ich habe zwar schon viel darüber gehört, aber dort gewesen bin ich noch nicht. Es wäre lieb von dir, mir das noch zu zeigen.«

»Du wirst mir wirklich fehlen, wenn du nicht mehr da bist, Jo. Ich habe dich so sehr ins Herz geschlossen.«

Ich bekomme also doch noch meine Überdosis Gefühl ab und es tut unsagbar gut. Danach treffen wir uns mit Sam, Foteini, Vassily, David und Lúkas im Café am Dorfplatz und ich bin erstaunt, wie schnell meine Tochter sich in diese kleine Welt integriert hat. Foteini sitzt auf ihrem Schoß und einige Dorfjungen haben sich um ihren Tisch geschart, um die neu angekommene Großcousine kennenzulernen. Wie selbstverständlich gibt diese Auskunft über ihre Herkunft und ihre Absicht, diese Urlaubswoche in vollen Zügen zu genießen. Ich staune, wie selbstsicher und erwachsen sie geworden ist, irgendwie erscheint sie mir fremd, und doch handelt es sich um dasselbe Mädchen, das vor Kurzem noch einem Jungen hinterhergeweint hat. Anscheinend wirkt der Zauber der Insel nicht nur bei mir, sondern auch bei meiner Tochter, und ich schenke Ioanna einen zufriedenen, stolzen Blick. Ich habe etwas richtig gemacht im Leben, Sam ist der Beweis dafür.

Als ich meinen Abschiedsbesuch bei Agathí mache, nehme ich Sam auch mit. Ich will ihr meine weise und lustige Bekannte unbedingt vorstellen, und obwohl Sam zuerst skeptisch ist, warum sollte sie eine fast achtzigjährige Frau auch in irgendeiner Weise interessieren, willigt sich schlussendlich ein. Wir sitzen also auf Agathís Terrasse und unterhalten uns, als die alte Dame plötzlich feststellt, dass Sam irgendwie ihrer Enkelin ähnelt, die bei ihren Eltern am Festland wohnt. Sie beginnt von der Dreizehnjährigen zu erzählen und ich hänge begeistert an ihren Lippen, während ich leider auch bemerke, dass Sam sich geistig absentiert. Ihr Handy piepst ständig und sie ist damit beschäftigt, alle Textnachrichten zu lesen und dann auch noch zu beantworten, sodass ich sie nach einer halben Stunde frage, ob sie nicht doch lieber zu Mélina und den Jungs zurückkehren möchte. Ihr Gesicht erhellt sich und sie bejaht meine Frage so eifrig, dass es mir gegenüber Agathí schon peinlich ist. Nachdem sie den Garten verlassen hat, entschuldige ich mich bei Agathí, doch diese findet Sams Verhalten nicht ungewöhnlich.

»Sie ist doch noch so jung, Jo, warum sollte sie hier mit uns sitzen und sich unsere Geschichten anhören? Sie muss noch Geschichten erleben, bevor sie darüber reden kann.«

»Trotzdem kann sie sich ja wohl für ein paar Minuten Zeit nehmen und diese mit uns verbringen, das Leben dreht sich ja nicht immer nur um sie.«

»In diesem Alter schon, und das ist auch gut so. Es muss sich um sie drehen, denn nur so kann sie herausfinden, was sie wirklich will.«

»Sie wird lernen müssen, dass man nicht immer das tun kann, was man will.«

»Später einmal. Jetzt muss sie noch egoistisch sein. Was ist mit dir? Du erscheinst mir ein wenig verändert. Was ist los?«

Ich seufze und lehne mich zurück. Wie soll ich es sagen? Wie kann ich es rechtfertigen, dass – obwohl mein Kind, das ich seit Wochen nicht mehr gesehen habe, da ist – mein Herz sich nach etwas anderem sehnt? Allein der Gedanke fühlt sich falsch und schlecht an und ich will ihn nicht ausformulieren.

»Gar nichts, ich bin heute wohl mit dem falschen Fuß aufgestanden.«

»Das geht mir jeden Tag so. Meine Füße tun mir weh und manchmal glaube ich, dass es Zeit ist, das hier abzubrechen.«

»Was meinst du?«

»Das Leben. Ich mag nicht mehr und ich denke, dass es nicht besser wird. Meine Beine wollen mich nicht mehr tragen und mein Geist spielt mir immer wieder Streiche, sodass jeder Tag Dinge bringt, die ich nicht kontrollieren kann.«

»Aber Agathí, du darfst an so etwas gar nicht denken. Was würde ich ohne dich machen?«

»Du reist doch bald ab, dann bin ich wieder alleine.«

»Und Milos? Er ist doch für dich da. Er verehrt dich und würde dich wahrscheinlich sogar um deine Hand bitten, wenn du nicht so streng zu ihm wärst.«

»Glaubst du wirklich, dass ihn das abhält? Vier Heiratsanträge hat er mir im letzten Jahr gemacht, aber ich bin mit dem Thema durch. Ich war einmal verheiratet und das reicht.«

»Dann wärst du aber nicht so einsam.«

»Dafür könnte ich den alten Schwerenöter ständig bekochen und seine Wäsche machen. Darauf habe ich keine Lust. Ich ziehe es vor, mein eigener Herr zu sein. Er kann gerne ab und zu vorbeikommen und dann wieder gehen. Mehr will ich nicht haben.«

Ich bewundere die alte Frau um ihre Standhaftigkeit, um den Willen, sich selbst und sonst niemandem treu zu sein und um die Freiheit, diese Entscheidung treffen zu können. Eigentlich ist sie Marco nicht so unähnlich und vielleicht tue ich ihm manchmal unrecht, wenn ich seine Art zu leben kritisiere. Habe ich mich nicht auch deshalb in ihn verliebt, weil er so ist, wie er ist?

»Nun, da deine Tochter da ist, wie läuft es mit dem Mann?«

»Es läuft gar nicht. Wir sehen uns nicht mehr.«

»Warum?«

»Ich will nicht, dass Sam etwas merkt und ich damit eine Welt für sie zusammenbrechen lasse. Sie hat das Recht auf eine intakte Familie, ich kann ihr das nicht nehmen.«

»Und worauf hast du ein Anrecht?«

Ich antworte darauf nicht, weil ich keine Antwort weiß, die mit meinen mir jahrelang aufgebürdeten Moralvorstellungen in Einklang zu bringen ist.

»Ich habe keine Rechte, nur Sehnsüchte.«

»Sehnsüchte sind unsere Möglichkeiten, Kleines.«

Damit verabschiede ich mich von meiner Freundin und bitte sie noch, zu meiner Abschiedsfeier am Samstag zu kommen.

»Ich hätte dich wirklich gerne dabei.«

»Ich war seit zwanzig Jahren auf keiner richtigen Party mehr, glaubst du, ich lasse mir das entgehen?«

»Ich möchte dich persönlich abholen.«

»Ich werde fertig sein und nach dir Ausschau halten, wahrscheinlich schon am frühen Nachmittag.«

»Ich bin kurz vor acht Uhr hier und hoffe, dass du dein schönstes Kleid trägst.«

»Darauf kannst du Gift nehmen.«

44. Kapitel

Die Tage vergehen wie im Flug und ich komme nicht zum Nachdenken, was in meinem Fall sogar ein Segen ist. Ich versuche, Sam so viel wie möglich zu zeigen und befinde mich ständig im Auto oder sogar im Bus, da ich Onkel Yannis und Manús mit der Ankunft meiner Tochter nicht noch mehr belasten möchte. Sie heben immer wieder hervor, wie liebenswert meine Tochter ist, doch ich weiß, dass ein Teenager ziemlich anstrengend sein kann und dass es Momente gibt, wo man glaubt, dass sie einen wie kleine Vampire aussaugen. Sam genießt den Umstand, von allen umschwärmt und hofiert zu werden, und ich muss sie immer wieder darauf hinweisen, dass sie sich nicht wie eine Prinzessin aufzuführen habe. Sie steckt solche Weisheiten mit einem süffisanten Lächeln weg und erklärt mir, dass ich sie leben lassen müsse, schließlich sei sie kein Kind mehr und könne sehr wohl auch selbst entscheiden, was gut für sie sei.

»Solange du unter meinem Dach lebst, werde ich entscheiden, was gut für dich ist.«

»Zurzeit befinden wir uns ja nicht unter deinem Dach, also solltest du es ein wenig lockerer sehen.«

Ich suche gerade nach einer passenden Antwort, als ich im Augenwinkel etwas erspähe, was meinen Herzschlag beschleunigt. Wir befinden uns auf dem Markt und ich bin dabei, für Mélina einige Dinge zu besorgen, als ich zwei Stände weiter Marco mit einem Fischer sprechen sehe.

»Du warst doch auch einmal jung, Mama.«

»Kann sein.«

Meine gesamte Konzentration ist auf den Nebenstand konzentriert und auf den Mann, der mir seinen Rücken zugewandt hat. Soll ich hingehen und ihn ansprechen? Was würde Sam denken? Wie würde sie reagieren?

»Mama?«

»Ja, Sam.«

»Du hörst mir nicht zu.«

»Was hast du gesagt?«

»Ich habe dich gefragt, ob ich mit Lúkas heute Abend zu diesem Konzert gehen darf.«

»Was für ein Konzert?«

Ich beobachte, wie Marco eine Tragtasche gereicht wird, er bezahlt den Fischer.

»Ein bekannter DJ legt in diesem Club in Falliraki auf, das soll der Hammer werden und ich würde so gerne mitgehen.«

Ich fixiere noch immer seinen Körper und bewege mich nicht vom Fleck. Dann sehe ich, dass er sich umdreht und in meine Richtung kommt. Vor Schreck mache ich eine etwas zu schnelle Bewegung nach hinten, stoße an einer Kiste mit reifen dunkelroten Äpfeln an und setze damit eine Obstlawine in Gang, die sich trotz meiner Bemühungen sie aufzuhalten großflächig auf der Straße vor mir ausbreitet. Erschrocken blicke ich auf die Gemüsefrau, die mich empört ansieht und dann die Hände über dem Kopf zusammenschlägt.

»Mein Gott, Mama, was hast du angerichtet?«

»Das war ein Versehen, ich bin am Stand angestoßen, ich wollte das doch nicht. Du hast mich mit deinem Gerede über das Konzert verwirrt, und nun haben wir den Salat.«

»Guten Morgen, Jo. Du bist anscheinend schon wieder fleißig gewesen.«

Ich bin verlegen, wenn ich mich nun umdrehe, kann er mein errötetes Gesicht sehen. Aber habe ich eine andere Wahl?

»Hallo Marco. Wie du siehst, testen wir gerade die Qualität des heimischen Obsts, und ich muss sagen, dass ich damit gar nicht zufrieden bin.«

Die griechische Marktfrau ruft mir etwas zu, das ich natürlich nicht verstehe und deshalb ignoriere.

»Lass mich dir helfen, das haben wir gleich.«

»Das musst du nicht. Sam wird mir helfen. Apropos Sam – darf ich vorstellen: Meine Tochter, die mich so sehr vermisst hat, dass sie extra angereist ist, um mich abzuholen.«

»Freut mich dich kennenzulernen, Sam. Ich heiße Marco.«

Sam gibt nur ein kurzes desinteressiertes Hallo von sich und beginnt damit, die Äpfel wieder in die Kiste zu stapeln.

»Was für ein Zufall, dich hier zu treffen«, stammle ich.

»In diesem kleinen Ort von zufälligen Begegnungen zu sprechen, grenzt schon fast an Ironie«, erwidert er mit einem unwiderstehlichen Grinsen.

»Wie geht es dir, Jo?«

Seine Augen durchbohren mich und ich bemühe mich, so neutral wie möglich zu bleiben. Ich versichere ihm, dass alles okay sei und ich meine letzten Tage auf der Insel genieße, zusammen mit Sam. Er berichtet, dass er viel Zeit am Wasser verbrächte und dass er außerdem damit beschäftigt sei, seine Erbschaft zu regeln. Ich nicke verständnisvoll, doch als ich dann die Blicke meiner Tochter auf mir ruhen fühle, weiß ich, dass ich mich verabschieden muss.

»War schön, dich zu sehen. Alles Gute für deine familiären Angelegenheiten.«

»Danke, das ist nett von dir. Noch viel Spaß auf Rhodos.«

Er blickt dabei Sam an und ich fühle, dass es ihm nun auch schwerfällt, so zu tun, als wären wir Bekannte und nicht mehr. Ich küsse ihn scheu auf die Wangen und er hält kurz meine Hand, nur leicht und fast zufällig. Als er weitergeht, blicke ich zu Boden und atme durch. Ich frage mich, ob das unsere letzte Berührung war und ob ich ihn je wiedersehen werde.

»Wer war das?«

»Marco ist Österreicher und lebt auf Rhodos. Er war einmal Architekt und hat einen Entwurf für unser Haus gemacht. Ich kann ihn dir zu Hause zeigen.«

Schnell bücke ich mich und helfe Sam nun mit dem Aufsammeln der Früchte.

»Welches Haus?«

Etwas genervt über die Teilnahmslosigkeit meiner Tochter sage ich eine Nuance zu laut: »Das Haus, das ich von Tante Lisa geerbt habe.«

»Ach ja, zeigst du es mir nun endlich?«

»Ja, Sam, ich denke, dass die Zeit gekommen ist, um es dir zu zeigen.«

Ich drücke der Frau, deren Obst ich am Boden verteilt habe, einen hohen Geldbetrag in die Hand und verlasse schnellen Schrittes den Marktplatz, einerseits, weil sein Duft noch irgendwie in der Luft liegt, und andererseits, weil ich sichergehen möchte, dass ich nicht noch mehr Schaden anrichte.

Bisher hat sich noch keine Gelegenheit geboten, zum *kosmímata koutí* zu fahren, und ehrlich gesagt hat mir die Idee, den Ort zu besuchen, den ich sehr intensiv mit Marco verbinde, bisher eher Magenschmerzen verursacht. Doch irgendwann muss ich Sam das Haus zeigen und eigentlich bin ich auch auf ihre Reaktion gespannt. Warum also nicht heute? Mélina erklärt sich bereit, uns zu fahren, und so brechen wir am frühen Nachmittag zusammen auf und finden das Grundstück in ein wunderschönes Licht getaucht vor. Das Häuschen strahlt und jeder Stein scheint hier seine Berechtigung zu haben und erfolgreich Zeit und Raum zu trotzen.

»Na, was sagst du?«

»Der Platz ist umwerfend und das angrenzende Meer eine Wucht. Na ja, das Haus selbst gleicht hingegen eher einer Bruchbude. Hat da auch einmal jemand gewohnt?«

Meine Tochter rüttelt an der Tür und späht durch die schmutzigen Fenster.

»Außerdem ist es ein wenig weit weg vom Schuss. Ich habe nirgendwo ein Geschäft oder ein Restaurant gesehen, zu Fuß ist man wohl aufgeschmissen.«

Je länger ich ihr zuhöre, desto klarer wird mir, dass sie mit meinem Traum nichts anfangen kann. Sie bemüht sich, schöne Worte zu finden und mir zu verstehen zu geben, dass mir etwas Gutes widerfahren ist, aber im Grunde sprechen wir zwei verschiedene Sprachen. Mélina beobachtet uns, hält sich aus der Diskussion jedoch raus. Sie packt einige Getränke aus ihrem Korb und wir setzen uns auf die baufällige Terrasse, der niemand Vertrauen schenkt, die aber letztendlich unserem Gewicht standhält. Ich frage mich, ob es fair ist, an etwas festzuhalten, woran nur ich glaube und alle anderen damit unglücklich zu machen. Mélina scheint meine Gedanken lesen zu können und rät meiner Tochter, sich doch einmal den Strand näher anzusehen.

»Warum schwimmst du nicht ein paar Meter raus, du wirst sehen, das Wasser ist herrlich.«

Sam lässt sich das nicht zweimal sagen und streift ihre Kleidung ab, zum Vorschein kommt ein buntgemusterter Bikini, den sie fast immer trägt. Dann ist sie auch schon entschwunden und ich seufze.

»Wie schnell sie groß werden, findest du nicht auch?«

»Das stimmt, manchmal kommt es mir vor, dass ich David gerade noch gestern die Windeln gewechselt habe und am nächsten Tag erwische ich ihn beim Rauchen.«

»Wo ist die Zeit nur hin, Mélina? Was ist mit uns passiert?«

»Wir sind noch immer da, Jo, aber wir müssen hart daran arbeiten, das zu bleiben, was wir nun einmal sind.«

»Was meinst du genau?«

»Du solltest nicht gleich aufgeben, nur weil dir ein paar Menschen einreden wollen, dass deine Träume nicht zu verwirklichen sind.«

»Du meinst das Haus.«

»Das auch, aber du solltest dir generell einmal die Frage stellen, wie du den Rest deines Lebens verbringen möchtest. Ich denke, dass du schon eine Ahnung hast, was dich glücklich machen würde, aber irgendwie gibt es da noch eine Schranke, die du nicht aufzuheben wagst. Du denkst zuerst an alle anderen und irgendwann bist dann zu müde, an dich selbst zu denken.«

»Aber bist du nicht auch so? Du opferst dich doch auch für deine Familie auf.«

»Nein, das tue ich nicht, Jo. Ich sorge für meine Familie und ich liebe sie, aber ich opfere mich nicht für sie auf. Es gibt Dinge, die mir wichtig sind und die ich mir nehme, das muss meine Familie akzeptieren, ansonsten kann ich sie nicht glücklich machen.«

»Was ist das, was du dir nimmst?«

»Ich nehme mir Zeit für mich und verbringe Stunden mit meinen Freundinnen, beim Friseur oder im Beautystudio, einmal die Woche besuche ich einen Tanzabend, zu dem ich Manús nicht mitnehme. Ab und zu verreise ich alleine und wenn ich ein Buch lese, will ich von niemandem gestört werden. Trotzdem bin ich eine gute Mutter und Ehefrau und ich liebe mein Leben so wie es ist.«

Sam kommt angerannt und ich werfe ihr das Handtuch zu, das Mélina vorsichtshalber eingepackt hat.

»Ihr solltet auch schwimmen gehen.«

»Vielleicht ein anderes Mal«, lachen wir.

»Es wird Zeit aufzubrechen, ich muss Foteini bei ihrer Freundin abholen und dann treffe ich mich noch mit Freunden zum Kartenspielen.«

Wir sammeln alle Utensilien zusammen, die wir auf der Terrasse verteilt haben, und ich male mit meinem Finger ein Herz auf die verstaubte Fensterscheibe. Ich werde vor meiner Abreise nicht mehr hierherkommen und ich bitte das Haus, auf mich zu warten, ohne zu wissen, wann wir uns wiedersehen würden.

46. Kapitel

Zwei Tage später bringt uns Ioannas kleiner Toyota zu Petaloudes, dem Schmetterlingstal im Landesinneren der Insel. Wir haben auch Sam und Foteini im Schlepptau, die sich auf der Rückbank mit Foteinis Puppen beschäftigen, während Ioanna mir von ihrem Alltag im Geschäft berichtet.

»Irgendwie habe ich das Gefühl, alleine auf weiter Flur zu sein, die Aufträge fliegen mir nur so zu und ich arbeite manchmal Tag und Nacht, um alles zur Zufriedenheit der Kunden auszuführen. Besonders die Hochzeiten und Geburtstagsfeiern nehmen zu, ich gestalte dann die gesamte Blumendekoration und muss für jeden Auftrag einige Tage opfern, da es ja nicht mit dem Aufstellen alleine getan ist, sondern auch enorme Vorarbeit erfordert.«

»Andererseits kannst du dich glücklich schätzen, dass alles so gut läuft und du ausgebucht bist.«

»Ich könnte allerdings Unterstützung brauchen, habe aber noch niemanden gefunden, der in derselben Weise denkt und arbeitet wie ich.«

»Maria hilft dir doch.«

»Ja, in den Sommerferien, danach kehrt sie in die Schule zurück, und ich glaube auch nicht, dass sie von einer Karriere als Floristin träumt.«

»Vielleicht musst du dir jemanden suchen, den du ausbilden kannst.«

»Das ist schwer, die meisten ziehen es vor, im Gastgewerbe zu arbeiten, weil sie da hohes Trinkgeld erwarten und glauben, dass jeden Tag eine Party abgeht.«

»Hast du schon eine Annonce aufgegeben?«

»Nein, aber ich sollte es bald tun.«

Als wir uns dem Schmetterlingstal nähern, kommen uns immer wieder Autos, vor allem Leihwägen voller Touristen, entgegen und Ioanna beschimpft sie aufgrund ihrer miesen Fahrkünste, aufs Vehementeste.

»Müssen denn alle ausgerechnet heute hierherkommen?«

Endlich finden wir eine winzige Parklücke und zwängen uns hinein. Die Kinder müssen auf der linken Seite aussteigen, ich klettere über die Gangschaltung auf die Fahrerseite und schaffe es auch irgendwie aus dem Wagen. Die griechische Hitze bringt uns alle zum Schwitzen und wir statten uns gleich mit vier Wasserflaschen aus, um für den vor uns liegenden Fußmarsch gewappnet zu sein. Sam und Foteini übernehmen die Führung, sie hüpfen voller Energie den Waldweg entlang und nehmen mehrere Stufen gleichzeitig, als wären sie vor irgendjemandem auf der Flucht.

»Sam, Foteini, nicht so schnell.«

»Jo, lass sie doch, sie müssen ihre jugendliche Energie abbauen und wir müssen ihnen nicht hinterherhetzen. Foteini war außerdem schon etliche Male hier und kennt sich sehr gut aus.«

Ich gebe ihr recht und schalte einen Gang zurück. Wir werden immer wieder von Touristen überholt, die selbst hier inmitten der Natur gehetzt wirken, und ab und zu müssen wir auch dem Gegenverkehr ausweichen, da man das Tal an verschiedenen Stellen betreten kann und die Gehrichtung nicht vorgegeben ist. Zuerst konzentriere ich mich auf das Marschieren und versuche auf dem wurzelbewachsenen Weg nicht zu stolpern, nach und nach wandert mein Blick aber immer mehr nach oben und ich erfreue mich an der üppigen Vegetation. Wir wandern entlang kleiner plätschernder Bäche und passieren Wasserfälle und hohe Platanen, die – was man erst bei genauem Hinsehen erkennt – von tausenden Schmetterlingen ein und derselben Art bevölkert werden.

»Wow, das ist wirklich beeindruckend. Ich habe noch nie in meinem Leben so viele Schmetterlinge auf einmal gesehen.«

»Im Tal wächst ein Baum, der Amberbaum, der eigentlich sonst nur im Orient vorkommt und ein Harz absondert, welches die Schmetterlinge anzieht und sie dazu animiert, sich hier zu vermehren. Es riecht nach Vanille.«

»Wirklich? Ich liebe Vanille. Vielleicht erklärt das meine Liebe zu Rhodos, es könnte doch sein, dass auch ich diesem Duft verfallen bin.«

»Fühlst du auch das Verlangen, dich zu vermehren?«

»Es könnte sein, dass ich eine gewisse Sympathie dafür entwickelt habe, allerdings ohne das Bedürfnis, mich fortzupflanzen.«

»Verstehe. Klingt eindeutig nach den Einflüssen des Amberbaums.« Ioanna schmunzelt vor sich hin.

Ich fotografiere die überladenen Baumstämme und Felsvorsprünge, bevölkert von Unmengen von den braungefärbten Flügeltieren, die man beinahe übersieht, da sie sich ihrer Umwelt perfekt anpassen.

»Bemerkst du etwas, Jo?«

»Was meinst du?«

»Solange sie sich auf dem Boden oder auf einer anderen Unterfläche befinden, sind sie unerkannt, fast langweilig sitzen sie da und stellen nur ein Bruchstück eines riesigen Ganzen dar. Nur wenn sie fliegen, zeigen sie ihre schönste Stelle, die Flügelunterseite, die hellorange leuchtet.«

Als Ioanna laut in die Hände klatscht und einige Falter schwungvoll davonfliegen, mache ich eine Menge Fotos, denn etwas ganz Spezielles findet hier gerade statt.

»Bei dir habe ich auch manchmal das Gefühl, dass du es vorziehst, unerkannt auf deinem Ast zu sitzen und dich in die große Masse der Gleichgesinnten einzufügen. Ich verstehe, dass das der einfache Weg ist, aber ich denke nicht, dass er für dich der richtige ist. Du bist zu so viel mehr fähig und du verschließt dich der Welt, ohne sie wirklich zu kennen.«

Ich gehe weiter und halte nach den Kindern Ausschau. Sie sind bereits einige Abschnitte weiter und Foteini versucht, einen Schmetterling zu fangen.

»Was willst du mit Marco machen?«

»Was soll ich machen? Ich habe keine Möglichkeit, etwas zu machen.«

»Liebst du ihn?«

»Was ist Liebe, Ioanna? Ein Urlaubsflirt auf einer romantischen Insel?«

»Was fühlst du, wenn du bei ihm bist?«

»Ich fühle mich anders, er macht mich zu etwas, was ich nicht sein kann.«

»Warum nicht?«

»Du weißt ganz genau warum.«

»Jo, schau dir doch einmal diese Schmetterlinge an. Sie sind hier, weil etwas sie anzieht, etwas, was nicht hier sein sollte, und trotzdem können sie sich dem Drang, sich hier niederzulassen, nicht entziehen. Sie geben den Rest der Welt auf, weil sie hier das gefunden haben, was sie brauchen.«

»Ich bin aber leider ein Mensch und kein Schmetterling.«

»Aber Menschen können sich verlieben und Schmetterlinge im Bauch haben. Es ist nicht von Belang, welcher Art sie entsprechen und ob sie sich der Umgebung anpassen, Hauptsache sie lassen uns fliegen, lächeln, jauchzen und springen – egal wie kurz dieses Hochgefühl über uns gestülpt wird, wir lechzen danach, sind süchtig und wollen es festhalten, solange es geht.«

»Ioanna, ich weiß, was du damit sagen willst, aber es ist auch eine Tatsache, dass Schmetterlinge eine kurze Lebensdauer haben. Soviel ich weiß, existieren manche Arten nur einen Tag, andere einige Monate, die meisten allerdings erleben nur einen Sommer.«

»Was soll's? Ich bin davon überzeugt, dass es irgendwo auch einen Schmetterling gibt, der uralt wird.«

»Warum musst du immer das letzte Wort haben?«

»Weil ich keine Beziehung führe und dementsprechend verwöhnt bin, was persönlichen Egoismus betrifft.«

»Warum willst du dann, dass ich mich auf eine aussichtslose Geschichte einlasse?«

»Weil ich noch immer an Märchen glaube.«

»Über welches Märchen sprecht ihr?«

Foteini steht wieder vor uns und sieht uns mit großen Augen an.

»Aschenputtel. Ioanna hat mir gerade mitgeteilt, dass Aschenputtel ihr Lieblingsmärchen ist.«

»Bitte erzähl es!«, fordert Foteini sofort und ich verbringe den Rest der Wanderung damit, den Traum eines jeden Mädchens, in den gläsernen Pantoffel zu passen, zu schüren, und obwohl ich weiß, dass diese Vorstellung uns immer wieder in Schwierigkeiten bringt, muss ich lächeln, als ich bemerke, dass auch Sam mir andächtig zuhört. Ioanna hängt sich bei mir ein und zwinkert mir zu, und so bewegen wir vier weiblichen Wesen unterschiedlichen Alters uns über Stock und Stein durch ein pittoreskes Tal voller natürlicher Wunder und Schönheiten und lauschen einer uralten Geschichte, die jeden von uns auf eine andere Art fasziniert.

47. Kapitel

Der Samstag bricht an und mir wird klar, dass etwas zu Ende geht. Seltsamerweise erfasst mich bereits am Morgen eine Ruhe, die mir unheimlich erscheint. Wenn ich es nicht besser wüsste, würde ich annehmen, dass man mir schon beim Frühstück Baldriantropfen verabreicht hat, nur um sicherzugehen, dass ich den Tag halbwegs überstehe. Sam beginnt schon ihre Sachen zu packen, die inzwischen in Foteinis Zimmer verstreut sind, und ich tue es ihr gleich. Im Haus herrscht reges Treiben, da man damit beschäftigt ist, die Feier vorzubereiten, und ich werde angehalten, weder die Küche noch die Terrasse zu betreten, denn eigentlich soll es eine Überraschung werden.

Nach dem Packen frage ich Sam, ob sie Lust hat, mit mir an den Strand zu gehen, doch sie zieht es vor, mit Lúkas nach Rhodos Stadt zu fahren, um Mitbringsel für ihre Freundinnen zu besorgen. Ich widerspreche ihr nicht, im Gegenteil, ich bin froh, dass ich alleine vom Meer Abschied nehmen darf. Ich nehme meinen Platz unter dem Baum ein und beobachte die kleinen Kinder, die ihre Sandburgen bauen und mit bunten Schwimmflügeln am Ufer entlanglaufen.

Links von mir erkenne ich die ersten Surfer, die langsam ihre Ausrüstung vorbereiten. So sehr ich mich auch bemühe, ich kann niemanden erkennen, der mein Herz höher schlagen ließe. Er ist nicht da und ich weiß nicht, ob ich froh oder traurig darüber bin. Ich lasse mich in den Sand fallen und versuche, eines der Bücher zu lesen, die ich vor meiner Abreise fein säuberlich in meinem Koffer verstaut habe. Seit ich hier bin, ist es mir nicht gelungen, mich in die Welt der Literatur fallen zu lassen, ich habe zwar begonnen, ein Buch zu lesen, bin aber gerade einmal drei Kapitel vorangekommen. Irgendwie hat sich nie die Gelegenheit oder die Notwendigkeit ergeben, in eine Geschichte zu flüchten. Es könnte daran liegen, dass ich selbst etwas erlebt habe, anstatt nur darüber zu lesen. Auch jetzt fehlt mir die Konzentration und ich lege das Buch weg. Mein Blick wandert abermals nach links und ich sehe bereits einige Schirme am Himmel, aber keiner davon gehört Marco. Ich falle schließlich im Schatten des Baumes in einen tiefen Schlaf, eine Erlösung aus der Unruhe, die meine letzten Tage bestimmt hat.

Ein harter Schlag auf meinen Hinterkopf lässt mich hochschrecken und ich fühle mich benommen wie selten zuvor. Ein aufgeregter Vater mit einem etwa sechsjährigen Lockenkopf steht plötzlich vor mir und entschuldigt sich verlegen bei mir. Ich weiß gar nicht, worum es geht, außer dass mein Kopf ein wenig schmerzt. Da sehe ich den schwarzweißen Ball, den der Junge eifrig hochhebt und mir wird klar, dass ich wohl ein Opfer seiner Fußballkünste geworden bin. Ich gebe dem armen Mann zu verstehen, dass es okay sei und mir nichts geschehen war, er klatsch seinem Sohn über den Hinterkopf und dieser entschuldigt sich ebenfalls mit knappen Worten. Ich quittiere es mit einem versöhnlichen Lächeln und krame in meiner Tasche nach der Wasserflasche, als mir meine Armbanduhr in die Hände fällt. Erschrocken sehe ich, dass es bereits sechs Uhr ist und ich eigentlich schon zu Hause sein sollte. Ich packe notdürftig alles zusammen und laufe in Richtung Dorf.

Im Haus höre ich nur lautes Rufen und griechische Musik, ich schleiche mich nach oben und verschwinde im Badezimmer. Sam steht dort vor meinem Spiegel und kämmt sich die Haare.

»Mama, da bist du ja endlich.«

»Hallo, Schatz. Wie war's in der Stadt?«

»Toll, ich habe alles gefunden, was ich mir vorgestellt habe, und nun freue ich mich schon darauf, meine Mitbringsel daheim zu verteilen.«

Wie schön, dass wenigstens eine sich darauf freut, wieder heimzufahren. Ich versuche, mich auszuziehen, doch meine Tochter, die bereits geduscht und fertig angezogen ist, versperrt mir den Weg. Sie trägt gerade ihr Lipgloss auf, als ich sie bitte, nun endlich das Badezimmer zu verlassen. Sie reagiert nicht gerade erfreut, aber ich habe keine Lust, mit ihr zu debattieren.

»Du kannst doch inzwischen duschen und ich schminke mich.«

»Jetzt hör einmal zu, junge Dame, du hattest anscheinend die letzte Stunde das Badezimmer für dich und nun bin ich an der Reihe. Nebenbei hast du es nicht nötig, dich zu schminken, du bist schön genug. Außerdem ist das meine Party und ich denke nicht, dass du dort vielen jungen Menschen begegnen wirst, die du mit deinem Kussmund betören kannst.

»Wer weiß, Mama, wer weiß.«

Ich schiebe sie zur Tür hinaus und drehe den Schlüssel um, ich vertrage nun wirklich keine Gesellschaft mehr. Anscheinend habe ich in den letzten Wochen doch ein wenig Egoismus entwickelt und mich an die Tatsache gewöhnt, ein Badezimmer ganz alleine nutzen zu können. Genussvoll nehme ich ein Bad und verwöhne meine Haare mit einer Kurpackung, die mir Ioanna empfohlen hat. Danach geht alles sehr schnell und etwa dreißig Minuten später betrachte ich mich zufrieden im Spiegel. Das bunte Sommerkleid, das ich einmal in der Stadt erstanden habe, sitzt wie angegossen, die Haare glänzen und mein Gesicht lacht mir gebräunt und dezent geschminkt entgegen. Die Party kann beginnen!

Ich leihe mir Mélinas Wagen aus, um Agathí abzuholen, welche wie versprochen schon auf der Holzbank vor ihrem Haus sitzend auf mich wartet. Sie trägt diesmal nicht die gewohnte Kleiderschürze, sondern einen dunklen Rock und eine weiße Bluse, das Haar hat sie wie immer kunstvoll zu einem Zopf geflochten und am Oberkopf befestigt.

»*Kalispera*[7], Agathí, du hast dich ja ganz schön herausgeputzt.«

Sie erhebt sich schwungvoller als vermutet und steigt zu mir in den Wagen, ihre Augen strahlen und ich habe das Gefühl, einen spitzbübischen Ausdruck um ihre Mundwinkel wahrzunehmen.

»Lass uns fahren, Jo, ich bin wahnsinnig aufgeregt.«

»Na, dann los.«

Während wir die Landstraße entlangfahren, erzählt sie mir von ihrer Jugend und den Dorffesten, die sie damals besuchte. Natürlich hatte sie immer ihren Ehemann an ihrer Seite und die anderen Männer wagten es kaum, sie anzusprechen. Trotzdem gelang es ihr, den einen oder anderen Tanz mit einem Mann aus dem Dorf aufs Parkett zu legen und ausgelassen und unbesonnen zu sein.

»Genauso ergeht es mir heute, es ist, als würde ich zum Tanzen gehen und vielleicht ein Abenteuer erleben«, erklärt sie mir schmunzelnd.

»Zum Tanzen kommst du bestimmt, ob ich dir ein Abenteuer bieten kann, weiß ich nicht.«

Ich stelle Mélinas Auto in die Garage und helfe Agathí auszusteigen. Ich biete ihr meinen Arm als Stütze an und gemeinsam schreiten wir durch den Gang des Hauses auf die Terrasse zu. Agathí blickt mich immer wieder etwas unsicher an, als hätte sie Angst, in Kürze aus einem Traum zu erwachen. Ich drücke ihren Arm und gebe ihr zu verstehen, dass sie beruhigt sein könne, es würde alles gut gehen.

Als wir schließlich die Glastür in den Garten öffnen, können wir beide unseren Augen kaum trauen. Unter einem bunten Dach von Lampions und Lichterketten steht, sitzt, tanzt und singt das halbe Dorf. Während wir beide mit offenem Mund die heitere Gesellschaft bestaunen, erblickt uns mein Onkel, der sogleich auf uns zusteuert und Agathí aufs Herzlichste begrüßt. Ich werde hingegen von Manús zur Tanzfläche geführt und kunstvoll zum Rhythmus der Musik im Kreis gedreht.

»Manús, das ist unglaublich, ich weiß gar nicht, was ich sagen soll. Ihr habt eine Feier auf die Beine gestellt, die ihresgleichen sucht. Was muss das für ein Aufwand gewesen sein!«

»Wieso Aufwand? Du bist Familie und ein Teil dieses Dorfes, jeder ist gerne gekommen, um sich von dir zu verabschieden.«

Mir rinnen Tränen über die Wangen und Manús lacht.

»Jo, wein doch nicht. Nur weil du wieder nach Österreich fährst, heißt es doch nicht, dass du nie mehr wiederkommen wirst.«

»Ich weiß nicht, Manús, alles ist so anders, wenn ich dort bin. Ich habe Angst davor, das, was ich hier gefunden habe, zu verlieren.«

»Warum sollte das so sein? Wir werden dich daran erinnern und irgendwann wirst du wieder hier sein, vielleicht sogar, um dein Haus zu bauen.«

Stavos klopft auf Manús Schulter und dieser gibt mich frei, allerdings nicht, ohne mir zuvor einen dicken Schmatz auf den Kopf zu drücken. Ich schwebe also weiter in den Armen des Mannes, der mich so gerne erobert hätte und der das Pech hat, nicht Marco zu sein.

Danach gibt es eine kurze Ansprache meines Onkels, der sich bei allen Gästen für ihr Kommen bedankt und seinen Unmut ausdrückt über die Tatsache, dass er seine geliebte Nichte nun wieder hergeben müsse: »Sie ist inzwischen eine von uns und ich hoffe innigst, dass die bevorstehende Kälte in Österreich sie zurück in unsere Arme treiben wird.«

Das Büffet, das von Mélina und einigen fleißigen Helferinnen aus dem Ort vorbereitet worden ist, wird eröffnet. Die vielen Tische, die man auf der ganzen Terrasse verteilt hat, sind festlich mit umwerfenden Blumenkombinationen geschmückt, und ich weiß, dass sie nur von Ioanna stammen können. Ich habe sie schon erspäht, es aber noch nicht geschafft, sie zu begrüßen. Immer wieder werde ich von Bekannten und Verwandten umarmt, die ich im Laufe meines wochenlangen Aufenthaltes auf der Insel kennengelernt habe. Alle wollen ein paar Worte mit mir wechseln und ich bekomme so viele Komplimente, dass es für den Rest meines Lebens reichen dürfte. Was mich am meisten berührt, ist die Art, wie sie mir alleine durch ihre Anwesenheit und ihre Blicke vermitteln, wie sehr sie mich schätzen und lieben gelernt haben.

»Agathí, soll ich dir etwas zu essen bringen?«

»Danke, Kindchen, das ist lieb von dir, aber Sophia stellt mir gerade einen Teller zusammen. Du musst dich nicht um mich sorgen, hab Spaß und kümmere dich nicht um alte Leute.«

»Ich habe eindeutig Spaß und du bist gar nicht alt.«

Daraufhin flüstert mir Iásos etwas ins Ohr, das ich nicht gleich verstehe.

»Wie bitte?«

»Was hast du nun vor, Hexenauge?«

»Ich werde mich wieder in meine alte Welt eingewöhnen müssen, Iásos.«

»Das klingt nicht sehr aufregend.«

»Ist es auch nicht, aber ich werde noch lange von meiner Zeit auf Rhodos zehren.«

»Leider schwinden die schönsten Erinnerungen, wenn man sie nicht pflegt. «

»Wie sieht es mit deinen Erinnerungen aus?«

»Die haben sich eingebrannt, tief ins Fleisch, und da ich schon ein alter Narr bin und vielleicht nicht mehr allzu viel Zeit habe, werde ich sie wohl mit ins Grab nehmen.«

»Fehlt dir Tante Lisa?«

»Jeden Tag, jede Stunde und an manchen Tagen jede Minute.«

»Das klingt hart.«

»Ist es auch. Andererseits zeigt es mir auch, dass ich noch lebe.«

Ich hole uns zwei Gläser und schenke einen dunklen Rotwein ein.

»Auf die Liebe, Iásos. *Yia mas.*«

Wir leeren beide das Glas auf einen Zug, dann schenke ich noch einmal nach.

»Worauf trinkt ihr denn?«, will Onkel Yannis wissen.

»Auf die Freundschaft«, erwidere ich prompt und Iásos nickt mir zu.

Onkel Yannis schließt sich uns an und wir leeren noch ein Glas, dann werde ich wieder von einigen älteren Damen in Beschlag genommen, die mir kleine Geschenke in die Hand drücken, die ich meiner Familie in Österreich überreichen soll. Aus dem Augenwinkel sehe ich Sam mit Paula, einem Mädchen aus dem Dorf, tratschen, und endlich komme ich dazu, Ioanna zu umarmen und mich für die wundervolle Dekoration zu bedanken.

»Das ist mein Geschenk an dich, dafür, dass du hierhergekommen bist und meinen Sommer unvergesslich gemacht hast.«

»Wer sagt, dass es keine Wiederholung geben kann?«

Wir wissen beide, dass diese Aussage im Grunde rein rhetorisch ist. Ioanna umarmt mich und führt mich zur Tanzfläche.

»Lass uns wenigstens heute so tun, als gäbe es kein Morgen. Lass uns tanzen.«

Der DJ, den David besorgt hat, stellt sich hervorragend auf sein Publikum ein, er spielt alles, was ein Tänzerherz höherschlagen lässt, vom einfachen griechischen Schlager bis zum Discohit. Ich weiß nicht, wann ich das letzte Mal auf einer Tanzfläche so viel Spaß gehabt habe.

Um Mitternacht gibt es sogar ein kleines Feuerwerk und alle Gäste geben ihre »Ahs« und »Ohs« von sich, als die Raketen sich in hunderte Sternspritzer verwandeln und vom Himmel regnen. Ich halte Ioannas Hand und flüstere ihr ins Ohr, dass nun nur noch der Prinz fehle, der uns zum Tanz auffordere.

»Und wenn sie nicht gestorben sind, dann leben sie heute noch«, flüstert Ioanna zurück.

Stattdessen stürzen wir uns nach dem Feuerwerk auf das reichhaltige Dessertangebot und lassen es uns zusammen mit einem griechischen Kaffee schmecken, mit dem ich mittlerweile Frieden geschlossen habe. Sam schleicht sich von hinten an mich heran und bettelt um die Erlaubnis, mit Paula, die einige Jahre älter ist als sie, noch in eine Bar gehen zu dürfen.

»Du willst zu Nikos? Um diese Zeit?«

»Warum nicht, das ist total harmlos.«

»Nein, kommt gar nicht in Frage, ich kenne die Bar um diese Uhrzeit, und da hat ein Mädchen deines Alters nichts zu suchen.«

Sie gibt mir zu verstehen, wie gemein sie das findet und zieht schmollend ab.

»Dann kann ich ja gleich ins Bett gehen.«

»Fantastische Idee, Schätzchen, gute Nacht!«

Ioanna kichert und fragt mich, ob ich sie nicht hingehen lasse, weil ich später noch auf einen Abschiedstanz vorbeischauen wolle. Ich verneine und koste das *Ekmek*[8], das Mélina kunstvoll zubereitet hat.

»Denkst du, dass du heute noch von einem Mann geküsst wirst, Ioanna?«

»Die Chancen stehen schlecht, Sotos ist übers Wochenende nach Skiathos gefahren, er besucht dort einen Cousin, und Iásos trauert noch immer deiner Tante nach.«

»Sotos und du, ist das nun etwas Festes?«

»Nicht dass ich wüsste, wir treffen uns nicht regelmäßig, nur eher zufällig. So als wären wir zwei Teenager aus den Achtzigern, die die Telekommunikation noch nicht für sich entdeckt haben.«

Sie rührt in ihrem Kaffee und blickt über meine Schulter, dann grinst sie verschmitzt: »Und du, Jo, denkst du denn, dass du heute noch geküsst wirst?«

Ich lache laut auf: »Na ja, wenn Stavos noch mehr Wein trinkt und ich mich tot stelle, dann gibt es tatsächlich eine reelle Chance, dass ich heute noch einen Mann abbekomme.«

»Vielleicht unterschätzt du deine Chancen.«

Ihr Kopf nickt in Richtung Terrassentür, und als ich mich umdrehe, sehe ich ihn dort stehen. Groß und breitschultrig, etwas verlegen und doch bestimmt. Sein Haar ist nach hinten gegelt und sein Hemd liegt an seinem Körper wie eine zweite Haut. Ich wage es nicht, mich zu bewegen und merke, wie seine suchenden Augen schließlich auf meinem Gesicht zum Verweilen kommen. Mélina reicht ihm nun die Hand und sie wechseln ein paar Worte, die ich allerdings nicht hören kann. Manús gesellt sich zu ihnen und klopft Marco kameradschaftlich auf den Rücken.

Onkel Yannis setzt sich neben uns und reißt mich aus meiner Erstarrung.

»Na, ihr zwei Hübschen, warum tanzt ihr denn nicht?«

»Wir schaufeln gerade den übriggebliebenen Nachtisch in uns rein, damit wir groß und stark werden«, scherzt Ioanna.

»Gute Idee, ihr könntet noch ein paar Kilo auf den Rippen vertragen. – Jo, gefällt dir deine Party?«

»Jetzt ganz besonders«, wirft die grinsende Ioanna ein und ich strafe sie mit einem bösen Blick.

»Die Party ist das Schönste, was ihr mir schenken konntet. Nochmals danke, Onkel Yannis.«

Manús stupst seinen Vater an und bittet ihn, ein paar Nachbarn zu verabschieden, wir zwei Frauen bleiben alleine zurück.

»Willst du ihn nicht begrüßen?«

»Ich stehe noch immer unter Schock, ich hätte nie damit gerechnet, dass er kommt.«

»Anscheinend haben Mélina oder Manús ihn eingeladen, ist doch sehr nett, oder?«

»Frag mich später noch einmal.« Damit erhebe ich mich, dränge mich durch eine kleine Gruppe Verwandter hindurch und gehe langsam auf ihn zu. Er sieht mich kommen und lächelt mich schon von Weitem an.

»Wenn das nicht die Partykönigin ist.«

»Die nicht wirklich mit einem Prinzen gerechnet hat.«

»Ich bin so weit entfernt von einem Prinzen wie du von einer Atomphysikerin.«

»Wir haben uns noch nie über Atomphysik unterhalten, also hast du keine Ahnung, ob ich nicht eine Spezialistin darin bin.«

»Ist nur so eine Ahnung.«

Ich umarme ihn und küsse ihn sanft auf die Wangen.

»Schön, dass du gekommen bist.«

»Ich wurde eingeladen.«

»Von Mélina?«

»Nein, von deinem Onkel. Er hat mich vor ein paar Tagen besucht und mich einem ernsten Gespräch unterzogen.«

»Welche Absichten du hast, oder so?«

»Es ging mehr um die Kunst, die wichtigen Dinge im Leben zu erkennen.«

»Onkel Yannis kann sehr philosophisch werden.«

»Wem sagst du das.«

Mein Onkel hat Marco ans Herz gelegt, an dieser Feier teilzunehmen, als Teil einer Welt, die mir sehr viel bedeutet, und Marco hat die Einladung angenommen. Er steht neben mir und wir sagen uns mit Blicken und Gesten, wie viel es uns bedeutet, jetzt hier zu sein. Ich weiß, dass unsere Begegnung kein Zufall gewesen ist, dass er dazu bestimmt war, mich erfahren zu lassen, wozu mein Herz fähig ist. Obwohl wir das Ende schon am Horizont erkennen, wärmt uns noch immer die Gewissheit, dem anderen nahe zu sein. Wir müssen nur die Hand ausstrecken, um ihn zu berühren, um noch einmal zu spüren, wie es sich anfühlt, wenn man glaubt, unbesiegbar zu sein.

»Jo, warum stehst du hier herum? So tanz doch wenigstens einmal mit dem netten Mann.«

Agathí steht plötzlich neben mir und ich stelle ihr Marco vor. Sie reicht ihm höflich die Hand und zwinkert mir zu.

»Marco, würdest du gerne mit mir tanzen?«, frage ich neckend.

»Sehr gerne, aber ich wähle die Musik.«

»Wenn du meinst.«

Ich folge ihm zur Tanzfläche, und als er nach einem kurzen Gespräch mit dem DJ zu mir zurückkehrt, umfasst er meine Hand. Er verschränkt seine Finger in den meinen und wir warten auf die ersten Klänge. Als ich sie höre, blicke ich ihn verwirrt an, doch er dreht mich bereits herum und flüstert mir ins Ohr:

»There's rain on my window, but I'm thinking of you.«

Ich lausche den Worten, die mir Zeit meines Lebens einen Schauer über den Rücken laufen haben lassen, ich habe sie so sehr gehasst, dass ich vergessen habe, dass sie eine Liebe beschreiben, die der, die ich empfinde, nicht so unähnlich ist. Je länger er sie mir vorsingt, desto versöhnlicher werde ich und desto klarer wird mir die Ironie des Umstandes, dass dieses Lied, das ich immer verflucht habe, mich nun immer an ihn erinnern wird.

»Though when I am far away, oh so far away, I'll send you all my love, Josephine«.

Ich lehne mich an ihn und frage mich nicht, wie viele Menschen uns dabei beobachten. Sam ist bereits im Bett, und alle anderen scheinen ohnehin besser als ich zu wissen, was ich für diesen Mann empfinde. Wozu ihnen etwas vorspielen, das nur mich selbst unglücklich macht, vergeudete Energie, die man nie mehr zurück erhält.

Ich bringe Agathí um vier Uhr morgens nach Hause, Marco ist schon gegangen. Wir haben uns vor dem Haus mit einem Kuss verabschiedet, einem letzten innigen Beweis, dass manche Dinge im Leben über Gesetz und Vernunft hinausgehen. Man plant sie nicht und man kann sie nicht steuern, sie passieren einfach.

»Vielen Dank, mein Engel, ich werde heute das erste Mal wieder tief und fest schlafen.«

»Ich hoffentlich auch, Agathí. Leb wohl und pass auf dich auf.«

»Gott beschütze dich und bringe dich heil wieder zu mir zurück.«

Ich kehre zum Haus zurück und bevor ich es betrete, tippe ich eine Textnachricht für Ellie: »Ich komme heim.«

Dann denke ich noch einmal darüber nach und lösche das letzte Wort wieder. Meine SMS, die Ellie um drei Uhr morgens erhält, enthält schließlich die folgenden Worte: »Ich komme zurück.«

Ellie sitzt noch in irgendeiner Bar mit irgendeinem Mann, der ihr nicht wichtig ist. Sie antwortet umgehend: »Endlich.« Dann erhebt sie sich vom Barhocker und lässt den Typen, der seit zwei Stunden über seine kometenhafte Karriere spricht, einfach sitzen. Sie ist es leid, ihre Zeit zu vergeuden. Sie wird sich ins Bett legen und ausschlafen. Schließlich muss sie sich bald um Jo kümmern, denn sie geht davon aus, dass ihre beste Freundin sie brauchen wird.

47. Kapitel

Die Feier hat ihre Spuren hinterlassen und alle helfen am nächsten Tag mit, den Garten wieder in seinen Originalzustand zu bringen. In den Pausen verspeisen wir die Unmengen an Essen, die übriggeblieben sind, und am späten Nachmittag sitzen wir alle gemeinsam auf der gesäuberten Terrasse und lassen die letzten Wochen Revue passieren. Jeder hat eine Anekdote auf Lager und mir scheint, als würden die Ereignisse der letzten Wochen noch einmal an mir vorüberziehen. Dann schlage ich vor, endlich einmal ein Gruppenbild von uns zu machen und Sam stellt sich als Fotografin zur Verfügung. Wir platzieren uns alle um den Tisch und Foteini hüpft auf meinen Schoß. Manús und Onkel Yannis umarmen mich, die anderen werden kunstvoll daneben aufgereiht. Sam drückt einige Male ab und ich verspreche, ihnen einen Abzug von dem Foto zu schicken.

Am Abend überprüfe ich noch einmal meine Reisedokumente und rufe am Flughafen an, um den Flug zu bestätigen. Eine Dame erklärt mir, dass alles wie geplant laufen würde und ich mich auf einen pünktlichen Abflug freuen könne. Ich denke mir, dass nichts wie geplant läuft und dass ich mich schon gar nicht freue, aber das würde die Flughafenangestellte sicherlich nicht interessieren.

Mélina und Ioanna haben mir noch einen letzten gemeinsamen Besuch an Tante Lisas Grab versprochen, und als ich das Hupen des blauen Toyotas höre, beeile ich mich, nach unten zu kommen. Mélina sitzt bereits im Wagen und hält einen wunderschönen Blumenstrauß in den Händen. Ich steige ein und einige Minuten später betreten wir den einfachen Friedhof. Es dämmert bereits und die abendliche

Stimmung verbreitet eine wohltuende Ruhe. Wir spazieren an das Grab, das bunt geschmückt ist und Ioanna besorgt frisches Wasser, um den Strauß einzufrischen.

»Leb wohl, Tante Lisa und danke für alles«, flüstere ich.

»Sie hat es bestimmt gut, da oben, von wo sie auf uns herabsieht.«

»Das denke ich auch.«

Ioanna kehrt zurück und arrangiert die Blumen am Grab, Mélina hält meine Hand und ich bete. Ich bete zu einem Gott, den es vielleicht gar nicht gibt, der mich aber ruhiger schlafen lässt und der meine Hoffnung trägt, dass wir nicht alle Entscheidungen unseres Lebens alleine treffen müssen.

Nach einigen Minuten gebe ich den andere zu verstehen, dass ich nun bereit bin, zu gehen, Abschied zu nehmen und Rhodos zu verlassen. Am Wagen angekommen, teilt Mélina mir mit, dass sie zu Fuß nach Hause gehen und Ioanna mich mitnehmen würde.

»Dann begleite ich dich, Mélina.«

»Nein, Jo, du hast noch etwas zu erledigen. Ich habe Sam gesagt, dass du die Nacht bei Ioanna verbringen würdest.«

»Warum soll ich bei Ioanna übernachten?«

Ioanna meint nur »Steig ein, Süße, ich erkläre es dir.«

Mélina küsst mich zum Abschied und erst als Ioannas Wagen mich in Richtung Süden fährt, verstehe ich, welches Abschiedsgeschenk mir Mélina in Wirklichkeit gemacht hat.

48. Kapitel

Ich klopfe an Marcos Tür, und als er öffnet, habe ich bereits Tränen in den Augen.

»Ich hoffe, ich komme nicht ungelegen.«

Er lässt mich nicht weitersprechen, sondern küsst mich einfach, hebt mich dann hoch, und wir drehen uns im Kreis wie ausgelassene Kinder, die sich an einem perfekten Tag erfreuen.

»Ich konnte nicht einfach so gehen.«

»Ich weiß.«

»Was hast du gerade gemacht?«

»Das was du von mir erwartest.«

»Nämlich?«

»Ich leide.«

»Warum leidest du?«

»Weil du gehst.«

»Dann bitte mich doch, zu bleiben.«

»Das kann ich nicht.«

»Aus welchem Grund?«

»Es wäre zu egoistisch.«

Die folgenden Stunden verbringen wir auf dem Fußboden, am Sofa und im Bett, wir lieben uns auf eine Weise, die weder romantisch noch unschuldig ist. Unsere Körper fallen verzweifelt übereinander her und schaffen sich Erinnerungsmomente, die nie verblassen würden. Es gibt keine Reue und keine Entschuldigungen, jeder brennt sich auf egoistische Weise in die Haut des anderen ein, ohne einen Hauch von Mitleid. Wir wissen, dass wir noch ewig an diesen Berührungen leiden würden, doch da wir keinen Glauben an eine Zukunft haben, flößt uns dieser Gedanke noch keine Angst ein. Wer braucht schon ein Morgen, wenn es ein Jetzt gibt?

Danach, als es draußen bereits dunkel ist und wir einen beeindruckenden Sternenhimmel über uns haben, frage ich ihn mit leicht weinerlicher Stimme:

»Was siehst du, wenn du in meine Augen blickst?«

»Ich sehe mich selbst, wie ich gerne sein würde. Eine beschönigte Version von mir: jemand, der gefestigt ist, auf den man bauen kann und der für andere Verantwortung übernimmt. Jemand, der weiß, was er im Leben will und der nicht rastlos durch die Welt zieht.«

Ich wage kaum zu atmen, denn ich weiß, dass der nächste Satz mein Herz brechen wird.

»Aber du hast dich in eine Idee von mir verliebt, du denkst, dass ich die Fähigkeit besitze, mein emotionales Potenzial so auszuschöpfen, dass ich dich für den Rest des Lebens glücklich machen kann. Aber so bin ich nicht, Jo. Es ist wundervoll und schmeichelt mir, dass du an mich glaubst und dass du das Beste in mir weckst, aber trotz allem fehlen mir die endgültige Willenskraft und auch die Stärke, um ein solcher Mensch zu sein. In den letzten Wochen hast du sehr viele gute Dinge bewirkt und ich bin dir dafür dankbar, aber im Grunde bin ich nicht anders, als ich es vor deiner Ankunft war: ein rastloser Mensch, der seine eigenen Ansprüche und Vorlieben in den Vordergrund stellt und der das Leben genauso nimmt, wie es kommt. Ich kann mich nicht und wahrscheinlich will ich mich auch nicht mehr ändern, denn das Leben, das ich führe, gefällt mir genauso wie es ist.«

»Ich verstehe.« Und meine Augen schließen sich, damit die Tränen, die sich hinter den Lidern ansammeln, nicht hervortreten können.

»Es war und ist ein Geschenk, jemanden wie dich zu treffen, aber ich weiß auch, was es bedeutet, eine solche Bindung, wie du sie dir vorstellst, einzugehen. Es würde mich früher oder später einengen und ich würde dich irgendwann dafür hassen. Ich habe leider keine Wurzeln mitbekommen, Jo, ich habe nur Flügel.«

Ich räuspere mich und antworte leise: »Ich hatte immer nur Wurzeln, und doch habe ich gelernt zu fliegen. Dank dir weiß ich erst, was es heißt loszulassen und sich auf neue Dinge einzulassen, ohne über die Konsequenzen nachzudenken.«

»Da siehst du, wie weit du mir voraus bist.«

Damit umarmt er mich von hinten und drückt seinen Körper, den ich inzwischen wie meinen eigenen kenne, fest an den meinen. Sein Kinn ruht auf meinem Kopf und keiner sagt mehr ein Wort. War nicht alles bereits gesagt worden?

»Ist es denn so schwer, mich zu lieben?«, will ich schließlich wissen.

Marco seufzt und streichelt mein Haar.

»Im Gegenteil, Jo. Es ist so einfach, dich zu lieben, dass es mir Angst macht. Leider weiß ich, dass Liebe manchmal nicht genug ist, um einen großen Schritt zu machen.«

Danach sitzen wir, mein Rücken an seine Brust gelehnt und seine Hände um mich geschlungen, eine ganze Weile vor seinem Haus, unter dem alten Olivenbaum, und starren aufs Meer, das tief unter uns liegt. Wir wissen beide, dass es unsere letzten gemeinsamen Stunden sind und jeder verarbeitet den Schmerz der bevorstehenden Trennung auf seine Weise. Ich negiere meine Zukunft ohne ihn noch, ich male mir aus, dass eine Zukunft, an die man nicht glaubt, auch nicht stattfinden wird. Trotzdem rinnen mir ständig Tränen übers Gesicht, die er zärtlich wegwischt, sobald er es bemerkt. Marco schweigt und seine Gedanken bleiben mir verborgen, ich will ihn nicht dazu drängen, etwas zu sagen, denn anscheinend möchte er diese Dinge nicht mit mir teilen. Das akzeptiere ich so, ich kann und will diesen Mann nicht ändern und ich ziehe es vor, nur Dinge von ihm zu erfahren, die er mir auch wirklich sagen will und nicht muss. Ich lächle. Bin ich zu Robert jemals so tolerant gewesen? Ich denke nicht.

Er dreht mich zu sich, sodass wir uns ansehen und wischt die letzte Spur von Traurigkeit aus meinem Gesicht.

»Du bist wunderschön, das muss ich dir noch sagen. Selbst wenn du weinst, bist du wunderschön.«

»Weißt du, dass viele Menschen denken, dass schöne Menschen nie traurig sind, weil ihnen alles im Leben zufällt?«

Marco küsst meine Augen, meine Wangen und meinen Mund.

»Ich werde das alles wahnsinnig vermissen, aber am meisten werde ich dein Herz vermissen, denn das ist es, was dich wirklich ausmacht. Danke, dass du es für mich geöffnet hast – danke, dass ich erfahren durfte, wie glücklich sich jemand schätzen kann, wenn er von dir geliebt wird.«

Dann schweigt er wieder.

Ich schließe meine Augen und werde von der Gewissheit überwältigt, dass dieser Mann Zeit meines Lebens meine wahre Liebe bleiben wird. Wie eine Himmelsmacht ist er in mein Leben getreten, hat es auf den Kopf gestellt, um sich dann wieder davonzumachen. Ich werde es überstehen, doch im Grunde wird alles anders sein. Nicht schlechter vielleicht, aber anders. Die Narben an meinem Herzen werden verheilen und nur ab und zu schmerzen, vielleicht wenn das Wetter umschlägt, damit werde ich leben lernen. Viel schlimmer wäre es, ihm nie begegnet zu sein.

Unsere letzte gemeinsame Nacht verbringen wir hier, vor dem Haus, unter dem Olivenbaum. Wir liegen engumschlungen nebeneinander und lassen den überwältigenden Anblick des klaren Sternenhimmels auf uns wirken. Ich versuche, seinen Geruch und seine weiche Haut so zu verinnerlichen, dass es für den Rest meines Lebens ausreichen wird. Obwohl ich es nicht wage, meine Augen zu schließen, um keine wertvolle Zeit mit ihm zu verpassen, gelingt es mir nicht, die ganze Nacht wach zu bleiben. Irgendwann wird mein Atem ruhiger und meine Lider fallen zu. Wir verbleiben in der engen Umarmung und ich fühle mich beschützt wie nie zuvor.

Es ist ein leises Ende – keines, das in die Geschichte der melodramatischen Abschiede eingehen oder Menschen zu Tränen rühren würde. Keine herzzerreißende Musik, keine Zwischenfälle, die ihn zwingen, seine Entscheidung umzuwerfen, kein Besinnen und Zurücklaufen in seine Arme. Die Vögel singen weiter, der Wind bläst meine Haare nach hinten und das Meer rauscht wie an jedem anderen Tag. Keiner hält inne, niemand steht still.

Als ich aus dem Haus gehe und mich nach Marco umdrehe, sehe ich ihn im Türrahmen stehen. Das Taxi, das ich bestellt habe, befindet sich bereits im Hof und wartet auf mich. Ich steige ein und winke ihm zu. Dann fährt der Wagen los. Nach den ersten Metern bitte ich den Fahrer, noch einmal anzuhalten. Ich öffne das Fenster, stecke meinen Kopf hinaus und rufe ihm zu:

»Wenn du dich entscheiden müsstest, wärst du eigentlich lieber ein Fisch oder ein Vogel?«

Marco sieht mich lange an, bevor ein zärtliches Lächeln sein Gesicht erhellt.

»Ich wäre ein Vogel. Dann könnte ich den ganzen Tag um dein Haus kreisen und dich beobachten. Ich könnte dir nahe sein und doch meine Freiheit behalten.«

Epilog

Das Leben auf der Insel ist wieder ruhiger geworden, die Hauptreisezeit neigt sich dem Ende zu und die Touristenmassen nehmen ab. Ich lebe nun seit drei Monaten hier und habe meinen Entschluss, die alte Heimat zu verlassen, noch kein einziges Mal bereut. Da mein Hausprojekt noch in den Startlöchern steht, wohne ich in meinem Zimmer in Onkel Yannis' Haus. Ioanna bot mir einen Job in ihrem Geschäft an, den ich dankend angenommen habe. Dreimal die Woche helfe ich ihr mit den Büroarbeiten, und wenn sie am Wochenende Feiern ausstattet, fotografiere ich die Settings und stelle die Fotos auf ihre Homepage. Vor Kurzem, als ich einige Kinder mit der Kamera beim Spielen festhielt, sprach mich die Mutter der Braut an und wollte wissen, ob ich auch Hochzeiten und Familienfeiern fotografiere. Ich erklärte ihr, dass ich es noch nie gemacht hätte, mir aber vorstellen könne, es zu versuchen. Der Gedanke gefällt mir und ich besuche nun seit zwei Wochen einen professionellen Fotokurs, den ich mit einer praktischen Ausbildung bei einem alten Fotografen in Rhodos Stadt verbinde. Er besitzt ein kleines Geschäft im Hafen und freut sich über meine Begeisterung und die wenigen Euro, die ich ihm für sein Fachwissen zahle.

Als ich letztes Jahr nach Hause zurückkehrte, fand ich mich in einem Leben wieder, das nicht mehr das meine war. Ich fühlte mich deplatziert und verloren, selbst das Wiedersehen mit meiner Familie verlief seltsam und unzufriedenstellend, was mich zutiefst erschütterte. Obwohl ich sie vermisst hatte, war die Trauer über das verlorene Glück größer und fordernder. Ich versuchte, es zu verbergen und hoffte, dass die Zeit diese tiefen Wunden heilen würde – bis mich eine Depression in die Knie zwang. Robert erkannte sehr bald, dass ich mich von ihm entfernt hatte und dass nur ein Teil meiner selbst aus Rhodos zurückgekehrt war. Er kämpfte um mich, wie ich es nicht von ihm erwartet hätte, doch nur um am Ende als Verlierer von dannen zu ziehen. Ich hatte Mitleid mit ihm, da er keine Schuld auf sich geladen hatte, doch ich war weise genug, dieses Gefühl nicht vorrangig werden zu lassen. Es hätte uns beiden nichts genützt.

An dem Tag, als ich die Scheidung das erste Mal ansprach, regnete es in Strömen und Robert war erst spät aus dem Büro gekommen. Ich hatte meinen Entschluss gefasst, ehrlich gesagt ohne ihn groß mit einzubeziehen, und er verstand sofort, dass es keinen Sinn hatte, dagegen anzukämpfen. Er sah mich traurig an und fragte mich, wie es weitergehen sollte. Ich wusste es zu diesem Zeitpunkt noch nicht und schlug vor, mir eine kleine Wohnung zu mieten. Sam kam aus ihrem Zimmer und merkte, dass etwas ein Ende genommen hatte. Sie weinte, sagte aber kein Wort. Mit meinem Auszug entschied ich mich für das Exil, denn meine Tochter wollte ihren Vater und ihr Zuhause nicht verlassen. Sie entschied sich gegen mich und für ein halbwegs normales Familienleben und ihre Freunde. Ich muss es akzeptieren und hoffen, dass sie mir eines Tages vergeben wird – und das wird sie, denn auch sie ist ein Hexenauge, auch wenn sie es noch nicht weiß.

Zwei Monate nach meinem Auszug rief er an. Ich freute mich wie ein kleines Kind und überschüttete ihn mit Fragen, die er bereitwillig beantwortete. Das Gefühl, ihn zu hören und zu wissen, dass er sich auf Rhodos aufhielt, bereitete mir eine Wärme, die mir in den letzten Monaten fremd geworden war. Dann berichtete er mir, dass er eine Reise nach Brasilien antreten würde, vielleicht würde er sich dort niederlassen. Ich fragte ihn, wann es soweit wäre und er sagte, dass sein Flug schon am nächsten Tag ging. Die kurze Stille, die eintrat, war nicht unangenehm oder seltsam, im Gegenteil, sie half jedem von uns, seine Gefühle kurz zu ordnen und sie zurückzuhalten, denn uns war klar, dass jeder von uns seine Dämonen hatte. Er wollte wissen, ob es mir gut ginge und ob es Neuigkeiten gäbe, ich antwortete mit einem »Nein«, die Scheidung erwähnte ich nicht. Dann wünschte ich ihm alles Gute, und das aus tiefstem Herzen, denn ich wusste, dass er nur seinem Traum folgte, um den ich ihn beneidete. Er schickte mir einen Kuss durchs Telefon und ich fing ihn auf, um ihn in meinem Inneren zu deponieren.

Nachdem meine Scheidung durch war, besuchte ich meine Mutter. Ich spazierte mit ihr durch die Wälder und versuchte, sie darauf vorzubereiten, dass ich weggehen würde. Sie lächelte mich an und sagte, dass ihr das klar sei und sie schon länger darauf gewartet hatte, dass ich es in die Tat umsetzten würde. Sie meinte, dass es nichts brächte, seinem Herzen etwas vorzumachen, und dass die letzten Monate meines Lebens die traurigsten gewesen seien, die sie miterlebt hätte. Drei Tage später buchte ich den Flug nach Rhodos, one way.

»Was für ein Tag, nicht wahr?«

»Oh ja, ich kann mir nichts Herrlicheres vorstellen, als hier mit euch zu sitzen und aufs Meer zu schauen.«

»Vergiss nicht das Rotweintrinken, das gehört auch dazu.«

»Ioanna, du bist wirklich eine der weisesten Frauen, die ich kenne.«

»Danke, Jo, du bist eine der Wenigen, die das erkannt haben.«

»Ihr Küken, ihr nennt euch weise und wisst doch noch nicht einmal die Hälfte über das Leben.«

»Deshalb sitzen wir hier mit dir, Agathí, und lassen uns belehren.«

Die alte Dame lächelt mich warmherzig an. Seit ich wieder hier bin, besuche ich sie zweimal die Woche, und ab und zu packen Ioanna und ich sie ins Auto und bringen sie an den Strand, wo wir unsere Füße im Sand ausstrecken. Sie ist aufgeblüht und ihre Beine werden so gut wie niemals erwähnt, geschweige denn der Umstand, müde oder erschöpft zu sein.

»Jo, wann kommt nun deine Freundin an?«

»Ellie? Sie sollte nächsten Samstag hier landen, ich bin schon gespannt, wie es ihr hier gefällt. Bitte informiert alle Männer unter sechzig, dass sie sich in Acht nehmen sollen, Ellie ist ein richtiger Wirbelsturm.«

»Das heißt, wir haben eine stürmische Zeit vor uns. Eine Party wird die nächste jagen, Agathí, bist du dabei?«

Ioanna lächelt sie herausfordernd an.

»Warum nicht, das Leben ist da, um gelebt zu werden.«

»Aber wolltest du dich nicht noch vor Kurzem schon davon verabschieden?«, will ich neckend wissen.

»Das Sterben habe ich aufgeschoben. Es gibt noch Vieles, was es wert macht, hierzubleiben.«

Agathí schlingt ihr Kopftuch etwas enger um ihre Haare und blinzelt.

»Heute weht ein ziemlicher Wind, findet ihr nicht?«

»Das ist der Meltemi, der bläst um diese Zeit immer ziemlich stark.«

Ioanna streicht ihre Haare aus dem Gesicht.

»Das ist der Wind, der ihn von mir weggeweht hat«, flüstere ich etwas melancholisch.

Ioanna wirft mir eine Kusshand zu.

Agathí richtet ihren Blick starr aufs Wasser und nach einiger Zeit höre ich ihre herbe Stimme, welche die Stille durchbricht: »Wenn ich eines über den Wind weiß, dann ist es die Tatsache, dass er zu drehen pflegt.«

Ich blicke weiter auf den Horizont und lächle. Ich nehme ihre faltige und doch so weiche Hand und drücke sie.

»Und was passiert, Agathí, wenn er sich dreht?«

»Dann kommen die Dinge, die er davongeweht hat, wieder zurück …«

1 omorfia mou = meine Schöne
2 agapi mou = mein Liebling
3 Siga, siga! = Langsam, langsam!
4 YOLO = you only live once (man lebt nur einmal)
5 efcharisto = danke
6 kosmímata koutí = Schmuckkästchen
7 kalispera = guten Abend
8 ekmek = griechische Nachspeise

Ich bedanke mich bei allen, die dazu beigetragen haben, dass es dieses Buch gibt, bei denjenigen, dich mich bereichern, inspirieren und ergänzen. Sie alle sind Teil meines Lebens und auch meiner Bücher.
Vielen Dank auch jenen, die mich immer wieder ermutigt haben, diese Geschichte zu veröffentlichen und die als Erstleserinnen und -leser die schwierige Aufgabe übernommen haben, ein rohes Werk zu genießen, dem noch der Feinschliff fehlte. Sie animierten mich mit ihrer Begeisterung und ihrem Beistand in der mühsamen Zeit der Verlagssuche. Ganz besonders möchte ich meine Familie erwähnen, die mich in jeder Hinsicht unterstützt. Nur weil sie mir genug Freiheit gibt, habe ich die Möglichkeit meine Gedanken in Worte zu fassen. Wolfi, Hannah und Leah – *you are the wind beneath my wings!* Jeder Tag mit euch ist ein Abenteuer, das ich nicht missen möchte.
Ein großes Dankeschön geht an meinen Verlag, der an mein Erstlingswerk glaubt und mir damit die Chance gibt, meinen Traum zu leben. Zu guter Letzt bedanke ich mich bei meinen LeserInnen, denn es gibt nichts Schöneres, als wenn das, was man zu sagen hat, auch gelesen wird.
Cornelia Pichler

Cornelia Pichler wurde in Kärnten geboren, wo sie bis zu ihrem Schulabschluss lebte. Nach einem Zwischenstopp in New York zog sie nach Graz und absolvierte dort ein Englisch- und Spanischstudium. Anschließend tauchte sie in die Welt des Möbeldesigns ein und leitete gemeinsam mit ihrem Ehemann das eigene Unternehmen. Parallel dazu verfasste sie immer wieder Texte und Übersetzungen. Seit 2010 widmet sich Cornelia Pichler intensiv ihrer Leidenschaft, dem Schreiben. Die Autorin lebt mit ihrer Familie in Graz.